儿子

天堂飘满蒲公英

孙军◎著

中国華僑出版社

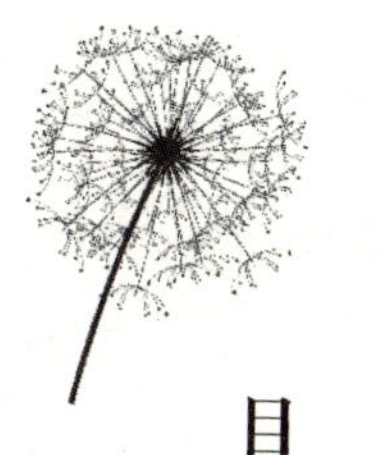

目　录

序一　人世间什么最永恒

李　京

一个患血癌的80后大学生，在离开这个世界之前，悄悄地在电脑里给他的父亲留言：

“人，是为他所爱的人而活着的。那么，你所爱的人——你的儿子离去了，你不就成了他跟这个世界的联系了吗？因此，你等于替他活在这个世界，爱着这个世界，亦为他——你所爱的人而活着，而爱着。因此，你延伸了他的爱，亦延长了他的生命。”

这，竟成了这个儿子的生命绝唱。

他的父亲几欲相从于地下。

怎么能让儿子的生命延长？儿子不是要写书留在人间，回报人们的关爱吗？父亲终于找到了生命的支点——为儿子写书还愿。

由此，牵起了这对父子长达10年的“人间天堂之恋”。

几易其稿后，父亲决定让儿子自己来讲自己的故事。

“让已经在天堂的人讲故事？长篇纪实可没人这么写啊！”我惊异，继而惊叹，读后则惊喜不已：

80后的语言是那么活泼风趣，经历过生死历练的大学生的情感是那么真挚细腻，苦乐相伴的生活丰富且有个性，父与子两代人的微妙关系跃然纸上……

感慨中，我喜悦于写作的革命，父亲也许无意，却填补了一个文学空白。

然而，我们可以想见这是怎样实现的：失去了儿子的父亲坐在儿子的椅子上，敲着儿子的电脑，写着在天堂里遥望着他的儿子……把自己想象成儿子，还原成儿子，潜入到儿子的内心世界和灵魂之中，去体味儿子在苦难与幸福降临时的感受，不断地在父亲——儿子，儿子——父亲的双重身份中易位；不断地在人间——天堂，天堂——人间的两个世界里转换……

他说：“这样写，会使庄重的题材变得生动，谐趣。”

一种惊悚难言的感动油然而生。

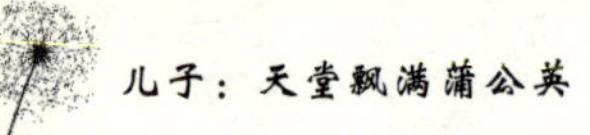

他哭着写，却要让人们笑着读。

道德的缺失是人们的心痛。而在这里，我们却不由得随着作者一道去赞美："在这个世界上，总有一些东西不带有功利性，令人无怨无悔地投入真情，使一些人生活得有格调而不同凡响！"

列车竟因这个血癌大学生而迟开……

耄耋之年的孤身老妪在大洋彼岸捐出了自己微薄的退养金……

三伏天，一个孩子双手捧着盛满了他亲手熬制5个多小时的大骨头汤的特大号白瓷缸，坐了20多里路的公交车到病房，为了给他的同学增加营养……

……

作者说他有永不枯竭的写作动力，我们感受到了！

谁都知道，一个事件总有当事者为或不为的原因。然而，这个承受着白发人送黑发人、承受着无比伤痛的父亲，在向苦难的追寻中，坚决而透彻地忏悔了自己对儿子的内疚，毫不掩饰地揭穿了"家庭内幕"，将自己还滴着血的伤疤揭开来给人看……导致灾难的"第一块多米诺骨牌"由此豁然呈现，触目惊心。

从作者的讲述中，我们可以看到坚强中的脆弱，可以看到理智中的迷茫，可以看到冲破精神枷锁之后的思想飞跃，更可以看到生命获得拯救之后对爱与生命、对这个世界、对人与人之间关系的认识的升华。由此我们会真切感受到痛苦中照耀而来的阳光，只觉得这个世界的美好与希望，并于挫折和困境中生出努力向前的信心和力量。

作者试图通过一个患血癌的80后大学生的传奇经历，向我们传递这样的理念：任何事物都可能走向反面，包括爱；生活中最重要的不是成功而是奋斗；人，不仅要生活在现实里也要生活在理想中，理想指引我们更有意义地生活；生命至高至重，为了生命所凝聚起来的人与人之间的爱以及与苦难抗争的精神，是人世间最宝贵的。

十年，曹雪芹殚精竭虑著"红楼"，托尔斯泰呕心沥血写"复活"，失去儿子的父亲敲百万字浓缩成此书。后者虽然不能与前面两位大家同日而语，但是其中所体现出来的人类精神、人类之爱，却是一致的、共同的。

知天命人十年成花甲，让人不禁要向内心追问：人世间什么最永恒？

答案是：爱与生命，即本书的主题。

序二　人类生存的某些基本的东西没有变

文　林

(一)

读《儿子：天堂飘满蒲公英》，禁不住要说：奇，美！

何以称奇？

纪实文学作品多如牛毛，可是普通人写普通人的故事却凤毛麟角；已经离开了这个世界的孩子“自己讲自己的故事”，如此独辟蹊径更是闻所未闻；失去了儿子的父亲敲着儿子的电脑耗十年心血完成的爱与生命之作，愈发令人慨叹。

美又在哪？

孩子的心灵、语言美；围绕这个孩子出现的人物、发生的事件美；由此营造出来的语境、情境、意境美。这种美是欢悦的、灵动的、温馨的生命之美，是张扬着人与人之间友爱与真诚的人性之美。

捧读中，我的眼前总是红红火火地浮现出一组高大的人物群像，犹如雕塑。身份不同、年龄不同、国籍不同的一群人，却同样义无反顾、尽其所能、体贴入微地去关怀和帮助一个人，这种惊世骇俗之举让人心魄摇撼。因此你会认定，这才是人的真感情，这才是人的善的本心，而这恰恰是我们所期盼、所呼唤的人文精神和人道关怀。

大灾大难，真情乃见；失去了爱，才懂得了爱；理解了死，才认识了生。这是汶川、玉树大地震等等灾难带给我们的刻骨铭心的启示。读读这本书，会对此有更真切的理解，让自己从浮躁中平静下来，把曾经失去的重新唤起，再一次矫正自己的幸福指数和生活坐标。在爱的感召中，回视与审度我们自身和我们生存的空间，进而使自己的心魂更加高尚和纯粹。

好的文学可以唤起人们内在的觉醒。

（二）

《儿子：天堂飘满蒲公英》不是章回小说，却能牵着读者一章一章地读下去，欲罢不能。为什么？

除却事件的感人和表达方式的创新，还在于以孩子口吻讲述的活泼有趣。他这样讲自己童年借着路灯看书："于是一个个夜晚，小天天就把窗帘拉开一道缝，在'借光'的窃喜中，'偷看'起他喜欢的书来了。哈，看着看着，就跟着孙悟空一块腾云驾雾去花果山了，看着看着，就跟着葫芦兄弟一块穿山越岭捉妖精去了……"他这样对同学讲自己得病后如何解忧："谁能无忧呢？但我有'解忧法'，当然这不是曹孟德的'杜康'，他是两个字，我就一个字——'忙'！忙而无忧，这对谁都灵。呵呵，不信你试一试？"

作者似乎在努力创造一种氛围，不是在讲过去而是在说现在，不是在讲自己的儿子而是在说别的孩子，不是在回忆往事而是这一切正在发生，还在继续。事件的演绎和发展因此而超然，对事物的分析和判断也更为冷静和客观，时间概念亦得到了淡化——而这，正适合表现爱与生命这样可以超越时空的永恒主题。

当然，还不能不说到作者在结构与情节处理上的用心，在铺垫与照应上的着力。主人公的命运一会儿像系在牵牛花的藤蔓上绵软娇嫩得让人心颤，一会儿像悬在空中的钢丝上让人的心揪成了一团，突然一个"节外生枝"，又让你不由得长吁一口气而放下心来。对事件的结局则让你宛若在摇曳的垂柳缝隙中寻看那若隐若现的鱼儿一样，有一点陶醉，有一点急切，这就愈发符合人物的曲折经历和我们的审美需求了。

最后的"浓重一笔"则如撞钟带着嗡嗡的回响。父与子在人间与天堂展开了一场鞭辟入里的对话，让我们于轻松中接触到了严肃的话题。因此你会猛然意识到并为主人公慨叹：这样的探讨于他已经永远不可能了，可你随即又会觉出：这些话题不也正是我们每个生者、每个读者都必须要面对的吗？书未读完，新的思索已然开始了。

文贵余。把现象列出来，结果摆在那，让读者自己去链接，去找内在联系，而不是直接告诉你1+1等于2，大凡读书人都喜欢这种方式。《儿子：天堂飘满蒲公英》就是这样，给人以想象的空间和思考的余地，让有不同体验、不同阅历、不同观念的读者，尽可去寻求符合自己认识的答案，去探索事件之所以发生、发展的合于自己判断和推理的根由，如同在丰盛的自助餐上，谁都会找到符合自己口味的美食。

（三）

迟到的爱令人心痛，迟到的了解会使这种痛无以复加。儿子永远离开了父亲，父亲才知道儿子在大学校园里曾有过那样一段燃烧的生活，才看到儿子写下那样壮怀激烈的诗篇，才了解到儿子曾因患病受过那么大的委屈，才知道儿子在童年的日记里就有过那样让人百感集心的表达："爸爸妈妈，给一点玩儿的时间吧，否则我的近视度会越来越深……我多么渴望像你们一样拥有一双明亮的眼睛啊！"

替别人写书难，以别人的口吻写更难，写永远离自己而去的儿子就难上加难了！父亲学儿子的口吻，学儿子的作文，学儿子的行为习惯，甚至开始用左手做一切事情来体验儿子在右手被弄伤了以后只能用左手去刷牙、洗脸、吃饭、写字和敲电脑的难，以求讲出来的真。作者不断回忆自己的父亲，努力去寻找自己作为儿子的那种感觉，由此来体味自己的儿子该怎样看待和理解自己这个父亲，这一切都是为了使表达更真实、更真切。因此捧出的文字又怎能不真实、不真切？真实的、真切的文字又怎能不感人？

作者是位"老烟民"，写书必是离不开"烟的帮助"。哪曾想，这个从16岁当"知青"开始抽烟，抽了30年，一天抽过3盒，而且"常戒长抽"的人，此时却悄无声息地把烟戒了！10年来他再没抽过一支，皆因跟儿子有过一段风趣感人的"香烟情结"。无法想象啊，一个个夜晚，月朗风清，孤灯残照，他坐在儿子的椅子上，用着儿子的电脑，写着在天国里遥望着自己的儿子，桌子上还放着香烟——而这，又成了他以痛治痛的方式。

《儿子：天堂飘满蒲公英》是一部悲剧应该没有疑问。尽管其中净是阳光男孩的欢笑，无处不彰显着人性之美。然而，正因为如此才让人愈发觉出那悲是美中的悲，那悲中蕴含着美。我们知道，悲剧所揭示的社会的、人性的、心理的问题的深刻性，是喜剧所无法比拟的，莎士比亚的悲剧作品无一不是世界文学宝库中的伟大作品。因美而悲，感人；因悲而美，伟大！

为这本书写点东西，曾觉得是一个很沉重的托付，因为这本书连缀着许多感人而沉甸甸的故事。忽而，我又觉出了光荣，觉出了责任，因为这是在颂扬人性之美，这是在讴歌人类之爱。

你，我，他——我们大家都会发现——世间的万事万物都在改变，唯有人类生存的某些基本的东西没有改变，如生离死别，如人性之美，如互助互爱。同理，爱与生命的故事也不会因时间的推移而失却光泽。

自　序

儿子去了天堂，留下了书愿——

“把我的经历和感受写出来，告诉青年朋友和所有善良的人。”

于是，便有了爸爸用儿子的口吻讲述的故事——

这是一本有关爱与生命的书。

引　子

人的本能是追求美好，积极向上。所以，如果有人认为我的经历仅仅是曲折和不幸，我自然不会赞同。

……

离开了这个世界再回身看这个世界，我发现自己丢掉了虚荣、幻想、焦躁、疑虑、悲伤、烦恼、胆怯——人性的弱点都遗失了，只留下了一样东西——美好而富有情趣的记忆………

第一章
红夹子

有人说春天是看出来的，有人说春天是闻出来的，都说得好。于我来说，春天更是感受出来的。

一　克制与诱惑

那个黑色星期五，爸爸准备了一个红夹子。

“别让天天看见啊……”爸爸一脸严肃地叮嘱着妈妈。妈妈郑重地从爸爸手里接过红夹子，一脸惶惑地连连点头。

“天天啊，”爸爸左右张望了一下，俯下身贴着我耳边悄声说：“你坐在这儿别动，大夫叫到你的号你别答应，我很快就回来。啊。”他随即翻开红夹子，快速指了一下里面夹着的牛皮纸袋，“刷”一下又合上，急切地说：“我马上去把这个复印一下就回来。”说完，他急匆匆走了……

好嘛，既背着我，又偷偷复印医院的病案！

可是越这样神秘兮兮，郑重其事，我越不当回事——因此我从来不去翻看那红夹子。5 年了，那个装满我病历的红夹子，我从未翻看过，我简直惊叹自己的克制力！

其实说心里话，在最初那些伤感的日子里，谁还顾得上什么红夹子、黑夹子？谁还在意那里面放的是什么？看与不看，和减轻我的痛苦有什么关系？后来，我痊愈了，红夹子变得对我毫无意义。

可人多是禁不住诱惑的，这一次我心动了。不是在家，而是在无菌舱……

无菌舱？让你惊讶了吧。好，让我来讲给你听。

5年了，我跨越了万水千山，冲破了惊涛骇浪：3年休学，3年化疗，上百次骨穿腰穿……我痊愈了，我康复了，我考上了大学，我热血沸腾，我豪情万丈：军训，我是排头兵；演讲，我是最佳辩手；竞选学生会，我成为学友们的领头羊……可我却在河沟里翻了船！我做错了什么呢？……一切的答案，应该都在那个红夹子里。

远远地瞧着，红夹子好像刚被翻过，在护士桌上张着大嘴，正急着要把那里面的秘密告诉我呢！

憋了5年不看的东西，终于看到了！

哦，第一页是5年前我的第一份病案：

孙笑天　男　13岁（应为14岁，为了能进入北京儿童医院接受顶级儿童血液专家的治疗，少报了一岁）　于10月9日收入院

一、病理特点：

1. 主因：乏力一个月，低热一周。

2. 外院查：血常规白细胞明显升高，并出现幼稚细胞，骨髓象：原淋+幼淋占93%，诊为急淋白血病，亚型。

3. 查体：双颈部、腋下及腹股沟可及肿大淋巴结，四肢散见大量出血点……

出血点？

那出血点竟是比小米粒还小的小红点，由此，也瞒过了爸妈跟“外院”的多少双眼睛啊！

4. 辅助：

本院查：血常规：白细胞78300/mm³，血色素12.2克%，血小板10.8万/mm³……

骨髓象：骨髓增生活跃，粒红系统增生停滞，以原幼淋为主占99.5%……

哇！从6号“外院”查出，到9号来“本院”仅3天，白细胞就快翻番了！原幼淋增到99.5%，眼看百分百啦！

越发触目惊心：

二、诊断分析……

三、鉴别诊断……

四、诊疗计划……

五、向家长交代病情：……孙笑天属高高危，随时可危及生命……

高高危？

以前只听说过“危险”，“危急”，“危重”，医生因此会让家属在治疗书上签字，可我那时竟然是“高高危”，随时可危及生命！

怪不得爸妈当时是那个样子……

二　那一天，紫丁香盛开

大窗子投进来的满满阳光把我吸引到窗前，突然惊觉：院子里的紫丁香，一下子全开了！要知道，就在昨夜，沙尘暴刚从一场春雨中退去。

这家位于颐和园和圆明园中间的医院，绿化极好，院子里尤以紫丁香最多。印象中那么纤秀玲珑的小花，竟也经得住如此狂虐的沙尘，开得这般昂扬、热烈、蓬蓬勃勃——远看着——就像一座座紫色的棉花山似的。人说紫丁香会躲避风寒，等待最佳时机开放，看来真没错。一座座“紫色的棉花山”团簇着，被一株株宛若“大绿帐篷”的雪松树掩映着，翠绿中嵌着淡紫色，煞是清新悦目！

你看，人们正三三两两地往院子里来呢，个个笑逐颜开，都像是来跟久违的老朋友会面似的！也是的，接连一个礼拜浑沌沌的天把人都憋坏了，谁不想来沐浴一下和暖的春阳呢？

瞧，一只“粉蝴蝶”在绿草地上跑来跑去。蝴蝶？跑来跑去？呵呵，其实，那是一个穿粉色套裙的小姑娘在奔跑呢！那一团粉红，就在那幽幽的绿之间飘忽、飞跃。“粉蝴蝶”头上那束马尾辫儿哟，像只调皮的小喜鹊在她的肩头蹦蹦跳跳个没完。人们喜爱的目光，都在追逐着她，那当中有她的大哥哥，穿着蓝白条相间的住院服。据说，小妹妹是他的妈妈为了他而生的，为了给他做骨髓移植。

“粉蝴蝶”轻轻地揪了两个蒲公英的花球端详起来，过了一会儿，她扬起胖嘟嘟的小脸儿，把小巧的嘴努成了一只红红的“小喇叭”去吹那白莹莹的花球……

真美啊，阳光斜照着，她稚嫩的脸上的茸毛毛闪着一层亮亮的淡金色。

“噢……”她欢呼起来，张开两只胖胖的小胳膊去抓那飞翔着的“小小伞”，好像她也要跟着飞上天似的！这幅画面，突然把我的记忆唤醒了，它与我童年的一个快乐的情景是那么相似……转眼间，“粉蝴蝶”又飞近了“紫色的棉花山”，她踮起脚，去闻那花香，又仿佛要亲吻那小花。在看风景的人眼里，她简直就成了一簇盛开的紫丁香！

“哥哥，哥哥……”“粉蝴蝶”欢笑着，擎着一束蒲公英跑过来。风儿吹起来，“小小人儿”接二连三地飞起来。

哥哥兴奋地张开双臂，抱起小妹妹，快乐地转起圈儿来。小妹妹努着小嘴，在旋转中“噗噗”地吹着蒲公英。那亮晶晶的小小伞也旋转着，铺散着，一圈圈向上，一圈圈扩大，在天空中快乐地飘散！

此刻，我想更多的人一定如我一样在赞叹欢悦灵动的生命，在赞叹这春阳下的祥和。我由此想起了自己的金色童年，想起了更多个这样明媚的春天！

有人说春天是看出来的，有人说春天是闻出来的，都说得好。于我来说，春天更是感受出来的。3个小时以后，我欣然走进了无菌舱——为了骨髓移植。

骨髓移植？

是的。骨髓移植必须在无菌舱进行。无菌舱在人们眼里可是个神秘的地方：它就设在疗区走廊的尽头，进出那里要经过所有的病房，一道铝合金与磨砂玻璃做成的隔离墙将它与所有病房隔离开了。隔离墙上两扇对开的大门总是关得紧紧的，里面若有人，在外面能影影绰绰看见飘忽摇曳的身影。呵呵，这就更增加了神秘感！因此，这里就像个强磁场，总是吸引着人们想一探究竟。听说在里面一天的花销就需要5000多元，光床费就得300多元，有7个人为一个人服务……可这就更让人琢磨了：那里面到底什么样呢？

在这里，你看不到一点自然光线，感受不到一丝外界的气息，你会有一种与世隔绝的感觉。每一间隔离舱，都布置得十分简洁：一张铺着雪白被单的床，一个漆着乳白色油漆的床头柜，一根悬在空中的银白色吊瓶杆。

那一刻，我是让漂亮的护士小A牵着手走进去的……

让她牵着手？是啊，因为我从头到脚，都被一件极宽绰的隔离服给罩上了，什么也看不见！

我忽然觉得背上有股灼热感。哦，那是爸妈投过来的目光，热辣辣的，一时间我的全身都热了起来……

小A帮我把领口、袖口、裤管口都扎了起来，她的动作是那么轻柔——呵呵，像幼儿园的老师在照顾小朋友。她那细滑的手指几次碰着了我的脖子，一阵阵凉凉地痒。我呢，也只能乖乖地听凭她的摆布。呵呵，好在我看不见，否则这个跟我同龄的漂亮护士会让我难为情的。

她那样做是为了防止把细菌带进去对我造成感染，可是从消毒间到隔离舱，也不过二三十米，竟然也要这么严格，要不怎么叫“无菌”呢！我整个人不也刚接受过“药浴”的彻底“洗礼”嘛，连口腔、鼻孔、耳朵眼儿都没能被“豁免”；那些陪我进来的书报不也要受“株连”被高温逐一处理嘛……这么说，进了舱还真是得处处小心。

眼前一片漆黑，脚踩在地上没了根儿，轻飘飘的，分不清东西南北。于是，我只好抓紧她的手试探着往前蹭。

“喂，慢一点儿，别急！”小A用她甜润的声音叮嘱道。

我的心头忽地一热：她懂得我的感受！

“要过第二道门了，稍抬抬脚，”她拉着我的手轻轻向上抬了抬，“左脚……右脚……”我随着她的声音机械地动作着，憋不住无声地笑了。

又在黑暗中穿行了一会儿，只听见小A轻声地说：“可以摘掉头上的隔离罩了。”

“哈，终于重见光明了！”我的内心竟生出敬慕与感激来。

远远地，我看见爸妈挤在水泥墙上的小窗口朝我摆手呢。

那情景多么熟悉，我的眼前倏然浮现出几年前的一幕情景：去青岛看望爸爸，回来的时候爸爸送我登上了要远行的船，站在码头上久久地朝我挥手告别……

其实，儿子此时又何尝不是登上了要远行的船？跨越生命海洋的行程又何尝不遥远？可是那对面便是新生的彼岸，是胜利的彼岸呐！

雪亮的日光灯照着那小窗口，也照到爸妈的脸上和身上。可那两张脸竟是那样憔悴，那两只手竟是那样干瘦，我竟然第一次如此清晰地注意到！我的泪水一下子就涌了出来，在心里说：爸妈呀，自从儿子生病5年来，你们为儿子吃了太多的苦，如今，还要让你们为儿子担惊受怕，当儿子的，心里不是滋味啊！

朋友，你不知道，本来经过3年的治疗我已经康复了；休了3年学我还考上了大学，而且是我钟爱的计算机专业……那又是一段多么甜蜜醉人的日子啊！同学们来看望我，妈妈高兴得都不知拿什么招待好啦，一盆一盆往上端香瓜："吃吧，吃吧……这是顶心红，这是八里香，这个叫羊角蜜——香瓜里头，最甜的！"爸爸呢，走在楼梯上都哼哼着老歌："美酒啊飘香歌声飞……"

可以跟爸妈对视着了，我立刻笑了，像宣誓似的举起拳头用力摇动：我要让爸妈看到我的信心，我要给自己加油，鼓劲！爸妈立刻回应我，也举起拳头摇动。可是，我有点犯寻思，他们的目光怎么有点游移，好像躲躲闪闪，好像藏着什么我所不知道的秘密。晃然间，我的脑海掠过一个莫名的念头：

"爸妈呀，我的身上流淌着你们的骨血，可是，这很快将被一个陌生人所改变。细胞记忆理论告诉我，我会像他或她——脾气、性格，甚至行为习惯。假如那是一个女孩儿，假如那是一个比你们还年长的成年人呢？……到那时，你们该怎么看我这个儿子？我又该怎么见你们——我的爹娘呢？"

"可我又想说，他或她给予儿子的爱，更会令儿子刻骨铭心：这种爱因非相识、非血缘而更无私、更伟大！"

爸爸像突然想起了什么，张着嘴打起了哑语，用手指指我，又指指他自己，连续地做着一个我没见过的动作，妈妈瞧见后也重复着……

我用感激的目光回应道：有什么事写下来，请护士传给你们。放心吧，你们的儿子会承受住一切的，等着儿子的好消息吧！

三　欲望骤然膨胀

上午是小G的班。我当时正在无菌舱里看书，着了迷，没听见她的第一声招呼。当她提高八度音再喊"吃药了"，我才一怔，赶紧把手伸向托盘里的中药杯。不料，中药杯刚从蒸锅里取出，我不由得猛一缩手。小G呢，一撤盘，可好，没人管的杯子"啪"地就掉在了水磨石地上！顿时，尖利的碎玻璃、褐色的中药汤四飞五溅……

3位护士中，小G因面孔冰冷似修女，被患者们称作"从来不会笑的那个"。冯爷爷掉在地上的毛巾她会用脚一下一下给踢到走廊去；给患者扎针就像投飞镖，还总扎出血。呵呵，我进舱20多天来，她对我那可真是——直抒胸臆："吃饭啦"，"吃药啦"，"打针啦"……

这下我真火了，立刻还以颜色。我两眼好似冒火，目不转睛地盯着她，感觉两只眼睛已然成了两支火焰喷射器！

……

中午，准备给我做移植的病房刘主任来了。透过大玻璃，远远地瞧见他还领来了一个人，精神矍铄，像老华侨。"是他？"从侧影看那么像：宽展的额头，稀疏的头发；依然一身笔挺的蓝西装，只是临时在外面披了件白大褂……"是的，正是他——陆道培教授！"他是被请来为我的移植做论证的吧？之前刘主任说，要把我的移植作为典型病例，准备请几位德高望重的老专家来会诊。陆教授可是大陆实施骨髓移植的第一人呐，绝对权威（他给我看过病，在我眼里他是位慈祥的老爷爷）！刘主任毕恭毕敬地站在陆教授身旁，不时说着什么。陆教授一边翻看红夹子，一边频频点头……"哦，红夹子对陆教授也有用？对移植也有用？"

光阴荏苒，如今这一切已成为历史，红夹子里的秘密已经揭晓。

今天再说起红夹子，我的内心平静而坦然，如月光下的一泓湖水。

这本红红的大八开的塑料夹子，厚约4厘米，里面有上百页平滑的透明塑料内页，每张内页的正反面夹放的全都是跟我有关的文字资料和图片。只是夹放的东西太多了，鼓鼓囊囊的，跟奶奶烙的大发面饼似的！

红夹子里的每一页，都会唤起我的一段回忆。

如今走过来了，再回头看曾经历的一切是那样清晰、生动、耐人寻味——我如同隔着玻璃看着里面上演的一幕幕精彩剧目……

第二章
黑色星期五

早熟的树叶被秋阳的光芒映照着，像一片片金箔似的，在微风中抖动着耀眼的金黄……一切都是那么温馨，令人陶醉。

一 “骑毛驴儿啃豆包”

“哈哈哈……”

刚想讲这段故事，爸爸那超高分贝的笑声，就已经响在我的耳畔了！

国庆快到了，春节刚过就去了青岛的老爸突然回来了，没一点儿预告。向来爱跟我“咬耳朵”的妈妈，也没透漏半点儿风声，真给了我一个意外惊喜！呵呵，我知道这正是他们要的效果。我不也愿意制造惊喜嘛，这会让快乐加倍。

老爸两年前“下海”了，说是要为我的将来打打经济基础，那时候我刚上中学。可让我挺纳闷，他说这次是专程为了我回来的，这至于吗？

爸爸说他连天地梦见我，兴奋，心急，归心似箭。放假当天就坐上了回家的火车，这一路上啊，我的那些让他高兴的事儿，在他的脑海里就像收网的鱼儿一样在阳光下欢腾跳跃：一会儿是他接到了妈妈的电话，“咱们儿子跟小学一样，又是开门红，第一名”；一会儿是他儿子的作文被《吉化报》刊登了；一会儿是家长会上老师表扬他的儿子“学习轻松，有后劲，进入初三是芝麻开花节节高”……

唉，没办法，老爸老妈一直这么看重学习，看重名次。其实，这并不能让我多快乐，我只是在同学面前感到挺自豪，自然也有点虚荣。

“天天，你知道你什么事情最让我惊喜吗？”老爸突然问我，脸上堆满了笑容，两眼放射着光芒，好像彩票中了大奖！

可他并不等我回答马上说：“就是你那次入学考试。开始口试了，我跟你妈老远地瞧着。忽然你让我犯寻思了：你怎么变得那么漫不经心，还东张西望起来？正想着，就见那位神情严肃的老校长直奔我来了。他一只手拿着老花镜在另一只手里连连敲打，好像十分恼怒，还铁青着脸。呵呵，后来我才知道他的脸色就那样！可我当时的心里呀，直敲鼓：‘怎么？是儿子那不屑一顾的样子把校长惹火了？还是儿子有什么题没答上来？可凭他的实力不至于啊！’谁想，老校长离我好几步远呢，就堆起了笑容，他一张口，你猜就把我给怎么啦——‘骑毛驴儿啃豆包——乐颠馅儿了！’”

“骑毛驴儿……啃豆包？”我憋不住乐了。

“你猜他怎么说……”老爸的话音没落，妈妈迫不及待地说话了：“校长说，‘好哇，好哇！你们的孩子基础扎实，反应机敏，非常出众，将来上大学不用考，肯定会获得保送的……’”

看着爸妈的一本正经，我心说：“你们还真拿那些当回事儿啦？凭我，能要保送吗？保送的学校能理想吗？靠竞争才是真格的！”

“可是啊，”老爸笑着转移了话题，“我一想到你的‘风度’、‘小数点’，就火燎屁股似的坐不住了。中考毕竟是通向大学的必由之路，所以，我无论如何得赶回来跟你聊聊！”

你可能要问什么“风度”、“小数点”，呵呵，老爸说的是去年那次家长会，老师单独跟他谈话时对我的批评。不过，那批评倒挺别致：

> 我们这学委呀，可真有点风度……那么紧张的考试他一点也不在乎，百分之百会做的题他也会出错。这个小马虎呦，那次，竟然忘了点小数点……

老爸想必给吓着了，噼里啪啦一通讲。我连连点头称是，尽管对有些话“不感冒”，可还得照顾老爸的面子啊！实际上，我在心里暗笑他：您老人家背着我想做什么都泄密啦——妈妈昨天跟我咬耳朵：“你爸还准备‘微服私访’呐，去走访你们班主任和各个科任老师，要掌握‘第一手资料’，再跟你谈。”哈哈，我心说：“这我可真不在乎，因为今非昔比喽！”

红夹子简直成了“万宝囊”，爸爸把“微服私访”的结果也给塞到里面去了！一页教案纸，上面写着班主任林老师飘逸的蝇头小楷……呵呵，这肯定是爸爸要来的“口供”了：

> 孙笑天思维活跃，学习轻松，潜力巨大……课本知识游刃有余。
>
> 他精力充沛，爱好广泛，而且能忙里偷闲，学习娱乐两不误。
>
> 他不是循规蹈矩刻苦学习的，他不刻苦，也无需刻苦。这孩子，将来上“清华”没问题。

“微服私访”把老爸给乐得，他说他当晚就做了一个梦：他们集团设立了“研究生基地”，然后组织去清华参观。当他走过一间阶梯教室的时候朝里看了看，这一看不要紧，那几百人当中他一眼就发现了我。我凝视着讲台，一脸的幸福和激动。他有些诧异，顺着我的目光看过去，不禁又一惊，揉揉眼睛再看，讲台上竟然是我的爷爷在讲《概率论》（爷爷曾经在清华教书）。

好像好梦成真了，老爸延续着激动跟妈妈夸耀：

“老师说，这次考代数几何，孙笑天又拿了‘双百’，这还是全校的唯一呢！这小子还真行，他小时候我就看他有数学天赋，那些数学玩具，像‘魔方’、‘九连环’什么的，我都解不开，弄不了，他却样样玩得得心应手。他教数学的爷爷要是还健在，指不定得多高兴呢！看来，我们儿子说要继承爷爷的事业，还真不是放空炮呢！”

二　“料青山见我应如是”

国庆假日的最后一天，老爸见我写完了被他称作“铺天盖地”的作业，立刻提议：“天天呐，轻松轻松，到龙潭山去玩玩儿怎么样？我也要走了，再跟你谈谈。”

“好哇！”我立刻应道。

妈妈洗了西红柿，灌好凉开水，装上炒瓜子。

“来，我拎着。”我争着去拿。

“得，你就管好你的望远镜吧！”妈妈笑道。

这次老爸带回来一架苏联望远镜——18倍数，高清——说是给我的“兑现奖”！呵呵，有意思，3年前我获得了全国小学生自然竞赛奖，他说要给我加奖而没“加”——我早忘了这茬儿他还记得！

“找我张岩姐姐一起去吧！”我提议。

“当然应该！”老爸的话音没落，我已经拨上电话了……

我有一个姨，姨父是动力厂小车司机，因公去世两年了。我要找的就是他们的女儿，只要有什么高兴事儿我就惦记着姐姐。她虽然接姨父班工作了，可只要我找她，她准来。

说来有趣，我最初都没弄清自己是在哪里出生的。你可能要问，怎么会这样呢？那是因为爸爸的家原先在长春，更早在北京，再早我就不知道了。当我确信自己就是在松花江畔的吉林市出生时，心里喜滋滋的！

这是一座多美的城市啊！松花江悠悠然，宛若一条银色的玉带呈琵琶状飘逸地回环于城中。她是那么舒缓、明净而宽展，让人感受到一种平和而包容的美；江面上总是野鸭嬉戏，翠鸟啾啾；举目望去，江岸上山峦起伏，绵延叠翠……到这里，你甚至会生出吟诗作画的欲望呢！当年康熙皇帝来此就禁不住赋诗赞美道：

松花江，江水清，夜来雨过春涛生，浪花叠锦绣縠明。
彩帆画鹢随风轻，箫韶小奏中流鸣，苍岩翠壁两岸横。

我们要去的龙潭山，就位于松花江的东岸，从我们家出门向南，二三百米就到了。从我很小的时候开始，爸爸就经常带着我和姐姐上龙潭山去玩，好像每个星期天都去。上学以后好多同学也成了我的同伴。一年又一年，感觉自己就是在那绿草地上长大的似的！春天，我们在那儿放风筝，打羽毛球；夏天，在那儿捉蜻蜓，采蘑菇——当我们在那绿油油的草丛里，忽然发现了黄澄澄、圆溜溜的蘑菇头时，快乐的欢呼声都飞上了天！秋天，我们去拣酸枣，摘山里红，心里头还会生出丰收的喜悦呢！到了冬天，漫山遍野都铺满了厚厚的白雪，我们便从那个30度的陡坡向下放雪爬犁，那真叫一个刺激——疾风在耳边呼呼作响，白雪在身旁喷射飞扬，阳光在眼前成了一根根离弦的银箭——那感觉，是风驰电掣，是飞流直下！银色的世界里，荡起我们一浪又一浪的欢笑……

可自从上了中学，我就再没去过一次龙潭山，再没去过一次绿草地。

呵呵，时间都让考试、竞争给霸占了，一占就是3年。

刚挨近山脚，我的老朋友——小翠鸟、布谷鸟就像迎宾侍者，啾啾鸣叫起来。这一下将我的思绪拉了回来。哇，山林里特有的青草与林木的芳香气息，亲热而急切地把我们围拢了起来。满山各样的树木伴着温柔的秋风姑娘发出“沙沙”声……好惬意，好快活啊！我情不自禁地张开双臂，向着大山，向着森林，向着我的老朋友欢呼起来……

“来，咱们比比，看谁先冲到山顶！”我见姐姐瞅着我乐，提议道。

“行啊！”姐姐立刻响应。她向来都依着我，不，是让着我。

眨眼工夫，我们俩就把爸妈甩没影了！

疯跑了一阵，上气不接下气，坐在山坡上歇会儿吧。

端起望远镜向远处望一望：哈，云淡天高，秋阳明丽，感觉真好；山坳里滚滚升腾着一团一团巨大的“蘑菇”云，像黄山云海、像庐山云瀑一样巍巍壮观；一座座石化炼油装置在其间若隐若现，一派蒸蒸日上的景象；远山层层叠叠，那丰富的颜色就像爸爸刷墙用的“油漆色谱”——依次由深到浅、由浓到淡——从斑驳的绿到青蓝、蓝灰、淡蓝灰，再到一抹薄纱似的与天边的云霞融为一体。两句宋词忽然飞入脑海：

我见青山多妩媚，料青山见我应如是。

像小时候一样揪几支蒲公英，细细地观察那些“小小伞”、“小小人儿”……忽然想起了老爸说我看蒲公英都看成了“小对眼”，“扑哧”一下笑了，姐姐也“咯咯”地笑了起来。“噗噗……”我们把那些“小小伞”、“小小人儿”吹起来，用望远镜细瞧它们在空中飘摇、飞舞的姿态，太有趣了……调皮的白云倩影也来凑趣，故意从我们的脸上、胳膊上拂过，就像是有人用蒲公英的茸毛毛轻轻地摩挲着我们的脸。随后，这倩影的帷幔又拂过草地，漫上山坡，不知又跟谁嬉闹去了……殷勤的秋风侍者，则一个劲儿把野果子和松树的油脂混合起来的馨香送进我们的鼻子……早熟的树叶被秋阳的光芒映照着，像一片片金箔似的，在微风中抖动着耀眼的金黄……一切都是那么温馨，令人陶醉。

爸妈与我们在绿草地会合了。

“先玩后聊。”我跟老爸达成了共识。

一通扑克打下来，“少年组”大获全胜。“老年组”输了受罚还非要“少年组”陪吃西红柿。不甘受罚的老爸做着怪相发出“吧唧吧唧”的声响，逗得我们把嘴里的西红柿都喷了出来！

开始聊聊吧，老爸却让我先汇报。

他叼着烟卷眯着眼睛细听着，嘴角挂着得意的微笑。我明白他的笑，因为他有“微服私访”，什么都知道——可我也成竹在胸，无所谓。

忽然，我发现老爸眯成一条缝儿的眼睛睁开了，瞪圆了，现出了惊恐，歪在草地上的身子也直了起来。

他看到了什么？他紧盯着我，目不转睛地盯着我的嘴……

半天，老爸终于吃惊地问：“天天，你的嘴角出血了？……刚才一点点，现在好多！”

“西红柿汁儿染的吧。”我不假思索地说。

“等一等，”老爸用小手指在我的嘴角上轻轻地沾了一下，“真是血！”

“来，我看看，”妈妈急了，边说边用手绢擦，“是血！”她摸摸我的头，“好像又有点低烧。”

“没事儿啊，没事儿！”我向上推推眼镜，满不在乎。

“是讲得口干了吧，再喝点水。”姐姐关切地找出原因，递过水壶。

“咕嘟咕嘟”，一通凉开水下肚，我继续“演讲”……

老爸在书里面写下了他当时的感想：

我痴痴地望着儿子那消瘦的脸庞，脑子有点乱：他不会是得什么病了吧？可老师又说“孙笑天精力过剩，下课冲在前头往操场跑，踢足球生龙活虎”……妈妈也说，儿子因疲惫去过几趟医院，可大夫用听诊器一试就说“没事”！再听是毕业班的学生，马上认定是太累了……想起来，儿子最近刷牙总出血。可这样的情况自己也有过，不用管就好了……那儿子这次嘴角为什么又出血呢？跟牙出血有联系？可别往一块牵连，然后弄出个不好的事吓唬自己……对了，前两天儿子还有过低烧，可是吃了两片感冒药也就退了……那儿子又为什么这么瘦呢？咳，自己在这个年龄也很瘦。老人不是讲，这个年龄的孩子“贪长”都这样吗？猛然间，我想起了一个女生因患“麻疹”被误诊为“上感”而不幸去世的事，不由得打了一个寒颤。

我当时自然揣摩不到老爸的心思，回家的路上，我们走在一起说说笑笑……

迎面是满天金灿灿的晚霞。哇！这么光艳、华美、绮丽——似乎从没见过这样的晚霞——蓝蓝的江水都被染成了金黄色，江面上不时掠过的水鸟的翅膀也给镶上了金边。我分外惊喜，不由得回头望了望——那背后的山林草地，都被晕染了一层耀眼的金黄。

这番情景，在后来的日子里经常像破土而出的幼芽，顶过在其上不断叠加的记忆的厚土，清晰而美好地浮现在我的脑海里。

三　出事了

两天后，出事了。

我的低烧奇异地持续，吃两片“抗汰痾”也只能起到稍稍缓解的作用。我执意坚持上学，因为班里每天有那么多需要我来做的事。但我终究没有拗过老爸。星期五，他决意要带我去医院做综合检查。

血检、胸透、骨穿……一个个检查让我心生疑窦，惶惑不安。

老爸亲历了一切，而一切的结果他只告诉妈妈，瞒着我。

妈妈也一反常态，守口如瓶，不再跟我咬耳朵了。

这会儿我要说，也许因为我对医院太熟悉了，也许后来经历的这类事情太多了，以致虽是爸爸转述给我，可那些情景却栩栩如生地展现在我的眼前，如同身临其境一般。

宽敞的化验室，通亮，洁白，一尘不染。

主管副院长王叔叔从显微镜下慢慢地抽出一片涂抹着我的骨髓的玻璃片，愣愣地看着，好一会儿，他似乎很不情愿地抬起头，仿佛见了陌生人似的奇怪地看着爸爸……化验室赵主任低头审阅着《骨穿报告单》，不时抬眼瞟一眼爸爸，好像生怕他偷看似的……屋里一片寂静，仅能听见呼吸的声音。

爸爸呆呆地站着……

他惊疑、他猜测、他推断，他觉得自己的脑子都不够用了，但是他一下子读懂了面前的一切。突然，他觉得世界开始旋转，白色的墙壁、白色的大褂、白色的器皿、白色的操作台、白色的日光灯，浑浑然连成了一片白光。

霎时，他觉得自己都要被融化到那片白光之中。

“正视现实吧，”副院长终于艰难着说道，“急性淋巴细胞白血病，亚型！”

不，这简直是晴天霹雳！

晴天霹雳在他的脑袋里轰然爆炸：这不就是日本电视剧《血疑》中，“幸子”得的那个血癌吗？这就是现实？这就是结论？这，让人怎么能接受呢？本是阳光灿烂的金秋，突然霹雳撕裂晴空，灾难从天而降，他在心底大声疾呼：

“上帝呀，您干嘛要嫉妒这样一个孩子呢？他是班长，他是学委，他是语文课代表，他是能上清华的学生，他是我唯一的孩子啊！”

……

“哐！”房门被我使劲儿摔严，我把自己反锁在自己的小屋里。

“天天！……”“天天呐，开开门！……”“好孩子，听话……啊……”门外一片嘈杂，出去送人的爸妈和被送的人都回来了，呼唤，恳求，一声紧接一声。

我双手抓起被子蒙在头上——竭力憋着，忍着，绝不开门——我抗议！

病生在我身上，却不让我知道，天底下哪有这样的道理？我又不是弱智、白痴。就算弱智、白痴也会从自己突然变坏的身体，从眼前突然出现的情况觉察点什么呀！

在抗议中等爸妈实话实说，可等了一夜也没结果，今天延续着昨夜。他们对我就一个字——瞒。

谁能理解我？我多孤独，多无助，大家都知道却瞒着我。为什么？为什么这么多人突然来看我，神情严肃得像走进了教堂，说话生怕我听见，走路还蹑手蹑脚的，想看看我又迟迟疑疑不敢走到床前来……为什么要这样？我有思想，会思考，也许因为从小体弱而思想更活跃，思考更深刻。可我却被蒙在鼓里，谁能知道我有多憋闷、多委屈、多难受——我忍着高烧，忍着骨髓穿刺，还得忍着“瞒”。

星期五啊星期五，黑色的星期五。

星期五也许注定是个不寻常的日子。

爸妈呀，你们干嘛非要瞒着我呢？纸能包住火吗？我怨你们，又不忍心，甚至连看都不忍心看你们一眼，看了就想掉泪：你们为我急啊，嘴上都起了大泡，我从未见过你们这样灰白的脸色，惆怅的神情。可是跟我的目光一对，你们还马上朝我笑笑，装作很轻松——好像事情并没什么大不了的——可那挤出来的笑，却让我看到你们内心在流泪，在滴血。

妈妈呀，你的眼睛为什么一眨不眨地看着你的儿子呢？你的眼里布满了血丝，你的目光却像炼乳一样细润而光滑，缓缓地流过儿子干渴的心田，弥合着儿子心田上的一道道裂口……妈妈呀，你明明知道儿子的眼里全是疑问、烦恼、焦躁，甚至还有对你的埋怨，可你为什么依然充满期待地凝视着儿子的眼睛？你是在等待儿子能够理解妈妈的心？你是在等待儿子心灵的窗口重放光华？……儿子在你那蒙着一层泪水的眼睛里看见了自己，他发现自己突然变得那么小。

最终，妈妈的目光融化了儿子的心……

希望在远方。就这样，一家人登上了由吉林开往北京的272次列车。

在单调而疲惫的隆隆声中，我昏睡着，思绪零乱而飘飞。整个人恍若置身在黄山的云海里，置身在松花江的浓雾中，迷茫连着迷茫，混沌串着混沌。

为什么是我？为什么偏偏是我？——我从不说谎，我从不做坏事；我努力学习，我有希望上清华；我从小就乐于助人，我帮助别人什么都舍得——妈妈给我一块钱我也要送给遇到困难的同学。但这世界，怎么会发生这样的谬误？说是“祸兮福之所倚”，那么，就一直有祸患有灾难倚傍着我吗？在我的那些幸福日子里，在我的那些快乐时光中，它们一直都存在吗？可是，不还说“福兮祸之所伏”吗？那么，灾祸中不也蕴含着幸福，苦难中不也包藏着快乐吗？由此说，灾难是由幸福而生。那么，追求幸福就必然要经历灾难，幸福之中也一定潜伏着灾难，是这样吗？“祸兮福之所倚”，就是说我虽遭遇了灾难，可灾难也有幸福相随，不幸之中也包含着幸福？这样说，我就有希望，有希望就该努力，努力才能将希望变成现实……想不下去了，脑子里乱成了一团。

睁开眼睛，眼前一片耀眼的金黄；闭上眼睛，眼前纷纷乱流萤飞走……

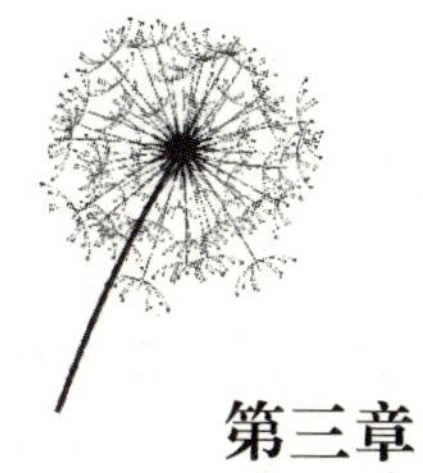

第三章
磁共振：在“小光头”的世界里（上）

即使现在，我依然这样认为：“小光头”是我的老师。对我来说，最具有意义的日子，是我在“小光头”的世界里度过的那段可爱时光，我至今仍深怀着一种难以言喻的思念。

一　我被投进了一池凉水

旭日的光芒把地上的人影、树影拉得很长，与天上的云影、光影交错斑驳在一起，忙乱地移动。天上的鸽子仿佛被地上的热闹所吸引，它们盘旋着密密匝匝地从人们头顶飞过，留下斑驳的影子，发出阵阵鸽哨声。

迷蒙中的人呐，好像被投进了一池凉水，立刻清醒了过来。

院子里的大圆花坛被出租车围得像一盘硕大的蚊香，一圈一圈的……挂号厅里人头攒动；候诊厅里座无虚席；化验、B超、CT，到处都拥挤不堪；划价、交款、取药，左一条长龙，右一条长龙，连问讯处都排着长队……里里外外，哪儿都是孩子——坐着站着跑着的，抱着背着领着的，数都数不清。有多少孩子就有多少大人，也许更多。到处都响着来自全国各地的大人与孩子混合起来的南腔北调，追逐声、打闹声、召唤声、哭喊声连成一片。

“怎么会这样？”我不禁感叹。

“这就是全国顶级的儿童医院——北京儿童医院？”我的内心一阵阵战栗，“病孩子竟然这么多，悲剧竟然在这么多家庭上演！”

哦……这里是七疗区……可这里的孩子怎么都是光头呢？都分不出男孩儿、女孩儿了！

怎么？他们也穿这种蓝白条相间的病号服？以前只见过大人穿。

他们在走廊里出出进进的，看样子还挺快活。他们的个子高高矮矮，多大年龄的都有。呦，那个好像才几个月大，白白胖胖的，吊针还扎在脑袋上，正手舞足蹈地抓挠呢！

突然四个大字映入眼帘："骨髓移植"。怎么？还得做骨髓移植？把自己的骨髓抽出来，再把别人的骨髓输进去？

接着又是四个大字："公慈勤和"。哦，这是医院的院训。

一切都是那么新奇、惊心，却又令人茫然。

我像是一个考察者、一个勘探家，在一点一点地打量、揣摩周边的情景，观察这个陌生的世界。

突然间，我感觉好像有一面无形的巨大而柔软的密网，慢慢地把我和这个空间里的一切温和而严实地笼罩在一起……渐渐地，恍若有一股湿热的带麻醉感的液体，缓缓地流遍了我的全身。

许久以后，我把不断累积的感受综合起来，加以理性化，得出了一个我认为是真理性的认识：

> 当一个人独对苦难的时候，他会感到命运不公，压力沉重，难以承受。
>
> 而当他置身于众多苦难者之中的时候，情况就变了：不公被弱化，压力被抵消，大家共同分担着痛苦，相互化解了忧愁。同样的命运，同样的感受，同样的渴望，在一个巨大的共同感应的磁场里融通、热解、化合——产生了如同物理学上所讲的磁共振，在某一频率附近对高频电磁场的共振吸收现象。
>
> 每个人的心理重负，在磁共振中，相应地得到弱化、舒缓、减轻。这个影响是微妙的，而作用却是无与伦比的。

治疗的需要让我一下子知道了全部实情。

可我还能说什么，什么也说不出，只有在心里沸腾：怪不得爸妈瞒着我，怪不得给我做那么多检验化验，怪不得让我进抢救室，怪不得那些孩子都是"小光头"，怪不得还要"骨髓移植"……现在一切都找到了答案，我得的竟然是血癌！

眼前耀眼的金黄顿时变成了一片灰暗，心中辉煌的大厦瞬间轰然倒塌！

理想、前途、希望，全破灭了！上清华，出国留学，继承爷爷的事业，都不可能了！

哭吧，欲哭无泪！

说吧，没人倾听！

都说我行，我却病了，我到底还是不行！

我病了，我倒下了，我再也不是强者了！

校园里的一切反复出现在我的梦里，同学们的面孔逐一闪现在我的眼前……

亲爱的同学啊，此刻，我想对你们说：我跟你们一样少年锐气、青春飞扬，跟你们一样有着远大的抱负和火热的理想，也许我表现得更强烈，让你们觉得我太过于争强好胜；也许由此让你们有过不愉快，请原谅，我不是故意的。我的工作，或许让你们有过不满意，也请你们理解，我是一心想把工作干好，可能在方法上出了问题。现在我不在了，会有新的班长、学委来接替我，希望你们配合他的工作，我也祝愿他比我做得更好！

唉！干吗要说这些好像告别的话呢？好像自己就不想回去、就不能回去了。白纸上的水彩还可以覆盖啊，电视今天“再见”明天还会上演啊！

可是，真不知道自己会变成什么样子，会像那些“小光头”一样吗？真不愿意让伙伴们看到他们曾那么在意的漂亮公子变成了那个样子。我突然觉得：我没法见人了，不能见人了；我不想活了，我想跃上窗台跳下去……

打住！

这还是孙笑天吗？这还是那个被同学认为跟他的名字一样豪气、豁达、像个男子汉的人吗？怎么成了懦夫？这不是逃避、不负责、自己打垮自己吗？

那又该怎么样呢？

命运的缰绳已经从我的手中滑落，我还能再抓住吗？可也不能不去抓呀！抓，毕竟就有抓住的希望和可能啊！投篮还没投怎么就知道投不中呢？不还有这么多“小光头”也在承受么？我怎么也比他们强啊！我读过更多书，我懂得更多道理，我应该成为他们的榜样！

清醒过来的人呐，思绪更活跃了：儿时那些让自己觉得要强的事儿，仿佛一直冬眠着猛然被春雷唤醒，化作了一个个活蹦乱跳的蓝精灵，在脑海里“噌”地一下子跳了出来……

哈哈，姑姑、姑父把我评为劳动模范，奖励我两块大肥肉！乐得我“叮叮当当”地敲饭碗！劳动模范没什么意思，大肥肉可真香！3 岁那年在姑姑家，干什么我都要跟斌斌哥哥（姑姑的儿子）比赛，要比赛就必须赢：抱白菜比他多抱了一棵，倒垃圾比他擦桌子快……

“将！”我出奇不意，来了一个“高钓马”！“嗯？”爸爸好像被弹了一个“脑瓜蹦”，捂着脑门儿盯着棋盘发愣，好一会儿才无奈地做个鬼脸儿说：“好，好，我认输啦……”呵呵，这情景也飞进了脑海！跟爸爸下棋，我可是只能赢，不能输，输也不服。开始，爸爸只好一个劲儿地让，让一车一马，再让门炮……等我稍大些，让，我还不干呢！非得跟他处在同一起跑线上，然后赢他！最让我得意的是，他的国际象棋还是我教的呐，可他呀，一次也没赢过我！

“哈哈，全长白胡子啦！”东磊笑得流出了眼泪，指着我泡在碗里的“勒筋儿”嚷！“勒筋儿”是我们小伙伴爱玩的一种游戏，用大树叶的经脉钩起来俩人对拽，没拽折一方为胜。可一样粗的“勒筋儿”，我的怎么也拽不过他的。“输了吧，输了吧！”这声音可真让我难受。这天，我看见爸爸做“鱼炖豆腐”时用盐水先把豆腐泡泡，豆腐就不碎了。于是我突发奇想，把“勒筋儿”用盐水泡泡再晾干，能不能……哈，试验成功：我的“勒筋儿”个个像吃足了猛药，我终于反败为胜！呵呵，可那两天下雨，“勒筋儿”没晾干，全长白毛了！

……

在我思绪翻滚的时候，妈妈在病房里一刻不离，生怕我再发生意外。

呵呵，其实我早想通了：“要强不服输”不是走极端，不是对着干，而是要先适应情况，再设法改变。玩“勒筋儿”看到了输才能想法赢，才能从“鱼炖豆腐”（盐的凝聚和胶结作用）中获得启发。所以，我现在必须承认疾病的现实，先适应它，再寻求解脱。

要说儿时的一切是盲目的，那么，我现在已经学会了思考，知道了行动要靠思想来指挥。

见我平静了下来，妈妈才敢跟我说开了：“天天呐，你知道我当时一看见药箱子上‘剧毒’那俩字，就浑身麻酥酥的：做实验时，用毒蛇的一滴毒液，就会让一杯血立刻变成红豆腐脑，现在你一天打 23 个小时的吊瓶，得有多少毒液渗到血液啊，谁能受得了哇！于是，我就去找大夫，可走在路上又笑自己真傻：那不还得兑生理盐水么！”

“呵呵！”我被妈妈说乐了，“毒与非毒，都是人的命名。就是毒也不要紧，那才好以毒攻毒哇！”

妈妈又让我给说乐了：“你说得好。可是，就算没有毒，滴 23 个小时，滴进去那么一大盆水，身体也受不了哇，上厕所也不好办呐！”

“你看……”我努努嘴，让妈妈看那些自个儿提溜吊瓶进进出出的“小光头”，妈妈连连点头，感叹得直咂嘴！

这会儿你可能要问，你爸爸干吗去了？

哈哈，他呀，一声不响地跑到大走廊去了……

二 小月牙，栗原小卷

爸爸怎么还自个儿躲清静呢？

别误会，他是在替我熟悉环境，了解情况呢！

长长的大走廊十分洁净，米驼色的水磨石地面反射着四周的光影，显得很柔和。雪白的墙上间隔地挂着许多配有卡通图案的宣传板，上面图文并茂生动地介绍着血液病的常识。大走廊的中间凹进一块儿形成了一个方厅，方厅中间摆着一张大方桌，桌上放着一摞摞铝板制成的本夹子，里面夹着每个孩子的病案。这里的墙上挂着绘有各种颜色标记和曲线的大图表，密密麻麻地标注着孩子们的名字，显示着各种治疗方案实施的流程。这里是护士办公的地方，护士站。走廊顶头的大玻璃窗上写着四个鲜红的大字：“骨髓移植”。好几个“小光头”在走廊上悠然地走来走去，小脚丫趿拉着“小老虎”、“小熊猫”、“小鸭子”图案的小拖鞋，身着清一色蓝白条相间的病号服，有的不太合身，像小和尚穿着宽大的袈裟，模样拙朴可爱。

“喂，小朋友！”爸爸蹲下来，轻声唤住一只“小鸭子”。这是一个大概只有五六岁的“小光头”。

“小光头”停下来，歪着头看着爸爸，友好地笑了。红红的、胖胖的脸上那双本来就含笑的眼睛，立刻给挤成了弯弯的“小月牙”！

“你叫什么名字啊？”

“菁菁。”

这么嫩、这么甜的声儿，像跟妈妈撒娇似的！爸爸惊诧道：“你是女孩儿啊！”

原来是光头迷惑了爸爸。爸爸握着她的小胖手，碰着了她手腕上花溜溜的木手镯。

“妈妈说，戴这个能保佑我。”“小月牙”抬起她的小胖手，悠悠地转动花手镯给爸爸看。

“哦……好孩子都会得到保佑的！”爸爸捧起她的小胖手和花手镯，若有所思。

“小月牙”听了爸爸的话，甜甜地笑了。

爸爸指指另外几个“小光头”问：“你们的头发都是化疗以后才掉的吧？”

“是啊。没掉光就要全剪掉，要不，会弄枕头上、被子上，哪儿都是。”

爸爸感叹：多懂事的孩子啊，只是还不太懂得爱美，美丽的小姑娘没有了美丽的头发，却并不在意。可奇怪，她怎么这么胖——圆圆的脸，红红地泛着亮光，跟熟透了要挣破皮儿的大红苹果似的！吃得太好，营养过剩？还是……爸爸忍不住问道：

“你们每天怎么吃饭，是不是……爸爸妈妈总给你们送好吃的啊？”

“我们吃的饭，都是食堂用餐车送的呀！”

嘿，“小月牙”有问必答，一点不认生！

爸爸很快知道了，那胖是伴着化疗时大量服用激素造成的，那圆圆的脸被称作“满月脸”。再后来，他看自己的儿子就行了。

“你得的什么病啊？”爸爸不厌其烦，刨根问底。

“白血病——急淋型的。”“小月牙”无所谓的样子，眼睛依然在笑。

“哦，和天天一样。”爸爸点点头，随后又问：“能告诉叔叔，你的病怎么治的吗？”

“化疗哇，我现在上的是‘门冬’——还吃‘门冬饭’呢！”

“门冬饭”，就是为做“门冬”这种化疗的孩子专门配送的一种没有油水的饭菜。呵呵，可真不太好下咽！

“哦……”爸爸似懂非懂地应着，心想：“这小姑娘这么小，怎么这么懂事，怎么什么都知道？”

爸爸的疑问后来由我的主治医师做出了解释：“整个儿童医院呐，就数我们血液病房的孩子聪明，个顶个的！只是原因还没研究出来！”主治医师的语气里满是骄傲和自豪！

“好孩子，去玩吧。”

小姑娘冲爸爸笑笑，圆圆的脸上又现出了美丽的“小月牙”。爸爸喜欢得不得了，后来根本不叫她的名字，就喊她“小月牙”，以至我也愿意这样称呼她了。

爸爸的目光随着“小月牙”的身影移到一间间的病房……

这一间病房里，床上全空着，地下却围了一圈儿高高矮矮的“小光头”。太显眼了！那当中只有一个大概八九岁的小女孩儿，还是一头乌黑的长头发，那一束马尾辫儿骄傲地翘得老高。这女孩儿这么秀气，像谁来着？爸爸想起来了：栗原小卷！对，太像了！80年代上映的日本电影《望乡》中的女主角——清纯美丽、极富社会责任感的栗原小卷！爸爸想：这小女孩儿一定是刚来的，不久之后她这一头秀发迟早是留不住的。顿时，他的眼里盈满了泪水……可那些孩子虽然都是小光头，却依然笑得灿烂。只是清一色蓝白条相间的病号服让你分不出男女，留心看他们手里的洋娃娃和水枪，倒能认出个大概。可他们为什么都那么蹑手蹑脚、唧唧咕咕的呢？好像在互相讲述着童话世界里的秘密。

在这一间病房里，分列两侧的8张病床上，躺满了大大小小的孩子。他们身上插着管子，管子连着架子上的玻璃吊瓶。可那吊瓶里的药水怎么有黄色的，也有红色的，那个居然是蓝色的？是因为鲜艳的色彩能给孩子带来快乐，所以才专门为孩子配制的？

孩子们的针管有的扎在手上，有的扎在脚上，那个还扎在脑袋上！这些孩子可不那么欢实了：他们脸色灰白，有的甚至蜡黄；他们都睡着，有的脸上还挂着泪珠；只有一个“小光头”和抱着他的妈妈一样，目光呆滞地望着窗外的爸爸……

爸爸这才明白了：刚才那些“小光头”蹑手蹑脚、细声细气的，原来是怕吵醒了这里的“小光头”。

可爱的孩子们啊，已经知道了要互相关心。

三　探视，女人招待所，大光头

我的治疗以最快的速度开始了，由此，一个大男孩儿融入了“小光头”的世界。

血液病房规定：3岁以下的孩子准许家长陪护。3岁以上的孩子，家长要想见，只有每周两次的探视时间。

人，对所有的第一次都记忆深刻。爸妈说他们对我的第一次探视，“就

像第一次幽会一样难忘”！呵呵，这是待我痊愈以后，他们回忆时的轻松话语……

“你说，印象怎么那么深，像咱们第一次幽会似的，呵呵！那天好像还差40分钟开门呢，咱们就碰头了——我从那个‘干活不给钱’的地方（爸爸就职的公司半年没开工资），你从医院小招待所。”爸爸突然变了一个腔调：“你们那个女人招待所可真让男人惦记——哎哎，没别的意思啊——说的是方便，医院西大门进去左拐就是——还便宜，只收5块钱！”爸爸用鼻子“哼”了一声：“就是有点性别歧视！”

“呵呵，”妈妈被爸爸逗乐了，“人家那不是专为孩子妈妈开设的嘛，非女莫入！”

“可孩子妈妈太多，一般住不进去。”妈妈解释道，“因为离自己孩子近，又便宜。咱们还不是因为天天的病情，才得到了主治医师的特别关照嘛！”

我挺诧异，这么多年从没听爸妈说起过。在病房里，还真不知道外头发生的这些事！

“呵呵，趁着门卫开门前那阵儿，你就讲起了女人招待所的内幕！”

“再给你讲讲？”妈妈笑道，“地下室里潮乎乎的，全都是年轻妈妈。新疆的、内蒙的、河南的、山东的……全国各地哪儿的都有，说话南腔北调。一溜大通铺，就像农村生产队里那个长长的大火炕似的。孩子妈一个挨一个，每个人也就有……”妈妈比量着，“大约60厘米这么宽一条儿……”

“那么窄一条儿，怎么睡呀？要是个胖妈妈可怎么办？”我无比惊讶，心里却在说：“妈妈为了孩子，什么都能克服啊！”

“距离近，哭都能传染。一个孩子妈妈哭，像冲击波似的能带起一片来。唉……”妈妈叹口气，看着我说，“我是着急进去陪你，不说病情，就说你的情绪那么不稳定，再出点事儿怎么办？”

“怕我出事儿？至于嘛！”我抢白道，可脸上却直发烧！

“可不是嘛。”妈妈冲我笑笑，继续着她的话题，“那门卫守得也太紧了，没医生开条儿，说啥也不让进。后来我注意到有的孩子妈妈没条儿，也能乐呵呵地进进出出。晚上，河南妈妈告诉我，走‘地下路线’！食堂、理发部不都在地下室嘛，好多大夫上下班也都走那儿，近便啊。上楼的几个口守得也不严。哪天你要发觉严起来，那就是又有什么检查之类的事了。你平时向门卫‘打打进步’，多点笑脸儿，到这时候就管用了。大连妈妈人长得俏皮，一口‘海蛎子腔’更逗：‘得了吧，我刚来，在底下像小偷似的——东扎一头西扎一头，让人逮住好几回，上来一看，还是错！’温州妈妈更有意思，说话像绕口令，还手脚并用地比划：‘这楼地形这么复杂，像大蜈蚣，有谁不发蒙，天南海北来的。下次我老公来，让他画张儿童医院地形图，复印出来卖，一块钱一张，到处都是人，包赚！’孩子妈妈都给逗乐了！但不一会儿，有的妈妈却呜呜地哭起来……”

我的眼睛不觉也湿润了。

难怪爸妈讲“像第一次幽会似的难忘”，那是怎样的情景啊：

终于到放人的时候了，门卫使劲向外顶着被人流拥得凸进来的大门，费了好大劲儿才把门打开。人们蜂拥而入，三步并作两步朝里跑，向楼上冲，如同超市“秒杀”活动、“大派送”开门时的情景。一位捧着毛绒熊的老奶奶差点被绊倒。冲上三楼七疗区的人又被挡住了，原来这儿的走廊门仍然紧紧地关着，里面不知什么事没进行完。

透过大门玻璃，可以居高一直看到里面长长的大走廊。在一间间病房的门口，高低错落地挤着一小堆一小堆“小光头”，一双双大眼睛瞪得跟黑胡桃似的溜溜圆，急巴巴地向大门这边张望……要不都是小光头，要不都是清一色的“蓝白条”，你甚至会以为这是幼儿园的孩子在急切地盼望家长接他们回家呢！走廊中间，几个无所谓的“小光头”，压跷跷板似的左右摇晃着……再看这大门外头，年轻的爸爸妈妈们拎着花花绿绿的大包小包，里面尽是些薯片、锅巴、果冻等零食。几个孩子的妈妈踮起脚，伸长着脖子向里眺望，连连摇着手臂，张着大嘴打着哑语。有个“小光头”瞧见了门外的妈妈，趿拉着“小老虎”走过来，他把鼻子顶到了门玻璃上——玻璃上立刻像被粘上了一只大蜗牛，他的两只小胖手随即在圆圆的“满月脸”旁边生出了两只“胖耳朵”。妈妈呢，立刻旁若无人地跟儿子顶起了鼻子……可一会儿，玻璃的两面就都让泪水给画上了道道儿……

七病区的门终于也开了，但仅是一条只够一个人侧身通过的缝儿。一个患儿只允许进去一位家长的规定，把一些人挡在了门外。

“为啥不让进呢？探视制度太不人性化了！”一位年轻爸爸气得脸都白了，叉着腰，瞪着眼。他身旁一位妈妈直拽他的袖口，然后小心地看看左右。

“理解吧，血液病的孩子怕感染，这也是为咱孩子好！”一位四川口音的小个儿女人说。

我的爸爸呢，跟这里的看门人很谦和地打着手势说着什么，妈妈在旁边做着注解……这位看门人，跟“机场安检”似的，上上下下给爸爸一通打量，然后做了一个放行的手势。她终于相信爸爸说的“儿子刚来，是高高危，我们第一次来探视”。

和爸妈一样，我对自己的“第一次”也记忆犹新。

“小光头”里很快就出来了一个“大光头”——呵呵，我的头发好像找到了好去处，全部与我脱离了关系。

我胡噜着光光的脑袋想：要是爸爸来探视（那时妈妈已经回到家乡），会有什么感觉呢？我第一次剃光头，这是他第一次见着，还非他所为。

要知道，从我出生到现在，都是他给我剃头——他没事总爱胡噜我的脑袋，肯定跟这有关系。爸爸时常还会不露声色地远远地端详我的头型，像在欣赏一件艺术品！

今天不是探视日啊，他怎么来了？

“爸！”我轻轻招呼一声，有点难为情地摸了摸自己的光头。

“哈哈，走过路过，不要错过……”爸爸逗起乐子，为自己顺利溜进来而得意，“当然，我走的是‘地下路线’啦！”

几个“小光头”立马围上来，爸爸瞧一瞧他们，更快活了。他先摸摸两个“小光头”的脑袋，又很随意地摸摸我的光头，上下打量着我说道：“哎，挺好！人也胖了，头也光了，满漂亮的嘛！这回咱不搞特殊化了，大朋友和小朋友都一样了……这样多利索，又好洗，又凉快！”随后，爸爸又冲“小光头”们说：“你们是‘小光头’，他是‘大光头’，大家都是光头，都一样了，这就更得搞好团结，互相帮助啦！”

“小光头”像是听懂了，望着爸爸痴痴地笑，也摸起自己的光头来！

这时“小月牙”走上前拽着爸爸的胳膊，那亲热劲儿，我都有点吃醋了。爸爸高兴地转了一下她的花手镯，然后蹲下身从包里掏出几本书来：“这里面有好多好听的故事，让你们这个‘大光头’哥哥给你们讲，好不好啊？”

“叔叔，您现在就给我们讲一个呗！”“栗原小卷”央求。

“好，好！”爸爸乐得合不拢嘴！

望着爸爸，我的心头忽地一热：他刚才抚摸我的光头的手分明是颤抖的……我知道了，他第一次看到我剃光头心里不好受，可又怕我为失去头发而伤感，因而装作很高兴的样子。然而，这些“小光头”的天真、可爱，又实实在在让他快乐起来！

其实，我又何尝不是呢？

“小光头”的快乐、天真、好学，以及“无所谓”，时时都在感染着我。他们只要好受一点，就会聚在一起说说笑笑。他们时常会拿着画册、小人书来请教我，漫无边际地提一些可笑的问题……望着他们，我问自己：还有什么不快乐的理由吗？还有什么不给他们做出榜样来的理由吗？每逢这时，我不管是在看书，还是在休息，都会马上停下来给他们讲。妈妈把我订阅的《郑渊洁童话大王》寄来了，也成了我给他们讲故事的素材。不久，老叔送给我一台电子游戏机（带手柄、大频幕，可供几人同时玩）又成了快乐扩大器——最初我只是在每天化疗结束时，才拿出玩玩。可一开机，“啾啾啾”的“小翠鸟”一叫，床头就很快围上来一溜“小光头”。他们的眼睛瞪得溜圆，跟见了稀奇宝贝似的！能一起快乐，自然更令我兴奋。于是，在化疗不是很难受的时候，我也把宝贝拿出来给“小光头”们演示。当然，我没有忘记邀请他们一起玩。听着“小翠鸟”“啾啾啾”地叫，看着“小光头”忘情地欢笑，心里真快活！

朋友，我想告诉你：我不仅很快适应了这里的一切，而且内心还生出来一种有了小弟弟、小妹妹的幸福感呢！

而我的小弟弟小妹妹们，又是那样的可敬：

“小月牙”一会儿跑出去，大喊：“阿姨，刘静的点滴没有了！”一会儿又跑回来，贴着小刘静的耳朵说：“你别急啊，阿姨马上就来啦！”一会儿小刘静也急得嚷起来：“张小波的鼻子出血了！”说着，就着急地去揪自己的卫生纸要递给他……

走出这个世界以后，我曾感慨地写道：

> 这是怎样的一群孩子啊！他们都患着重病，都是独生子女，都是父母的心肝宝贝，在这样一个全新的世界，特殊的空间，在这样地生活着啊！

由此，谁还能不改变呢？我由沉闷开始活跃，由内敛转为外向，每天的生活也增加了新的内容：帮“小光头”整理床铺，给“小光头”晾凉开水，为正挂着吊瓶的“小光头”打饭，帮工友打扫房间……

第四章

飞着的情结：在“小光头”的世界里（中）

我梦见自己跟着蒲公英一起飞翔，我还问：“你要飞到哪里去，哪里是你新的家呀？”后来我自己也变成了蒲公英在天上飞啊飞……

一　人是这样成长起来的呀

“天天……”

这个星期天下着大雨，妈妈拉长着声儿，甜甜地唤着我的乳名把我搂在了怀里。我都8岁了呀，是大男孩儿了，可妈妈还喜欢这样。

“你知道么？你跟爸爸妈妈是多么有缘啊！”

外边下着雨，妈妈就这么悠悠然讲开了……

“你们家发大水啦！”突然，妈妈的声音出奇地高起来，把我吓了一大跳！她的神情也变得十分激动，激动得直咳嗽，咳嗽得脸通红，仿佛这事就发生在昨天：

“妈妈在单位一接到信儿就蒙了：跟你爸挨了多少累呀、费了多大劲儿才收拾好的新房啊，到处求人借车，拉沙子、运石头、垫院子，自己掏炕、糊墙、打家具、修门窗，刚住上才几个月……”

大了之后，看见燕子衔泥的情形，我才觉得真正理解了妈妈当时的心情。

在我出生的头年夏天，下了一场特大暴雨。顷刻间，就把爸妈住的“处在涝洼塘”里的平房给淹得一塌糊涂。当他们从单位被呼唤回家时，都惊呆了：屋里屋外，白亮亮一片，没膝深的水里漂着塑料盆、塑料鞋，大水泡着米袋子、书报杂志……早上离开时还飘逸在小屋里的新婚气息，全被大水淹没了；妈妈舍不得穿的好衣服、爸爸的那些藏品，包括珍贵的邮票都泡了汤——这让我这个“集邮迷”至今为之惋惜。受殃及的，还有爷爷每个月写给爸爸的一封信——爸爸那时候还是学徒，每月只有17元，爷爷每月给爸爸寄5元必附一封家书。在电子邮件、手机短信、网上聊天当道的今天，这些饱含父子深情的文本该多珍贵呀！

“触目惊心”很快又演变成了“惊心动魄”：

怀孕两个月的妈妈，跟爸爸一道抢险，全然忘了肚子里的“小东西”，结果出事了——妈妈流产了。我的哥哥或是姐姐没有了，由此我才得以来到这个世界。

听到这儿，我跟傻了似的，瞅着妈妈半天没合上嘴……可不一会儿，眼泪却无声地流下来：说不清是因为妈妈的苦，还是因为我那从未谋面的哥哥或姐姐的走。

“哟！这么动感情啊！”妈妈怜爱地替我擦去泪水，连连地亲着我的脸蛋儿，又把我往怀里搂紧一下，继续说道：

“你来了，我们高兴啊，所有的苦恼一扫而光——你爸爸这个顾不上家的人，也承担起伺候月子的任务，被称作‘模范丈夫’呢！呵呵，‘模范丈夫’还制定了伺候月子的方针，都是什么来着……”妈妈把声音扬得老高地问。

爸爸立刻从另一间屋走过来，眉开眼笑！看得出，他对自己当时的创意很得意。他朝我笑笑说：“不多，这是后来归纳总结的。”

“对，”妈妈立刻应道，“一个是儿子的健康……”妈妈摸着我的脑袋嘿嘿笑着，“还有保证儿子有奶吃，保证儿子有尿布换！”

“吃奶？尿布？”

看我犯寻思，妈妈说：“你爸伺候月子就怕缺尿布，洗完没有换的。那时候我什么都听他的，于是就提早准备，花花绿绿地准备了那么多，”妈妈用手一比量，“摞起来快有一米高了！……尿布多，可洗完没地方晾啊！那时候，咱们家已经搬进了一个六楼的‘掰间’（就是一户人家住的两间屋掰开给两家住）。没阳台，尿布晾屋里不容易干不说，还影响你的健康。怎么办？你爸就爬到六楼天台顶上，拉上两根长长的绳子来晾尿布。你爸真会找乐子，到单位还乐颠颠儿地宣传呢：‘你们不知道，看着五颜六色的尿

布头，在蓝天下迎风招展，那就是在轮船上看万国旗的感觉！'”

爸爸被“万国旗”燃起了热情，把刚点着的烟卷放下来，跟着妈妈一起忆往昔……很快，爸爸又转向我，说：“天天呐，”他的眼里流露出不好意思来，却又有点自鸣得意，“其实啊，我伺候你妈妈月子，也是想看看你是怎么长起来的。呵呵，我告诉你吧，你小时候就是这样子的……”说着，他站到了屋子中间儿，像演皮影戏，手脚并用地比划起来：“会爬了，撅着屁股往后倒……哧溜哧溜地可真快，撵都撵不上！能坐着了，扳不倒儿似的摇来摇去。哟，哟，哟……说着说着就倒下去了。嘿，不服劲儿，晃晃悠悠地又坐起来了！”

爸爸的动作笨拙得可爱，像马戏团的小丑，又像动物园的熊猫，可我惊异：“那就是我？”

“开始走路，跟企鹅似的，扭哇，扭哇……不摔倒，还绝不停下来……”

“可以说话了，小嘴一张，居然先叫的是爸爸！”

“咳，练写字吧，拿起笔就把 3 写成了 ε ……”爸爸说着，就在门上挂着的玻璃黑板上写了一个 ε ，又画了一张脸把它变成了一只左耳朵，他跟妈妈笑得前仰后合。

咳，给我羞的呀，脸上发烧，嗓子发干，恨不能钻到立柜里躲一会儿！但是，我的内心却又无比感叹：“原来，人就是这样成长起来的呀！”

“啪！”妈妈拉过我，在我发烫的脸上又使劲儿地亲了一口！

不曾想，爸爸那样地学我，却在书里面这样写：

> 我惊奇地注视着小东西一点点成长：会爬了，会站了，会走了，会跑了……喜悦之心充盈着感激：看到他，我如同看到了小时候的自己。没有他，我的人生又怎能算是完整的呢？小东西给我补上了我没有记忆的那一段人生……

可妈妈倒说对不住我，眼里闪烁着莫名的泪光，还拿出一张照片给我看，说那时候我跟爸爸都很瘦，就她胖。

原来，这又跟爸爸的“月子方针”有关……

“妈妈生下你呀，奶水就不足，让你从小就受委屈……”妈妈叹口气却又笑道，“都说婴儿哭能刺激妈妈分泌乳汁，可我们儿子啊，偏偏爱笑：自个儿笑，见人笑，有人逗笑，没人逗也笑，躺着笑，坐着笑，连睡着的时候都在笑！

这让我心里的难受多少减轻了点儿。你呀，像你爸爸说的——真会甜乎人！”

“怎么能让儿子受委屈呢，跟爸妈这么有缘……”爸爸说着，把快燃尽的烟卷重又叼起来，悠然地吐了一串烟圈。

“瞧你爸，”妈妈跟我嘀咕，“这会儿像说别人的事一样轻松，可那时候，他急得像热锅上的蚂蚁！”

爸爸在鼻子里不屑地笑了一声。

那时候爸爸坚持认为，孩子吃不足奶水后果极严重，身体不好不说，还影响智力发育。于是，给妈妈下奶立刻被调整为“月子方针”的“中心”，当成了头等大事！这下，可了不得了，爸爸的朋友们都来帮忙……

一会儿侯叔叔风风火火地来了，给爸爸送来一本《本草纲目》，告诉爸爸按“祖传秘籍”给妈妈下奶；一会儿石阿姨急匆匆把爸爸找去，听爸爸说《本草纲目》里的“王不留行”、“六通”价钱便宜，就给弄来了昂贵的药材；一会儿简叔叔、徐叔叔又来了，领着爸爸去找熟人，去弄当时在市面上见都见不到的下乳汁材料。

妈说爸那时候是，“不惜欠多少债，也要解决我的吃奶问题”。

爸爸却自嘲：“咳，那时就信李时珍了——厚古薄今，一知半解！”

我心里笑：“李时珍怎么也不替后人想想呢？呵呵，可李时珍又怎么能管得了400年后的物价啊！”

可事情还没完：

李叔叔又把爸爸找去，把自家窗户底下那一小块地种的、才长到小老鼠那么大的地瓜给抠出来（盛夏，哪是收获季节），送给爸爸做材料。爸爸说他看得目瞪口呆，心头颤栗：他在农村种过地瓜，可是，拦又拦不住……

杨姥姥更有趣，给送来了一盆海带炖豆腐，哈哈笑道：“别信李时珍的，信我的！这个下奶最快！”

我的眼睛湿润了，这就是老朋友，这就是爸妈那一代人——朋友有难，没有躲着绕着的，都要伸把手，都要帮帮忙。

爸爸说他亦步亦趋，严格按照李时珍的“祖上秘籍”，一样一样如法炮制。他说在那么多“下乳剂”中，最难忘的就是“牛鼻子羹”。

“……大牛鼻子托在手里啊，肉乎乎一大摊，拿灯底下一瞧，好家伙——黑糊糊、毛烘烘、血淋淋的。我看来看去，也不知道该如何下手，更不敢让你妈妈见着，于是就半夜蹲在厨房弄。怎么弄的呢？”爸爸停下来，笑眯眯地看着我。

“你猜怎么着，得先拔牛鼻子毛啊。可手是拔不下来的，于是，就找来一把钳子拔！翻过来，调过去，里里外外地拔呀拔……可钳子哪是拔毛用的啊，轻轻地，下不来，一使劲儿，毛折了，毛根留在了肉里头，这可怎么办？”

爸爸讲故事中间还总爱提问。可有时，他并不用你回答，好像只是提示你要注意听他讲似的。

“动脑筋呐……”爸爸的两个食指像“聪明一休”似的，在脑袋上旋了两下，“嗨，有了！找锥子来挑……可又出乐子了：挑出来、溅出来的东西迸得满脸都是。‘掰间’对面屋你李阿姨正怀孕呢，她瞧见了，给她乐得都喘不上来气儿了：‘哎呀……妈呀，要个孩子——还得这样啊！’哈哈哈……可是，毛与皮还是难舍难离，我终于想起来了：不是煮羹吗，那就切碎了从里边摘吧……呵呵，那一晚上啊，终于熬成样子很好看的牛鼻子羹。可你妈妈说啥也吃不下……”

“呵呵，那个年代肉可不是想吃就吃的——你妈嫌膻，不吃！怎么办，还得想招啊……”爸爸得意地笑笑，眼睛朝妈妈眨了一下，“‘月子方针’哪能动摇呢，是吧？”爸爸随后又摸摸我的脑袋，说：“结果，三下五除二，我就把你妈妈给哄住了。她相信了李时珍的话，‘牛鼻子，作羹食，不过三日，乳大下’，于是她捏着自己的鼻子，把牛的鼻子吃掉了……哈哈哈！”

爸爸夸张地把自己的鼻子捏扁，扭成了一个团儿！

滑稽的动作让我勉强笑了笑，因为我的心里早已经沸腾了：这简直是天下奇闻！

然而，我看到了奇闻背后的可敬的人，也看到那些岁月的苦与乐。可爸妈要不说，我恐怕一辈子都不会知道这些事儿呢！

此刻我在想：我跟爸妈成为一家好像是上天的安排：茫茫宇宙，大千世界，风雨沧桑，日月轮回，有了这样那样事情的动荡、起伏、沉降、碰撞，才终于让我们得以结合，融为一体——所谓缘分也许就是这样。它就那样阴差阳错，自然天成，最初让谁都想不到……然而，看似偶然，实则必然。但是，我更愿意相信，这一切都透视着看似复杂、实则本真的人性。

二　飞翔的蒲公英

一边翻看着红夹子，我一边笑爸爸：“您老人家是怎么想的呢？”

这红夹子里还间隔地夹着我的好多照片呢！好嘛，这个小不点儿，还光着屁股呢，让人多难为情啊！可想想也没什么，谁的人生不是这么走过来的呢！哦，这张照片是我吹蒲公英的。蒲公英总是会令我心动。

病房的窗外时常会飘进来一些蒲公英的“小小伞”。呵呵，她们有时候是那样羞涩，先探一下头，然后才晃晃悠悠地扭进来，好像是为自己没打招呼就进来不好意思了。有时候，她们则迫不及待地一下子就飞进来，好像要急着向我们报告：外面正春暖花开。有的“小光头”偶尔发现了她们，会“噗”地一吹，于是，她们就在空中悠悠然地舞蹈起来。我知道，她们里面也有春发的柳絮、杨絮，可我总愿意把她们都看成蒲公英。望着蒲公英渐飞渐远，我的思绪就飞向遥远的过去……

在我童年的记忆里妈妈总出差，要不然就是复习考试，再就是到外地参加培训。因此，总是爸爸领着我到龙潭山上的绿草地去玩。后来我笑老爸还挺有方法的：因为大自然里的一切都让我好奇，所以我就不会再吵他了。他就可以安心做自己的事情，自己躺在山坡上看书。可现在他说起来倒得意洋洋：“要不然，你能获得全国小学生自然竞赛奖嘛！”走在弯弯的山路上，我总是在爸爸的背上摇来摇去的，爸爸呢，就跟着我一起摇。一时间啊，山在摇，树在摇，整个世界都摇晃起来了。那时我觉得，自己就是天底下最快活的孩子。可我在爸爸背上哪待得老实啊：路旁“呱”一声唱起来的大青蛙，“噌”一下跳过去的小松鼠，偶尔飞过的一只花喜鹊，都会令我无比惊奇，无比欢喜。于是，我就一次一次地张开双臂欢呼雀跃。爸爸呢，生怕我摔下来，就不时地把我往上蹿动一下，拽住我的胳膊让我搂紧他的脖子。每逢这时，他就会用腮边的胡子茬儿，在我的胳膊上一下一下地蹭啊蹭，痒得我大笑不止。可他呢，还故意不停下。你看他，笑得眼睛眯成了一条缝儿，连眼角堆起的细纹儿里都盛满了笑——可他却不笑出声来，那飘飘然的神情，就跟他微微喝醉了酒一样。

第一次到绿草地，我别提有多高兴了，我欢呼着从爸爸的背上溜下来，打着滚儿钻到绿色的春天里。

忽然，一个白色的花球吸引了我，它在五颜六色的小花中那么显眼。哈哈，还毛茸茸的。我嚷起来：“爸爸，爸爸，快来看呐！”

“哦，这是蒲公英！”爸爸笑着摘下一枝递给我，自己也摘了一枝端详起来。

奇怪，爸爸怎么也像第一次看到似的，眼睛睁得老大，半天都不眨一下。

长大了些，我看到爸爸写下的一段文字，才恍然大悟：

小东西给爸爸带来了怎样的惊喜啊！

我仿佛从没这样仔细观察过蒲公英，从没注意到蒲公英是这样的独特、迷人：她没有那些小花的斑斓，却是通体的洁白、纯净，毛茸茸、亮晶晶的。透过阳光朝里看，一撮撮扇型的“小毛毛伞”，连着一颗颗芝麻粒儿似的“小小人儿”。数不清的“小毛毛伞”，数不清的“小小人儿”，排列得那么均匀、齐整，分明是合力撑起了一座辉煌的圆穹宫殿。

可是，要没有小东西，我恐怕今生都要错过这如此美妙的发现与享受了。

呵呵！小天天当时可没顾上爸爸怎么想，只顾着玩手里的花球……

“呵，都看成‘小对眼儿’了！”爸爸总弄些新名词来笑话我。

“你看，那里面有那么多小黑粒儿，是吧，”爸爸指给我说，“像一个个小人儿吧？那就是蒲公英的种子。每个‘小人儿’的头上都顶着一撮茸毛毛，像一只只小伞吧，一只只‘小伞’还会带着一个个‘小人儿’到处飞呢！”

我歪着头听，新奇得很，小小的心儿跳得格外欢。

微风吹过，花球晃动起来了。

“天天，”爸爸喊，“快吹……噗……快吹呀！”

我努起嘴，使劲儿地一吹，那一撮撮的茸毛毛就争先恐后地飞起来了。

“噗，噗……噗……”

一时间，满眼都是亮晶晶的“小小伞”，满眼都是光闪闪的“小小人儿”。

“噢……噢……”我高兴地嚷着，跳着，追着，感觉自己都要跟着飞上天去了。

“爸爸，它为什么能飞那么高啊？”

“因为它轻啊。”爸爸想了想又说：“还因为有风。轻轻的风，托着轻轻的它，它就飞起来了……那些‘小小人儿’啊，都是蒲公英的孩子，孩子长大了，就撑着‘小小伞’飞走了……”

“那……”我不知道该怎么描述自己的心境，“那蒲公英多可怜呐！”

“哈哈，你别替它难过，”爸爸笑着，用手指头刮了一下我的鼻子头，“你帮助它的孩子飞起来，它还得感谢你呢！它就是从远方飞来的，它的孩子还要飞到远方去，然后再落下来，落在泥土里一点点长大，又会长出好多好多新的蒲公英呢！”

我懵懂地点点头。许久以后，我才知道：蒲公英就是这样在延续生命的啊！

学会了观察，我就更喜欢蒲公英了。爸爸夸她美丽，我更赞美她的品格：你看，她既可以骄傲地生长在那些鲜艳的花朵旁边，又能在不起眼的无人小径甘于寂寞、不屈不挠地生长。当她的茎杆被踩折，她依然会开出不起眼儿的小黄花，最后生成那么华美的花球！她不仅生命力顽强，还特别无私呢，她把自己的一切都贡献出来给人们治病：她的花、根、茎、叶都可以入药，用来健胃消炎、清热解毒，还能治疗溃疡呢！每当我见到她，都忍不住要采几枝。

那一天，我梦见自己跟着蒲公英一起飞翔，我还问：“你要飞到哪里去，哪里是你新的家呀？”后来我自己也变成了蒲公英在天上飞啊飞……

儿时的记忆是那么清新、美妙，以至于现在，我一看到茸毛毛就想起蒲公英。看她们缥缥缈缈地飞在阳光下，我便会因此生出梦幻般神往的感觉。

三　小提琴风暴，开门红

“小光头”里有个小男孩儿，五六岁的样子。

我怎么瞅他，怎么像那时候的我：胖乎乎的脸，挺大的眼睛，有点内向，他居然也会拉小提琴。他妈妈把琴拿来让他拉，我猜是为了帮他调节情绪，并不指望他在医院再练到什么程度。不过，他拉得挺好，我拉过的《铃儿响叮当》、《闪烁的小星星》、《小松树快长大》，他都会。我和屋里的“小光头”给他鼓掌，他会拉得更起劲。可他有时候并不愿意拉：妈妈把琴塞给他，他会提着琴和弓，撅着嘴，不满地看着妈妈，但他却不吱声，一副受了很大委屈的样子。这时候，妈妈便会怜爱地说：“好了，宝贝儿，咱不拉了。去看你的书去吧。”看得我直眼热，往事直扑而来……

爸爸是家里的教育负责人，他爱念叨技不压身。于是，从 4 岁起我就开始学画画、学书法，接着是学英语、拼音，之后是乒乓球、小提琴。可学这学那，并非都是我的意愿，多半是“教育负责人”的设计。“强权”之下，我又有什么办法呢，服从吧。可我心里也在盼自己快长大，好像长大了，就可以不听爸爸的，自己想做什么就做什么了！

为了学琴，我被送进了素有“音乐摇篮”美名的吉化第一幼儿园。

那是爸妈他们集团20多所幼儿园当中最好的一所，园里面总是琴声悠扬，离得老远呢，就让人恨不得插上翅膀飞进去。呵呵，可是让我要飞进去的不是琴声，也不是歌舞，而是那里的玩具和图书——我感觉怎么玩也玩不够，怎么看也看不完。可爸妈让学琴，没招儿，学吧。

可你知道，我最初是怎么个学法吗？

拉着拉着我就想：七巧板还能摆成什么小动物呢——猫？狐狸？……

拉着拉着我又想：老师为什么说安徒生早年就是一只丑小鸭呢？我希望快点知道。

拉着拉着，我的心思还飞到了校园，因为爸爸说要早一点送我上学。

就这样，琴哪能拉得好呢？

小朋友在一起合练，几十把琴，滥竽充数还凑合，可正儿八经排练准备参加汇演，老师要单兵教练，我就露馅儿了……这天，到了家长接孩子的时间，我还在挨老师的批评（唯一的一次）呢，一般不接送我的爸爸来了。

这下好，回到家琴还没放下呢，就来了暴风骤雨……

“天天，犯错误了？你是怎么想的呢？为什么不上心？为什么不用功？……”

我心里“咯噔”一下，爸爸可从没这么严厉过。可一连串的发问让我也不知道怎么回答，我只好低下头。可风暴并没有停下：“这么好的学习条件，我们小时候做梦都梦不着。你知道吗？别的小朋友想来都来不了，可你却这样……你爸你妈小时候，可从来没有因为学习的事挨过批评……你太让我生气了……”

爸爸的声音在空中颤抖。

我耷拉着脑袋，不时抬眼看一看爸爸。

风暴突然平息了下来，爸爸长吁一口气，话音又恢复了往日的亲切：“咳，瞧你这小可怜儿，让我可怎么说呢。得，你知道错了，爸爸就不批评了。但，知错就得改，从今天起你得加倍练习，在下个月汇演前赶上去。今天先练拉空弦10分钟，姿势要正，弦位要准。然后把以前学过的曲子，统统拉一遍，拉错重来，最后再把今天学的《铃儿响叮当》，拉10遍！”

还说什么呢，拉吧。小提琴带着委屈响了起来……

爸爸回厨房忙活了一阵，突然觉出“怎么不响了”？他进屋一瞧，见我正在看《儿童画报》呢！这下，风暴又起，他冲过来夺过画报，嚷道：“嘿，居然拿我的话也不当回事！”

实际上，我真不是故意的，因为瞥见了“小朋友在月球上举重”，想看看结果怎样。

“站到墙边去！”爸爸厉声喝道，“面朝墙。自己想，哪错了，怎么改。我不叫动不许动！”说完，又气冲冲回厨房去了。后来我才知道这叫“面壁思过”。

我觉得受了无尽的委屈：爸妈呀，我并不喜欢小提琴，可你们干吗非要让我学呢？而且你们也不会，又不能指导我。妈妈说她小时候如何喜欢，但家里没条件只能羡慕同学。可因此就让我拉？你们没做成的事就一定要我做？忽然，我发现爸爸在门口偷偷地看我呢，眼里充满怜爱。我赌气并不看他，只盯着墙，可是不争气的眼泪却止不住地往下掉。

“好了，好了，”爸爸忍不住走过来，变得和和气气的，“坐凳子上去歇会儿吧。什么事，咱们不做则已，做就一定要做好。你看，拉琴这事你做了没做好，没学到本领，落在了小朋友的后边，这已经很不好了。马上还要代表园里出去演出，因此会影响你们园的集体荣誉，这就更不好了。落后，出错，要挨批评，挨批评你会觉得脸上发热，大家都看着你，多难为情！咱们宁肯身上受苦，也不能让脸上受热啊！”

“宁肯身上受苦，也不能让脸上受热”这句话我可牢牢地记住了。

也许爸爸并不知道，我一开始不喜欢小提琴，只是“面壁思过”以后，不甘人后的心理才促使我认真学起来，并且体会到了小提琴的无比美妙……后来那次全市“六一”汇演，我们表演的器乐大联奏获得了第一名，老师向我伸出了大拇指。“特别要表扬孙笑天……”老师兴致勃勃地对妈妈说，“你的儿子有悟性，有潜质。他的先天条件不错，手形好，手指长，拉小提琴非常适合。但最适合弹钢琴！”

好嘛，钢琴、小提琴，一个乐器之王，一个乐器王后。

这让爸妈乐得不得了，为此他们还真动过一番心思呢！

爸妈总爱说我跟他们有缘，可我觉得我跟书最有缘。

小时候，要睡觉就得听书，要不，坚决不睡。于是，妈妈就不停地给我讲故事。讲着讲着，她自己先睡着了。这哪行，在妈妈细细的鼾声伴奏下，我不停地手舞足蹈抗议——没听够。后来，妈妈想出了妙招：讲到差不多的时候就把书塞给我，于是我就会搂着书睡着。

大点了，会爬了，听爸爸说我就特爱抓书。哈哈，想据为己有。

这可把妈妈吓坏了，抓的尽是她自学高考的书。我瞪着眼睛，皱着鼻子，上牙咬着下嘴唇，两手死抓住书不放，跟她较劲儿。妈妈急也不是，恼也不是，拽着书，一脸委屈地直嚷嚷。爸爸说，家里最好看的一出戏就叫“母子夺书”。

再大些，“小天天听完故事，最乐意回答咨询啦，对所学知识，毫无保留”——我挺喜欢爸爸这样的评价。

一次爸爸刚把鱼炖到锅里，就跑过来问我：

“天天，你愿意吃鱼吗？”

“当然愿意！”我玩着刚风行起来的魔方，头也不抬。

“为什么呢？”

“吃鱼聪明呗！”我得意地一甩头。

“为什么吃鱼就聪明呢？”

“你怎么还没记住啊？”我不得不停下手，吃惊得瞪圆了眼睛，神气活现地说道，“那，就让我告诉你吧！因为呀，鱼里面有好多好多‘二十二碳六稀酸’，促进大脑发育！”

“哈哈哈……”爸爸笑得眼泪都出来了，翘着大拇指连连夸，“讲得好，讲得好！”

妈妈爱讲“抓周”的事。“抓周”就是在孩子满周岁那天，摆上书、笔、印章、算盘什么的，让孩子随意抓，据此推断将来孩子的未来。她看到姥姥家的邻居给孩子“抓周”，后悔当初没给我抓。我心里笑：“天天大了，抓也不管用喽！”不过，我知道大学问家钱钟书的名字是这样来的。

“天天还用吗，”姥姥有些不解，认真地说，“一看天天就是读书人，到哪都带着书，连上厕所都夹本书！”

“不管这边儿大人在干什么，他从来不缠着，就在那儿看自己的书。”姥爷补充道，“这孩子，将来可是要做大学问的。”

我心说：“要做大学问的人，猫在被窝里还看书呢，街边路口的小书摊——他也是常客。不过，这是秘密，不能告诉你们！”

妈妈总给我的兜里装一点零钱，说是应急用。她知道我不馋嘴，不乱花钱。可是书摊上那一角二一本的书，我怎么能放呢？还是在只会听书的时候，我的脑海里就已经有了一幅幅美丽的图画，现在，我不仅可以看带图画的书，还可以借助字典看没有图画和拼音的书，多令人高兴啊！我见着书就想买，控制不住。有时买回来也怕挨批评，就把书先偷偷地藏在床垫底下。打 4 岁起，自家从那个“掰间”搬到“穿糖葫芦的小套间”，我就自己住一间屋了。说到这儿，想起些趣事儿：

搬家那天晚上，我就惊奇地发现：我的床头正对着小区路口，路口的那盏水银路灯格外明亮，正照着我的窗子。爸妈向来主张早起早睡，经常也不等我把书看完就张罗睡觉关灯，这天照例。躺下一小会儿，我就忍不住爬起来，悄悄地把窗帘拉开一道缝：哈，雪亮的灯光像是明白我的心思，急不可待地溜进来，“刷”一下，把我的床头照得如同白昼。哈哈，太好了，书上的字和画，都能看得清。于是，一个个夜晚，我就把窗帘拉开一道缝，在“借光”的窃喜中，偷看起自己喜欢的书来。看着看着，就跟着孙悟空一块腾云驾雾去花果山了；看着看着，就跟着葫芦兄弟穿山越岭捉妖精去了……

有书缘的人自然愿意上学读书，伴着欢快的琴声，我在 6 岁时走进了学校。

哈哈，说到这儿，那些令我此时还会哑然失笑的事，就蹦蹦跳跳地来到了眼前：

我一溜烟地往家跑，风儿在耳边吹着欢快的口哨……

真高兴啊，放学的路上就我一个人，感觉路边的小树都在为我歌唱。到了楼下，我突然想起来，早上爸爸说他今天在家写材料。于是，我马上蹑手蹑脚地上楼。呵呵，想我的样子，一定跟黑猫警长似的！到了家门口，我小心翼翼地把脖子上挂的钥匙捏起来，轻轻地打开门，悄悄地溜了进去……

“哇！”我在爸爸背后猛地大叫。

爸爸“腾”一下从座位上弹起来。哈哈，他果然被我吓了一大跳。

“呦！怎么是你？”他惊喜地瞧瞧墙上的挂表，表针指向 11 点 20，“怎么没到放学时间就回来啦？”

“呵呵！”我想忍还是没忍住，笑出了声，“你猜呢？”

“这么高兴，老师表扬了？”

“啊……也没什么。”我想起了爸爸常说的“敏于事而讷于言”。

“别谦虚。讲讲，让爸爸也高兴高兴！”

“是这样，上午最后一堂课是语文，老师让默写拼音和生词，谁写完拿给老师看，合格了，就可以先走。所以，我就第一个回来了。”

“嘿，行啊！”爸爸的眼里立刻光芒四射，“别骄傲，继续努力！”

转眼到了我的第一次家长会，头天晚上，得决定是爸爸还是妈妈去，我毫不迟疑：“让我爸去吧。”第二天下午，我在外面痛痛快快地玩够了，傍晚回家一推开门，惊奇不已：家里的气氛像过年似的。

饭桌上五颜六色，香气扑鼻。摆着我最爱吃的糖醋鱼，还有排骨炖豆角，等等。

“我们的好学生回来啦……”妈妈立刻欢呼着把我抱起来。

“开饭！”正在厨房忙活的爸爸高喊，“得，还得喝两盅，祝贺儿子开门红！”

好嘛，弄得我都不好意思了。

“第一次坐在儿子的座位上，自然是感慨啦，”爸爸迫不及待地讲起来，“感慨完喽，抬头看看吧，我的眼前豁然一亮：‘孙笑天，第一名。’大玻璃黑板上，写着第一学年成绩排行榜。哈哈，这时候我才明白，儿子咋晚上为啥非让我去开家长会了……”

呵呵，爸爸也太能意会了！

“可家长会一结束，”爸爸的声音说着说着就走了调：“就把我给闹蒙了：老师要一些家长留下，第一个就点了孙笑天的名儿。我寻思：老师一般可都是把不怎么着的学生家长留下，要重点讲讲的。老师继续点着名，我可是如坐针毡了，心里头更是七上八下，儿子出什么问题了？有成绩不说，犯错误也不讲？可儿子的品德不至于这样，他净做好事帮助别人……我简直一头雾水！”爸爸说着，摸了一下我的脑袋，“你这小子啊！”

“哪想，”爸爸煞有介事，“老师一开口就说，有件事让老师特别受触动。那天上午，最后一节是语文，我让同学们默写拼音和生字，题量可是相当大。结果孙笑天同学第一个完成，我一看，全对不说，时间只用了一半儿，实在超乎我的想象！我有意问他：‘你敢保证全对吗？’哪想，这孩子理直气壮：‘敢哪！’我又问：‘你的拼音谁教过吧？’嗨，人家神气十足：‘我爸呗！’还没等我再问，人家，小头一甩，走了！……我讲这件事实际是想说，假如我们所有的同学都能像孙笑天那样自觉学习，所有的家长都能像孙笑天家长那样……好嘛，又让我如坐针毡了，家长们热烈的目光四处找孙笑天的家长，最后齐刷刷落我身上了。”

“教育负责人”高兴得扔下筷子，站到屋子中间，学着老师的口吻，学起他的儿子那神气活现的样子来，像卓别林表演似的！

妈妈笑弯了腰，搂过我把我的脸蛋儿一通亲，随后急不可待地说：“天天啊，你爸说等你放假了，他就带你到北京去玩呢！”

“你呀你呀，”爸爸指着妈妈笑，“‘狗肚子装不了二两香油！’”

我憋不住哈哈大笑：爸爸总是想给我意外惊喜；妈妈呢，总是泄露天机！

不过当儿子的，真的是感慨了：原以为，家长会让爸妈不失望就行，哪承想，他们竟如此兴奋，如此激动。

回忆是甜蜜的、愉悦的，我自己甚至会情不自禁地笑出声来。我的笑，常常使旁边的“小光头”莫名其妙，“小月牙”还会跟着我“痴痴”地傻笑。

但说实话，我的心里时常也会有一种说不上来的滋味：就像在中药汤里搀了点蜂蜜，苦甜苦甜的；又好像在柠檬汁里兑了些麻椒水，酸麻酸麻的。

第五章

眼泪不是药水：在“小光头”的世界里（下）

漂亮妈妈跌跌撞撞地追上去，哆哆嗦嗦地抓起女儿的手，把那只还带着女儿体温的花手镯摘下来，默默地套在了自己的手腕上……

一　老战士

“哎呦！”我在心里大叫，“扎得不对劲儿了！”

大夫也意识到了。

那个细而硬的东西被一点点往外拔，似乎还透进来一丝丝凉气……好，拔出来了……“刺儿”又扎上了……怎么回事呢？总感觉那东西是被我的骨缝夹住……后来知道那是一种抽髓用的钢针。针，夹得越来越紧，心，缩得越来越紧……

这是我在“外院”第一次做骨穿的情形。

“哎哟！”我一激灵，那个细而硬的东西又好像扎到了竹板上，被夹住动不了了……

60分钟捱过去，麻药过了劲儿，又追加一针……

真难忘啊，这个在胯骨上做的“第一穿”，用了整整90分钟。

但相比之下，“第二穿”更难忘。

爸爸把我背到手术室，小心地放躺在手术床上。然后，他像参加庄严的

典　礼似的，肃然地立在了一边儿，怔怔地看着。可主治医师马上示意他出去。门，随即关严。

不一会儿，我突然听见门“嘭”一声开了。紧接着，响起“哐当当”一串奇怪的声音，我惊诧不已，心头一阵痉挛，可正被包扎着一动也不敢动。

怎么回事？原来护士去开门叫爸爸来，正靠在门上的爸爸躲闪不及，踉踉跄跄跌进了处置室。爸爸因为被“拒之门外”，正焦急地紧贴着门，听屋里的动静呢！

“哎哟，瞧你这当爸爸的！”护士憋不住“咯咯”笑了起来。

“没想到这么快！”爸爸窘得满脸通红，连连说。

“好，不请自来。得，把儿子推回去吧！”主治医生带笑的话音在空气中跳跃。

不过也别说，初来乍到，有了这么个小插曲，我们的医患关系一下子就近了。

“第二穿”确实快，才 5 分钟，感觉净用时也就一分半——90 秒！

90 分钟变成了 90 秒钟，惊心变成了惊喜。要知道，还没用麻药呢！

儿童医院给孩子做骨穿一般都穿前胸，因为这地方薄弱，骨骼软。这自然要比在胯骨上做容易些。后来，骨穿便成了家常饭：大大小小、10 天半月一轮的化疗一结束，都要做：查看骨髓里肿瘤细胞的变化，检验化疗效果。只是第二年，我的骨穿就改到了腰部，因为我太大了（瞒着岁数来儿童医院的），胸部的骨骼也不那么软了。

一个暖融融的午后，主治医师通知爸爸来接我到门诊做“腰穿”。

腰穿又是怎么回事？跟骨穿有什么不同？为什么还叫“鞘注”呢？那就是还要注入，注入什么呢？药水？骨髓里兑药水是什么感觉……我的脑海里蹦出来一连串问号。

儿童医院的大夫从来不跟患者讲“为什么”，也许因为她们的患者大多是“小光头”，而面对我这样的“大光头”，呵呵，习惯成自然了。

可我不能“知其然，不知其所以然”啊！

我站到了处置室门口，透过门缝儿向里看，看不清，于是踮起脚透过高一点的门玻璃向里望……

这一望不要紧，头皮立刻像过了电似的直发麻：手术床上，是“栗原小卷”！她像热水锅里的对虾，紧紧地蜷缩着，一大块方形的、中间带圆窟窿的消毒巾盖住了她的腰背，露出腰椎的部位。消毒巾大概是被高温反复消过毒

的，已经辨认不出原来的颜色，只觉得土灰土灰的，还带着黄褐色的印渍。圆窟窿中间露出一块白皙的皮肤，被刺眼的大灯照着，白得像一轮娇艳的小月亮。

戴着透明乳胶手套的大夫，举着有乒乓球直径那么粗的玻璃针管走过来，粗大的针管被大灯照得一闪一闪——看起来那是一种“套针”。

“套针”里面稍细一点的针管被抽出来了，顶住了圆窟窿的中心——像一柄利剑刺中了美丽的月亮。

大夫微微蹲着，拉开弓步，像拧螺丝一样开始拧针管里头的东西。

“嘎嘎吱吱，嘎嘎吱吱……”

刺耳的声音响起来，那也许是乳胶手套与玻璃针管摩擦发出来的。可我听着，就像是听到了修牙时那让人心尖发颤的电钻的“嗞嗞”声。隔着门，那声音似乎不大，但却刺耳、钻心。

“套针”里最细的、像针灸那样长长的针又扎进去了……

突然，我想起了“红夹子”！“红夹子”里一份《治疗协议》上清楚地这样写着：

治疗可能引起中枢神经损伤，造成高位截瘫……

腰椎……不就连着中枢神经吗？中枢神经损伤不就会造成……我不禁暗暗为“栗原小卷”祈祷：“愿老天保佑你，保佑你千万别出事……”

我又踮起脚朝里望去：“乳胶手套”离开了针管，针管竟直挺挺成90度地立在了“小月亮”上……“乳胶手套”又迅速回来，捏着一个5厘米高的小瓶子，瓶口对准还插在“小月亮”上的针管。随后便一滴一滴地滴下了晶莹透明的液体——洁净得好似月宫里的玉液琼浆。一瓶，又一瓶……两个小瓶装满了，一管儿药水立刻被推进去了……

不一会儿，轮到我躺在了“栗原小卷”刚躺过的手术床上，我的脑子可就闲不住了。

“腰穿”一定要抽取脑脊液吗？只有抽出脑脊液才能检验出脑袋里是否进入了癌细胞吗？可为什么一定要抽出来一些再注药呢？

身上的难受在一点点增强，我立刻想到了“栗原小卷”——感同身受毕竟不如身受啊！于是，我开始冥想一些愉快的事情：做完腰穿可以接着看《福尔摩斯探案集》，巴斯克维尔庄园到底发生了什么灾祸呢？福尔摩斯对华生的嘱咐还有什么另外的意思呢……回头还可以再打一会儿游戏机，这次一定要超过上次的积分……嘿！就这样，心思被牵走了！注意力给转移了！

话说这一天，当儿子的还没怎么样，当爸爸的倒受不住了，他在书里面写道：

> 当那两小瓶从儿子的身体里抽出来的白色透明、泛着光泽，还带着儿子体温的脑脊液握在手里的时候，我竟一阵阵眩晕！
>
> 我没有见到儿子流一滴眼泪，可我捏着小瓶子走向检验室的路上，却泪水涟涟……

几年后，有了数十次骨穿、腰穿的考验，我俨然是身经百战的老战士了——在成人医院，新来的患者纷纷向我请教——

“骨穿疼吗？……疼到不行咋办呢？你给我们说说，该怎么对付呗……”

“没什么可怕的。”老战士“毫不客气”地给“新兵”做“战前动员”，“其实就像打一针，先那么疼一下，然后感觉腰部缩得有点紧，有一阵儿像被吸盘吸着，那感觉挺奇妙。你呀，这时候就尽量去想一些高兴的事：像做完骨穿可以美餐一顿啦，可以让家人给买本好书来看呐，可以约老朋友来聊聊天啊……这样，感觉就好多了！……再说，就 15 分钟，也许还会短一点，你那么多罪都受了，还在乎这 15 分钟？”

“不行，我就是害怕。”一位中年男子，头摇得像拨浪鼓。

于是，我就把最有价值的“战斗经验”传授给了他（呵呵，用这招应对紧张的高考，同样有效）：“你要是真紧张啊，就来几个深呼吸，做几个‘提肛收肾’：吸气时，用意念把肛门提升到肾脏的部位——呵呵，可别‘呼啦’一下就放下去啊——让它紧缩着停一会儿，然后，再慢慢地随着呼气让它降下去。就这样，反复做几次……”

“能行？”中年男子半信半疑。

“试试吧，保证管用。”我肯定地说。随后我又绷着脸开玩笑：“别小瞧，这可是‘秘笈’，轻易不外传的啊！”

中年男子终于卸下包袱，轻装上阵。

你猜怎么着？回头，他乐颠颠儿来到我床前，喋喋不休地道谢，脸上的光芒仿佛把整个病房都照亮了：“哎呀，小兄弟，真不道该咋谢你好啦。你那招，太好使了，一个字——灵！就像一下点中了命门穴……哈哈，这下我再不怕骨穿啦……”

我望着“新兵”忘情地笑笑，心中有种别样的欣慰：我又能在帮助别人的过程中获得快乐了。

然而我知道，快乐的基因依然来自“小光头”的世界……

二　小猴子

在“小光头”的世界里，最初和我挨床的，是一个从唐山农村来的 5 岁男孩。

他最喜欢听我讲故事。我给他讲得最多的是《郑渊洁童话大王》。他每次都用两手托着下巴倚在我床边听，聚精会神地盯着我，“鼻涕过了河”都没察觉。那着迷的神情，让你会以为他从没听人讲过故事。他会随着故事的情节而惊奇地睁大眼睛，或者开心地咧嘴笑，却从来不说话。他的眼皮好像有些麻痹，眨动的速度慢得让人着急。

这天，爸爸来探视，带来一大包东西，书呀，杂志啊，衣服啦，好吃的，都有了。我一偏头，瞥见小男孩已经悄悄爬回到自己的床上去了，正呆呆地看着爸爸带来的好吃的。爸爸也注意到了，拿起一包“干脆面”要送给他，我急忙干咳两声阻止。爸爸惊异地看我，手停在了空中，在纳闷：“我儿子可从来没有舍不得自己东西的时候啊！这是……”

见爸爸不解，我赶紧拽一把他的衣襟，耳语道：“咱们不能随便给人家东西吃，大夫不允许，吃坏了怎么办？”

“哦……”爸爸也想起了大夫的嘱咐，却又说，“可这是密封的呀！”

“那也最好别给人家。”

“好，好，听儿子的。”

爸爸费好大劲儿，才从这个噘着嘴带着哭腔的“小光头”口里知道，他叫刘福，第一次坐火车。

这天，他家没人来。

再一次探视，他的妈妈来了。可那干瘦枯黄的面孔，让我无论如何不敢相信她竟是这 5 岁孩子的妈妈。直到后来，我的妈妈也变成了那样我才明白……

小刘福的妈妈疲惫而有些迟疑地站在门口，眼睛却陡然亮起来。她快速地将整个病房扫视了一圈，每个来探视的人都在跟自己孩子亲热着，没人注意到她。她的目光迅速落在儿子身上，整个人一下子就飘了进来，转眼就站在了儿子床前。她把两个鼓鼓囊囊的塑料袋放在床头，立刻捧起儿子的脸，看个不停。

我惊异地注意到：她的手有点像枯干的树枝，好几个指尖缠着白胶布——捧着儿子的脸还在颤抖。她的头发有些蓬乱，一条蓝围巾从她的头上垂下去，耷拉在肩头。她的眼里盈着一层薄薄的泪水，露出无比的惊惶和爱怜。随后，她急切地把儿子搂在怀里，下颏抵在儿子的头上，不停地问这问那。

小刘福在妈妈怀里一声不吭，妈妈问，他就使劲点头，如捣蒜一般。可他的眼睛却一直没离开那两个塑料袋。终于，他忍不住了，呼地一下从妈妈怀里挣出来，蹿向塑料袋，一把将一个袋里的东西倒在床上：一只烧鸡，几个苹果。“哗啦”，另一个袋里的东西也倒出来：一个干面包，几个长卷的粉红色卫生纸——5 毛钱一卷的那种。

等我再转眼，小刘福已经跟烧鸡展开了“肉搏战”。

一块跟他脸盘儿大小的烧鸡被他直接叼住，两手左右开弓，拽着两个边缘用力撕扯着。配合着嘴的撕咬，脑袋也跟着左右摇晃个不停。他的嘴鼓胀得合都合不上，脸蛋上蹭满了鸡油，泛着黄乎乎的亮光。

霎时间，病房里灌满了孜然、胡椒、茴香等作料味，混合着烧鸡所特有的香气刺激着你的味蕾。床头很快站过来两个“小光头”，盯着小刘福撕咬的烧鸡，直咽口水。

化疗服用激素好像能刺激味蕾，让“小光头”总是饿，每天晚饭过后没多久，他们就会争相拿出自己的“虾条”、“干脆面”等一些膨化食品来。随即，病房就会响起一片“咔哧咔哧”声，像一群小兔子在抢吃胡萝卜。

我忽然有点想哭。转念，我决定告诉小刘福妈妈，大夫不让吃这种没有包装的食品。

可看着儿子一脸陶醉的妈妈，没听我说完就连声说道：“没事儿，没事儿啊。”

再一个探视日，小刘福的妈妈又没来。爸爸来了就问：“怎么没见小刘福呢?”

“在走廊呢，”我无奈地悄声说，“他拉肚子，一直坐便盆，到探视时间给挪出去了。”

爸爸在书里面有一段记述：

顺着儿子所指，我在走廊中间那个方厅的一角看见了小刘福。过往的人很多，让我刚才没注意到他。

他的两只瘦弱的胳膊拄在膝盖上，两只小手托着下巴支着向前耷拉的小光头，坐在便盆上发愣。

他的眼前晃动着一条条不同颜色的裤子，移动着一只只不同式样的鞋子。

隔一会儿，他就会把自己眨动得极慢的眼皮抬起来，看一看。当他注意到别人也在注视他时，他甚至会露出一丝感激的笑意来。然而更多的时候他还是低垂着头。他在那些裤子与鞋子之间的空隙里看到了一些亮光，可那亮光里是让他迷茫和困惑的世界。

他拉肚子拉得站不起来了。他的两个鼻孔都出血了，用5毛钱一大卷的粉红色卫生纸卷成的纸捻儿堵着，可那早都被血浸透，小脸蛋儿抹得跟血葫芦似的……

“怎么没人管呢?”爸爸涨红了脸从走廊回来，也不知在质问谁，声音大得不得了，也不顾满屋子都是患儿家长。

“怎么不管，”我压低声音告诉他，“现在不是探视时间么，之前护士总来，我还找过护士呢。你知道吗？都是因为那烧鸡……”

爸爸愣了一下，突然又问：“可他的鼻子为什么出血呢?”

“儿童医院的暖气不是特别热吗？因此病房特干燥，你没看掸在地上的水一会儿就没影了么？护士给每人都发了一些这样的棉签……”我拿起一支来，“你看，棉签头上都蘸上了一种油。当你感到鼻孔干，痒痒的，就把油棉签伸到鼻孔里转一转就好了。可小刘福总忘，护士说他记不住，我也看不过来，一痒他就用手抠，一抠就出血，一出血就止不住。”我感到嗓子发紧，心里不好受，干咳了几声，又补充说：

“血象多低呀，尤其是血小板。”

“哎，这么点儿的孩子还是离不开妈妈呀!”爸爸这样的感慨已经好几次了。

“可他妈妈探视总不来。”我抬头望着窗外灰蒙蒙的天空，缓缓地说，“也许他妈妈太忙离不开，也许……”

惊心动魄的事发生了，来得迅雷不及掩耳。

我有点说不下去了，还是让爸爸的文字来说吧：

又来探视，被看门人拦住了……

看似声色俱厉的看门人，其实是心地善良的工友阿姨，平常没少关照儿子。开饭时，她简直像家长似的：“孙笑天啊，你吃这么少可不行啊！这么大个子，跟那些小的比怎么行？你还净帮阿姨干活来着。来！再加一勺！”这会儿她一脸的神秘，哑着嗓子对我说：“小刘福走啦！”随后，她小心地看看左右，声音低得像耳语：“胃肠感染，消化道出血……吃完烧鸡第四天……你们可不能含糊啊，”她严肃地告诫道，“一点儿也不能马虎啊！”

我见她正失神地盯着墙壁低处的一个地方，眼里闪烁着泪花。我知道，她对这里每一个孩子都有感情。每天给孩子们打饭，她呼唤着每一个孩子的名字……

爸爸见了我没再问小刘福。我从他怅然的神情就知道，他什么都知道了。

我也没跟爸爸说。实际上，我是什么也说不出来。第一次经历，就发生在眼前，心里堵得慌。也许，静默是最好的怀念。可我还是心如刀绞：我又怎么能忘得了他呢？他跟我朝夕相处，他是我的忠实听众，他又带给我多少快乐啊！

三　两朵鲜花

病房里还有两个可爱的“小光头”，一个是6岁的“小月牙”，一个是9岁的“栗原小卷”。我和她们很亲近都跟爸爸有关。

“来，你们也玩玩吧。”这天，我快乐地邀请两个小妹妹。因为我刚把老叔送我的游戏机打开，“小翠鸟”刚那么“啾啾”一叫，她们俩就被吸引到我的床头来了。

“好哇！”“栗原小卷”说着就坐在了我的床沿儿上。

“嘿！”我心里笑她，“还真不客气啊！”

我欣赏地端详着她，想着爸爸说的那个清纯美丽的“栗原小卷”的样子……心说，有机会得看看那电影《望乡》……

“哎哟！没打好。”“栗原小卷”突然说，她的脸红了，腮边的小酒窝有趣地闪露了一下，眼睛笑成了两片细细的柳叶。

“没关系。你前面打得都不错！”我愉快地说，“后面是个小失误，差一点点。”

“哟，又慢了……”她不好意思地耸耸肩膀，把小嘴努成了一朵喇叭花。

看着她，真觉得欢快、开心！

她很聪明，一会儿就完全掌握了，积分节节攀升！我“嘿嘿”笑着，把手里的手柄递给了她的好朋友“小月牙”：“来，这个给你。”

“小月牙”接过去，悄无声息地朝我笑笑。

这两个小姐妹呀，都爱笑，但笑得泾渭分明，南辕北辙，楚河汉界：“栗原小卷”是白白的鸭蛋脸儿，她的笑是由腮窝窝里飞出来的，说不准什么时候就“叮铃铃”地笑起来，欢快得像清脆的风铃。“小月牙”呢，脸盘又圆又红，跟熟透了的大红苹果一样，谁都会以为她要是笑哇，还不得多热烈，多豁朗呢！结果，她的笑却像月光一样无声地流泻出来，恬静得迷人。而她的胖把她的眼睛挤成了一条缝儿，让你以为她总在笑。不过，这两个人的笑都好像有一种神奇的魔力，你若正伤感或正郁闷呢，一看见她们，那坏情绪就会顿时烟消云散。

“哦，我告诉你，得这样拿着……两个大拇指应该这样……”“栗原小卷”手把手地教她的好朋友。

“啊呀，上来了！”“小月牙”为“自己的小人”跃上了一个台阶，发出了细细的、像是蜜糖罐儿里溢出来的甜甜的声音。

“好，好哇！”“栗原小卷”立刻为朋友叫好。

这两个小伙伴，好得像亲姐妹。平常，她们总在一起咬耳朵，好像有说不完的悄悄话。有时还会比赛讲故事，讲着讲着就摇头晃脑起来，用手比划出向日葵、小白兔、小鸽子的样子。她们还会突然间无缘无故地大笑起来，好像有人猛然挠她们痒痒了，好像这个世界只有她们两个快乐的小姐妹。

可你绝想不到，在化疗中难受的时候，她们竟也有这样的表现：换吊瓶，只要还有气力，她们一定会自己提着吊瓶去护士站叫阿姨。她们面色苍白，努着小嘴，扭歪着身子。努力抬高提着吊瓶的手。蓝白条相间的病号服可从来不听话，宽绰的袖子总是一下就滑落到肩头，露出了她们豆芽般白嫩的胳膊。爸爸妈妈若在，她们就会撒娇、假装生气地跟爸妈要求：“我自己去嘛，我自己去嘛！”

这时候，你不得不赞叹她们的坚强与可爱。

当人问我在“小光头”的世界里是怎样生活的时候，我总是说起那里的欢乐，那是平常人感受不到的。因为那欢乐容易消逝，且有痛苦相随，因而愈发显得弥足珍贵。

现在，我不得不悲恸地告诉你：美丽的花朵被摧毁了。

我的眼球仿佛都不会转了，我的血液仿佛全都凝固了。这是怎样的情景啊——

“小月牙”倔强的爸爸，用头一个劲儿地撞墙，周围人拉都拉不住。漂亮妈妈的泪水、口水湿透了女儿的衣裳。“女儿走了”，妈妈跌跌撞撞地追上去，哆哆嗦嗦地抓起女儿的手，把那只还带着女儿体温的花手镯摘下来，默默地套在了自己的手腕上……

那是他们心中的太阳啊！

我的心像被小狗的尖牙咬噬着，我想忍住不哭，可眼泪悄然无声地滑落下来。

活生生的现实，让我知道了生命的可贵与脆弱，更让我明白了什么是爱，明白了自己在爸妈心中的位置，知道了该怎样珍惜这份爱。可是，我有时也会顾影自怜，我会久久地凝望着天花板，仿佛要把它看穿，看到另一个世界去。

而同样情况的“栗原小卷”则幸运得多。

喜讯！她奇迹般生还了！

奇迹缘自“魔法”：她的妈妈把两只手掌合在一起，使劲儿地搓热，然后放在她的肚子上不停地揉按，再搓热再揉，累得不行，就改用大茶缸在里面灌上热水放到她的肚子上，像熨衣服那样来回地“熨”……“魔法”的起因是她妈妈常在她小时候，就这样来解决她肚子疼的问题。紧急中，聪明的妈妈忙而不乱，又如法炮制。

此时，我不知道“栗原小卷”在哪里。我想，经历了那场磨难，有她伟大妈妈的呵护，她最后一定活了下来，长大成人了。我想象着她，一定更像栗原小卷了。

疾病让我有了更多的思考，思考让我走进自己的内心。

……

不久，我用了跟“小月牙”他们同样的“门冬”方案，平安无恙。但是我明白，我能活下来——是因为他们的离去，医院重新调整了用药方案……停药的那一晚，我凝望着夜空，眼前浮现出了他们的笑脸，瞬间又模糊成了一片……

四　我想去拥抱太阳

这年冬天，我开始做放疗。

放疗得去位于西什库大街上的北医大一院去做，这使我得以来到了外面的世界。

老北京冬天的街上，没有了原来的光彩与浮华。路旁的房屋、围墙、树木，仿佛此时才露出沉稳的底色和本来的姿态。一株株梧桐树褪去了绿装，裸露着灰褐色的斑驳树干，一条条干枝傲然地向天空伸展着，肃穆中透着庄严。

北医大一院是成人医院，由此我第一次走进成年病人的世界，第一次接触到患有各种癌症、各种情绪的成年人。每天，我都能听到一些人痛苦的呻吟和沉重的话题，也能听到一些人说说笑笑、讲述友爱自强的故事，还能听到一些家长里短、婆婆妈妈的闲聊……每天，我都能看到一些人步履蹒跚、面容凄楚，也能看到一些人昂首挺胸、乐观从容，还能看到一些人相互搀扶、相互礼让……那些日子，我的头脑开始填充进全新的人生课题和人世间的百态万象。我注意观察周围的人，开始思考我与他人、与这个世界的关系，开始从一个被人们认为得了不治之症的病人的角度来思考健康与学习、与生活、与生命的关系，思考生与死的问题……这一过程中，我的耳边总是回响着这样的声音："人活着，总得活出点精气神儿来，苟苟且且算什么！""事儿让咱摊上了，甩也甩不掉，那还不活了吗？人怎么样都是在世上走一遭。"思考让我的心态变得越来越平和，让我的眼光也与以往不同了……

后来，我生病前的老同学见到我，无不惊讶，纷纷说："孙笑天，你的变化简直太大了！"

"有过像我这样的经历，谁还能没变化，谁还能依然如初？心态决定状态，这是因为我的心态改变了！"然而，话到嘴边又让我咽了回去，呵呵，别再让同学以为我是在教训人。

同学对放疗很好奇：

"放疗是干什么的呢？"

“你的放疗为什么一定要在头部？”

“放疗就是接受核辐射吗？”

“一定难受死了吧？”

“呵呵，”我乐了，“放疗作用在脑部，是为了解决药物上行困难，难以抑制脑袋里的癌细胞……”每个问题我都乐于回答，因为这是对我的关注。我讲了一些医学上的概念，然而，我更乐于向他们讲述我的感受：

“当我在镜子里，突然看到自己变成这个样子，心头不由得一阵痉挛。我的额头、耳边出现了那么多道5毫米粗细的紫红色标记。你们可以想象，在一张苍白的脸上横竖画那么多紫红色道道儿，该是什么样子。那些粗道儿，就是放疗部位的严格界定，绝不可逾越！我惊奇自己仿佛是从另一个世界来的，先是有点酸楚，随即莞尔一笑：疾病虽然可以如此轻易地改变一个人的外貌，可要想改变一个人的内心却没那么容易。我想起了那些乐观从容的癌症患者，想起了跟我一样接受放疗的‘小光头’。接着，我倒有点庆幸，因为医学进步才有了这样的治疗手段，我看到了治疗的光明的前景和希望。”迎着伙伴们惊异的目光，我继续说道：“当我推开那扇大门，从黑暗中看见第一缕阳光的时候，我都闻到了阳光的芳香，我都想去拥抱太阳！”

同学说我变化大，也有冲我的外表说的。

是的，我再也不是得病前的“干巴棍儿”了，原先穿着宽大的夹克衫现在都快拉不上拉链了；个子长高了一大截，让所有的裤子都成了“吊腿裤”；长瓜脸“变”成了“满月脸”；喉结隆起来了；唇髭长出来了；就连声音都变得低回而富有弹性——说出话来带着嗡嗡的回音，同学还逗我说“有磁性”。哈哈，那天还闹出了笑话呢！

探视结束的时间到了，新来的看门人在大走廊门口一个劲儿地吆喝：“到点了，到点了！家长们都请回吧，都请回吧。”

家长走完了，看门人忽然又喊起来：“哎哎哎！那位家长，怎么还不走哇？”

我送老爸回来正站在走廊中间的“护士站”看板报呢。

看门人又嚷起来：“就说你呢！”

我身边的护士长冲着看门人笑道：“这哪是家长，这是咱们的孙笑天啊！”我这才意识到自己被“升级了”！

然而，我更觉得自己的思想好像跑步进入了成年期。我常品味爸妈的话，觉得不那么可信了，他们说该这样那样，可做起来却不见得都对。我学会了保持沉默，在沉默中思考。当然，我也会在他们拿不定主意的时候，完全用一个成年人的口吻对他们讲出自己的意见。例如，别人劝爸爸给大夫送点礼，我见他犯愁就对他说：“我觉得送礼不一定就好。你不如送锦旗，或者感谢信，人还是离不开精神的东西……”爸爸听了，惊喜得两眼都放出了光芒，连连说：“有道理，有道理！”

哈哈，有的道理，还是我自己悟出来的呢！

在马拉松式的治疗中，为了恢复体能，我开始在血象稍好一些的时候试着去游泳。不想，没几天皮肤就感染了，腿上长了一大块红斑像得湿疹似的，爸爸害怕化疗会使病症加重，于是带我到处看病，好些日子也不见好。这天，我悄悄地采取了一个“秘密措施”，7 天后，跟老爸卖了一通关子才给他看我的腿，老爸顿时大惊失色：“好啦！怎么好的？”我得意地笑道：“我的腿无非是感染了细菌病毒。我看到大夫做手术前，用流水冲洗手臂 15 秒消毒。于是我就天天让流水冲那块皮肤，一次，两次……结果就完好如初了！”“嘿，流水不腐！”爸爸乐得刮了一下我的鼻子。这一招，后来成了爱游泳的他的“秘密武器”了！

这一年，我不到 16 岁。

心情得自己调节。平日里，我也会发表不同于妈妈的见解。看电视剧，妈妈念叨“中间插广告太烦人”。我笑道：“不插播点广告，电视运营费从哪出啊？再说了，这多照顾观众啊，趁这空儿，可以喝水，上厕所，站起来直直腰，还可以议论议论，多有益身心健康啊！”一下子就把妈妈给说乐了。等公交车，连着两趟妈妈都告诉我别上：“怎么也得有座再上啊，不能让病儿子到车上还站着啊！”我笑笑说：“我看呐，就该上。到车上虽然也站着，但那毕竟是在前进啊！”妈妈感叹不已：“儿子是长大了，儿子是长大了！”

妈妈的评价是儿子的标准。我的内心不觉一惊：童年快长大的梦，不知不觉在“小光头”的世界里实现了。

第六章
寻找第一块多米诺骨牌

舌头哪能不碰牙，哪个家庭没争吵？出了问题，自责和指责都没有意义，关键要解决问题。

一　排除与争辩

那段日子，我的脑子里整天乱嗡嗡的，像是有一群被捣了巢的蜜蜂在横冲直撞，上下翻飞——劳累、营养、锻炼、体质、感染、中毒、辐射、基因……

——究竟哪个是缘起，哪个是祸根，哪个是诱发我得病的第一块多米诺骨牌呢？

说劳累，积劳成疾，似乎不太可能。全班同学的辛苦都差不多，大家都在为升学考试拼搏奋争，我作为班长只不过多承担了点组织自习、收发批改作业之类的事，并没因此感到疲劳反倒觉得很愉快。

说营养，因缺乏营养而导致身体素质下降，疾病乘机而入，这种可能似乎也没有。家里虽不算富裕，可也不比别人家差到哪儿。妈妈还变着法，换着样，依我口味调剂伙食。我呢，虽有点偏食，可一检查：蛋白、脂肪、矿物质……都不缺。

说锻炼，因为少而抵抗力不强，也不对。我的锻炼一点不比别人少，好

多同学课间连教室都不出，可我下课就往外冲，跳绳、踢毽，样样活动落不下，踢足球我还是中锋呢！

说体质，倒是从小差一点，易感冒发烧。可这正是我积极锻炼的动因，因此就……好像不可能，班里比我体质差、爱感冒的多着呢！

这些都是内因，那么再看看外因。

会不会是辐射？家挨着化工区，也许会有污染。可这化工区的环保是全国先进，更没听说有什么放射物质……听说某国有所房子被称作“癌屋”，住在里面的居民患上了各种癌症，新搬来的也很快染上。后来当局用仪器探测才查清，是地下埋着当年德国纳粹遗弃的一种核物质。那么，我们家住的地方会不会是当年日本细菌部队埋下过什么啊？可即便如此，也不会单单就让我染上啊？

会不会是基因呢？可是爸妈他们谁也没有家族病史啊……想一想，我的堂兄妹、表兄妹，也没有谁得血液病的呀！

会不会是病毒感染呢？病毒倒是像空气一样无孔不入。可是，只有免疫系统出问题病毒才会得逞。听妈妈讲，我从出生开始就按要求接种了各种疫苗，一样都没落。免疫系统没问题，病毒也只能“望洋兴叹”（现在看，这里有误区）。

那么，有没有药物中毒的可能呢？哦，记得那天大夫问我最近吃了什么药，一听说常吃的某种感冒药，就不再问了，眼神还那么怪怪的……真的是因为那种感冒药——自己首选的好药？12小时一片，早晚在家吃也不用到学校再麻烦，既方便又管用，吃上就灵。结果倒是它害了我？这也怪我，有病不愿上医院，想自己吃点药扛过去。可话又说回来，还是有病，小病大病都是病，不然，吃药干嘛？可又为什么会病呢？……哎呀，问题好像又回到了原点，不还是体质问题吗？

得了病不知缘何而来，犹如参加“奥数竞赛”有道题没解出：饮食无味，坐卧不安。

其不知，我在解这道难题的同时，爸妈也在解。

爸爸那时候偷着复印医院的病案，就是为了解这道难题。医院的病案那时候是绝不准带出去的。世界性疑难病症，让每家医院似乎都考虑到探索治疗时的保密性。

爸爸那时在北京边上班边照顾我。他们的宿舍条件挺好，可那一阵儿，他偏要在医院对面一家小旅馆住下。旅馆是地下二层，有些暗且潮，可大房间8张床空6张，他为此很高兴："人少正便于思考。"

巧，真是巧，先住进去的那位比爸爸小几岁的单叔叔，竟然是"小月牙"的爸爸。

单叔叔性格豪爽，是位出租车司机。

两位爸爸一见如故，无话不谈，谈起来常常到后半夜也停不下。从爸爸嘴里我才知道，"小月牙"是单叔叔结婚7年后才有的，取名菁菁，意思是要像茂盛的大草原一样充满活力。小菁菁聪明漂亮，谁见谁喜欢，她爸妈单位有儿子的同事，都争着攀"娃娃亲"呢！谁想去年查出了白血病。单叔叔愁得每天喝闷酒，甚至一大早起来就喝两口。

两个爸爸谈累了就会在大房间里，一头一个，一个坐着一口接一口地喝酒沉思，一个躺着一支接一支地抽烟思考；一个静静地看着地，一个久久地望着天……空荡荡的大房间里，就这样，久久无声。只有烟雾缭绕，酒气弥漫……

可这天，单叔叔突然揪着自己的头发哭喊起来，头发被弄得像树上的喜鹊窝乱蓬蓬一团，嗓子像是让烈酒烧得又像是呛进了风沙，嘶嘶拉拉："菁菁啊，爸爸对不起你呀……爸爸一辈子也不能原谅自己啊，从开上那辆破出租，就不管你了……"那声音就像草原上丢失了小马驹的老马在仰天嘶鸣……

我没告诉爸爸，我已经在电脑里看见了他写下的这一段文字：

> "爸爸挣那点破钱有啥用啊"，更响亮的嘶鸣钻进我的五脏六腑，在里边沸腾！
>
> 我心说：小单呀，你不管破钱、好钱，总还挣到了钱。我呢，终于要为儿子的将来去"下海"，可到这会儿都半年没开工资了，你挣了钱给孩子看病，我呢？我拿什么？……我在人前撑着，我对儿子忍着，可我为什么要撑着，为什么要忍着？终于，我的泪泉也被打开了……

两个爸爸的眼泪啊，只能流在空荡荡的地下室，流在别人看不见的地方。

好一会儿，爸爸走近单叔叔，在他床头的椅子上坐下，说："老弟呀，喝差不多，睡会儿吧。眼泪不是药水啊！"爸爸的声音在烟雾与酒气中颤抖。

"大哥，"单叔叔忽然抬起头，瞪着红得吓人的眼睛，呼呼向外喷着干辣的酒气，"你说，咱能甘心吗？多好一孩子，就这样毁了，啊？我就要查清这病的原因……怎么得的呢?

"哎！别急，也别沮丧，路总得往前走。咱们还得振作精神，孩子需要我们，看着我们呢!"

两位爸爸一时无言，静默着，成了两尊雕塑。

二 探"秘"

后来爸爸决定专门反省自己。

他认为原来的"解题方式"有问题。为什么不在自己的身上找"病因"呢？可真让我惊心：他竟背着我和妈妈去验血。他想验证是不是自己的血液出了问题，而将致病的基因遗传给了我。可当天下午，他就拿到了结果："经检验，您的血液完全合格!"那一刻，我竟从爸爸的眼里读出了他心中的遗憾。我知道，他希望是自己的血液出了问题，而让他的儿子知道病的缘起在他，跟他的儿子无关，他要把苦难的罪责背在自己身上，以解除儿子的精神苦痛。

一边是科学，一边是情感，他的心被两边揪着。

爸爸又琢磨，会不会因为自己抽烟喝酒，对儿子造成了先天伤害？他想起了"上山下乡"：数九隆冬打机井为驱寒被"逼"着喝下第一口酒；跟当地人打成一片又抽上了第一支烟，由此一发而不可收……可他又想，要孩子的那段日子自己竭力在注意呀，并且当时的经济条件也只能允许适度消费，危害不致如此之大。再说有这嗜好的男性可不是少数。

那么，会不会是因为缺钙呢？钙缺乏可以导致很多疾病。他想起来，妈妈那时候奶水不足，"李时珍也没有解决根本问题"，儿子缺钙是肯定的了。要补钙吧，可据说当时的《药典》误把钙盐当纯钙，儿童补钙由此亏缺高达90%；牛奶可以补钙吧，可儿子吃母乳没事一喝牛奶就闹肚子……问题清楚了：奶水不足，缺钙；补钙没补足，更加缺；再不喝牛奶，严重缺——根，就在这儿了！可他想想，又觉得不对，奶水不足的妈妈也很多呀，孩子们也都这么补钙呀!

会不会……爸爸想起一件让他心里很不是滋味的事。

据说当年我快出生的时候，又到了下大雨平房要发大水的时候，老朋友的帮助，使我们像逃难似的搬进了那个六楼"掰间"。谁想，冬天来了暖气才知道，那屋子奇热无比。原因是它处在全楼最高、最中间的位置，是供热中枢，屋里有两横一顺三根、碗口粗的大暖气管子……恰巧四婶那时要生小孩。她们住在“北极门”山上的平房，吃水必得到山下很远的地方去挑，滴水成冰的日子，山上那么多人家挑水，一路溅出来的水让她们就像住在冰山上似的！“这怎么能坐月子，尿布都没法洗，接咱家来吧！”妈妈的提议让爸爸感动，为此他在办公室住了一个月。那时我才3个月大，也就是说，妈妈坐完月子已经两个月，跟四婶比，可算是专家了。“专家”自然要发挥作用。四婶生的是女孩，妈妈反复叮嘱：小女孩儿最怕冷、最怕风，绝对不能着凉……在“专家”的管理下，我们的“掰间”门窗紧闭，丝风不透，大冬天，室温达到了零上33度，我还起了满身热痱子。后来，杨姥姥心疼地责问“专家”：“你不知道哇？小男孩儿最怕热，热病最难调，婴儿期落下的毛病那可是一辈子的事啊！”“专家”哑口无言，恨自己愚钝：只想着女孩儿怕冷，就想不到男孩儿怕热。我呢，那时候好像只有高兴，爸妈说我本来就爱笑，又有了一个也“属鸡”的堂妹笑得更欢！只是那以后，我的感冒发烧多了起来，打针吃药成了家常便饭，3岁以后，才渐渐好转……

可是，根，会在这儿吗？

三　找到了

在我生病的时候，爸爸总是无比自责，这一天他又想到了让他万分惭愧的原因——家境。

我的爸妈一个重精神一个重物质。用现在的话说，爸爸比较务虚，妈妈比较务实；妈妈更多地生活在现实中，爸爸经常生活在理想世界。没有我的日子，别人还羡慕他们能互补，挺和谐。有了我，矛盾便来了。虽然他们都尽心竭力在物质和精神生活的各方面关心我，可又在同样的问题上，因不同的想法而争论，甚至争吵。例如：爸爸花好几块钱给我买了一本好书（那时月工资39.5元），妈妈却说：“就知道买书，”她的嗓门大，说话直，“你跟你们图书馆管理员那么熟，找她去借呀！”一腔热情正要给儿子讲书的爸爸，顿时感觉从头上浇下一盆凉水。结果爸妈各执一词，互不相让。慢慢地，吵架成了习惯。爸爸是“教育负责人”，认为教育必须投入，必须早期开发，要竭力给儿子创造良好的精神生活条件；而妈妈则认为一定要集中财力保证儿子吃得好，穿得体面，这样走在人前也光彩。

唉，谁错了呢？

我非常认同一位哲人说过的类似的话：

> 对父母而言，亲子之爱在一个人和孩子相处的状态下是纯自然的，甚至是生物性的；而两个人面对孩子，则带入了社会关系，有了责任与方法的纷争。

如今爸妈总在想，会不会是由于他们久而久之的争吵造成的不良家境，影响了儿子的心理和情绪，进而导致气血瘀滞使疾病乘虚而入了呢？

我真想对他们说：“舌头哪能不碰牙，哪个家庭没争吵？出了问题，自责和指责都没有意义，关键要解决问题。”我还想对他们说：“我并不是那种性情的孩子，我虽然有点内向，但从来都很乐观，豁达。”

爸爸又想，是不是自己给儿子的压力太大了？让儿子太受束缚了？送给他的书还要题上字：“学如逆水行舟，不进则退”；在书柜门背面还要贴上《朱子家训》，让儿子开门警醒；“下海”前给儿子屋里挂上条幅，“业精于勤荒于嬉，行成于思毁于随”……爸爸说他那时候简直想入非非了。也许自己就不该“下海”，也许就不该在儿子刚上中学时就离开儿子，不该那么早就给儿子讲那些略显沉重的家事……

在我很小的时候，爸爸就常给我讲叔叔、伯伯如何考研、读博、出国留学的事，也常常说起爷爷作为一名人民教师是怎样的谦和、勤勉、有气节，在当年那种困境，甚至绝境中是如何挺直腰板做人的……

可是爸爸呀，您不知道，您的儿子因此获得了多大动力啊，他不还曾这样写吗：

> 我虽然没有见过爷爷，但我知道爷爷非常了不起：当年在清华大学读书都是靠考取头几名免费就读的，毕业就留校教数学，他还参加了组建吉林大学的数学系呢！他会讲好几门外语，掌握了好多学科。他编写讲义到深夜就只能吃到奶奶给烤的三片薄薄的窝头片儿。爸爸说，因为爷爷是老师，所以他的腰板总是挺得很直，平常说话也跟他讲课一样声音洪亮。
>
> 爷爷是那么刻苦，那么博学，那么正直，那么坚强。
>
> 爷爷，您是多么值得我尊敬和学习啊！
>
> 想到我有的时候那么贪玩，不愿吃苦，还嫌饭菜不好，该抓紧的事

也给放松了，心里很惭愧。怎么办呢？看我的行动吧！

爸爸好像把自己周身上下所有的神经都调动了起来，编织了一张密密实实的网，细细地筛查，试图从中找出蛛丝马迹。他觉得任何单一的因素发展下去都能促成那个结果，相互作用呢，也能构成因果关系——

母乳不足造成缺钙，缺钙导致体弱，体弱患上热病，热病引起了感冒发烧，感冒发烧选用了某种固定的感冒药，而那感冒药让他的儿子产生依赖性导致药物中毒——药物中毒不正是白血病的四大诱因之一吗？

找到了！“第一块多米诺骨牌”找到了！“因果之链”连接起来了！他的心头不觉一热！可没有两秒钟就凉了！

——因为喜悦时出的错太多了！

细想想：母乳不足又怎么可能是灾难的根，又怎么可能是第一块多米诺骨牌？

此时，妈妈找出一个她认为的决定性因素——“儿子摘除了扁桃体，这不就失去了免疫系统的大门吗？细菌、病毒不就可以长驱直入了吗？”

是的，我那时候扁桃体总发炎，发炎就发烧，跟着嗓子就肿，肿得封喉，吃饭喝水都有障碍。万般无奈，妈妈领着我去做了扁桃体摘除手术。

就在妈妈找到那个决定性因素之后，又传来一个消息：“大理石具有放射性元素！”

而放射性元素可以导致血癌已经是个不争的事实，我们家的地面正好铺的是大理石！

接着，又有科研成果发布：“母乳和牛奶可以防止放射性伤害！”而我缺少的恰恰是母乳和牛奶。

如此又构成了一条因果之链？抑或这些因素是先前那个链条中的若干环节？

我又陷入了新一轮困顿……

这回似乎遇到了无解的难题：这道题似乎非公式可解、非智力可解、非常规方法可解。

也许过去发生的一切只要这样或那样地变化一点，在时间上或早或晚地调整一下，在顺序上或先或后地岔开一些，结果就会截然不同，灾难就会擦肩而过。也许某件事我们做了而不放弃，某种机缘我们不去抓或抓了再放开，某个过程我们不去走或不急着去走或稍稍停一停再继续走，不幸就会消失，命运就会改变。如此，就可以躲过劫难？就可以逢凶化吉？就可以安然无恙？

这情结，犹如牵牛花那柔软而蜷曲的藤蔓，不紧不松地缠绕着你，柔柔的、痒痒的，让你难以解脱，却又不很反感。

这么多年过去了，我虽然走出了“小光头”的世界，可依然想起那里。这天，我坐公交车经过复兴门，决定下车去那看一看。

哈，又走进来了！大院子里仿佛一切如初。久违的声音、气息、味道都让我感到亲切，一时间，我的呼吸都有些急促起来。

我有点忐忑地走进了七疗区。

哦，这里可全变啦——家长们都允许进来了，走廊里，他们正抱着自己心爱的宝贝；“小光头”穿上了花衣裳，蓝白条相间的病号服也不见了，有的“小光头”还穿着自己的背心、衬衫；向来沉寂的大走廊荡漾着美妙动听的钢琴曲《献给爱丽丝》。我惊异而感动地向里走着，看着。每一间病房里也变了：黑黢黢的铁窗改成了乳白色的塑钢窗；一根根的日光灯换成了漂亮的吸顶灯；床、床头柜、盥洗盆，一切都焕然一新了！

转过身再看，眼前一片豁朗：回廊环绕的庭院里开满了小花，在阳光下显得无比光艳、绚烂，简直就像一张硕大的美轮美奂的花地毯，可一会儿又从艳粉色变成了紫红色……呵呵，这也许就是芳芳妈妈说的“七彩花”吧！

第七章
反击战打响了

“人，大都在追悔中度过一生。”可我相信我的经历和感受，会使你，会使更多的朋友减少追悔而对未来充满信心……

一　海水与火焰

就像“东边日出西边雨”，就像“一面是海水一面是火焰”，那个“黑色星期五”并不都是黑与冷，也有燃烧的火焰一样的红，也有冬日里的阳光一样的暖！

爸妈单位的叔叔、阿姨接二连三地都来了，你一百他二百的。一位叔叔跟爸爸都急了，急得唇上的小胡子直抖：“啥也别说，收下！……谁家还没个遭灾儿的时候呢！”

二楼王大爷家的电话，就成了爸妈跟外界联络、打长途的专用机。那时候，电话刚走进寻常百姓家，谁不在意？蒙在电话上的罩儿，用的都是结婚嫁妆的刺绣品！再说，打电话是要花钱的，爸爸还净打长途。可王大爷、王大娘却对爸爸说：“啥想法都不能有啊！”“尽管来打，啥时候都行！”

那位连见面都脸红的新邻居邢阿姨，急匆匆赶来又怕打扰我们，都有点语塞了：“听说孩子病了，我来告诉俩偏方……用‘洋铁叶子’熬水喝，能排血毒，龙潭山山根底下有。还有‘黄皮子’，去东市场能买到……把它焙喽……”

我的姨和舅舅家都住在吉林市，都是普通工人家庭，平常在经济上谁也帮不了谁。可这时，他们却把给自己孩子攒的上学钱、结婚钱，甚至自己的退养金拿出来，给他们的外甥救急。

在我去北京治病之前，党校那位被爸爸称作马列主义启蒙老师的赵叔叔，急匆匆赶来为我们“壮行”。他铁青着脸，把一沓钱塞给爸爸，从牙关里蹦出一句：“要挺住啊！”随即转过身，语重心长地对我说：“天天呐，记住，勇气和信心会帮助我们战胜病魔的。天天是个坚强的孩子，相信你一定会坚强起来。世界上任何一位成功者，都经历过艰难困苦，有的甚至是在灭顶之灾中站立起来的。”他的声音变得愈发铿锵，“往前走，天无绝人之路！”这，后来成了我在困境中永恒的精神支柱。

就这样，我的命运小舟在那个星期五调转了航向，但幸运的是，爱的光芒始终照亮着我的漫漫航程……

化疗像反击战一样打响了。

火力太强大了，大到了什么程度？每天的点滴要滴近23个小时！怎么形容呢，铺天盖地，雷霆万钧！我立刻感到肿瘤细胞在抱头鼠窜，节节溃退，身体里的舒适感一点点强烈起来！

主治医师风趣地说：“我们管这叫‘狂轰乱炸’，为的是一下子遏制住肿瘤细胞的进攻，抢占山头，建立根据地，让好细胞在根据地上迅速生长壮大。‘狂轰乱炸’是一场绝不能中断的阵地争夺战，只能打赢！”

可“万炮齐发”，必得有充足的“炮弹”啊！

哪想，“炮弹”真就供应不上了——急需150支“阿糖胞苷”针剂。

主任、主治医生急得天天催药房，爸爸跑了北京几家大医院和大医药公司，一无所获。战斗如火如荼，“弹尽粮绝”意味着什么？全军覆没，前功尽弃，机会丧失。

终于，我跟爸爸松了一口气，因为知道了这药产自上海。

爸爸恰好有位老同事陈叔叔现在在上海工作，就这样爸爸立即飞往上海。

不知陈叔叔运用了怎样的谋略，竟一次从上海药厂搞齐了这种全国紧俏的“阿糖胞苷”，还让爸爸多带回一些，匀给同样急需这药的几个“小光头”。

第二天，当爸爸提着两尺高的一摞药出现在病房时，大夫、护士，个个惊奇不已！

“这是陈叔叔要我给你增加营养的。”爸爸把一沓钱放进我的床头柜，又情不自禁地讲起了他的往事。

那时候，每人每月就几斤米票，仅够早上喝粥。可陈叔叔却一两一两地省下来支援爸爸：“你常来客人，早上总得请人家喝碗粥啊！”可谁不知道，南方人不喜面食偏爱大米呀！当我们家发大水，像逃难似的搬家、修房子的时候，陈叔叔披星戴月，到处去找人给弄沙子、水泥、旧门窗、旧暖气……爸爸感动不已，在陈叔叔跟童阿姨结婚时，爸爸熬了几夜精心画了一幅“牡丹群猫图”相送以致恭贺。你可以想象，“陈叔叔有多么珍视‘群猫’”——现在，他的女儿陈洁都结婚生孩子了，还管我爸爸叫“猫叔叔”呢！

“今后这药，我承包啦!”爸爸学着陈叔叔的上海普通话，“告诉小天天，放心好啦!”

然而几天后，另一股强大的“敌人”（化疗的排异反应）却蜂拥而至，在我肠胃里“兴风作浪”，让我剧烈地呕吐——眼冒金星，天旋地转，嘴都不能合上，直觉得胆汁都吐出来了，吐的全是绿水。更要命的是，我的口腔里到处都烂了，喝水吃饭都困难！可此时，身体的巨大消耗正急需补充“给养”，却又补充不上，简直急死人了！战斗要持续3年，倘若第一仗败下阵不就完了吗？

就在这需要咬紧牙关坚持的时候，特殊的“给养”运来了……

亲爱的孙笑天同学，龙山中学全体师生员工的心和你的心在一起跳动……那是爱的阳光雨露和真诚的爱心。请你接受我们的捐助和祝福，接受我们的一片真情！

我极快地眨动双眼，不让激动的泪水流下来，因为“小光头”还看着呢。可是，我捧着慰问信和一摞贺卡的手却不住颤抖……

还有什么比师生情、同学情更纯真、更火热、更砥砺人心的呢！

我虽家境贫寒，但我也要献出自己的一片心意。钱不多只有20元，都是平常帮家里买菜，妈妈让我留下的零花钱。请你不要觉得少。看到红彤彤的炉火，我就想起你帮我拣煤核……笑天，快点好起来吧，我们共享欢乐……

一往无前！你、我、他、大家，所有人的生命之舟，都会驶向理想的港湾。……希望你像自己画的青松一样傲然挺立于陡峭山石之间，希望你像自己画的雄鹰一样不畏狂风暴雨，展翅高翔！

有一张贺卡竟是这样的，在满纸页的枫叶的缝隙中间，横着、竖着、斜着，甚至倒着布满了用各种笔写出来的、各种字体的字：

同学，伙伴，知己，兄弟姐妹，友情，真心，关注，友爱，想你，盼归，祝福，不屈不挠，坚韧不拔，无畏，坚韧，克服，战胜，毅力，信念，理想，奋斗，希望，心志，长相思，再相见，再聚首，坚持，加油，快乐，康复，必胜……

三年级一班全体同学期待你早日归来！

朋友，你不必知道这是由多少只手、多少杆笔、多少种字体写出来的，但你应该知道，这是从一颗颗滚烫的心里流淌出来的！

康复要靠药物，更要靠自身的潜能。自身的潜能既包括自我修复的生物性能力，又包括思想、意志、耐受力等精神性能力。但无论生物的，还是精神的能力，都是潜在的，只有被激活、被调动，才能转化为抗御病痛的现实的能力，这中间需要一种珍贵的东西——如同化学反应的媒介，如同雷管当中的引信，如同火焰燃烧的火种——人们给予我的就是媒介，就是引信，就是火种！它激发了我的潜能，促成了我的潜能的转化，让我的内心燃起了希望之火，支撑我度过了最艰难的时期，帮助我打赢了歼灭战、阵地战，“建立了巩固的阵地”！

二　不以善小而不为

没法上学了，爸妈决定买电脑供我在家里学习——

可要买电脑，得先卖电视卖音响才有钱。可卖给谁，谁不想去商场买新的？正发愁呢，从小看着我长大的张阿姨知道了，不容分说，原价，全部拉走。

我跟电脑一起从北京回到了吉林，从车窗朝外一看，惊奇不已：月台上，舅舅舅妈找来接我、接电脑的人连成了一排！车上的人那个赞叹呐：“嗬，像个小装卸队！”

电脑是组装的，也得靠自学，因此常出些小故障，于是，爸妈单位的“专职电脑师”就成为我的“专职维修师”了——不管白天黑夜双休日，一个电话准来！大舅说：“这下，电脑商倒轻松了：‘三包’变‘一包’，让咱们电脑师‘一包到底’了！”

专职电脑师为我忙，“业余电脑师”也“不示弱”。Win98 刚问世，爸爸他们工会的小陶叔叔，就带着软件到家里给我安装来了：“别看咱不出门，那也得享受新成果！”哈哈，他送我一盒软盘还要借机逗我乐一乐：“天天呐，放心用啊！”

……

我的小屋成了我的世界，人们想到我会闷得慌，于是——

有人给送来了“娇凤鸟”。哈，那小精灵把我当成了她的歌迷啦，为我从早唱到晚！

有人给送来了小乌龟，告诉我：“天天啊，你要是感到憋屈，就欣赏欣赏它们的杂技表演——翻筋斗！”

数九天，被爸爸称为篆刻家的翁叔叔，愣是把自己精心喂养的王者至尊的“大灰燕儿”（热带鱼）、雍容华贵的“狮子头”（金鱼）给我拿来了！那，可都是相当名贵的观赏鱼啊，市场都少见！你想知道，那些宝贝是怎样游进我的鱼缸里来的吗？翁叔把它们放进装着温水的塑料袋，搂进大棉袄，用自己的体温温暖着，然后小心翼翼地踏着半尺厚的雪，走了近半小时才来……爸爸感动得话不成声：“哎哟哟……看你……这怎么行！”可翁叔叔不理他的茬儿，倒对我说：“大侄儿啊，这是给你拿来解闷儿的，看着好，吱声，翁叔还给你拿！”

刚刚接姨父班参加工作的张岩姐姐，收入少得可怜，可一发工资就打电话：“天天，你需要点什么啊，姐给你买。”要不然就是：“闷得慌吧？白血球怎么样，姐请你出来吃顿饭吧！”

……

事情好像怎么都跟我联系着，怎么都是为了我——

龚叔叔是位让我敬佩的硬汉。此时，他看着我的眼睛总像是蒙着一层薄薄的泪水，总像是含着无尽的情意和心思。“治疗尽不上力，血液的事也说不清楚，干脆吧……”于是他就给爸爸送红酒、送绿茶、送保健资料……向来说话掷地有声的他，这会儿，却温柔得能让铁石熔化：“当爹的身体也不能垮喽，是吧，那才能照顾好儿子啊！”

许叔叔、杨阿姨听说我快结束化疗了，立刻为爸爸争取来去烟台疗养带家属的机会，情真意切地对爸爸说：“孩子吃了那么多苦，咱们可得让孩子好好放松放松！”当听说我想“干点事儿自己挣药费”，许叔叔把俩大拇指都竖到天上去了，连连地称赞：“好！好！”不曾想，我这个小小的心愿，却让他跟杨阿姨花了很大的气力，为我办来了一个“特困证”！因此，我要“干点事”，就可以享受到减免税的待遇了！

在毛线厂工作的四婶，只要厂里一出什么新产品、削价产品，像什么“粗毛线”、“混纺毛线”、“蓬松毛线”……她总是想方设法先买一些，留好。然后对妈妈说：“你那些同事那么帮小天天，你也帮他们一下吧，帮他们买一点儿……市场上根本见不着。”这是多好的心思啊！后来，爸爸要为我在位于松花江畔的四婶家楼上拍一张夜景照片，四婶急得，马上请她当老师的朋友在顶楼帮着观察夜景灯光。她着急，她的邻居老师就更急，情急之中——“哐”地一声——撞碎了阳台的大门玻璃，老师划伤了脸，鲜血直流。可第二天，我敬爱的老师啊，就那样带着那印记走上了讲台……

“长春有‘血液工’啊！”

那一次我刚从北京回到家乡，爸爸的老同学就传送来新消息！

由此，我见到了爸爸 30 多年前的小学同学。那所小学让我感到亲切，因为对面就是爷爷教过书的地方——吉林大学数学楼。我的这份亲切感自然转到了爸爸的老同学身上。

岁月的霜雪已经留在了他们的鬓发上，他们热切的目光在相互的脸上找寻着……他们热烈地交谈却又不时中断，转向对我说上几句。而这时，他们的目光就会有些飘忽，话音就会有些颤抖，甚至神情都显得十分悠远。

“老同学啊，”一位叔叔拍拍爸爸的肩膀，安慰着，“办法总会有，说啥也不能失去信心！多好的孩子啊，他的价值可不光体现在对你们。他自强不息、勤奋好学的精神，对现在的青年学生都很有教育意义。报纸我都看了，孩子写的东西多好啊，有文采、有感情、有思想。我的儿子看完，还写了一篇读后感，可像样了！”

爸爸的脸红了，好像他受到了表扬。

“天天呐，”一位阿姨唤着我的乳名，“咱可不能灰心啊，希望往往就在看似无望，甚至让人绝望的时候产生。”

“孩子，你知道吗，”那位爷爷的忘年交叔叔激动地给我讲起来，“……你爷爷不仅非常有学问，而且非常正直、坚强……”

我的心热了，眼睛也热了：爷爷始终是我的榜样，爷爷的形象始终屹立在我心中；可我也知道叔叔为什么对我讲这些。我频频点头答应着："我懂，我懂。"

"走，叔叔请你吃肥牛火锅去……"席间，他情不自禁又说起来："孩子啊，不能急啊，病去如抽丝，就让它一天天、一点点去抽呗！不要在乎它，不要刻意去想它，这样，心情就会好一些，好心情吃药都换不来。叔叔相信你，一定能坚定信心，坚持到底！叔叔在长春等着你，等你吃完'血液王'这些药，再跟你爸爸来……不，不用跟你爸爸，你自己来，来抓药……不，不抓药，是病好了来向我们报喜！到那时，叔叔再好好给你好好补补，请你到长春饭店吃酱骨头，啊。"

又是酱骨头！骨头里面有骨髓啊！叔叔大概也是想到了我的病源在骨髓。我的眼睛不觉又湿润了……

是这样的时候，是这样的情境，是这样的人啊！

没有利益所求，没有人情信托，不以善小而不为！

涓涓情意如甘露、如蜜汁、如汩汩涌流的清泉汇入我的心河，绵绵不绝地微微荡漾！

独处在"一个人的世界"里的人呐，感觉自己每一时每一刻都生活在异常的温暖之中，都生活在火热的大家庭之中，都生活在无比的幸福之中！

好多热心人在议论我为啥会得病。可你能想到议论的结果吗？

——"事出由名！"

——这可大大超出了我的思维范畴！

有人直言："孙笑天这名字倒是挺大气，可就是太狂，怎么能'笑天'呢？对天不敬，当然要出事。"

大家一致讨论，最后建议将"孙笑天"改成"孙小添"。

新名字中的三个字，都带"小"。我能体会到，这是亲友们盼望着我能小心翼翼地躲过这劫难。

三　发出不同声音的人

该说说我的二伯了！

二伯初三毕业就考取了中国人民大学的研究生，还在美国纽约的律师所工作过，英语呱呱叫。

万事起头难，实际从患病开始，我就没有离开过二伯：正是他帮我进入了北京儿童医院，为我支付了第一笔巨额住院押金，让我一开始就接受到最优秀专家的治疗，以至后来的5年使我在北京又结识了那么多好人，经历了那么多终生难忘的事……

有二伯在北京，我心里就踏实，就感觉又有了一个家。

二伯那时在一个官司缠身的公司当老总，工作极忙，晚上几乎没有12点以前睡觉的时候。因为疲劳，一次半夜驾车还跟立交桥栏杆来了个“亲密接吻”！可就这样，他还要亲自为我查阅资料，收集信息，到处淘弄偏方。我至今还保留着他手抄给我的两个方子呢：

方法一：巴豆根一钱、桂枝二钱，此两味，以清水蒸成半碗约100毫升……

方法二：土鸡约一市斤左右，除内脏、切小块，以黑芝麻油4两生炒2分钟后，装入砂锅……

此二方，除淤解毒，净化血液，对化疗后肾亏、体虚具有特别显著的补养作用，亦可促进白细胞生长。

他一旦得到新消息，总是迫不及待地告诉我们，跟他处理工作一样，当日事当日毕，绝不过夜。因此，我们半夜接他的电话也成了寻常事——可那又是多么让人心生温暖与希望的信息啊：

有个好消息：“亚坤酸注射液”，还有“三亚化维甲酸”可以治疗白血病，不妨跟主治医师咨询咨询……

（当晚，他就把资料送到了爸爸的手上。可那时他自己是什么处境啊。）

你们看到这篇报道没有，哈尔滨这家医院临床应用新疗法治疗白血病……哦，我再看看……这办法还可以去根儿！……

（他迫不及待地告诉我们，在办公室一边举着报纸看一边夹着电话说。）

嗨，据说吃甲鱼可以升白血球。当然还有一种更经济的方法，就是每天吃青萝卜，越青越好，想吃就吃，不要中断……

(青萝卜这一招，可是被我广泛传播了，因为大家都承受得起。)

……

于我的治疗来说，最重大的事件莫过于骨髓移植，这也是二伯“引进”的……我得病的第二年春天，他得知美国是白血病研究和治疗领先的国家以后，马上请他在美国的同学帮助咨询。当了解到“同胞兄弟姐妹的骨髓移植是美国根治白血病的首选办法”时，他随即邀同学回国向我们做专门介绍。而此前，没有任何人包括任何一位医生向我们说起过骨髓移植。这又为我燃起了一丝希望！

家，是劳累了一天供人休养生息的地方。因此，又有谁愿意在家，接待一位病人？何况又是格外“娇气”的病人，何况还要持续好几年……这不是亲兄弟就一定能做得到的。可二伯却连自己住的房间都腾出来了，让给我们一家，他跟二娘挤到孩子的小屋睡地铺……我们则拿着他家的钥匙，来去留走，一切自由，做饭炖汤，随心所欲！呵呵，我更是“得寸进尺”：一大套瓶瓶罐罐，换季衣服，包括棉袄、棉裤、棉大衣，一股脑都塞进了他的大衣柜！

他的家简直成了我的根据地、大本营、中转站！

我有个很“奢侈”的嗜好，也得“怨”二伯给“惯”出来的……

那次，我跟爸爸在儿童医院对面的核工业招待所吃饭，让二伯赶上了。他吃过饭来的，坐在一旁静静地等我们。

“吃点什么呢?”爸爸习惯地问。

“什么都行。”自从病后，到外边吃饭我再不点菜了。

爸爸还真体贴，要了一个我非常喜欢吃的“京酱肉丝”，他自然也要考虑我的营养。我呢，跟以往一样，吃到最后，用一小片豆皮儿把盘子底儿抹得干干净净。

这一幕被二伯瞧见了。

哈，口福来了，一出院，二伯马上请我吃了一顿比萨饼！

从那时起，我的胃口可是给吊起来了。那一次我也真对得起二伯，竟一鼓作气吃掉了一大张“夏威夷风光”，外加蔬菜水果沙拉一大堆！

“孙笑天有这样的二伯父，真是好福气啊！”主治医师羡慕得不得了。

是啊，二伯就连出差带回来3个芒果也要给我留一个，开会发给他的纪念品也转发给了我：那个半导体收音机，这几年就一直跟着我“飞来飞去”；我上大学背的书包，也是二伯参加一个国际著名研讨会时发给他再转发给我的。你以为我只是为节俭就不对了，我也是想让自己经常感到温暖，受到鼓舞。

可说到上大学，又不能不说一件让我费思量的事——对我上大学唯一提出质疑的，正是二伯！在一片感叹、赞美、祝贺声中，那声音是多么刺耳：

“天天还要上大学吗？”

这简直如同在舒缓悠扬的小提琴合奏中，“咚”地敲响了一声大鼓，震耳欲聋！

这成了我心中一个谜……

可是，谁又能想到，在另一个非常时期唯一一个发出不同声音的人，竟然是跟二伯最亲近的人——二娘！

“领孩子到大好河山去走走吧，免得到时候留下什么遗憾。”她对爸妈说。

语出惊人！

可是，谁还听不出弦外之音呢？

这是在我治疗的全过程，在我因病而接触的所有人当中，唯一一个不同的声音！而我刚刚得病，她刚刚知道消息。

抢救一开始，她竟像压根儿不曾说过那样的话，首先向我们提供了最有力的支持。我病了，爸爸又半年没开工资，正是“炊断粮”的时候，二娘突然通知爸爸，说已经给他联系好一家公司办公室主任的职位！这可不光是解了“燃眉之急”，用爸爸的话说是“马上就没了后顾之忧”！

由二娘又有了她的父母和姐妹对我的帮助。单说说二娘的姐姐吧，她自己的生活十分简朴，孤身一人带着小女儿。可她不惜花了那么多钱给我买来好几瓶“灵芝孢子粉”。了解化疗的人都知道“灵芝孢子粉”，是给因化疗被大量杀伤了白血球的人提升白血球的高档补品！那一天，她把高档补品，轻轻放在了我的床头柜上，就朴朴实实说了一句话：“笑天啊，你多吃点，白血球就升得快一点。”这一刻，我的脑海立刻浮现出这样的情景：天刚蒙蒙亮，一个小女孩儿背着差不多有她半截身体那么大的书包，摇摇晃晃地走在上学路上，那好几里路，那小女孩儿，就那么日复一日不管刮风下雨地走，舍不得坐公交车……那是她6岁的女儿芳芳，想着都让人要掉泪。

二娘先前的话必有其因，让我言中了，我听见了爸妈的“悄悄话”：

“二嫂有位朋友的儿子，去年得了跟天天一样的病，也是‘急淋 L－II 型’的……花了 500 万呢，到美国去治都不行。她前两天还给朋友打电话呢……”

我理解了二娘。可我也相信“世界上没有两片完全一样的树叶”。

二娘是一家公司的老总，让我惊羡：那一年竟一次进口了 1654 台小轿车来经销！可是，“粥多僧多”，四处伸来的手让她的损失大得简直是“天文数字”……那得经多少事，操多少心，受多少累，还有巨额的银行贷款压着呢，一般人早被压垮了，不压垮也得郁闷，得病。可我这位二娘啊，却依然谈笑风生，用她的那副好嗓子唱着快乐的歌！

别人给她总结：“李总的大气、爽利、果敢，都是商场鏖战、厮杀、磨砺出来的。”

哼，没说到点子上！

其实啊，那是因为她有过极艰难的生活历练：她因生在马路边而得乳名“马路”……

然而，我又看到过她的另一面：接济湖南老乡时眼里泪光闪闪；手捧泥土，一点点栽培一株纤弱的小花；收养“流浪猫”、“流浪狗”给它们洗澡、喂药全然不顾那小东西有多脏、多丑。我也听她说过：“人要是对水心怀感激，在显微镜下，都能看到水分子结晶出美丽的花……”

我觉得，她率直、硬朗的外表下有着一颗温柔的体贴万物的心！

第八章
人生的路也不是就一条

不记得是谁说过这样的话了：“昨天既已过去，遗憾还有用吗？明天还没到来，忧虑又何必呢？”我想再加一句：“再说，人生的路也不是就一条！”

一　像知道自己兜里装着什么

重返校园几乎是我每天的梦。然而，出院前的最后一刻，梦碎了！

我被告知：未来 3 年都不能上学，3 年里每个月在家做 21 天的日常化疗，每 3 个月去北京做一次强化化疗！

但是，当我走出医院大门的时候，却已经快活得连空中飞着的绒毛毛都要用手接住，而后把它轻轻地吹起来，犹如那就是蒲公英！

因为我已经懂得：重返校园与重获新生，自然后者的意义更大。只要活着，一切都可以从头再来。

但现实也可谓一波三折，“高高危”揉碎了我重返校园的梦。家里买电脑帮我来圆梦，用教学软件跟学校保持同步学习。可日常在家的化疗“涛声依旧”，强烈反应跟在医院一样！如此，新的梦又泡汤了。于是我顺势而为，开始学电脑——我相信“术业有专攻”，这一样能出成果。

我暗暗用上了劲儿！

说到这，突然想笑。笑什么？

呵呵，今天讲着昨天的事，感觉就像隔着玻璃在看里面令人发笑的一幕幕情景喜剧：

一个大男孩儿在床沿上撅着屁股，等着妈妈打针。哈哈，针，还悬在空中呢，他就把脸上凡是能活动的部位都给拉扯到一起，揪成了一团，嘴里“嘶嘶”地倒吸凉气……可是针一拔出来，他脸上的所有部件立刻又倾斜到了一面，嘴角都快咧歪到了耳朵根儿——简直“痛苦万状”！接着他“乖乖”地躺下了。可是，等妈妈把药盒放到冰箱里回屋再看——他的裤子没提好，就在那儿斜歪着敲上电脑了！

大男孩的眼睛一亮：饭桌上摆着他特爱吃的烧排骨、焖豆角！他的样子让人看得出：他在快乐地想象，在反复地刺激要“大快朵颐”的味蕾！可令他沮丧，不仅味蕾，连胃肠都不配合，一点反应也没有！突然，他脸色苍白，眼泪都流出来了——那是他的胃里开始翻江倒海了，“哇”的一声，他捂紧嘴跑进厕所——吐了！回屋先躺会儿平静平静吧。可等妈妈到屋里看他好点没，他又斜歪着敲电脑呢。妈妈哭笑不得：“你这个学电脑的呀，简直‘像饥饿的人扑到了面包上’！”

“好嘛，”爸爸倚在我的小屋门口，表情复杂，“你是歇人不歇机啊！”

我人躺着歇着，电脑却嗡嗡响——没歇着——清理磁盘碎片呢！爸爸不知道，我已经把电脑当成了患难之交。在一个人的世界里，只有它整天忠心耿耿地陪着我。那么，我每天要吃饭、如厕，不也得给好朋友清理清理肠道么……吐故才能纳新嘛，哈哈！

“我看你‘鼓捣电脑’怎么跟别人不一样呢？”老爸这个电脑盲又发现了“新大陆”！

说对了。我鼓捣电脑不是在一般操作上下功夫，而是先冲软件“开刀”，再给硬件“动手术”——因为我有长远的打算。我把那些程序软件、操作软件、游戏软件是删了装，装了删，“清除”、“安装”、“备份”、“移动”、“格式化”，等等，来回地折腾。由此，电脑运行那一套很快就被我摸得滚瓜烂熟。接着，“鼓捣”升级——开始拆装硬件——那真是喜出望外：从小练出来的拆电子表、拆半导体的“拆装功夫”全派上了用场：一看就知道主机里面的结构，就知道那些线路从哪来向哪去，就知道那些东西如此配置的道理！只是，这可让老爸着实担心了……

“对什么都好奇！”爸爸倚着房门笑问，“哎？药吃了吗？……水果呢？……高钙素呢？……”

“嗯……嗯……”我嘴上应着心里笑他：“心不在焉，顾左右而言他！”果然，老爸又绕了回来：“哎？你总这么弄——会不会把电脑弄坏呀？”

看，他还是担心吧，也有点儿小瞧人的意思。当爸爸的也许都这样，只有在他听到别人对自己儿子的肯定时，他才会对自己的儿子刮目相看。这会儿啊，不要指望他马上能懂，你只要让他感到你是内行，是专家就行，这样他就不会再担心了！

“哼哼，”我鼻子里笑了笑，快得像冲锋枪似的，“这不见得，学过专业的人倒可能搞坏，没学过的倒未必。就像游泳，淹死的都是会水的。开车出事儿的，没几个是新手。”

“嘿！净讲歪理。不过，也有点正理！”爸果然开心，话里掺进了笑料。

“梨，是酸是甜，得亲口尝，没别的办法。”话一出口，我又感觉有点教训人的口吻，赶紧又柔和些，“实际这样弄弄，对我从根本上学好电脑的应用与维护，很必要，而且根本弄不坏。你看，这些硬件都是插在下面这块主板上——插拔式的，随时能更换，就这样……”我“哗啦”一下把“硬盘”拔下来扬给老爸看……哈，在老爸面前还是想露一手！接着，“咔嚓”一声把显卡卸下来。

“我怎么像……”爸爸费劲儿地笑笑，“像看卖肉的在大卸八块呢？”

这会儿我感到了一点内疚：自己那个时候是不是太过聪明了，太显摆自己了？

咳，也无所谓了，哪个当儿子的在老爸面前没有点儿表现欲呢？

那时期有本销量过百万的书，叫《学习的革命》。哈哈，我呢，实现了“读书的革命”！

想来有意思，最初我把《红楼梦》、《水浒传》、《三国演义》、《复活》、《红与黑》、《巴黎圣母院》等一堆名著都给折腾出来，在床上、桌上摆开了摊儿——一副要扑到书海里畅游一番的架势。可没几天，我又“完璧归赵”了！这可给老爸弄糊涂了：“嘿……前些日子，你都把我吓着了，我还以为你要报考文学博士呢！这又是怎么了？”

“哦，以后我再不看这样的书了。”我“正儿八经”地说。

“啊？”老爸好像看到太阳从西边升起来了！

我一下笑了："是不看印刷的书，改看电子书啦！"

"电子书？"老爸不解。

望着老爸迷茫的神情，我忽然有了种责任感，于是，饶有兴致地从"几张光盘就能装下一个大英博物馆"给老爸讲起来……听我说了一阵儿，老爸激动得在电脑面前直搓手，马上要试读电子书。

"这简直是学习的革命啊！"当老爸看到跃然屏上的《骆驼祥子》时，惊叹道。

"非'学习的革命'，是'读书的革命'！"我笑着纠正。

"没错没错，读书的革命！"

要说以往的文本阅读，在我面前展示的是一个平面世界的话，那么现在的电脑阅读，在我面前呈现的就是一个有深度、有广度、任我遨游的立体空间，太空世界！由此，我的因学习考试而亏着的"书瘾"得到了无限的补偿——真是酣畅淋漓呀！

然而，我也为自己能够给老爸带来某种改变而欣慰。这也许就是我们这一代人，能够给予他们那一代人的。现在，我不会因为他的思想观念与思维方式落后于时代而鄙夷他们，帮他们赶上来才是我该做的。我在心里默默地对老爸说："将来，你的儿子还要写出自己的书来给你看呢！"

这一时期，我不光读"老经典"，被我称作"新经典"的金庸先生的武侠小说也纳入了阅读清单。那些侠肝义胆、英雄气节、爱恨情仇，让我钦佩、震撼、感动，让我知道人不能只生活在现实中，理想世界更能给人以美的享受、情感寄托和心灵抚慰！

虽然在这个时期我实现了"读书的革命"，看了很多电子书，但说实话，我看得最多的还是纸质的电脑资讯书。因为，我认定电脑将是我未来人生之路的优先选择。

"怎么变成这样了呢！"我有时会笑自己。

电脑操作安装得心应手了，维护保养能独立完成了，我的"好朋友"又介绍了它更多的"好朋友"：Excel，Photoshop，Apache，Open Office.org……于是，我什么都想用电脑来完成：写作、制表、画画、做贺卡向同学祝贺新年，等等。就连给爸妈的留言，我也会先在家里的玻璃黑板上写几个字，跟他们捉迷藏：

> 请打开电脑，再打开 My Document（我的文档）之 Xiao Tian Xin Xiang（笑天信箱）之 JRLY（今日留言）……

就这样，兴趣被输入了电脑，学习在新的领域展开，忙忙碌碌中，孤独和寂寞被赶跑了，痛苦和忧愁被淹没了。

“嘿……”弹玻璃球的伙伴来看望我，“怎么看你一点忧愁都没有呢？”

“哪能没忧愁？”我笑了，“但我有解忧法！当然，这不是曹孟德的‘杜康’，我的就是一个字：‘忙’！忙而无忧，这对谁都灵，呵呵，不信你试一试！”

忙而无忧，快乐学习，优哉！快哉！

我已经可以制作“录入软件”了，并且开始了编程设计，正准备办电脑培训班教初学者……呵呵，到底达到了什么水平，还是让别人来评价吧：

这天，工会的业余电脑师小陶叔叔来给我安装一个新软件。路上，老爸拜托他见了我多给指导指导，他一口应承，来了却“徐庶进曹营——一言不发”，只看我操作，目瞪口呆。出了家门，他才一脸惊诧地对老爸说：

“不得了啊，你这儿子老厉害了，我是指导不了了，他现在的理论和操作，已经达到大学水平了！”

“真的啊？”老爸惊喜不已！

“他对电脑的了解和掌握，”小陶叔叔又补充道，“就像知道自己的兜里装着什么！”

“像知道自己的兜里装着什么？”哈哈，太有意思了！我有时甚至会看看我的“好朋友”，再摸摸自己的兜，禁不住乐出了声！

二　掺着点柠檬汁的快慰

我的小屋就是我的世界。

躲进小“屋”成一统？显然不是。

但我时常会被莫名的感觉笼罩而陷入思索，思索会让我在不同的情绪中沉醉。沉醉中不乏有思想火花骤然闪现，火花照亮了我的内心世界，令我有一种晓雾初开、恍然如此的感觉，这感觉不吐不快。可我又“没法”与人沟通，于是，就开始写小故事。写，是令人异常快慰的，尽管快慰中常常掺着点儿柠檬汁儿！

这里，我就先挑一个颇让爸妈得意的小创作，以飨读者吧！

偷人家运气的小偷

偷人家运气？

你一定很惊讶，以为这是天方夜谭。偷什么不好，偏偷人家的运气？运气又怎么能被偷呢？可是要知道，如今科学技术这么发达，有什么事不能出现呢？

故事发生在一个不起眼的城市——A城。

你看，这不，今天A城警察总署的气氛就不比往常，一大早就闹翻了天。

门外挤满了人，黑压压的一片，都吵吵着要见警察署长。门里电话铃声大作，此起彼伏，警察们穿梭往来，好不忙乱。

这到底是怎么回事呢？

让我来告诉你：原来A城里有一个智力非常的“小偷”，他发明了一种可以偷运气的仪器。这种仪器非常精致小巧，样子和普通磁碟机差不多，只不过是有一个类似雷达的东西连着。用它既可以偷人家的好运气，也可以偷人家的坏运气，还可以任意调换，全凭主人意愿。

近些天，A城里不少人被不知不觉中偷走了运气，直到今天清晨，有人在公告牌上发现了一张铅字的公告才如梦初醒。公告如下：

> 尊敬的A城公民：
>
> 你们好！
>
> 最近你们一定发现了许多异常现象，为此鄙人感到抱歉，是我“借了”你们的运气造成的，还望你们多多谅解！
>
> 黑洞洞的时候
>
> 偷人运气的小偷留言

于是人们奔走相告，一传十，十传百，没多大一会儿就传遍了A城内的千家万户。人人惊恐不安，纷纷向警察署报案……这才有了刚才那样的混乱局面。

警察署长一上班，便有下属向他报案。

“署长，我被人偷了运气。”一个瘦高个警察满脸沮丧。

“真是荒谬！”警察署长生气了。

其他警察见状不敢吭声。

一名警察递上一张公告，署长一看，这才觉得事情不像自己认为的那样。

这时前来报案的越来越多，几乎整个A城公民都来了。

这下，警察署长急得火上房了，赶忙召集署内智囊们，紧急研究磋商如何对付这个猖狂的小偷。

“目前情况不妙，小偷除了给我们留下了一张公告外，未露半点蛛丝马迹，使我们破案遇到很大困难，请诸位出出点子吧。”警察署长开了个头。

这智囊团都是久经沙场的老家伙，疑难案件破了不少，平常总是滔滔不绝，主意多着呢。可今天个个哑口无言，耷拉着脑袋，像被霜打的茄子。

“说话呀！怎么都没声了？这样吧，你们先研究研究。”警察署长面露愠色，边说边从口袋里摸出个大烟斗，不紧不慢地装上烟丝，用圆乎乎的大拇指按了又按，掏出火柴点着，“嗞拉嗞拉”地抽起来。

智囊们窃窃私语。

时间一分一秒地过去了……

不知过了多久。

“啪！”警察署长一拍大腿：“有了！马上给我全部出动，逐一调查报案人，从中找出共同点。”

警察倾巢而出。

这时，警察署外人声鼎沸。

一个戴着瓜皮帽留着小胡子的青年骂骂咧咧：“这个小偷真不像话，偷到大爷我头上来了！怨不得我赌一晚上就赔进去了一万八，原来是我的好运气被偷走了。呸！”

“可不是嘛！”一个人插话，“这回我不是要倒霉了吗？……”

一个老奶奶颤颤巍巍地说：“我倒没什么。我是被偷了坏运气，总遇上好事：过马路有红领巾搀扶；买菜有人帮我提；买救济孤儿的奖券本来是可怜那些没爹没娘的孩子，可一买就中了头奖，于是我全给了孤儿院。反正还有好多好事儿，说也说不完。我就是有点担心，小偷偷走我的坏运气干什么，可千万别干出伤天害理的事儿啊！”

“哦，老太太真有福！”

“就是有点傻冒儿！”

人们说这说那，唧唧喳喳个不停。

警察们辛苦了整整半天，终于理出一份还算简明的调查报告。

一个戴着金边眼镜的警察给署长敬礼：报告！经全体人员竭诚努力，调查结果如下：

（一）被偷好运气的全是一些作风不良的人，如流氓、地痞等。

（二）被偷坏运气的全都是心地善良但身世悲惨的可怜人，他们报案是怕被偷走的坏运气强加在别人身上，再造成悲剧。

“嗨！好人呐！”警察署长叹了口气，小声嘀咕，“现在才知道，我的运气也被偷了。我向谁报案去呢？”

一直到次日凌晨，案子再没有丝毫进展。

清晨，警察署长收到一封署名小偷的信，他连忙拆开……上面写着：

亲爱的警察署长先生：

您好！

给您添了麻烦，真是不好意思。

我的意愿是好的，我没有偷错过任何一个人的运气。请您放心，偷之前，我是仔仔细细调查过的，我的仪器是十分精确的。我不但偷了他们的运气，并且用好人的坏运气交换了坏人的好运气，使好人运气更好，使坏人运气更坏。

到现在为止，全A城的人被我偷了一遍，也包括您，但不包括我，因为我是最坏的人！

我偷了您的坏运气。因为我相信您是一个好人，您自己认为是这样吗？

请您严肃处理那些报案被偷了好运气的人。如果您还不相信我的话您可以先去调查，证明我的仪器到底准不准。然后，去逮捕那些报案被偷了好运气的人，给他们好好改造改造，让他们重新做个好人，那时他们就会恢复好运气的。

由于坏人还很多，我决定到别的城市去，继续偷别人的运气，我不允许我以外的其他坏人存在。我要独行天下！哈！哈！

在您看到这儿时，我已经出了A城，您是抓不到我的。对不起了，给您留下这么个乱摊子，算是我送给您的离别礼物。

最后说一声：“拜拜！”

祝您运气越来越好！

半夜三更

偷人家运气的小偷留言

……

不久以后，A城便以新的面貌沐浴在阳光下了。

小添

这个小故事让爸爸特别惊喜，他在之后的日记里，这样写道：

儿子得病才半年多，居然就这样振作起来了，还搞起了创作。我这个当爸爸的都不曾有啊！

我在这不吝啬夸奖了：儿子展开了想象的翅膀，调动起童话的思维，用诙谐的笔法抒发出自己的郁闷，表达出爱憎分明的情感，把小故事写得多有趣啊，并且文笔很流畅。我还注意到，他很用心地第一次启用了自己的新名字，用在了自己的第一件作品上！更有趣的是我是抽过烟斗的，他让故事中的警察署长也抽烟斗，这小子，怎么琢磨的呢？一时，我的鼻子倒有点酸酸的……

当老爸喜形于色地找到我，我的“猫腻”才抖落出来：

“我是想写本书，先写了几篇小故事，练练笔，给你看的是其中一篇。我准备一个一个地写，然后再汇编成书。一个故事就像电视系列剧的一集，可以独立成篇的，而不像电视连续剧整个是一个故事……”

老爸吃惊了：“原来，‘老鼠拉木锨，大头儿在后面’哪！先让我看一篇小故事，然后告诉我，还要写一部大书！”

我的“教育负责人”那样喜悦，自然令我欣慰，可我也有点失望：这篇故事暗含的意思老爸没说出来。只是我注意到，老爸在灯下陷入了沉思。

三　条条大路通罗马

人长了本事，会有一种想试一试的冲动。有了电脑一年多的一天，我对老爸说：

“我想办个电脑班，为想学电脑的人提供培训。”（朋友，你可能对此不屑一顾，可你要知道，我讲的事情发生在上世纪90年代中期！）

“有具体想法吗？”在屋里踱着步的老爸立刻停下来，笑问。

“噢，”我马上切入正题，“主要是讲电脑的基本常识，操作要领，介绍电脑的多样化用途，目的是让人们对电脑感兴趣，达到会一般操作。地方呢，就在我这小屋——14 平米，最初也够用。先办个小课堂。”

“哈哈，你不是又给老爸幽上一默吧？”老爸惊异地打断我，“你可还在每个月 21 天的化疗当中呐！”

“真的。”我认真地点点头，在屋里比划起来，“你看，在这儿支起那块玻璃黑板……然后呢，把大立柜、书柜挪到你们那屋，就留下这台电脑，再用阳台上那几块木板儿，顺着这里搭两张条桌。我的床呢，反正也是折叠的，先折起来，放一边儿，等人走了再搭上。”

“闹半天，你是动真格的啊？”老爸收起了笑容，“要真干，你的能力倒没问题，可……你连自己安稳休息的地方都不要了，这哪行！”

我生怕因此受到干扰，马上说：“那这点你说了算。关于资金……”我稍停了一下，用目光试探着老爸对这个敏感问题的反应……“资金实际用不了多少。”我有意轻松地说，“现在各个学校都有要淘汰的 386、486，我们可以低价买进来……最初能保证俩人一机就行，还有利于交流。我们主要用它的显示器，这边弄一台服务器连接，只要一台好的主机就能解决同步运行。主机就用我现在这台，但最好换个速度快的CPU。”

老爸在屋里走来走去，表情生动却不吭声。当他对一件事感兴趣了就这样。

“服务对象，开始可以是咱们家附近的 3 所小学的高年生，他们比低年生懂事，作业又不像中学那么多，放学也早，在离家近的地方学点有用的东西，家长也放心。等电脑培训班办起来一段时间，对象就扩大到社会了。到那时，培训可以办到晚上 8:30结束，然后转为网吧。我同样可以教成年人上网。我想，通讯发展这么快，电子商务、电子购物又刚刚兴起，大家都渴望了解这方面的知识和信息，所以肯定受欢迎。”

老爸在我书架前站定，拿起一本书看看，放下，又拿起一本书看看，放下……

我有点着急了：“人们不都说 Internet 是一枚已经发射的火箭吗？没人能阻止它，未来的世界就是 Internet 的世界……”我越说越激动，把手里的圆珠笔竖了起来，在桌面上急速地点动着——呵呵，跟妈妈蹬缝纫机在飞速上下移动的针似的！实际，在远离同学伙伴的地方，在一个人的世界里，我有了很多思考：我已经不能再和以往的同伴处于同一起跑线上了，不能再走原来

理想的发展道路了，所以，我需要选择，需要寻找属于自己的生存空间——教电脑，我就是想先试试身手！我来到窗前，指着下面说：

“你看，楼下就是市场。我们可以在楼上先打出一块招牌，再刻几个不干胶的大字，贴到窗户玻璃上，人来人往，一目了然。”

“哦……”老爸恍然大悟，笑道，“怪不得你每天都要站在窗前望远儿，我以为你只是在休息眼睛，哈哈，原来另有‘企图’哇！”

我不置可否地笑笑：“我还想了两句广告词：‘为现在为将来积累知识——到这里上互联网；为择业为发展掌握技能——到这里学计算机。’你看合适吗？”

“嘿！”这下老爸态度明朗了，“不错，不错！简洁明了，直奔心坎儿——知识、技能，谁不想要呢……哎，我看那个‘择业’是不是可以根据不同时期、不同对象，适时换成‘学业’、‘就业’，或者‘创业’什么的？”

“有道理。这没问题。”

“嗯……”老爸点了一支烟卷，深深地吸了一大口，然后用商榷的口气说：“可你的化疗还在继续，免疫力这么低，不好接触那么多人吧？咱们花了这么多钱，你吃了这么多苦，治疗效果这么显著，这时候再有个闪失不就前功尽弃、得不偿失了么？我感觉，你的方案哪都好，唯独没考虑自己的健康因素。能不能等身体再好一些，抵抗力再强一点再干呢？”

“实际没什么，”我抢白了一嘴，感觉自己的脸都红了，“备好课，把要讲的内容设计好，拷进软盘（那时都用软盘，光盘极少见），回头发给学员一人一张，这样，接触不就少了吗？再说，我的情况不至于差到不能见人啊！不行，还可以戴口罩嘛！”

“戴大口罩？”老爸像滑稽演员，夸张地用两手比划出一个比脸盘儿还要大的大方块儿，“讲课，戴大口罩？还不把人吓着？”

“呵呵，”我被逗乐了，“不就是说说嘛！”

……

“开弓没有回头箭”。后来，我“曲径通幽”地实现了自己的计划——在老爸上班不在家的时候——因为我既想做，又不想争执。只是时间变成了学校放假的时候，对象变成了来探望我的同学。虽然没那么多电脑，没那么大阵势，但是，我依然按照自己编排的教学计划来……

你猜，7天以后怎么样？

6名同学都伸出了大拇指：“孙笑天你真行！”“听你讲课，比在学校上微机课的收获还要大!”“浅显易懂，一学就会。”

3名同学决定：马上买件，自己动手装电脑!

此刻，你知道我有多么快乐吗？一个在病中被“隔离”的人终于看到自己还能为别人做点事，终于看到了自己的用武之地，终于看到自己又能给别人带来快乐了！这无疑是个巨大的心理补偿。由此我看到了在不远的将来，自己还将大显身手的前景。

事情也真是，开了头就一发而不可收，我的“电脑培训”后来一直办进了大学。

这是后话了。

你信不信，人有时想做点事儿会想得入梦，心热，手痒，寝食不安!

那次去北京强化化疗，我终于找到了能做点事儿的机会。

二娘的公司不是进口了一千多台叫“大蓝鸟”的轿车吗？大操场上排着一片一模一样的车，让人仿佛看到了“二战”时的坦克军团！车多，自然出现了卖车难。由此，我萌生出帮二娘卖车的念头！呵呵，“内驱动”当然是因为二娘对我的救助。

“嗨，怎么让你想到的呢?”老爸惊奇得拍大腿，眼睛张得老大像要爆炸了似的，“太有意思，太有意思了，他卖给你电脑，你卖给他汽车!”

你可能一下就听明白了。对，没错。我的“目标买主”就是卖我电脑的人。

可是我没有笑，谈正经事嘛!

“只要他买了你的车，”我给老爸分析，“你就等于打开了一条销售渠道。你想啊，他要是开着‘大蓝鸟’出入他那个圈子，本身就是广告。他接触的，可都是有头有脸儿的人呐！他买了你的‘大蓝鸟’，你再去他那儿，也争取坐‘大蓝鸟’去，‘爱屋及乌’，他会对你更亲近，跟你有更多共同语言，同时，你会接触到他的圈子里其他公司的老总，他对你的尊重，会让其他老总对你有好感，这样，工作就好做了。”

“嗯……”老爸拖长了声应和着，深深地吸了一口烟，又问：“你怎么认为他能买车呢?”

“我早就注意到他开的那辆又破又老的蓝色‘桑塔纳’了。你想啊，他是老总，又那么年轻、帅气，开那样的车与他的身份、气质多不相称啊。他也要考虑个人形象和公司形象!”

“嘿！你想得还真对头！可怎么说服他呢？”

“做工作嘛，事在人为。到时我帮你谈。但得快，没准人家已经有买车的打算了。”

“那好，你也把资料熟悉熟悉。咱们抓紧。”老爸使劲拧灭了烟头。看来他下决心了。开句玩笑：他下决心还不如我下决心，因为他从不过问销售的事。

就这样，1天，2天，5天……我对“大蓝鸟”已经了如指掌了。先前坐过，听人讲过，此时从资料中了解清楚了，我简直跃跃欲试了！

千呼万唤始出来，那个阳光明丽的早上，我的目标买主终于来看车啦！

老爸避重就轻，先热闹地讲起来：“这‘大蓝鸟’，回头率是真高，坐在里面的感觉就更没得说了……”然后他来到车跟前比划：“您瞧，车灯……后视镜……整体流线型……多美！”接着，又拉着老总全方位地看，退出老远地瞧。最后，他请老总坐到车里，开始夸耀这车如何舒适，座椅可以放倒，有全方位空调，双动式车窗……哈哈，正讲得热火朝天呢，老总突然笑问：“你能告诉我，这车的供油方式吗？”

像限速路上撒欢儿跑的车，突然遇到了交警，一脚急刹，老爸的话戛然而止！

向来在儿子面前“当教官”的老爸，这回可“门市客了”：脸给囧得通红，好像全身的血液都涌到了脸上。他没曾想，老总对他说的一套没兴趣；他更没想到，老总还会问这样的“邪门问题”，他压根没听说过！

哈哈，我心里直乐：那些油路、电路的事儿，对我都不是问题！好，该出手时就出手吧！我向前走了一小步，刚要说又觉不妥，不太礼貌。可我又真替老爸尴尬，半天搭不上话！急人！

嘿，正急着，老爸指指我，开玩笑似的转移了尴尬：

“这些问题，您就听我们这位‘小车迷’、‘大专家’介绍介绍吧。他研究得很透。”随即又加上一句：“他可是你们的忠实客户啊，逢人就讲你们的电脑好！”

“还算能随机应变，”我心里笑老爸，“还不忘笼络感情呢！”

接下来，你就可以透过老爸的视线看到这样的情景了：

年轻英俊的老总抱着肩膀、歪着头、笑咪咪地注视着我，他听得格外耐心，不时还优雅地做个手势，不时又信服地连连点头，表情跟刚才判若两人。老总站在车前开始提问了，一会儿指指这儿，一会儿指指那儿……简直像一位来搞考核鉴定的专家。可是他始终和颜悦色，笑容可掬。我一脸的坦诚与自信，表情如一……

其实啊，我当时的心里可真有点犯嘀咕：老总问得太细了，就连“大蓝鸟”的“扭矩”，“转弯半径”，“发动机功率、压缩比”，“变速器的速比、传动比、驱动形式”等等细枝末节问题都问到了。嘿嘿，我纳闷：他手上有资料，为什么还非问我呢？可我又告诫自己：“顾客是上帝。上帝问啥都合理。”只是我掌握的东西眼瞅着就不够用了……

老爸一会儿看看我，一会儿看看老总。他着实替他的儿子捏着一把汗。

哈，庆幸，老总终于停止了“盘问”!

更为庆幸的是，老总第二天就揣着支票提车来了!

化疗3年，休学3年，远离学校和同学的我就这样走过来了。

我的老师说：“孙笑天同期所获得的知识和能力，要远远大于课堂，远远胜过教科书。这就叫条条大路通罗马!”

爸爸在他写的书里也有令人鼓舞的记载：

> 天天在回答记者“为什么能那样乐观地接受连学都上不了的现实”的时候，说得挺好：
>
> “我觉得没有什么不能改变，不该改变，尤其是在‘要活下来’这个根本问题面前。不记得是谁说过这样的话了：‘昨天既已过去，遗憾还有用吗？明天还没到来，忧虑又何必呢？’我想再加一句：‘再说，人生的路也不是就一条!’”

第九章
校园生活

那朦胧而美丽的影子总是跟着我。我不想她，那形象却在一个个长夜悄然进入我的梦中……好梦“费”思量啊！

一　笑着面对

说人生的路不止一条，可我还是向往学校的生活。

我认为，学校对一个人的成长，犹如通向高速路的辅路一样必需。

因此我打定主意：在3年化疗还差一个月结束的时候，跟着新学期开学一起复学，在复学中完成最后一程的化疗。

迎着8月的艳阳，我走进了一片新天地——吉化二中。

说实话，3年化疗的最后阶段真挺难熬——就像“马拉松”最后一程是最难坚持的一样，就像冬日黎明前最后一刻是最寒冷的一样——我这个从来没有午睡习惯的人，现在中午放学回到家一头就扎到了床上；有时候走在上学的路上就把刚吃完的东西吐光了——因为“化疗反应”像“跟屁虫”似的，不弃不离！但这算不了什么，胜利的曙光可以融化一切！

可是，“怪事”也出现了——

我这个当年的代数、几何双百分得主，现在拿起试卷，想不起求证方式了；以前没有任何知识不能当堂消化理解，可这样的情况也发生了；从来都抢答老师的提问，可现在那如林般的手臂中却没有我的……

终于传来了隐约预料到的消息：

“没有任何一个正常人经过放疗，还能保持正常人的思维和记忆的……那叫核辐射！”

其实，这两年通过读书我已经觉察到自己的记忆出了点问题。我懂得“一切知识都不过是记忆”，而记忆于我就更为重要……因此，我报名参加了北京第一代“JS 全脑速读记忆训练”的函授，欲罢不能，又参加了“长沙胡思智力开发学校的函授学习”；并且，我经常跟电脑下象棋、下围棋，一个目的就是为了刺激自己，激活大脑思维记忆细胞！

大夫的话倒让我庆幸，倘若没有那一切，情况可能会更糟糕！

此刻，我更相信事在人为：同样被大夫判定的永久植物人，为什么有的能苏醒呢？这与个人潜在的能力和意志品格等因素分不开。所以，我相信自己会逾越眼前的障碍，因而加紧了训练……要说思维记忆属于智能范畴，那就顺带说说体能吧：我也知道恢复体能的极端重要，因此我苦练气功，自学游泳——曾经赶都赶不下水的“旱鸭子”，已经熟练掌握了蛙泳、仰泳、自由泳 3 种泳姿的技术，就连蝶泳也能扑腾好远——还应老同学“聘请”当上了教练！现在我给自己加码了：把爸爸早年用过的哑铃也请到了自己的床底下；悄悄扔掉自行车改为步行上学。

我插进的这个四年级是 8 个班中唯一的重点班，好像一个部落，每个人似乎都有着强烈的优越感和部落意识。许多人看我的眼神，就好像我是从其他部落来，要分享他们的珠宝似的！呵呵，想想也是，大家一块儿热闹亲近了 4 年，眼看要毕业，却来了一个不知道来路的陌生人！

好奇的目光里全是问号：

这人哪来的呢？“看着比我们年龄大，个子挺高，脸很白，是个光头，人很温和却总是保持沉默，戴着近视眼镜，目光显得很深邃。”班长说这是我留给他的最初印象：哪个学校的留级生吧？是走后门来的吧？怎么班主任看他的眼神都跟看别人不一样呢？……

我更听见了这样的议论：

“他怎么这么特殊？劳动不参加？课间操也不上？体育课还……”

呵呵，我亲爱的同学哟，你们不知道，我也不情愿那样啊！可是，在我入学前就有了“君子协定”，就有了“三不特许”……

“这是一个完全可以理解的愿望，”刘兆一校长动情地说，“孩子不想让同学知道自己的病史，这应该得到尊重。关于他患病的事，我想，就只限我、张书记和班主任苏老师3个人知道，连科任老师都不要告诉……好，咱们来个君子协定。”

刘校长对面坐着张书记、苏丽萍老师和我的爸爸，几个人不约而同地点头。

“受过伤的心是敏感的，如同遭遇过寒潮的鲜花，需要格外呵护，”苏老师提议，“我觉得还应该给孙小添一些特殊的照顾……”复学时我正式启用了新名字——孙小添，但还保留着充满豪情的老名字——孙笑天。

就这样，带着并不情愿又十分感激的心理，我开始享受“不上课间操、不上体育课、不参加劳动”的“三不特许”。

可是，好奇的同学找不着答案，议论就“跑了调儿”：

“瞧，他膀头膀脑的，还是个光头！”

“是啊，样子怪怪的。他好像不会笑似的。”

“他简直像个‘二愣子’！”

不，这不是议论，是嘲讽，是揶揄，是耻笑——以往，我一定会这样认为，一定不会坐视不理。而此时我好像有了禅定之力，不为所动。只是我的心里却在说：“新同学啊，要不是因为那个特殊原因，我是不会跟你们走到一起的。”

怎么又来了特殊原因？

是啊，那一年发生的事令多少人感到诧异、震惊啊！

同一所学校、同一个年级、同样都姓孙、同样都是班长的两名同学：一班班长孙笑天（我）得了血癌，二班班长孙业海得了骨癌！

现在孙业海已经先走了。

他的妈妈曾写给我一封信，转达了他在弥留之际对我的热切鼓励和希望：“孙笑天，坚定信心向前走……”信里还夹着他执意要捐给我的100元钱……

孙校长怕我因此触景生情，有碍康复，才建议爸爸为我转学。

可是，乐谱还没有看到休止符——那一堂音乐课，更让我印象深刻。

一首动人心弦的《心愿》的歌唱完，老师顺便让大家谈谈自己的心愿。

巧的是，我被提问。

我不假思索，实话实说："我的心愿是拥有健康！"

顿时，哄堂大笑！

这笑，在我看来是多么可笑——然而那确实是笑，热烈非常的笑，惊奇无比的笑，连续不断的笑——仿佛听到了青草吃山羊、老鼠吞大象、鸡蛋里孵出了恐龙——教室的空气在膨胀，屋顶都要被撑破！要是在过去我会感到局促，会羞得满脸通红，会气得拍案而起。如今我不会。我为他们，也为自己以往同他们一样而感到可怜：只有单调的学习考试，只有狭隘的生活见解，只有从家门到校门的往复循环，为突然出现的一点点变化、一点点不同，甚至校园外一个年轻的落荒者而无比好奇、大惊小怪……如今不同了，我经历过生死考验，我看到了另外的人生，我接触到了大千世界，我了解了苦难中的人们……

我温和地淡然一笑，微微摇了摇头。

我保持着沉默，我只能沉默。一切与要健康、要活下去相比又算得了什么呢？

然而，当年人称"漂亮的小男孩儿"这时被唤作"二愣子"，当年要"攀登最高科学殿堂"的人眼下只想"拥有健康"却被当成笑柄，还不能去辩解，不能去说明，更不能去对爸妈讲，心里还真是挺憋闷。唉，宣泄一下吧！

灯下，我奋笔疾书……

高兴，你手舞足蹈 悲伤，你向隅而泣 忧愁，你郁郁不乐 无奈，你束手无策

镇静，你泰然自若 慌张，你失魂落魄 着急，你心急火燎 愤怒，你七窍生烟

得意，你仰首伸眉 失望，你万念俱灰 迷惑，你神魂颠倒 惊奇，你愕然咋舌

激动，你心潮澎湃 害怕，你不寒而栗 烦闷，你窝心愤懑 惭愧，你无地自容

醒悟，你如饮醍醐 惆怅，你若有所失 警惕，你居安思危 麻痹，你涣散疲沓

……

人心百态无一述，空留笔行处。

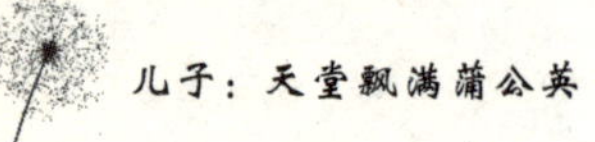

再补上几句：

七情人皆见，纵抑何轻言？
情抒当有度，理念犹为先。

没想到，语文老师对我的《心境》大加赞赏，挥笔写下8字评语“文采横生，趣味无尽！”

只是我亲爱的老师啊，您哪里知道写《心境》的人这时的心境啊！

然而天真的误解还在天真地继续。

当我一个人站在教室的窗前，望着操场上我分外熟悉的欢腾景象时，总是会看见往日的伙伴和自己过去的身影……

二　恰同学少年

6年前，12岁的我考入了刚刚成立的（民办的）龙山中学。在那里，我度过了最幸福的一段时光——呵呵，这当中还有以往不便说，现在倒可以透露一点的原因。

“嚯，这里俨然是孩子和老人的天地！”多少家长走进我们的校园，都禁不住赞叹。

老人，自然是我们的老师了。他们来自全市各个学校，都是各学科的学科带头人，大多是离休又被聘请来的。他们举止端庄、和蔼可亲，几十年的粉笔生涯染白了鬓发，让人一见就不禁肃然起敬！孩子嘛，当然就是我们这一群活泼有余、严肃不足、人称“80后”、在家被捧为掌上明珠的独生子女了！

开学不久后的一天，一篇学生作文让大教研室，显得更热闹了。

“看看，这篇作文写得太特别了。全篇就贯穿一个字——“难”。做学生多难啊，在家里的那一切就不必说了；在学校呢，老师批评错了，也不能去辩解，心里真委屈。可是，当学生的又有什么办法呢，只好认了。”

“哈哈，这肯定是个男生写的……他叫什么？”

“孙笑天。……没见过这样的作文吧？”

“呵呵，这风趣劲儿，像他的名字！”

“有意思，怎么想就怎么写，一点拘束都没有！”

“你看看，自然而然、娓娓道来，完全是孩子的口吻。哈哈，这才是真情实感，这才符合青少年的心态……”

“这样的孩子啊，我是打心眼儿里喜欢呐！”

老师的信任让同学更快熟悉了我。不久，我被推选为班长和学习委员，后来又被推选为团支部组织委员。

朋友，不会笑我吧，“电线杆不济，还挂弦不少呐！”

“挂弦不少的人”还会给自己找乐子呢！

第一次捧着一大摞卷子、作业本回家，我憋不住笑了：“呵呵，当学委的还得代老师批改作业和试卷啊！”可一样的卷子一样的内容一会儿就让人烦了！怎么办？自我调节啊：于是，我就遮住卷子的名头，从不同的笔迹中去猜测它的主人。“哈，猜中了！”——自我奖励：塞嘴里一个“鱼皮豆”——“嘎嘣嘎嘣”，乐在其中！

我经常跟同学在一起谈天说地、论古道今，对一切的事情说长道短、评头品足。哈哈！不在老师的视野，超出了家长的“势力范围”，完全可以口无遮拦、毫无顾忌。时常还可以把父子关系幽上一默。

要说最快活的事，莫过“豪言壮语大比拼”了：

“要是樱桃掉在牛顿的头上，他能发现万有引力吗？”

“照样！”

“天方夜谭！”

“试问，有谁能比我强？”

“我，舍我其谁！”

……

第十章
无心栽柳柳成荫：我的大学（上）

班主任的兴奋不亚于我："孙笑天还创造了一个奇迹，他休学3年，竟然以全系第一的成绩考入了大学，还跨越了高中段！这孩子，简直是跑进大学的！"

一　弦外之音

春夏之交，照例是老师、学生和家长一年中最忙碌的日子。升学、报考，像那天气一样日渐升温，以至热浪滚滚。

考前总复习更是如火如荼，已经开始最后冲刺了！

经过一番兵荒马乱的高考，我和爸爸再一次坐上了开往北京的火车，做再一次的康复治疗。

"哎，小伙子，那你毕业考哪儿了呢？"火车上坐在我对面下铺的一位胖叔叔问我。

"就考吉林市了。"

"哎呀，你应该考外地，多长长见识。"

"哈哈，那不见得。吉林市的自然环境多美呀，自然资源又那么丰富，这是'最适宜办企业的城市'，'最宜人居的城市'，这样的城市有潜力、有发展、有后劲……但关键得有好市长，好政策。"

"咳，有道理！……小伙子，你对家乡还真挺了解，挺有感情……哎？现在不少孩子都出国念书，你不想吗？”

“想是想，可也得根据家庭情况，量力而行。出国当然好，开眼界，长见识，发展也许快一点儿。但是，现在的教育方针和用人政策好，在国内也不见得就发展慢。什么事，都事在人为……现在有一种说法，说中国人送孩子出国，把大笔的钱都花到了国外，刺激了国外的就业和发展……其实中国也应该多吸引外国学生来。”

其实，我最想出国深造，对他那么说纯粹是为了安慰自己。

这位叔叔自称是营销员，长得太有特点了，脸盘浑圆，像奶奶的发面盆似的，耳朵又大又厚，像圆乎乎的面包圈儿！谁跟他一照面呀，都会立刻想起那个富富态态的大肚弥勒佛来！他的眼睛总是眯缝着，嘴角向上翘翘着——好像总在笑。刚一见，我对他便产生了好感。

“哎，小伙子，看什么书呢？”

“哦……”我把胳膊底下的书递给胖叔叔。

“哎哟！”他的手像触电了似的弹起来，“电脑书哇……你说说，这电脑，我怎么就悟不进去呢？几次要学，想想这么大岁数了，学着费劲儿，搞营销的，走南闯北也不着家，就拉倒了。”

“呵呵，关键可能还是学习兴趣问题。”

胖叔叔坐在那稳稳当当的，好像置放在公园绿地上的一尊敦敦实实的巨石。感觉他要是说起话来肯定是慢悠悠的，可实际上他的语速快得像打冲锋枪，我的话刚出口他就踩着我的话音说：

“噢，兴趣是差点儿，可干我们这行的，用处不大。”

我的语速却不知怎么慢了下来：“我认为，用处可是实在太大了！比如产品有多少批次，有多少库存，准备销往什么地方，出厂价、批发价、零售价都是多少，国内、国际市场有多大需求，等等；如何装船卸货，在什么港口、码头，需要什么吊车，得花多少钱，等等，这些数据资料，都可以用固定化的格式输入电脑，随时需要，随时调出查阅，多方便呐！”

“嘿，你还挺有研究的啊！”胖叔叔笑着端起了水杯。

“呵呵，不好意思，班门弄斧了！”

好嘛，胖叔叔喝水的动静都这么大，“咕嘟，咕嘟，咕嘟……”好像每一口水都在他的喉咙那儿欢快地吼了一声！那大茶杯也好像专为他量身定做的，胖而大，跟二伯家那个大黄酒坛子似的！

“哎，小伙子，你对电脑有研究，那你说电脑的用处以后可得相当大了吧？”

“那是肯定的了！中国不正在申请加入 WTO 么，跟世界经济接轨以后，必须以最快方式获取全球经济信息，这更得靠电脑连接因特网来实现……将来搞销售也不用像您这么辛苦，还得四处奔波，到时候一敲电脑一打电话，就解决了！”

“唉，”胖叔叔叹口气，露出一脸的委屈，“我这一年跑到头，想参加培训，学学电脑、营销学什么的，领导就是不让。刚从这回来就让上那去，一天不让闲着，家里老婆孩子顾不上，工资也不涨，想走，他捏着档案不撒手。”

“哦，”我忽然察觉出胖叔叔的可怜，“将来就好了，人才都是流动的，谁都不固定隶属哪个单位或部门儿。这样才能促进竞争。现在，好多国企养着好多人才不用，搞管理的、搞技术的、搞营销的都有。可好多民营企业又缺人。有人的不用，用人的没有。实际上，一个人也可以同时给几家公司干活。”我有点惊异自己，居然能讲出好像只有参加工作的人才能说出来的话！也许因为妈妈在人事劳资处工作的缘故。

“那得有分身术啊？”胖叔叔笑问。

“叔叔真逗，”我笑了，“好多人已经在这样做了。譬如，你在家或固定在一个什么地方，可以用电脑完成好多家公司的工作，像搞设计、统计、会计、写作，等等，搞完了做成一个文本，按域名、网址发送给你服务的公司就行了。”（朋友，你现在听我说这些，是不是不以为然？可十六七年前，这的确鲜为人知！）

“搞营销……可不一定行吧？”

“我看行。比如你可以根据产品的生产和库存，用电话跟客户联络，征询需求，现在已经有了可视电话、电脑视频，还可以让你直接见到你的客户。然后你按照约定，向仓储和运输系统发出装货、发运指令，不就行了吗？……呵呵，不过，我是纸上谈兵，叔叔是行家里手！”

“有道理。嘿，小伙子，你怎么知道这么多，一定看了很多书吧？”

我不置可否地笑笑：“经常上网，好多书都是在网上看的，好多信息也是从网上了解的。”

“那你自己有电脑？”

“是啊……都是亲友们的帮助。父母他们那一代人，都是从嘴上节省着过日子，因此我有了电脑，这就更得好好利用。我们这代人也是赶上了好时候，科技进步，改革开放，让我们有可能知道和学到更多的东西。”

“好，像你这么知道感恩的孩子，不多啊！”忽然，胖叔叔的眼里有了泪光，“我的儿子比你大一岁，已经上大二了……”胖叔叔由他的儿子讲到了“代沟”……

看得出，他很想从我这个他儿子同龄人的嘴里，了解他儿子（或者说我们这代人）的心理……就这样，我们兴致勃勃，话题转来转去：从两代人的代沟到更新观念，从青年立志到创业谋生，又转到市场营销、产品打假、广告宣传，再转回到电脑、互联网、电子商务……好久没这么痛痛快快地说话了，真畅快！

一晃，两个半钟头过去了。

我抬眼看看睡在中铺的老爸，心里挺纳闷：这个就愿意跟人聊天的人，今天这是怎么啦，在上面待得这么踏实？连翻身的动静都没有。看书呢？可半天也没听见翻页声儿。睡着了？可他在火车上从来不爱睡觉。

二　怎么能不赞美代沟呢

“哈哈，火车上，我是使劲儿眯着不吭声啊……”在旅店里，老爸欢快得好像换了一个人，脸涨得通红好像刚刚喝了二锅头，说话声高得好像满屋子都是他的听众，“你不知道哇……”

只见他从长白参烟盒里往外拿烟卷。他仔细地捏出一支来，抬眼看看我，不自然地笑笑，攥着打火机没点。接着，他把烟卷放到鼻子底下，很好玩地闻了又闻，一脸的沉醉。

可我这急着听下文呢！他就爱这样吊人胃口！

老爸“过足了”烟瘾，这才说：“你猜怎么着，要上厕所，我都憋着，憋得膀胱都要爆炸了，终于你去打开水，哈哈，这才避免了我的不幸！”

“我就是想听听，你到底能谈出些什么来。结果，你真让我刮目相看了！”

原来老爸在作壁上观呐！

“工厂里的事、社会上的事，你知道得还真不少！”老爸的兴奋又掺进了惊异和自豪，“这且不说，你居然还能谈出自己的一套看法。好！这说明你不但善于观察，还能独立思考，会分析鉴别。你知道你去打开水，那个胖营销员对我说什么来着，他说：‘你这儿子啊，可不得了……他才 18 岁，我这 48 岁的人都自愧不如啊！’我心说，你不知道，我儿子还在病中呢！”

“不过，我也挺受教育。特别是你对代沟的认识。”老爸用力地干咳两声，像是碰到了强手要不卑不亢，又像是父辈在子女面前掩饰不足。但出乎我的

意料，他接着用诙谐的口吻重复起我的观点来：

“是啊，怎么能不承认代沟呢？怎么能不赞美代沟呢？……如果老猴子不允许年轻的猴子两条腿走路，人又怎么能转化来呢？没有新一代人开始讲‘白话’，满大街还都是孔老夫子的‘之乎者也’，社会又怎么向前发展呢？呵呵……”老爸自嘲地笑笑。他似乎不想让自己的话停下来，可中间又缺点什么调剂，于是，又把烟卷放在鼻子底下闻。

哈哈，那烟卷成他的道具了！

“到处都是穿长袍马褂的人，”老爸接着说，“到处都是捋着大胡子、踱着四方步的人，那会是什么样子啊？没有代沟就没有进步！可是我，原来就不承认我们之间有代沟，好像父子就应该是一致的。实际上，这又怎么可能呢？又怎么应该呢？举点小例子吧……”

“你爱唱卡拉 OK，这实际是一种情感表达，我开始却跟好多人一样，认为那是‘把自己的快乐建立在别人的痛苦之上’；你愿意玩牌，这实际有利于智力开发，我开始却认为那是游手好闲的人的嗜好；你喜欢应用科学，这可以让知识更直接应用服务于社会，我却觉得你要继承爷爷的事业就得搞基础科学——这不就是代沟吗？对不对？”

老爸讪讪地笑了，也终于忍不住点燃了被他捏得扁圆的烟卷。

谁知，老爸说着说着却局促起来，目光急速地从我脸上移开，盯着脚底下的一块空地，好像发现了旅馆的地下埋藏着什么……烟卷自燃着，一缕细细的青灰的烟柱从他的指尖升起来，升到半空就飘散成了很美的图案，跟他画过的嫦娥奔月的云卷似的！

好一会儿，老爸抬起头来说：

“从你跟营销员的交谈中，我感觉我们平常交流得太少了……工作忙，就忙得连跟儿子说话的工夫都没有？就说你报考的时候吧，我却又在帮朋友张罗办茶点屋，每天半夜才回家，时常还回不来，咱们连面儿都见不着。我的人生错过了好多机会——去长影、考律师、读研究生——因此很怕你再……咳，于是我自作主张，去找中小学总校的老朋友想办法……”

“就是帮张岩姐姐办接班的单叔叔吧，”我插嘴道，“在给我办复学的时候他还说过：‘给孩子一个学的机会，就是还孩子一个新的希望！’”

“正是。你的记忆真不错！不过，还有总校工会的桑老师、王老师也都帮忙来着。你知道吗，他们最后跟你们刘校长像‘盟誓’一样，异口同声地保证：‘一句话，让孙笑天上重点大学！’……我本想忙过一阵儿再告诉你，结果呢，还晚了……你最后跟我征求意见，我还能说什么呢？”

“我这么大了，完全可以自己拿主意了。”我挺了挺胸膛说，“可是……”

“可是，人生又能有多少这样的选择啊！”老爸急切地截断我的话，他知道我对他有看法而怕我说出来使他尴尬，“我确实对你报考的学校有过不理解，你原来可是要上清华的学生啊！你原来不是还准备像你叔叔一样……”

我心里笑：总是原来如何，思想总不改变这也是代沟啊！当爸爸的应该知道，你的儿子是要强不服输的，放弃原来的理想于他有多么难，那同样需要勇气！实际上，人生的每一次选择不都意味着一次放弃吗？那么放弃也就是选择，于我来说，更是包含着痛苦的选择。何况在“要活着”这个根本问题面前，没有什么不能改变、不该改变，而所有的改变都具有真理性。那么，当爸爸的又为什么不能改变呢？包括原来对儿子的期望，包括那期望中他自己的理想……见爸爸终于停了下来，他仿佛好长时间没喘气了，做了一个长长的深呼吸，我立刻说道：

“我现在选择的学校和专业，有助于提高实际能力，有助于提高综合素质，而且跟将来的就业好衔接，学习过程中也能琢磨做点事，缓解一下家里的压力。我在网上已经了解了好多资讯。再说，我选择的学校离家近，对身体恢复也有利。另外，你不是也说过，‘事事皆学问，行行出状元’吗？”

老爸愣了，正往嘴里送的烟卷没送到位，停在了半道，笑容也凝固了，一时脸都有点扭曲了……

是我的话伤了他？是他压根儿没这么想？还是……我盯着老爸，有一点后悔——自己的矛戳了自己的盾谁能不难受呢！咳，反正说起来了，就“言无不尽”吧。

“再说，你们也不一定非要把你们那一代人没有实现的理想，让我们这一代人来实现啊！”

顿时，老爸的脸色像“川剧变脸”似的，“刷”一下变得通红，连胡茬儿好像都红了。他那凸起的喉结极慢地“咕噜”了一声，好像极渴的人终于喝下了第一口水，又好像极饿的人吃力地将一大块儿干馒头硬生生咽了下去。我惊异地注视着他，注视着他的眼睛，渴望从他心灵的窗口看到更多的东西……

此刻，当我回忆起这件事，就想起了朱自清先生在《背影》里说的话：“唉，我现在想想，那时真是太聪明了！”是啊，我那时是不是也太过聪明了？只顾着自己的宣泄，而没有体会和顾及老爸他们那一代人的情感和心思呢？

好一会儿，老爸才像刚刚苏醒过来似的，缓缓地说：

“讲得好……讲得好哇！”

他默默地又点着了一支烟，刚吸一口，就被呛得咳嗽起来……他若有所思地站起身，在屋里慢慢踱着步说：“我只是希望你比我强，从来都是，而绝不是要你来实现我的理想。只是，我确实总记着你曾经的理想，那理想也成了我的心愿。你病了，我不再去想，你病好了，我那根冬眠的神经又苏醒了：我认为只有考名牌，最终做学问，才是你该走的路。这也不枉你的才智和心气儿……我跟你妈妈一直为你骄傲，在人前谈起来，更是。可又不便对你说，怕你滋生自满情绪。你的困难比别人多，需要持之以恒，需要心态稳定。而我呢，因为别人对你众口一词的赞扬而越发顾着当爸爸的面子了，更觉得就该……哎，可因此却忽略了你的感受，没有更多地考虑你的实际需要……你知道，我总是忘不了你要出国留学，要继承爷爷的事业，总是改不了原来对你的认识……”老爸坐下来，看看我，拘谨地笑了笑。

我似乎从没听到过老爸如此地自我剖析，如此地敞开心扉……我虽然不大喜欢严肃、正经的谈话，但我还是希望借此了解老爸的内心世界。

老爸避开我的目光，又去看脚下的那一块空地，又迅即抬起头凝视着我：“一切都在发展变化，我又为什么初衷不改呢？这些天，我一直在琢磨：实际上，你的选择很有道理，很切实际，我心里明镜似的，而且专业选计算机更对头，这方面你有基础，有兴趣，有成就，学起来更会得心应手。”老爸长吁了一口气，好像如释重负！突然，他又像想起什么似的说：“只是，你万万不要再去想为家里减轻压力什么的，那不该你去想！你就只管念书好了，家里供你一点儿没问题！你绝对不要再那样想了……”老爸使劲儿地抿了抿嘴巴，把还想说的话用力地止住了……

隔着缭绕的烟雾，我看见老爸的眼里泛着泪光……

三 雄鸡一唱天下白

哈哈，“红夹子”里又多出来一页！

这一页，可非同一般：

MRD 检测报告　编号：CR89—2

姓名：孙笑天　性别：男　年龄：18 岁　病历号：245178

诊断：ALL—CR4 年，停药 10 个月

IMP：

1. ……

2. 淋系细胞群中 TBT/CD7 双阳性细胞占 0.00%

（参考值 0.049%）

TBT/CD19 双阳性细胞占 0.00%

（参考值 0.047%）

……

全是 0（0.00%）！

再次证明我痊愈啦！

想想，上帝真是想让人牢记幸福来之不易，所以，才让人一步一步地接近幸福……

复学不久，我去北京做了最后一次强化化疗，为 3 年化疗画上了一个“休止符”；

寒假里，我再去北京做了完全停药和停止化疗 3 个月后的第一次“残留检测”（骨髓中肿瘤细胞残留为 0%）——感觉已经胜利在握了；

毕业时，我又去北京做了完全停药和停止治疗 10 个月后的第两次“残留检测”（骨髓中残留肿瘤细胞再次为 0%）——已经看见了黎明的曙光。

一切的过程都经历了，所有的道路都走过了，仿佛白内障手术，在慢慢地一层一层地揭开蒙在眼睛上的厚厚纱布，让人突然重见光明——激动人心的时刻终于来到了——主治医师宣告：“孙笑天完全可以像正常人一样学习和生活了！他恢复得这样好是个奇迹！”

谁说福不双降？紧接着，又传来喜讯：“孙笑天以全系第一的成绩，考入了北华大学工学院信息科学系！”

班主任老师的兴奋不亚于我：“孙笑天还创造了一个奇迹，他休学 3 年，竟然以全系第一的成绩考入了大学，还跨越了高中段，这孩子，简直是跑进大学的！”

也许要感谢苦难，使我重新认识了自我和人生。我的作文因立论新颖，感情真挚，拿了个满分，而语文 150 分卷我得了 138 分！

大概出乎所有人的意料，于我也有点“无心栽柳柳成荫”，我居然也跨越高中，直接进入了大学！

亲友们则把我的康复、上大学、满18周岁（步入成年）概括为三喜临门！

老爸似乎更愿意遐想，让喜悦升级，让事情更有意义：

“北华大学，不就是从北京大学和清华大学——两个校名中各取一个字组成的吗？这正反映北华大学要创建一流学府的初衷和志向！儿子啊，你知道不，当年你爷爷就是先在北大后去清华教书来的……呵呵，你们爷儿俩，又这样连上了！”

1999年9月9日，是一个千年里数字最大的一天！

爸爸本以为我这个“集邮迷”会放弃9日选择10日去报到，而在9日这天爸爸便去邮局，把那些明信片啊、首日封啊、小型张啊，都给盖上“99999”五个9的邮戳，他还希望我在这天上午9时9分盖戳，使邮戳再加上两个9！

可他没想到，他的儿子斩钉截铁：“那怎么行？必须第一天报到！”

这天上午，刚报完到，我就惦记赶紧逛一逛校园……

秋阳下，天真蓝，树真绿，空气真清新！一种终于冲破罗网走出阴霾见到灿烂阳光的感觉忽一下漫上心头：身体康复了，警报解除了，悬在头顶的利剑被甩进了太平洋！我考上了大学，实现了夙愿，从此将开始我人生最重要的一段新生活！真是“雄鸡一唱天下白”的豁朗与畅快呀！我不由得张开双臂，长时间做拥抱太阳状！

哇……吉林市龙潭区，居然还有这么阔大的一座校园，中心广场大概有两个足球场大了！一幢幢楼房造型各异，错落有致，其中还有俄式、日式的建筑，足见这座学校的资历了！同在一座城市，同在一个市区，我居然一点都不知道，真是孤陋寡闻呐！

实际上，老爸为了要知道我未来几年将生活在怎样的环境里，几天前就已经徒步走遍了整个校园，还画了一张草图。昨晚，他像讲解作战部署似的给我比划、唠叨了老半天……望着眼前一处处似曾相识的景象，我的心底涌起了一股股热流！

到这间阶梯教室瞧瞧：阳光从一排顶天立地的大窗子满满地投进来，大玻璃黑板上写着“北华大学欢迎你”7个漂亮的仿宋体大字，下面还飞舞着一排英文：“Horthgreg College Aloha you”，一张张花瓣样的座椅，让整座教室像盛开着一池子艳美的莲花，又仿佛张开着一只只有趣的大手在招呼我坐进去！倏地，想起了老爸说的梦：他去清华参观，在阶梯教室发现我坐在那儿目不转睛地看着讲台，讲台上是爷爷在讲《概率论》——我不由得向那讲台望过去，伫立良久……

这是图书馆！好嘛，藏书这么多，阅览室这么大……

以往羡慕人家，现在我也可以在这里秉灯阅读，在这里度过一个个月朗风清的夜晚了！我渴望着……

开学这两天，真够忙的，听报告，搞选举，写规划，收拾寝室、教室、校园……连坐下好好喝杯水的工夫都没有。这不，刚开完班会，布置完明天的军训，才算可以喘口气了。

“走哇，到操场转转去！谁去？”我招呼道。

“好！”“我去！”“我也去！”寝室里，刘洋、肖俊、李博海立刻响应。

哈，中秋前的月亮虽未成正圆，却恰似一张带着甜意的笑得纯真的脸，直教人心生感动，仿佛她那样的甜笑，那样的纯真，就是为了让我们这些新来的学子品味这夜晚的美好，看清这夜幕下的校园！辛弃疾的词倏然飞入脑海：“我见青山多妩媚，料青山见我应如是……”我顺口说出来：“我见‘明月’多妩媚，料‘明月’见我应如是！”

“呵呵，大哥文采飞扬，诗性大发呀！”刘洋赞美道。

因为我在班里比一般同学都大两岁，又是全系第一考进来的，所以大家都尊称我“大哥”。我笑着捅了他一下：“呵呵，别吹捧啊！”

“噢……”李博海仰天做拥抱状，喊起来，“美丽的嫦娥！我爱你！”

“发情啦？伟大的爱情诗人。”肖俊逗笑说。

“你说什么呢，大放厥词……”

几个人追打着跑开了。

远远地望过去，摇曳的树影里忽闪忽闪地透着一盏盏灯光，像是探幽这神奇夜空的一只只好奇而热切的眼睛！细听听，灯光里正飘出来各样音色和旋律的乐曲：欢快的吉他，悠扬的二胡，热烈的萨克斯，绵长的小提琴……那是思乡的，那是怀念的，那是向往的，那是令人心潮激荡的……各样的旋律飘逸在牛奶般融融的月光里，飘逸在弥漫着成熟的草籽香味儿的晚风中，

与那动听的天籁之声融合着……一部绝妙的月夜交响曲啊！

“嚓，嚓，嚓……”突然觉出了脚下的声音——哦，那是鞋底与操场摩擦发出来的。

这声音怎么叫人心急呢？

“大哥，你给评评理……”肖俊气喘吁吁地跑回来，“刷”地给我转了个180度，挡住向他追来的刘洋和李博海，“他是不是……昨晚上说梦话，喊一个女孩……叫什么，小燕儿来的，咱俩都听见了？然后……今晚就——‘美丽的嫦娥’了！”

“哈哈哈！”我被逗得大笑起来！

“哎，”我调解道，“想着别人是好事，被人想着也是好事，不管想着别人还是被人想着都是幸福！”

“呵呵，好像哪个名人说过类似的话。”刘洋笑道。

“名人现在说，咱们往回走吧！”李博海逗笑说。

月下，又是一阵欢笑。

“嚓嚓嚓”的声音猛然唤醒了我：咳，明天军训的队列操练，不就在这进行嘛！下午大伙一致推举我做队列排头兵，立即获得了教官的批准……那可是队列第一排的第一人呐，在部队叫基准兵，整个队伍都要以他为基准，向他看齐……

我拥着几位伙伴向前走，心中有点窃喜：他们谁也不知道，校园里任何人都不知道，我是一个刚刚还享受“三不特许”的人，是一个刚刚被宣告痊愈的血癌患者！我当不负众望，为集体争光！当然我也要证明自己：一个全新的、样样都行的孙小添将重新出现在世人面前！想着，我不觉挺起胸膛抬起头，“刷，刷，刷”来了一段正步走……

“怎么样？”我笑问。

“嘿，咱们的排头兵还真行！”几个人异口同声。

“哈哈哈……”笑声融入了月夜交响曲！

第十一章
好风凭借力：我的大学（中）

如果说我原先是慢慢浓起来的绿茶，那么现在呢——是速溶咖啡！

一　我是给“逼”出来的

操场的中间只有我一个人，四周的白杨树下围满了99级新生，上千束目光看着我。

“……脚离地面，30厘米，腿绷直，挺住！”教官的指令再次重复着。

我单腿站立，挺胸抬头，紧咬牙关，大太阳烤得我汗如雨下……

四周传来一阵阵哄笑声！带咸味的汗水钻进了我的眼睛，痒得难受……

我终于忍不住揉了揉眼睛……醒了！眼窝里真的有汗水！

我笑自己：“好嘛，军训都入梦来了！”

这个好笑的场景，竟缘自昨晚漫步校园时的心思。

我不禁悄然地笑了，心说，“今非昔比喽”，遂带着得意睡去。

“喔，喔，喔……”我的忠实的小公鸡闹表准时打鸣了！

我一骨碌爬起来，心中一阵急切的喜悦：“期待中的新生活从军训起步了！”

呵！那几张床也立刻响起穿衣叠被的窸窸索索声。

我这个当寝室长的，这会儿可真要感谢众位室友兄弟了，昨晚上一嗓子："各位，明天开始军训，咱寝室可不能落后啊！"大伙异口同声："没问题！"今天，这不……

此刻天刚擦亮，连鸟儿的黎明晨曲还没唱响呢！

5分钟后，起床号骤然响起。

哈哈！黎明的宁静立刻被军号声，还有各色音响构成的喧嚣所取代：

"喂！谁看见我帽子了？"

"谁的臭袜子甩我这来啦？"

"嗨嗨嗨，坐你自个儿床上弄去！"

——这是宿舍里的嘈杂。

"哎哎，你小子差不多出来吧！"

"喊什么，提裤子呢！"

"哎……哟……哪位哥们儿行行好，快点儿呦！"

——这是厕所里发出来的声音。

哈哈，你再听，整栋宿舍楼里已经"叮叮当当"奏响了"脸盆牙缸交响曲"……

"集合！整队！"

队列操练开始了……

同学们迅速从左侧、从后面向我这个排头兵聚拢过来。

"立正……向右看齐！"

一排目光仿佛立刻汇合成一束强烈的探照灯光，"刷"地锁定目标，聚焦在站在排头目视前方的我。这强光让我的脸有些发热，心中却陡然升起一种奇妙的感觉：一些喜悦带着点激动与自豪！

让人闻而生畏的正步走开始了……

"抬腿，挺住！"

教官的指令一遍遍重复着指令：

"脚离地面30厘米，脚尖伸直……甩臂，停住！"

"挺胸收腹……目视前方……腿绷直！……"

操场的沙土地似乎都被烤化了——冒起了白气儿。热辣辣的白气儿裹着微尘一阵阵扑到脸上……没多会儿，我已经汗流浃背了。身上的汗很快被衣服吸收了，头上呢，顺着发际、鬓角、耳后根等一切可以流汗的地方往下流，让人痒得慌，腻得慌。炙烤还在继续，汗还在涌出，我感觉自己好像被挂在了烤炉里，脸庞发烫，鼻孔发烫，眼球发烫。哈哈，已经变烤鸭了——外焦里嫩！

我不觉一惊：我还活着，我还能归队，我还能重返校园！一时间，那难受与疲劳竟陡然有了幸福的感觉。

想起了亚瑟·叔本华的名言："其实事物并没有改变，改变的是我们对事物的看法。"

"立——定！解散！"

此刻最美妙、最亲切，让人周身每一个细胞都禁不住要欢呼！

你瞧，马上出现了什么景象？刚才还意气风发的人，立刻像"霜打的茄子——蔫了"，你再看，有的两条胳膊夹着脑袋，直勾勾地看着草地上爬过的蚂蚁……有的干脆仰面朝天躺下，望着天上的一朵朵浮云……更多的则把两臂支到身后，直挺着身子，那形状远远地看上去，简直就是一盘巨大的"迷彩跳棋"……

"哎，孙小添呢？""爱情诗人"忽然发现我没在他们中间。

"在那儿！……跟教官探讨呢！"

"这排头兵，怎么还在那儿'绷直'、'挺住'的？"

"是啊，他怎么就不知道累呢？"

"谁说不累？"我后来开玩笑，"谁让你们选我当排头兵的呢，我是给'逼'出来的！"

……

军训在一个一个科目地进行——队列、打靶、投弹、军体拳、内务条令、国防教育……呵呵，当我觉得已经不必再苛求自己，已经完全能适应各项科目要求的时候，军训却结束了！

热血沸腾总会归于平静。

总结会上我突然意识到：自己曾经是血癌患者啊！军训，竟毫发无损？还拔得了头筹？被评为唯一的队列标兵？

我怀疑起自己来了，内心响起了一个声音。是啊，军训这一仗你打赢了！还行。大学第一课你交出了合格答卷！

军训，让我完全摆脱了疾病的阴影，让我看到了自己的充分潜能，让我再一次认识到：自己完全可以和别人一样，并且能做得更好！这，已经不是信心问题，而是现实能力了！

严肃的班长最后知道了我的经历之后，非常惊诧：

“孙小添居然得过那么重的病？无法想象，实在无法想象……那么艰苦的军训，他是怎么坚持下来的呢？排头兵还得率先垂范？他是当之无愧的优秀学员！”

班会上，班长激动得走来走去：

“因为他这个排头兵，我们班才获得了唯一的队列标兵！他是寝室长，他们寝室也被评为内务标兵！毫无疑问，他是个非常负责任、非常有集体主义精神的人！可是，我又不得不怀疑自己的眼睛：他怎么能是病人呢？谁能想到他会有病呢？他样样都做得那么出色。”

班长向来不苟言笑，说话有板有眼，在同学中威望很高。他的评论自然让我深受鼓舞。

二　设下埋伏，请君入瓮

掌声突然响起来——

沉寂中的爆发，宛若暴雨从天而降，宛若疾风扫过草原——随即响遍了整个会场！

这掌声包含着认可、赞同、欣赏、钦佩、祝贺，响得那样长久，稍一平息，又再度响起……

我曾多少次幸福地回忆起这个场景，虽短暂，却像流星，只一闪就让人忘不了！

听我绕了半天，你可能犯寻思了吧？呵呵，我是要给你讲讲我参加的一场“论战”！

叫“论战”是我的命名，其实就是我们工学院，在开学之初举办的论辩演讲赛。之所以称“论战”，是因为特别激烈，反响特别好，轰动了整个“四院”（北华大学的工学院、林学院、医学院和师范学院）！

辩题：“学历与能力何为重？”

开学伊始，这样的辩题自然很合时宜。

为此，正方要论证“提高学历重要”，反方要说明“培养能力重要”。我呢，感觉应对正反方的题目都没什么问题，只是更希望在反方。

哈，如愿以偿！我们信息科学系抽签抽到了反方。对方是上届冠军电器工程系。

队友还真信任我，要我担任“压轴”的四辩。

那一天，双方的一辩、二辩你来我往，轮番较量，不分伯仲……有辩手慌不择路、急不择词，大喊：“这简直是痴人说梦，井底观天！”众目睽睽之下，都是热血青年，谁甘示弱？对方一个高八度音：“痴人说梦总比不会做梦强！井底观天总比不会观天只会睡懒觉好！”……双方三辩的自由辩更是海阔天空，旁征博引，唇枪舌剑，针尖对麦芒，引来一阵阵喝彩！当对方四辩刚一坐下，就传来了主持人纯正的普通话：“下面请反方四辩发表总结陈辞。”

我刚站起来就成了视觉焦点，“刷”一下，全场的目光都集中到了我的身上。像是重现了梦中的情境，像是找回了久违的感觉，我只觉得亲切，只觉得热血上涌，胸膛骤然宽广起来。我在嗓子里暗咳两下，开始了：

主持人、各位评委、对方辩友、同学们：

大家好！

请允许我再重复一下我方的观点：当代大学生必须注重能力培养。

大家可能都了解这样一个事实——在人才招聘中，许多有学历，甚至高学历的人，没战上一两个回合，就惨然落马——在用人单位最初的简单询问中被刷下；而另有一些学历低，甚至没学历的人却从容应对，脱颖而出。这，可以从我们的父兄和已经毕业同学的经历中找到答案。

事实胜于雄辩。社会注重能力而不是学历。学历不等于能力！

古今中外，有多少大科学家、大发明家、大文学家，如：诺贝尔、爱迪生、马克·吐温，等等，都没有上过大学，都没有学历。然而，他们的成就所显示的能力却令世人惊叹，令世人折服！在人类发展的历史长河中，没有学历而能力非凡的人才，如璀璨的群星，光耀古今！

我稍稍停顿了一下……

这时我欣喜地注意到，对方辩友的目光已经变得信服和期待了！

片刻，掌声“哗”一下响起来——像蓄满水的闸猛然打开——越响越烈！哎？我惊异地瞥见是学生会反对我的“百灵”带的头！她头上那束马尾辫总是骄傲地翘得老高。目光一对，她立刻竖了一下大拇指……

我友好地微微点头致谢，又暗咳两下，给自己又注入了定力和信心：

……正本求源。提高学历的目的实际就是为了提高能力。学历是一种符号，是一种学习经历的表示，是一种资历资格的证明。能力才是真正实在的内容。犹如一个人，姓名是他的符号，他的五官和身躯才是具体的、实在的。没有能力的学历，是无用的学历；有能力而无学历，只是缺乏可供识别的符号，而能力不会因为没有符号而不复存在。比尔·盖茨作为世界软件业巨人、信息技术与商业思想结合的先驱、全球首富，他的能力令世人折服，而谁又会在乎他有没有学历呢？……

好久没这么痛快地讲话了，仿佛聋哑人突然恢复了听力和语言功能，突然感觉到有声世界的无比美妙！继而，我的心中升腾起一种重新融入集体的欢欣，一种不吐不快的冲动，一种从黑暗走出来看到满天光明的感激！礼堂里只有我一个人的声音——抑扬顿挫的、深情的、发自肺腑的——我一时完全不觉得自己是在辩论，而是在畅谈，在倾诉，在宣泄！这是经历了无边的孤独与寂寞之后与人相聚、交流的感言，这是跨越了生死界限走出苦难深渊之后重见灿烂阳光的心声！我感激学校，感激老师，感激同学，给了我这样的机会，给了我这样一方舞台……我的眼里竟忽地一下涌满了泪水……

会场上投过来惊异而感叹的目光："他这是怎么了？""他为什么这样动情？""莫非他有过什么非凡的经历？"……

没有人知道。校园里没有任何人知道我曾是血癌患者。

然而，情感的泉源已经掘开，思想的闸门已经提起，要欢畅地奔流，要热烈地喷涌：

能力是一个内涵十分丰富的范畴，它包括生存能力、社会活动能力、心理承受能力、环境适应能力、活动组织能力、宣传号召能力、调控意志能力，等等。

缺乏调控意志的能力，心理就会产生障碍，表现出易受暗示性、惰性影响，缺乏韧性。而缺乏韧性，则表现为胆怯、软弱、优柔寡断、易冲动。许多大学生心理脆弱，禁不起挫折，动辄郁闷、自卑、一蹶不振；动辄激昂、狂躁、歇斯底里——这些青春幼稚病的根在哪呢？无疑，在调控意志能力。

……

能力的培养，实际上是一个十分紧迫的问题。我们当代大学生，也是当今中国的第一代独生子女，家庭的溺爱造成了我们在自理能力、心理承受能力、与他人结交共事等方面能力的先天不足。教育的偏颇更使这些不足得到强化。能力的普遍匮乏已经成为一个不容忽视的现实问题，一届届“高才低能”的同伴，走出校门，茫然无措，这还不足以引起我们的警醒和重视吗？

……

话说回来，论辩演讲也是一种能力。而且是逻辑思辨能力、语言表达能力、素材组织能力等构成的综合素质的反映。请对方辩友思考：

我们今天站在这个论台上，代表着那么多同学，是因为学历？是因为我们的学历比他们高吗？

显然不是。

……

在此，自然也要感谢对方辩友，你们站在这里本身，就帮助证明了我方的观点——没有能力不行！必须注重能力培养！同时，也证明了你们自身具备了很强的综合能力。证明了自己，证明了真理，这也不是失败！

我的声音戛然而止，会场顿时一片沉寂……

之后呢？呵呵，出现了开头那一幕！

“……接下来，请去听辩论赛的同学，介绍介绍我们班选手孙小添的参赛情况吧！”

班会上，班长的开场白话音刚落，“百灵”就讲开了：

“咱们系代表队，孙小添讲得最好，总结陈词更反映出他整体的逻辑表达能力。他很有激情，很有气派，而且一点不做作，讲到激昂的地方……”

瞧，她倒激昂了，学起我的动作来……

“孙小添的演讲要让我说就是，语言朴素、观点鲜明、论证清晰、表达简洁到位……而且对对方辩友文明友好。最后他讲对方辩友——‘证明了自己，证明了真理，这也不是失败’——讲得多好哇，不伤和气尊重人，对方辩友走出会场时还向孙小添竖大拇指呢！学生会的老生说，这些年的演讲赛像这么有姿态的不多见……”

好嘛，她简直成了评委！

“还有，我曾经反对孙小添参赛，当时的逻辑很简单，因为他愿意写，写得好的人一般都不能讲。”她冲我朗朗地笑道，“孙小添啊，别怪罪啊，这回你让我知道你不但有文采，而且有口才……”

原来是这样！

这时突然响起了“小黑胡”底气十足的男中音：“岂止是口才呀，是有技巧。就说自由辩吧……”

“小黑胡”就是我们寝室的肖俊，他现在是我的“三友”了——除去寝室室友，还是台球球友、足球球友！他是一个容易快乐的人。因为他唇上的胡子滑稽得可爱，被修剪得整整齐齐，嘴角的却长得飞快，还带着弯儿向上翘，能像新疆维吾尔人那样地抖动。呵呵，因此他荣获了我颁给他的雅号！

“小黑胡”的嘴一撇，不屑地看一眼“百灵”，对她哼道：“你讲的太空洞了吧？”说着，又把他的小黑胡往上翘了翘，说：“我讲点精彩的吧。孙小添啊，先是大讲了一通，有学历又有能力如何如何，像钱学森、李政道、杨振宁，等等，大家听得频频点头。这时，他话锋一转：我们大家都使用计算机，都熟悉软件巨人比尔·盖茨吧？对方立刻抢白道：‘对呀，比尔·盖茨不就是有了很高的学历，才有了那么大的能力的吗？’评委这时都笑了！”“小黑胡”把他逗人的小胡子一挑，把腔调拉得老高，“有话不在声高，有理不在话急。这时候，孙小添才慢条斯理地说：‘事情恰恰相反……’”

“硕士生”等不及了，用他大贝斯一样嗡嗡的声音说：“孙小添轻轻笑了一声说，比尔·盖茨并没有取得学历，他在哈佛只念到一半，就因创办著名的微软公司而中途退学……”

刘洋之所以后来被称作“硕士生”，是因为他的知识面特别宽，古今中外、文武之道，你问什么他都能说上个一二三。

“然后呢……”“硕士生”还在描述，大黑框眼镜在太阳底下一闪一闪，“孙小添突然提高了嗓音说：‘比尔·盖茨虽然没有获得学历，但，他却是信息时代乘风破浪的领航人！全球公认！’顿时，整个礼堂掌声雷动！”

“这招叫什么？”“小黑胡”这回可要替他的“三友”炫耀炫耀啦，“这叫——设下埋伏，请君入瓮！”

呵呵，好一个请君入瓮啊！

三　功夫深处，抛砖引“凤”

“好风凭借力”，校园里丰富多彩的活动，好像都在为我铺路架桥、推波助澜，让我总有一种如虎添翼的感觉，总有一种要一展身手的冲动。

大海报又贴出来了：下周开始，在全院进行学生会竞选；

橱窗里又有了公告：80周年校庆期间，将举办一系列纪念活动；

图书馆报告厅发出通知，将定期举办读书报告会；

校团委决定，每周末搞一次交谊舞会；

学生会学习部准备在下月中旬，举办英语口语大赛；

……

当然都要参加！这不仅可以锻炼应用能力，提高综合素质，还可以和更多同学建立联系，加强交流和沟通。

马上报名去！

如果说我原先是慢慢浓起来的绿茶，那么现在呢——是速溶咖啡！

参加学校竞选，我走进了校学生会；参加班级竞选，我成了班级学习委员；毛遂自荐，我又成了寝室长……呵呵，你若以为我想当官，就不对了，我是想帮别人做点事，尽点责。你要认为我在说漂亮话也有失偏颇，我是个曾获得过别人生命拯救的人啊！

80年校庆快到了。

从1919年到1999年，80年呐，在那些不寻常的岁月，这不平静的校园经历了多少风风雨雨，迎来送走了多少莘莘学子，有着多少令人怀想和追忆的往事啊！

该怎样抒发自己的情感呢？

诗言志，做首诗吧。对！

我立刻想到要学习借鉴毛主席那首大气磅礴、咏物抒怀的《沁园春·雪》。这是咏物词中的极上乘之作——物我浑然，伟人把自己对祖国、对民族的神圣使命与壮阔的自然景色融为一体，托物言志中将情感推升到了顶点，显示出气吞山河般博大的理想、魂魄和胸怀！

说干就干，拿起笔，立刻有了下笔如风行的快感。

好几天，整个人仿佛在燃烧！

然而，毕竟没填过词，激情有余，学识不足。

经过几天的苦思冥想，终于有了我的一首《沁园春·北华大学》：

吾校北华，
直赶北大，
奋追清华。
恰千年更替，
欣欣气象；
校园阔大，
馆设无双。
学研科工，
齐头并进，
素质人才代代佳。
想明日，
庆母校八秩，
竟开心花。

莘莘学子旷达，
观天下心胸宽无涯。
站时代潮头，
并肩携手；
学无止境，
厚积勃发。
一代新人，
昂扬发奋，
继往开来在北华。
莫淡忘，
定荣成学业，
报效国家。

这首词被我登在了我创办的第一期班级壁报上。有的同学看了竟然说：“壮怀激烈，感觉心里像燃起了一团火！”

没两天，“硕士生”、“百灵”，还有“帅哥”，都向我交来了他们的诗作：

“大哥带了头，咱得争上游！”

“哎，帮忙给改改。”

“看看我这篇，能不能登在下一期上！”

说真的，我都想拥抱他们：还有什么能比你发起的事情获得了大家的响应，更让你兴奋的呢？

他们当中要数“帅哥”更有文采。“帅哥”身材颀长，额头上两条英武的剑眉会抖动，皮肤白皙得让女生都羡慕，也许因此就更受班里女生的青睐，竞选学生会她们都投了他的票。

我左手拿着“帅哥”的《世纪风》，右手拿着“百灵”的《校园小径》，情不自禁地赞美道：“好！这两首诗歌，风格迥然，各具风采！正是世纪之交，《世纪风》一下子把我们带到了五大洲，大气磅礴，有思想，有文采，反映了我们世纪青年的博大胸怀，宏伟志向！”

“多指教，多指教。”“帅哥”习惯地扬一扬英武的剑眉，“这是受你的感染，你带了好头哇！”

“哪里咧，”我笑道，“我是试着抛出一块砖，没想到，真就敲开了大伙的文学才思之门，抛砖引玉来啦！”

“我看老大哥呀，是抛砖引‘凤’！”“小黑胡”用一种怪腔调说，“是‘栽得梧桐树，引得凤凰来！’”

“‘小黑胡’哇，‘小黑胡’！”我心里笑，“你是看别人热闹，不嫌事儿大呀！”

“去你的吧！”“百灵”的脸被羞得绯红，她推搡“小黑胡”一把，大眼睛又扑闪扑闪地瞄了我两下，遂低下头摆弄着课桌，立刻又抬起头，有点期待地看着我……

教室里各样的目光都给吸引过来了！

“百灵”属格外大方的一类女生，与我同样靠竞选进入了学生会学习部。都在学习部自然有接触，可一个班一男一女在一起，就出“说道”了。“小黑胡”因为跟我是“三友”，私下里笑嘻嘻对我说：“俊男，美女，我看你俩挺般配的。不过要这样，你的情敌可得老多了！”

我心里笑骂“小黑胡”：“净节外生枝！你就看热闹去吧，锅越抹越黑，我根本就不理你那个茬儿！”于是，我只顾看着《校园小径》，说道：“这篇诗歌的意境很美，小径绵延，树影婆娑，依稀有捧读者闪露其间……把校园写得宁静、优雅、恬适。小径弯弯，向前延伸，最后引我们走向哪了呢，走向了我们各自的理想彼岸，弯弯的小径引出了大千世界！结尾好，让人回味不尽……”我扬起手里的诗稿，向教室里的同学号召道：“各位同学，本学委热忱欢迎各位赐稿。短句长诗，三言五语，都行。我负责把大家的美文刊登到壁报上，让我们大家都来一展才华吧！”

“好！”“百灵”带头鼓起了掌！

掌声引来了更多的掌声，也引来了别样的目光。我心里笑：“别太在意，一切都属正常！”可瞅瞅“百灵”，她的脸又变得通红了……

四　老爸的重大新闻

这天，老爸趁我不在，去了我们学校。

呵呵，又是微服私访！

可老爸也不想想，同学能不向我汇报么！过后，他们学起老爸那郑重其事的样子，我不禁哑然失笑！自然他是出于关心。只是，我真想笑问他老人家：在我上中学的时候您就这样，怎么就那么愿意搞“微服私访”呢？还那么正儿八经。您以为只有我不在场，同学才能直言不讳？您以为只有这样，才能了解到最真实情况？然后，您是不是还得找机会跟您儿子谈谈，指出他的缺点不足呢？呵呵！

不过，老爸倒挺有方法：他请“帅哥”领着他跟着同学的活动走，随处跟同学聊，还不耽误同学的事。“小黑胡”向我汇报：“有趣，像开座谈会似的！”

座谈会首先在我们的218寝室开始了。

“我们的学委，绝对够格！”“小黑胡”开拳就打，“他每天早上5点多就起床，去写‘重要新闻’。”

这对老爸可算是重大新闻了！

“啊？5点多？”老爸惊讶得立刻把往嘴里送的烟卷停在了空中，“那……他每天才睡……6小时？”老爸的手一抖，烟卷“吧嗒”掉在了地上，半天没顾得拣。

同学看着挺诧异，遂觉得好笑，却又不好意思笑。

“想起来了，怪不得他有几次晚上回家说是拷软盘，然后每次都是第二天早上天不亮就往学校赶……”老爸像受了委屈似的感叹，“这孩子，什么都不愿意跟家里讲……”

我心说：老爸呀，您不是总讲“君子敏于事而讷于言”吗？

可老爸的话让“小黑胡”有点“丈二和尚摸不着头脑”，他甚至在怀疑：你们父子的关系是不是不正常啊……

“冬天多冷啊，”“硕士生”抢过话茬儿，“一大早黑咕隆咚，天还没亮呢，他就起来了，一个人去广场对面的学生会去写板报……他心眼儿太好了。大伙说，‘你就在寝室写，不是能少吃点辛苦吗’，他却说，‘我不能让你们跟着吃粉笔灰呀！’……每天晚上，他都准时收听中央人民广播电台的《全国新闻联播》，一边听一边记，然后摘出一些重要新闻，第二天早上写到板报上。等同学出去晨练、打水或者吃早饭的时候，就可以在林荫道旁看到重要新闻了。”“硕士生”习惯性地向上推一推眼镜。

“每天如此？”老爸依然惊讶！

“每天都这样！”“百灵”点了点头。

“早上7点，就得让大家看到重要新闻。”“百灵”又竖起了大拇指，“孙小添工作负责不说，还有创意，刚到学生会他就建议设立一个信箱，用来倾听广大同学的呼声，以加强学生会的针对性工作。学生会主席非常赞赏，立即采纳！孙小添说，同学谁有什么不好讲、没处讲、没时间讲的问题，学习、生活、交友、校园管理等等方面的，都可以写，也不用署名，写完投进去，学生会来解答，来帮助解决。他还给信箱取了一个很亲切的名儿，叫‘学友’……‘学友’信箱后来又被赋予了很多功能，越办越好！”

“那天孙小添画壁报，我一进门把我给看呆了，”“帅哥”那对英武的剑眉一抖，说，“你猜怎么着，孙小添的耳朵上别着一支铅笔，左手的指缝里夹着两支水彩笔，右手还提着一支毛笔在那描画……有派，跟大画家似的！”

“哇！……是嘛？”几名女生惊讶得把眼睛睁得大大的。呵呵，“帅哥”说什么都能引起她们的兴趣！

“孙小添可有个老大哥样了，”“硕士生”向上推一推眼镜道，“就说那个寝室长吧，谁愿意当啊？操心费力不讨好。可他毛遂自荐：‘行啊，我来当吧。’可说好说，干却不容易：什么室容卫生、安排值日、发开水票、应付检查评比等等一大套都得管，时常别人值日的活他也给干了，劝他歇歇，他却乐呵地说：‘顺手弄弄。’”

老爸眯着眼睛听着，烟卷放在嘴边一直没有抽，一缕烟云从他的眼前向上升腾，在他的头顶上弥散开来……

“座谈会”由寝室又开进了教室。

“叔叔，这就是孙小添创办的壁报。完全由他自己写、画、编排……你看，这个小图案多有趣！”严肃的班长指着我画的动漫小人给老爸看。“一本正经”的班长，见了老爸也一反常态爱讲话了！

还没等老爸看仔细呢，他的目光又被另一个声音牵过去了……

“孙小添干什么都带头，连跳舞都是。呵呵……”我的“舞蹈老师”邢妍朗朗地笑道。她知道我的舞步不怎么样，每次被我踩得直哎哟！此时，她的脸上满是笑容，“学校组织跳交谊舞，男生得请女生啊，可谁放得开呀，一下子就冷场了。又是孙小添第一个向女生走过来……”

“就说我们的第一次班会吧，谁也不好意思发言，山南海北来的，素不相识，大家都闷在那，你看我，我看你，结果还是孙小添带的头。”“帅哥”停顿下来，好像还要回味一下当时激动的情形，他深深地呼吸了一下，才又说道：“他的那番话讲得太动情了，他说：‘是共同的理想，也可以说是共同的兴趣把我们连在了一起，这就是一种缘分！凡是缘分都是难得的，值得珍惜的……我们虽然都是独生子女，可聚在一起，大家就都有了兄弟姐妹了，我们不该再觉得孤独……我们的老师和我们的妈妈年龄相仿，也像我们的妈妈一样呕心沥血地教导我们，盼望我们早日成材，那么，就让我们像爱妈妈一样爱我们的老师！’当场，老师和好多同学都十分感动！”

老爸的眼里也忽地盈满了泪水。他赶紧低下头，在本子上快速地写起来：

天天呐，爸爸都不知道，你竟有着这样火热的胸怀、细腻的情感！真如人说，一个父亲到了一定的时候，必然会遇到要重新认识自己儿子的问题。只是你比别人更需要休息啊！

他的泪滴在了本子上……

五　班长似乎揣摩到了

“叔叔，你看！”“硕士生”好像要给老爸调节调节似的，递给老爸一张照片。

老爸一看愣住了，一脸的关爱却又无奈。那神情俨然在说：“大病初愈的孩子啊，你就那么自信，也不跟老爸征求征求意见?”

照片上，是他的儿子跟10名同伴，脸庞通红，穿着整齐的运动装，抱着肩膀在操场的寒风中微笑；地上正中，端放着一只足球。他惊叹：“这是一支生龙活虎的足球队呀!”

“孙小添踢右后卫，想突破他的防线可不容易。他很勇猛，技术也很全面，传球、助攻、协调中场……他都行。实际他很适合踢中锋。他讲配合，也有招法，跟二班的几场球，都赢在他的点子上了！一到比赛，我们就愿意先听他讲讲。他从来不贪球，好机会他常常让给好独占鳌头的人。”

呵呵！“硕士生”这个不踢球的铁杆球迷，讲起球，头头是道。其实，我现在更愿意踢前锋，因为我有一种情愫，我要把理想之球踢进自己的命运之门。

足球燃起了热情，同学们七嘴八舌地议论起来：

“孙小添好像有用不完的精力，他又报名参加了‘大学生心理学’、‘经商战略与就业’、‘孙子兵法与成功学’等所有的人文选修课，还参加了学校营销学会!”

“那次营销课，老师让同学从自己了解的情况出发谈谈感想。嘿！孙小添一开口就把大家震住了——他竟然卖过汽车!”

“他的发言可有板有眼了。‘结合我的销车经历，我觉得在具体过程中，首先，要对所销售的商品了如指掌；其次，要准确掌握与同类商品的性价比。上述两点的要旨是知己知彼。第三，必须精心研究客户需求……’”

“他的演讲不就是讲能力吗，他的经历就是一种能力。”

“生存能力。”

……

“哎?”老爸跟同学边走边聊忽然站定，问道，“怎么没听你们说到孙小添的不足呢?”

这下，可掀起了不小的风波……

“我没发现!”

“人无完人，金无足赤。要说孙小添的不足，就是太不关心自己，对自己太苛刻!”

“你可别这么说。不关心自己就不能很好地关心别人。”

“我的意思你不明白?”

“那你说说吧。”

“他一个月的伙食费就只花100多块钱，这不就……”

“可你图书证办了半年的，他一下子办了4年的，加上人文选修，他那一次就交了500多块，还有……”

“风波”引来校园里来来往往的猜疑目光，随后是理解的微笑。在旁人看来，还以为这是一位老师在引导同学进行讨论吧。

说者无意，听者有心，老爸一口接一口地吸着烟，仿佛要用烟雾来冲淡他心里说不上来的滋味：这个傻儿子啊，你需要钱怎么不跟家里说一声呢？你正在恢复身体，你正需要增加营养啊！……

可你说，像这样的事我能告诉家里吗？我的脑海里总是浮现出爸妈省吃俭用的情景，总是浮现出老爸给我买那87块钱一粒的“蒽丹西酮”药一次开6粒的情形……其实，无论怎样我都觉得自己在校园里是幸福的。因为我常想起过去。可我又问自己：倘若那时候同学已经知道了我的那段经历又会怎样呢？呵呵，天知道！

“孙小添还是我们的电脑老师呢，教得好极了！”文艺委员不知什么时候赶上来了。这个南方来的女生长得水灵漂亮，说话快得像机关枪，敲电脑却慢得像打高尔夫。

老爸听了她的话先是一愣，随即又恍然大悟：“不过，他有这个能力！”

呵呵，老爸对他儿子的电脑水平已经深信不疑，这会儿他又想起了那位电脑师的评价：“你儿子对电脑的了解和掌握，就像知道自己的兜里装着什么。”

“孙小添看到像我这样的慢手操作不熟，还常出错，就主动来教！他真有方法，先叫你自己弄，他站在后面不吱声，等你弄完了，或者弄不下去了，他才针对你的问题告诉你该怎么处理。我感觉，他比专业老师讲得还通俗易懂。他教的快速编辑文件、设定目录、插入图表什么的，非常便捷，非常好用……”文艺委员喋喋不休。她讲话时总是那么兴奋，水汪汪的眼睛闪动着光亮。

“叔叔，”“小黑胡”早等不及了，“听我给您讲点高端的吧：Photoshop，现在有几个人会？在我大哥的指导下，我已经可以用Photoshop来制作美术字、来修改图片了！”他把嗓门扬得老高，好像因为得到过我的特别关照而格外得意！

老爸的脸上满是欣慰的神情。虽然他还不了解Photoshop是什么！

“孙小添不仅有水平，而且有方法……”沉稳的班长，总是爱做总结，

“那天，在机房上自习，一开机，好多同学都惊喜得叫起来：‘啊？——孙小添软件！’原来，那是孙小添为了让大家感到学习有意思，不枯燥，特意制作的，还配上了非常漂亮的背景图案，不时还会出现一个动漫小人，摇来晃去的，有趣得很！……他也真就像老师似的，不厌其烦地回答大家的提问，不时到这桌看看，到那桌瞧瞧，手把手地教。……他还自己花钱买来好多光盘，然后拷进去一些实用的东西送给同学……”

这时老爸不停地转动着手里的烟卷，他终于知道他儿子的压岁钱都花到哪里去了。尽管他从不过问。

……

那一天，班长和老爸在我的笔记本上看到了我摘录的一段话。那是心理学大师马斯洛在一次心脏病突发抢救过来之后说的：

> 面对死亡又暂时从死亡中解脱，使世间一切事物显得如此珍贵，如此神圣，如此美丽。我现在比任何时候都更热烈地热爱这一切，更渴望拥抱这一切，更情不可遏地要投身于这一切……

班长看看本子，看看老爸，似乎揣摩到了什么。

但是班长没有说话，他只是若有所思地点点头……

第十二章
雪却碎我一帘梦：我的大学（下）

给我们造成麻烦的不是我们不知道的东西，而是我们已经知道的东西原本不是那样……

一　雪舞，风歌，企鹅

朋友，这时候你可能要问，那你又为什么在大学校园里仅仅生活了 3 个月呢?

好，现在让我告诉你……

新千年要到了，学子的心中涌动着期盼的喜悦！

纷纷扬扬的瑞雪，好像也要迎接新千年似的在空中欢快地飞舞着。这时候，你只要望一眼窗外，就难以再收回目光了。

雪在风的变奏中飘着，舞着，一会儿翩翩然是轻盈的芭蕾，一会儿旋转着是快乐的华尔兹，一会儿上下翻飞俨然是激情四溢的霹雳摇滚……这样的雪会令你浮想联翩，遐思无尽。那些跟雪相连着的童年趣事，那些关于雪的美丽童话，都会扑闪闪飞到你的眼前来。

调皮的冷空气，悄悄地在家里的窗玻璃上画满了奇异的霜花，一个小男孩儿蹬着椅子爬上了窗台，他歪着头想了想，然后把小胖手攥起来摁在蒙着霜花的玻璃上。“噢，凉冰冰的。”他不由得缩一下手，随即又摁上去，一小会儿，他慢慢地挪开手——哈！一个可爱的小手印印在了霜花上，他又用手指头在小手印的上边，一下一下慢慢地摁着——一、二、三、四、五——噢，变成了一只胖乎乎的“小脚丫”啦！他得意地摇晃着脑袋端详……他又努起小嘴，对着窗玻璃哈气，霜花很快被融化，现出了一个小圆洞，他从小圆洞向外张望。窗外飘着大片大片的雪花，他好奇的眼睛在白茫茫的世界里寻找：他看见了白色的蜜蜂在飞，他看见了美丽的白雪公主在跳舞，他看见了圣诞老人那盛满了玩具和糖果的雪橇从窗前滑过……

当思绪从甜蜜的记忆中回来，你再看：那树丫上、房顶上、窗台上，已经积上好厚的一层雪了！风刮得更猛一些，那上面的雪就飘飞起来，顿时，你的眼前就出现了一幅幅雪的扇，雪的帘，雪的帷幔——薄薄的，纱一样的。熟悉的景物都被薄纱遮掩起来了，若隐若现，变得“犹抱琵琶半遮面”一般妩媚婀娜。陡然间，你觉得自己仿佛正在欣赏着美丽而硕大的双面“苏绣”呢——江畔的、山林的、村舍的——实在是赏心悦目啊！

惹人注目的还有呢：那风，时而像在表演特技，打着卷儿从房脊上翻滚下来。于是，那房顶的雪就宛若夏威夷的排浪一般，铺成一排，从那一溜房檐的边儿上依次翻泻下来，哈，真美啊——又好像那是雪的排箫，雪的瀑布！透过排箫与瀑布，你可以隐隐约约地看见对面那楼、那楼的一扇扇窗口、那窗口里的一张张兴奋的面孔。一会儿，风又转回来了，你的楼、你的窗、你的眼前也飞泻起雪瀑来……

整整一昼夜，风与雪的歌舞才肯停下来。

哈！这时你再看，整个世界都变了：树是白的，地是白的，房子是白的，校园里的一切都被厚厚的白雪包裹着，敦厚得可爱，纯净得迷人。阳光照着，满眼都是银亮亮的一片！

雪，又带来了一场多么欢快的劳动啊……

倘若你这时正站在校园里，你会惊喜地看到，像迪斯尼乐园的大门刚打开时的情景：哗……数千名“游客”身着红的、黄的、绿的、蓝的……各种颜色的冬装蜂拥而入，阔大而宁静的纯白世界顿时绚烂起来，欢腾起来……

“哇！”快活的文艺委员一出门就惊叫，“好大的雪，好白的雪呀！”

“第一次看见这样的雪，太美了！”南方来的郑刚，兴奋得俯下身捧起雪来欣赏，另一位则用两只手团起一抱雪来。洁白的雪反射着明亮的阳光，把他们的面孔照得通亮！

“嘿！”我也惊喜，这么多年也没见这么大的雪啦！“哈哈，就当老天爷的恩赐，新千年的礼物吧！”

可地上的雪实在太厚，都快没了膝。走在后面的，只好对准了前面的人踩出的脚窝，一拐一拐地向前……

“看！跟一溜企鹅似的！”“小黑胡”指着远处的一队同学，逗趣地喊起来，然后把两条胳膊垂下，两只手掌向身体两侧平展开来，左右摇摆着扭起了屁股……

二 真叫人心驰神往

哈哈！南方的朋友，你可是不容易看到这样的景象，更别说享受到那其中的快乐啦……

你瞧，同学们把十八般兵器都用上了：

有的用铁锹铲，有的用推板推，有的用大竹扫帚扫……可是雪实在太厚，太多，靠墙地方的雪都齐腰深了。于是，有人找来了筐往外抬，有人找来旧黑板朝外运，有人借来了锅炉房推煤的车向外推……

“来，这么弄……”“帅哥”有创意，联合几个人把推板、铁锹并排挨在一起——嚯，马上就有了一个“推土机的大推铲”，逗人的劳动号子说着就响起来啦：“哎、哎、哎……”他们的面前说着就推出来了一堵雪墙。

雪墙在他们面前不断增高，加厚，前移……

“这招好！”大家纷纷效仿。

一堵堵雪墙被推走，一块块草坪露出来了，一条条马路露出来了，一切开始还原出本来的模样！

嚯！这堵墙太高、太厚了，推不动了……

“加把劲儿啊……别松气儿哟……蹬住腿儿啊……向前走哇……”“帅哥”挥舞着大扫帚给大家加油，鼓劲儿，“向前走……别回头哇……”

“这才像劳动号子呢！”几个女生夸道。

好嘛，“帅哥”做什么，在她们眼里都是好！

突然，大家不知被什么东西猛地挡了一下，立刻像一排遇到陷阱的战马——“扑通”一下全栽到那厚厚的雪墙里去了……等他们爬起来你再看，哈哈，个个都成了“圣诞老人”……

寒冷被驱散了，疲劳被赶跑了，到处堆起了雪人，大家的手套、围脖、帽子都跑雪人身上去了！一会儿你再看，到处燃起战火——打起了雪仗，到处笑语欢声——全是搞笑的场景……

休息了，郑刚蹿到我跟前："老大哥，你是'本地通'，给咱们介绍介绍本地特色吧！"

"呵呵！"我憋不住乐，"'本地通'，不是'神州行'啊？"

说来有意思：从我的口里叫出了"小黑胡"、"百灵"、"硕士生"……好像来而不往非礼也，我也得到了一串称呼，算起来已经有三四个啦：因为教电脑成了"电脑师"，因为一直生活在本地成了"活地图"，因为比他们大时常拿主意又成了"老大哥"……

身边已经围上来一帮男女同学，拿着推板、扫帚，笑盈盈地看着我，个个脸上都桃花样粉红。哈，比平日漂亮多了！几个男生摘掉了帽子，个个的头顶都像刚揭盖的笼屉，"呼呼"冒热气！

"先出个抢答题，"我笑道，"吉林市的世界第一是什么？"

呵，像一个烟头扔进了一堆鞭炮里，立刻产生了连环爆炸：

"吉林市还有世界第一？"

"没听说。中国第一都没听说。"

"孤陋寡闻。"

"中国第一个化学工业基地不就在吉林市吗？中国最早评出的魅力城市就有吉林市，中国北方最宜人居的生态城市就是吉林市。"

"哎，对了，中国四大自然奇观，有吉林雾凇。"

"中国的，不一定就是世界的。"

"哈，世界第一大的陨石在吉林市！"

"答对喽……加 10 分！"我兴奋地向郑刚伸出了大拇指，"看来，你对吉林市的了解还可以嘛！……得，冬天，我就说说吉林市的冬天吧……吉林市的一年四季，就数冬天最美。冬天呢，就数'雾凇'最漂亮——中国的四大自然奇观嘛！最好看的雾凇，就在三道码头那一段松花江的江堤上。江堤是双层的，上下长满了形态各异的树，于是就有了形态各异的雾凇。你会看到：松树的一团团松叶就像盛开着的一朵朵白菊花；垂柳的枝条，则变成了一根根粗粗的白毛线，让你都忍不住要上前去摸一摸；而灌木丛呢，俨然成了一簇簇硕大的白珊瑚，洁白无瑕，被阳光照得晶莹剔透……你若漫步其间，会有一种在海底世界畅游的奇妙感觉！"

"真叫人心驰神往啊！"

同学的赞叹让我谈兴更浓了："夏天，你走在松花江畔的江堤路上，犹如走在长长的葡萄架下，满眼都是绿。而现在呢，让你满眼都是白：天上地下，身前身后，哪儿都是白色的雕塑，白得十足，白得纯净，白得迷人，让你直觉得自己就是置身在巨大的汉白玉宫殿里！那是真美呀！……赶上'冰雪节'，夜晚看河灯，更是美不胜收：数不清的河灯的灯影是金色的，倒映在深蓝色的流动的江水里，就像数不清的金链儿镶嵌在无比柔软、丝丝滑动的蓝色丝绸上！河灯缓缓地走，金链儿轻轻地随，蓝丝绸慢慢地飘，站在汉白玉的宫殿里欣赏，你会油然生出梦幻般的感觉……"

"大哥的描述，都让我醉了……"郑刚作出飘飘然状。

"有想象力，就可以拥抱整个世界！""爱情诗人"总是能说出有诗意的话来。

"我去看过河灯，""百灵"兴冲冲地插话，"这时候你留心朝水里看，会发现天上的星星也在水中眨眼睛呢！一时间，你会分不清哪个是水里的灯，哪个是天上的星。呵呵，迷幻中，你甚至会觉得自己好像走入了仙境，走入了安徒生笔下的童话世界！老大哥，今年雾凇、冰雪节，咱们一起去看看，照儿张相，好吗？"

"没问题！"我兴奋地说，"但光欣赏、照相还不够，还得参加冰雪运动。"

"对，那体会可就不一样了！""小黑胡"兴奋得抖动着小胡子，介绍起来，"吉林市有北山、松花湖、北大湖，好几个滑雪场，我都去过。那些地方不仅雪质好，环境也好，可以滑雪、溜冰、坐马爬犁、坐狗爬犁……"

"没错，可我觉得，自己放雪爬犁更有意思。"我说，"我小时候，只能在龙潭山上放自己做的雪爬犁，但也够刺激的了：从那30度的陡坡上向下冲，耳边是呼呼的风，身边是飞扬的雪，眼前是一道道白光——我们管那叫'飞雪直下'……找时间，咱们去北大湖，来个'飞雪直下'，怎么样？"

"好哇！"伙伴们欢呼起来！

三　扫雪

雪，实在太多、太厚，校园里积雪最多的地方快两米厚了。因此，这场欢快的劳动持续了3个小时。

谁想，当晚却出事了。腰，钻心地疼起来……

劳动中，我不时感觉腰有点酸胀，于是就不停地直起身来捶一捶。可这会儿，为什么这样疼起来了？开始不间断地变成剧痛了……我竭力忍着不出声。劳动的疲倦让寝室的任何同学都没有发觉。

可第二天更糟糕，我已经坐不住了，没法上课了。我不想影响别人，于是请假一个人悄悄地去了爸爸他们的职工医院。

这一天是12月9日。距9月9日我的报到日整整3个月。

从此，我在同学中突然消失了。没有人知道我的去向。

眼里又浮现出那幅雪景：一切都被厚厚的白雪包裹着，敦厚得可爱，纯净得迷人……

我摇摇头，笑了："我与雪来无尽情，雪却碎我一帘梦！"

四　人，该记住什么

红夹子里又塞进了一份病案：

1999年12月9日

腰扭伤（扫雪）

腰疼。左下肢疼。功能障碍。

查：拾物左下肢直腿抬高40°。

L3.4，左侧压痛，左臂压痛，左腹外侧压痛

辅检：建议CT

初诊：腰间盘突出症

处置：卧硬板床休息

按摩治疗一疗程

腰痛宁4盒

休15天

……

但是，我们谁又能想到，这份病案的结论是错的！

被"错"蒙蔽的日子里，我跟爸妈一样——脑子只剩下了一个念头——

不遗余力治“腰脱”。

那一个多月里，我们可谓无所不用其极：白天去职工医院或私人诊所，按摩、针灸、拔火罐——三手一起上，晚上在家也有三手——按摩、针灸、拔罐子。不同于医院和诊所的是，在家我们用的是“五行针”、“真空拔罐器”，同时，还结合着使用爸妈买来的、借来的、单位发的“振荡器”、“按摩垫”、“电磁棒”、“磁疗器”、“频谱仪”、“血液循环机”，就连可能别人认为土得掉渣的招法也用上了——用软底拖鞋，像敲扬琴似的敲打疼痛的腰部……还有枸杞炖猪蹄、黄芪炖小鸡、牛骨髓炒面等食疗的方法与治疗相配合。医院康复科的医生是爸爸的老朋友，更是竭尽全力，过节都不休息，加时加力加倍地为我按摩……

然而，因为病案结论的“错”，此时的“不遗余力”等于在错误的路上猛跑，如同小偷往南跑了我们在向北追，追得越起劲儿离小偷越远。

为什么“腰脱的状况”越来越严重？

一个月的百般努力之后，不得其解。

终于有人指点迷津：“做做 CT 和血检吧。”

结果并没有发现“腰间盘突出”，却找到了“原幼细胞”——在我的外周血中达 80%——不敢相信，遂又骨穿：骨髓中已达 96%！

结论——白血病全面复发。

又是晴天霹雳！

不是痊愈了么？痊愈了怎么还能复发？不是可以像正常人一样学习和生活了么？可又怎么不行了呢？

爸爸后来对我说起他当时的状态时，自嘲道：“脑袋好像让驴踢了，让门弓子抽了——彻底蒙了——怎么也想不明白了！”

是啊，我也想不明白：怎么会发生“腰脱”呢？“腰脱”源于“腰穿”吗？“腰脱”怎么会导致白血病复发呢？是治“腰脱”哪个环节出错了？是中间什么药用错了？本以为要竭尽全力治好“腰脱”，结果却……

怎么还说“腰脱”呢？CT 跟血检不是给否了吗？

可是，我的入校体检完全合格，样样达标啊！

可大夫不是说我痊愈了么，所以，爸妈不想让我再笼罩在血癌的阴影中，觉得我那些年太沉重，应该轻松愉快地开始新生活。

我一直在疑问，为什么会复发？就因为扫雪劳动吗？事情似乎不会那么简单。

有个声音似乎在说：我一直不想涉及这个话题。你提起来就说说吧，事情是明摆着的，白血病的所谓康复是相对而言的。即便是康复了，也绝对不能累着。你累着了，引发了炎症，造成了骨痛，却以为痛点在腰部就是“腰间盘突出”，而以康复的手段对付血癌的旧病复燃，其不知，治疗用的劲越大，离目标越远。

可是，那几年我从来没有像“腰脱”这样疼痛过，也不知道病好了还会再复发，因此更加专心致志地治“腰脱”。可是，为什么没有人告诉我还有可能复发呢？以至我毫无防范之心。又为什么没有人告诉我只有骨髓移植才能根治呢？以至我还暗自庆幸走了一条捷径，可以免除许多痛苦，减少很多费用。

“人，该记住：给我们造成麻烦的不是我们不知道的东西，而是我们已知的东西原本不是那样……”我反复琢磨着这些话。

那个声音渐渐地消失了。我却无法平静了！

复发以后，发生了许多非同寻常的事情，任何时候想起来都令我激动不已……我的心绪被彻底改变，从平静得宛若月光下的一泓湖水，变成了从雪域高原上飞泻而下、喷流迸珠、穿山越岭、汇聚了无尽水源的连波缀浪的大江，在阳光下奔腾……

第十三章
谁还会问世间情为何物

我深情地望着他的背影，想起我们曾经为金庸先生小说里引用的“问世间情为何物”热烈争论……

一　一抹暖阳，一片灿烂

“赶快来北京吧！”

像寒冬里的一抹暖阳，我的第一任主治医师发出了召唤！

这是从医院传出来的第一个最亲切、最振奋人心的声音。因为家乡医院对我的复发一筹莫展。激动与急切中，一家人紧急打点，立刻出发。

病情，召唤，赶火车……

一切都显得那么紧张，那么急迫……

“由吉林开往北京的272次列车马上就要开车了，请旅客们抓紧上车……”

车站大喇叭里的催促，像京剧人物出场前的锣鼓一声紧似一声！

得到优待从贵宾室先进站的我们，马上又被潮水般涌来的旅客淹没。

人们拥裹着我们疾走着，呼唤着，奔跑着，拎着扛着拉着他们各自的行李、箱包。

“呜……”不时有列车从车站开出，响着长长的汽笛。

紧急决定去北京的一家人心里像着了火！

……

我们终于万分艰难地攀上了月台。

眼前也着了火：电子钟上火红的大字显示，14:35——还有3分钟就要开车啦！

3分钟？可是从地下通道上来正对着的是2号车厢，我们的座位在12号，还差10节呢！那些年一趟趟往返北京，我知道了一节车厢的全长是26.6米。这就是说，我们还要走266米！

3分钟，266米——爸爸着急地看了我一眼，立刻俯下身背起我，一路小跑起来。我的耳边响着嗖嗖的风声，响着爸爸的鞋跟与地面摩擦的“嚓啦”声。

3分钟，266米——爸爸能行吗？我开始为他担心！

担心不是多余的，才走了5节车厢，我就明显感觉爸爸的腿开始抖了，耳边已经全是他呼呼的喘气声。一团团哈气在严寒中升腾，笼罩着我。

我能做什么呢？我咬紧牙，我要让爸爸感觉到我在给他助力、加油！可令人沮丧的是，讨厌的高烧和骨痛让我毫无力气，而我又穿着棉袄棉裤无法让爸爸也搂紧。因此，我依然不由自主地从爸爸的背上往下滑。

于是，爸爸不得不走走停停，不停把我向上蹿动一下，他生怕再摔着我。儿时的情景倏地来到眼前：爸爸背着我去龙潭山上玩，我在爸爸的背上不停地摇来晃去，欢呼雀跃，爸爸生怕我摔着，于是就不停地把我向上蹿动……一时间，鼻子有点发酸了！

空荡荡的月台上，一家人在艰难地行进，车窗里闪露出一双双惊愕的眼睛。

然而，爸爸还不能与我同行，他还要赶回北华大学为我办理期末缓考手续，因为他几天前跟系办主任讲好了。我心想：老爸呀，有时我真觉得你太教条了。你想到没有，妈妈一个人哪能弄得了我。一米七五的大个子，此时连站都站不稳。突然，耳边响起了“咯咯吱吱”声！哦，那是爸爸的牙关在咬磨。他腮边的肌肉也绷着，来回地滚动……我感到他的腿抖得更厉害了，开始吃紧了。不行，他已经坚持不住了，我的心头一抖，不禁喊出声来：

“爸，快把放我下，歇一会儿吧。”

爸爸没应声，却陡然加快了速度，紧走了几步，便靠在了月台的一根灯柱上。

可每天，只有这一趟直达北京的火车，而北京那边我们已经跟主治医师约好……我禁不住在心里大声地呼唤："时间啊，你能不能稍稍停一停，让我的爸爸歇一小会儿，让我们能赶上这趟火车！"

突然，有个人急匆匆朝我们走来……

他那么急，喘出来的粗气在严寒中腾起一团一团的白气。他面容惊骇，仿佛突然在路边碰见自己的家人出了车祸！

可是面对面了，爸爸却好像不记得这个人似的，愣住了……

这个跟爸爸年龄相仿、明显比爸爸身材矮小的人，眼里闪烁着急切而热烈的光。他不由分说，立刻动手要把我移到他的背上……

在车上，我才知道这位跟爸爸年龄相仿的人是武叔叔，20 多年前跟爸爸有过一面之交。就是现在，我也无法形容自己内心的感激：我的病情是那样刻不容缓，赶不上火车的后果可想而知。而爸爸已然精疲力竭，当时谁都没看见他，他却主动走过来，一时又没认出他，他却依然要背我上火车。更不要说在那之后的旅途中，在走过北京站那漫长的地下通道时，在前往医院那么遥远的路途上，他又为我付出了多少辛劳……大冬天，他竟满头大汗！

月台上，他一个人带动了更多的人：列车员跑过来了，车上有人下来了，在车上的人也伸出手来。车上车下，齐心协力——把一家人顶着、扛着、拥着、拽着上了火车。此时，我还能感受到那一副副肩膀、那一双双大手的温暖！

车门随即关上，列车立刻启动……

"列车迟开了一分钟啊！"

列车员的感叹让我惊愕不已：为了我，让 1000 多名旅客等待？为了我，让铁路"安全正点"的铁律都改写了？

那一刻的画面，经常在我的脑海里闪现：信号灯急切地频频闪烁，信号旗举起来又放下了。火车司机、列车调度、列车长、各节车厢的乘务员、车头车尾的信号员……一双双分外焦急的眼睛凝望着，凝望着 12 号车厢，凝望着这一群人……步话机向调度中心高声报告着这里突然出现的情况……

这一分钟，值得我一辈子去记忆啊！

二　东边日出西边雨

1 月，没有雪覆盖的北京显得透彻、明朗。干冷的风中，不时飘过清亮而悠长的鸽哨声，让人在一片萧瑟中觉出了灵动的生气。

又回到了这里，又看到了熟悉的情景，又闻到了儿童医院里特有的气味，一切因熟悉而亲切：大花池、“蜈蚣楼”、小天井、长长的大走廊、似曾相识的“小光头”……

一切仿佛都没变，一切仿佛又都变了……

儿童医院最终因为我的年龄和病情无法收治了。

一记闷棍打在了头上！

我一直以为“不管多大年龄，儿童医院都会跟踪治疗”的念头，顷刻间破灭了！

可儿童医院又怎么能治疗成人的病呢？

主治医师四处联系成人医院——但，不是人满为患，就是地处偏远，再就是高额押金把我们挡在外边。

一时间，有种走投无路的感觉。

而这时，我们接触过的那么多大夫个个神情严肃，一反常态：有的绷着脸形同路人；有的躲闪，像见了传染病人唯恐避之不及；还有的约好了见面时间，却让你怎么也找不着——结果她洗澡去了……

我一时糊涂了，脑子里画着各样的问号：也许这就是人性的辩证性？也许人都愿意“顺水推舟”，不愿意“逆流而上”？都愿意“锦上添花”，不愿意“雪中送炭”？她们不也曾尽心尽力地抢救过我吗？她们不还应二伯之邀一起吃饭谈笑风生吗？她们不还像老朋友似的，拥满感人的笑容请爸爸给她们开各种药吗？……

“咱们走吧。”我对妈妈说。

可高烧仍在持续，骨痛愈来愈烈。

又是东边日出西边雨？我惊异！

想不到这位大专家会这样：他一见到我们，立刻站起身像迎接客人似的给我们让座。他把双手搓得热乎乎的，才肯按到我的肚子上给我做检查……他注视着我的神情，简直就像慈祥的老爷爷……

可昨天我还让人避之不及呢！

“他跟你爷爷是同一代知识分子啊，”爸爸无限感慨地对我说，“他们重科学，更重人文关怀！”

他是谁？他就是让人格外敬重的顶级血液专家——陆道培教授！

两年前，陆教授就答应为我做脐带血干细胞移植。当然，前提是爸妈要为我再生一个小弟弟或小妹妹。他向我们讲解骨髓移植及造血干细胞移植的原理，充满信心地告诉我们："只要有一定数量的造血干细胞，无论它的来源是骨髓还是外周血，都可以重建骨髓与免疫系统……只要配型相同，脐带血完全可以重建一位成人的骨髓。"

这为我又燃起了一烛希望之火！

此时，他的一纸书信，一句"请惠予照顾"，一位他的助手的紧急收治更让我有生难忘。

紧锣密鼓的抢救开始了，一家人稍稍松了口气。

可是，路哪会那么平坦？抢救的节骨眼上，医院的账单、催款单逐一递上来了……

这又怎么可能呢？4万块，二十来天，没了？

可白纸黑字写得清楚。

如此，接下来的路又该怎么走呢？

债台高筑的人，一时觉得像走到了断桥上，眼前一片迷蒙，烟波浩淼。

紧急时刻，爸妈所在的单位出面了，职工叔叔阿姨纷纷参与救援……

朋友，你知道，我当时是什么感觉吗？

集结号吹响了！大部队来到了！决定胜利的总攻开始了！

那又是何等牵动人心的口号啊：

> 献出你的爱，救救我们的子弟！
>
> 为挽救一名生死沉浮的大学生，请伸出你的手！

我的心在不停颤抖……

爸爸公司的经理阿姨竟一次捐出了自己刚拿到手的全部5000元年度兑现奖，之后打来电话："我全力以赴支持你们……"

那一次，只有几十名员工的财务公司竟捐出了9800元！他们当中，有刚刚从财经大学毕业的学生，有刚刚结婚的金融硕士，也有刚刚生了孩子的年轻母亲……那是何等感人的情景啊！

已经退休的老书记闻讯从家里赶来，不无责怪地说，"怎么不早通知我一声呢"；

拨拉一辈子算盘，"斤斤计较"家里开销的老会计，毫不犹豫地从工资袋里抽出300元；

证券营业厅的一位员工都不认识爸爸，捐款时还在打听，“是不是刚从集团工会调来的那个人啊？”

而此时，公司在改制重组，谁也说不准自己会不会下岗或者被分流。但现在大家的心思，却一下子为一个陷入困境的人而凝聚起来了！

妈妈所在的老国企是一家机械制造厂，全行业的不景气使工厂连年亏损，濒于破产。此时，他们的张厂长、李书记亲自过问，率先解囊，全厂职工争先恐后。正是春节前的年关口上，好多叔叔阿姨省着办年货，挤出生活费，甚至拿出给孩子买鞭炮的钱，来为我这样一个他们甚至都不认识的孩子慷慨捐献！我噙着泪听妈妈讲着，心里沸腾着：

一位在病榻上生死未卜的职工，连连催促在医院陪护的爱人回厂去捐款……

人世间，还有什么情意能够重于此呢！

卖茶叶蛋的下岗女工，把一堆硬币、毛票凑够100元送到工会，红着脸说：“他们不会嫌弃的，人，在这时候需要感受温暖……”

多朴实，多真诚！是啊，病痛中的人需要物质的援助，更需要精神的抚慰。

冰天雪地的腊月二十七，厂工会张副主席、人事劳资处孙副处长赶在年关前，把全厂职工捐的近两万元送到北京，送到我们手上，一定要让我们在异乡、在医院度过一个温暖的春节。要知道那时候，全厂职工的平均工资才245元啊。

妈妈一连几个月没法上班了，可工作怎么办？

患难之时见真情，她的同事——孙叔叔二话不说，立刻承担起妈妈的全部工作。

虽然孙叔叔既精通自己的业务，又熟悉妈妈的业务，可是他自己那份工作都得加班加点地干，再承担妈妈的那一份就更得挑灯夜战了。一天两天行，一月两月甚至半年呢？他谈恋爱都因此“一波三折”，可妈妈的工作却从没被耽搁！

窗外北风呼啸，雪花翻飞。办公室里（因工厂欠交供热费没有暖气）冷得像冰窖。窗缝塞满的旧报纸让北风吹得呜呜响，像狼嚎似的停也停不下。人们穿着棉大衣还在不住发抖，敲键盘的手指被冻得又红又肿……这是妈妈

办公室里的情景，一个个寒冷的冬夜，就孙叔叔一个人在忙……

其实他只比我大几岁，一个“70后”，大学毕业才几年，也是独生子女。

三　绝境逢生

突然间，特大喜讯像焰火晚会上的第一束礼花，“刷”地一下照亮了夜空：“孙小添可以马上着手骨髓移植。这是最佳时机！”

可主治医师的话又像咚咚擂响的战鼓：“最佳时机可能稍纵即逝，你们需要马上准备30万移植费！”

火烧眉毛，箭在弦上：爸爸开始整天为30万元奔波……

可是，先前走过的路哪一条还能再走呢，还有什么路可走呢？工会组织紧急救援、职工群众捐款救助、家属医疗按比例报销、学校办理的学生伤病意外保险赔付、亲朋好友慷慨解囊……

“哪一条也没法再走了，张不开口了！……”不知爸爸是急中生智，还是异想天开，他猛然冒出一个念头来：“找找那些效益好的上市公司？他们应该能提供帮助。”可再一想：“恐怕不行吧？”转念又想：“行不行总得试试，投篮，还没投怎么就知道投不中呢？”

于是，他找来“大黄页”，查地址、邮编、法人代表，昼夜兼程地写，一气儿给三十几家上市公司发出了求助信……

结果呢，竹篮打水一场空。

正是一筹莫展之时，却又发生意外：我出现了严重的耐药抗药（许多药对我不起作用了）；由此5月底前实现再次缓解，6月初进行骨髓移植的计划濒于流产；没办法，还要紧急进入无菌舱接受“清髓式”化疗，为骨髓移植作最后一搏。可费用概算却高得吓死人：10万元！

好像焰火熄灭，夜空又重陷入黑暗！

怎么办？治，钱从哪来？不治，前功尽弃。

爸爸不想让自己的焦虑感染儿子，也不想让自己的窘态给别人看着。于是，他独自一人跑到院子里顶着沙尘暴抽烟思索，想办法。那一年那个月，北京刮了12次沙尘暴。爸爸跟着风在院里打转转儿。烟，一根接一根地抽，常常把燃着火的那头给塞到嘴里去了，可办法也没想出来。

移植的经费再没着落，移植的时机就要丧失。

“当时我都觉得陷入绝境了！”事后，爸爸感叹地跟我说，“关键时，幸亏实在朋友指点迷津……你知道吗，我顿时有了一种拨云见日的感觉！”

爸爸立即向他们的北京总部发出紧急求助函……

谁又能想到呢，第二天就传回了消息！

次日，救援款划转到账。

竟如此受重视，竟如此迅速——爸爸真是喜极而泣！

爸爸他们的总公司，业务范围遍及全国，经营业务量居全国同行业之首。却只有总裁一个人全权领导，他工作的繁忙可想而知了。因此，爸爸一直只是写信而不忍见面打扰。但是，当我们一家人不得已要离开已经“居住”了半年的医院，要离开北京时，爸爸就觉得无论如何也要去拜访总裁，去汇报，去答谢，去道别……

刚刚从住了半年的医院出来，第一次走进了自己的上属公司，刚刚接到主治医师的“无情宣判”，马上就见到了自己的领导……爸爸内心的惶恐、悲哀、绝望，仿佛一块块冰被投进了一池热水而迅速地融化了！

顿时，像见着了久别的亲人一样，激动的泪水在爸爸的眼眶打起圈来……

“孩子是不是又严重了？”总裁警觉地问。

“没，没有……只是，距骨髓移植还有段时间，让孩子先回家看看……也怕，再有个意外。”爸爸支支吾吾。

爸爸说他当时真的是万般感慨：领导如此关切，自己却言不由衷。可是，他自己也不相信好端端的怎么又不行了，也不相信事情会没有转机。

“这样吧，我马上去医院看看孩子。要个车。”总裁说着拿起电话。

“您这么忙，千万别再跟着劳累了……”爸爸想劝总裁别去了，可话一出口又觉得也没讲出什么理由，赶紧又补充道：“孩子他……不是还在无菌舱里么！”

“哦……”总裁恍然大悟，“不方便见啊！”随后若有所思地放下电话。“这样吧。”总裁自语道，又重拿起电话……

办公室王主任旋即赶到。

“请你马上安排一个人，”总裁急切地说，“明天跟随孙老师，全程护送他的孩子回家。”总裁的声音慢下来，“孩子住了半年院了……想家，骨髓移植之前，回家看看……”总裁的语调比刚才更低，更缓，“如果孩子短期能回北京，再由这名同志护送回来。……这样，就让小姜陪同去吧……”

小姜应声前来。

小姜原先跟爸爸在一个办公室工作，刚调到北京总部来。

“这样，”总裁急切地对小姜说，“你抓紧去把孙老师他们的车票换成软卧……”他在屋里边踱步边思忖着，又突然停下来，自言自语道：“孩子刚出无菌舱，太脆弱了。包厢里，毕竟人少一点，感染几率会小一些……”

“好，我马上去办！”小姜叔叔走出两步又转回身：“明天要不要……”

“哦……”总裁打断小姜，“明天安排我的车去送站……”遂转身对王主任说：“告诉司机，一定要跟着送进站，送上车，送到座位上……”总裁稍停了一下，又说：“对了，通知孙老师单位也安排人和车，明天早上接站，也一定要进站接。”总裁停下来望着窗外……片刻，他的目光好像是从千里之外收回来，缓缓地说道：“还有，孙老师家的房子半年没人住了，请他们白书记派两名同志先去打扫打扫，开开窗子，通通风……”总裁的一只手慢慢地向上捋了一下花白的头发，长长地呼出一口气：“回头，你打电话告诉白书记，要为孩子在家乡的治疗提供方便，等孩子返回北京的时候，由他们再派人护送回来……得，还是我来打吧……”

……

那一刻，爸爸呆呆地立在那儿听着、看着，眼睛失了神，脑子停了转动：面对这样一位体贴入微的领导，一位鬓发斑白的长者，自己却不敢实话实说。虽然不相信“无情宣判”，可也真不知自己的儿子还能不能再回来……想着，说不清是激动、感慨，还是悲凉、酸楚，爸爸的眼泪喷涌而出……

“告诉我，是不是孩子又严重了！”总裁急急地追问。

“我是怕……”爸爸支支吾吾，半天才挤出一句话来，“我是怕将来，会辜负您和同志们的一片希望。”

“别的什么都不要想，”总裁的脸上笼罩着只有经历过苦难才会有的神情，意味深长地说，“就是要全力以赴救孩子！”

……

出了门，王主任跟爸爸说：“总裁已经第三次说这话了。”

显然，要是没有“全力以赴救孩子”，就没有我后来的一切……

四　有格调而不同凡响

就在爸爸向外寄发一封封“无效信件”的时候，《中国质量报》、《中国妇女报》、《家庭主妇报》、《威海晚报》、《南方日报》、《吉化报》等报刊相继发表了关于我的文章。

一时间，消息传遍大江南北以至大洋彼岸，各地各界人士以不同的方式表达着自己的爱意、心愿：有汇款来的，有献偏方的，有写信鼓励慰问的，有邀请我前往就医的……那些日子，我感觉自己的每一天都浸润在无比的温暖之中！我接听过这样几个感人至深的电话：

山西文水的一位阿姨动情地说——

> 我也是一个孩子的母亲，你们不要感谢我，因为任何一个母亲、任何一个有善心的人知道了都会这样做的……

山东潍坊一位姓刘的女孩儿显得那么激动——

> 我是一名刚参加工作的学生，今天拿到了第一个月工资，我决定全部献给你……能够为挽救一名大学生尽一份力，能够用自己第一份劳动报酬帮助一个不幸的人，我感到非常光荣、非常幸福、非常有意义……

江西老区的一位老奶奶沙哑的嗓音直发颤——

> 我要给你捐点钱，快告诉我怎么汇款……

在无菌舱，我接到了两封“特别”的信……

第一封就是从上海女子监狱飞出来的，写信的人被我称作“绿蝴蝶”。

铁窗里的大学生冀望于病房里的大学生，她的内心，该流淌着怎样的酸辛啊！感谢上海的陈叔叔代我去探访，得知“绿蝴蝶”是来自古都西安的一位姓杨的大学生……

又一封来信没署名，只是在信封上落款：“辛文助学会”。

可是，妈妈与我一样，看着看着就流下了感动的热泪（信有长长的5页，这里是摘要）：

> 孙小添同学：
>
> 读着今年第19期《家庭主妇报》关于你的报道，我的心渐渐缩成一团……

一个血癌患者，同常人一样军训和劳动，而且做得更好，这需要怎样的意志品质？这需要忍受怎样的病痛煎熬？……

难以置信的是，你的老师同学都不知道你的病历。说实话，我对此曾心存疑问。通过与北华大学工学院学生处领导和信息科学系书记沟通，方才印证了一切。

难能可贵的是，你不像一般得了“怪病”的人那样：浮躁、消沉、万念俱灰，任凭死神摆布，而是这样地从容、坦然、坚强、向上，“努力配合治疗，争取早日回到学校”。“倘若真的不能再上学了，我会把我的人生经历和感受写出来，献给青年朋友，希望他们从中领略些有益的东西”……这让我放心了，再说安慰你、鼓励你、劝导你的话都是多余的，就会“亵渎”你的“豁达”。

生命的意义何在？雷锋和奥斯特洛夫斯基的名言作了很好的诠释……

雷锋英年早逝，奥斯特洛夫斯基也只活了32岁，但他们的精神永放光芒，鼓舞着一代又一代人健康成长。

生命诚可贵。如果生命在与病魔较量中持续发光，就更有价值和意义。

……

我们这代人是听着张海迪姐姐的故事长大的……和你年龄相仿的还有桑兰……她们都是与病魔抗争的旗帜。事实证明，你与她们同样坚强，有理由成为一盏明灯。

你经受了这种磨难，还有什么能让你畏惧的呢？相信你也会在计算机的键盘上敲击出光辉壮丽的人生。

孟子说：“天将降大任于斯人也，必先苦其心志，劳其筋骨，饿其体肤，空乏其身，行拂乱其所为，所以动心忍性，曾益其所不能。”“天”对你已“苦心志、劳筋骨”，再凭借你自身的素质与才能，一定会担当起“天”降的“大任”。有谁敢说你不能成为第二个杨致远（Yahoo总裁）、张朝阳（搜狐总裁）、中国的比尔·盖茨？

人们弄懂了你的生命与30万元孰重孰轻，就不会出现白岩松所说的“我们在人间所做的一切可能都像思考一样，让上帝发笑了”。

……

孙小添同学，家乡人盼着、等着你康复而归……你的母校、老师和同学盼着你、等着你康复而归……北华大学工学院人生咨询站需要你这样的导师……

你的学业和事业在向你招手！

此时再读一读这封信，我依然感到热血沸腾！

“辛文助学会”，就让我称您“辛文”，“辛文老师”吧。实际上，您就是我的老师：困境中，给我指路，给我鞭策，给我勇气、信心和力量！

可是，敬爱的“辛文老师”，您到底是谁呢？您到底在哪呢？

“虽然见不到他，但这并不影响我们对他的敬佩！”爸爸带着没有帮我找到“辛文助学会”的歉疚说。

“举善不言，是一种最高尚的精神，最高尚的境界！”我激动地说。

终于，从《都市新报》总编文叔叔那里，我得到了一点“珍闻”：

“辛文助学会”是常年扶助青少年“双特生”（品学特优、家庭特困的学生）的教育志愿者们！他们“接力传递”般地将一个个善举惠及到了数十所学校。他们用自己的微薄收入，先后资助了1000多名“双特生”。他们始终恪守“举善不言”的宗旨，一直沿用着“辛文”的笔名……多少年了，1000多名孩子得到了他们亲人般的爱抚和导师般的启迪，感受着人世间的幸福美好，奋发努力走上了成才之路。但是，得助的孩子们却不知道他们的恩人——“辛文”到底是谁！

一切都是第一次经历，而一个个这样的经历在我的心中不断积淀，积淀成我对这个世界的由衷爱恋与赞美！我想起了一位老教授说过的话：

在这个世界上，总有一些东西不带有功利性，令人无怨无悔地投入真情，使一些人生活得那样有格调而不同凡响……

这天傍晚，又发生了一件“触目惊心”的事……

金色的晚霞映着病房东面的窗子，一小张闪着金光的纸单出现在我眼前：“汇款单！”又是一位不肯留下名字的陌生人：

“1999元整！”我的眼睛顿时一热，心潮立刻波涌起来：

1999年，我身体康复、考入大学、步入成年——三喜临门；

1999年，我在火热的校园里那样欢快地生活过；

1999年，人们祝福我要“久久久”；

……

五　千言万语汇成一句话……

“生日快乐，孙笑天！”

正是阳光洒满病房的时候，我的一帮同学鱼贯而入，宽敞的病房一下子被挤得满满的，我无比惊异：“哈哈，你们全来啦！”

来的既有我得病前的老同学，又有我得病后的新同学。

一串问号在我脑海里兴奋地跳跃：“他们是怎么知道的？怎么约到一起的呢？……”

我惊喜地扭头看看表，刚8点半，却瞥见老爸在同学身后欣慰地笑着……哈哈，全明白了！突然，鼻子有点发酸：原来又是老爸的一番良苦用心！可很快，我这点自怜就被淹没了，被融化了……

你瞧，新同学冷不丁见着老同学，还挺拘谨的呢，一个挨一个走上前把他们亲手制作的“幸运罐”、“祝福卡”送到我床头，摆在老同学送的花篮边上。之后，红着脸，规规矩矩站成两排。老同学嘛，都是弹玻璃球的伙伴，那可是不客气，立刻挨着我坐到了床沿上，东磊马上指着4名新同学怀里抱着的大口袋，逗起乐子来：

“哎？你们怀里那是什么好吃的，别小气，拿出来大伙尝尝！”

是啊，他们怀里抱的是什么呢？圆滚滚的玻璃纸口袋，像练拳击吊在空中的沙袋，可里面五彩缤纷，好像一个超大的万花筒，透着悦目的彩光！

“糖果吧？”老同学韩峰坐在我身边，隔老远跟着凑热闹，“又不太像。是玻璃纸包的那种……果脯吧？”

新同学是我复学时的中学同学，都比我的老同学年龄小，就有了一点点娇嗔，他们并不理会老同学，似乎还有点得意地捧上了“超大的万花筒”：

“请看！孙小添！”快活的“女高音”把那口袋哗啦啦都给抖落开了！

“女高音”赵玲，嗓音高，爱热闹，为人极热情，帮助困难同学的事，好多都是她发起的。

“哇……千纸鹤！这么多！”老同学夸张地长呼短叫！

不过也真是多，在那张床上堆起了一座五颜六色的小山！

“这是3999只，”“女高音”热烈地解释起来，“这叫‘三三连不断’，要‘天长久，地长久，人长久！’”

多用心啊，我的眼睛潮润了，心里热浪翻滚了：我亲爱的同学，我亲爱的伙伴，我亲爱的兄弟姐妹啊！

“呵，这上面还有字呢！”老同学韩峰捏着一只千纸鹤，惊奇地喊，“你看，孙笑天！”

“哦……这么小的小字！”我自然也惊叹。写在小小的千纸鹤的翅膀上的一个个小字只有几毫米大！

那是怎样精心地书写上去的啊！

老同学捏起一只只千纸鹤，举到眼前，看不清，再转过来顺着阳光看……禁不住念出声来：

> 愿快乐天使天天陪伴你！
> 祝你化险为夷！
> 不畏艰难险阻。
> 想念你，祝福你！
> 我的心永远和你在一起！
> 快快好起来，我们一起踢足球！
> 愿你的心像蒲公英一样快乐飞翔！
> ……

叫我怎能不惊喜，在午后的暖阳里，又是一番情景了：

北华大学和北华大学工学院的领导和老师都来了，送来了深情的告慰：“北华大学的校门永远向你敞开着！”

电台、电视台的采编、策划、录制人员拎着“长枪短炮”都来了，要把这里的故事传向四面八方……

爸爸单位的白书记和办公室田主任，妈妈机械厂的工会张主席也来了，他们像对待自家孩子那样亲切。

白叔叔说：“小添啊，有啥困难，有啥要求，你爸你妈不好意思说，你说！”

张叔叔立刻插话：“捎个便条，带个口信，打个手机都行，我们给你解决，啊！”

医院的党委书记和院长也来了（此时，我已住进北华大学医学院附属医院）。党委书记好像在发表颁奖词：

“孙小添同疾病顽强斗争，坚持看书学习，努力保持快乐，他不仅是我们的患者，是好患者；他也是我们的学生，是好学生。他鼓舞了更多的患者，也激励着更多的学生，我为北华大学有这样的学生而自豪！”

在幼儿园看着我长大的张阿姨，从家里端来了香喷喷的小鸡炖蘑菇，双手捧着，用我儿时能听到的话语说：“天天呐，还是让阿姨来喂你吧！”

北京的祝贺电话也打过来了：“小天啊，祝你生日快乐啊！我们都在北京等着你回来呢……”

这样的日子，这样的情景，这样的声音！任谁能不热血沸腾，心潮激荡，情感飞扬？

突然，咕噜噜，咕噜噜的声音由远及近地响起来……

“哦，该吃药了。”那是护士送药的小车从水磨石地面走过发出的声音。

可我马上意识到错了。

那声音戛然停在了门口。再看，熟悉的小车变成了“狂欢节上的彩车”——上面挂满了小星星，拴满了五彩的气球，飘起了缤纷的彩条，还载上了一个硕大而奇丽的多层宝塔状蛋糕！

生日歌儿唱起来了，生日的烛光燃起来了，我的眼睛顿时模糊了……泪影里，光影里，那缤纷的彩车，那耀眼的烛光，那飞翔的千纸鹤，连同这空间里的所有人都光芒闪烁起来……

采访的话筒递到我的面前，我不由得怔了一下：

“此时此刻……”我手持着话筒有点哽咽了，“任凭千言万语也无法表达我感激的心情。千言万语汇成一句话吧：感谢所有善良人对我的关爱和帮助，我将把这一切化作坚持下去的勇气、信心和力量，并以此来回报大家！祝大家健康快乐！”

繁星满天的时候，激动的心依然在飞翔。我用电脑写下一段文字：

生日，每人每年都有一次。可如此生动感人的生日却不是每个人都能有的，此时此刻，我还说点什么呢？心里满满的。

生命是父母给予的，但我的生命又是靠大家的关爱、呵护维系的——我深知这一点。

在这个19周岁生日的夜晚，我还要说，我会永远珍记父母的养育之恩；我还要说，我会永远珍记善良人对我的关爱之恩！

这张照片的拍摄者唤起了我的一段记忆……

“呦！那是怎么了？”

医院里的任何一点异常都会惹人注意。人们向楼梯间的大厅一隅投去惊诧的目光，目光立刻像飞出去的箭钉在了靶上：

一个大男孩涨红着脸，满头大汗，拽着一位叔叔的胳膊，带着哭腔说着什么……那位叔叔低着头，眼里满含泪水，一只手抚着那孩子的肩头，一只手握着那孩子的手，默默无语……

又有什么令人惊悚的、不情愿看到的事情发生了？

不，这是一件让我感动得睡不着觉的事……

暑假到了，我那位在吉林大学读书的老同学杜宜飞，一放假就跑到医院来，把爸爸拽到一边央求：“叔叔，你就让我也来护理护理笑天，尽一点老同学的情意吧！”

这话催下了爸爸的热泪。可爸爸并没有说话。

“我现在有的是时间……”杜宜飞急了，拽着爸爸的胳膊不撒手。

爸爸终于点头了。自然，他是不忍伤着同学的心。可他不知道，我这位弹玻璃球的伙伴是“先斩后奏”——先把暑期社会实践的计划取消了，然后再“强烈要求”——看你答应不答应？

老同学每天都来陪我，可除了照料我，他并不说什么，就那样静静地坐在那儿看书。

但是，看一会儿书，他就会抬头看一看我，微微笑一笑，再看一眼吊瓶。他的书哪看进去了，眼睛在书上，心思却在我身上。

“当你遭遇痛苦，能静静地陪你坐着的人，那就是朋友。”

可是，你若以为朋友仅仅是这样，就不对了，朋友还会有一些不寻常的举动：

这天一大早，太阳刚羞涩地露出半边红红的脸，电话就响了。他说要在家处理点事。那必是不能来了呗，我心想着，有点失落：正想今天托他去附近的电脑城买一套Windows2000软件呢！

哪想，中午，他突然出现了。

我愣住了，妈妈也愣住了，屋里的病友都愣住了，大家都惊异地看着他：“他这是……”

他大汗淋漓，上衣都贴在了身上，脸红得像关公，脑袋像刚刚从水里钻出来，汗水顺着发梢、鬓角、鼻头、下颏往下流，可他双手捧着一个大得惊人的大白瓷缸子，根本腾不开手抹一把脸。

他从哪来的？干嘛热成这样？那大白瓷缸子又是怎么回事？

他小心翼翼地打开了缸盖……哇！一股浓香扑鼻而来……那是炖大肉骨头所特有的。

我的眼前豁然一亮：满满的一缸子靓汤，浓浓的，奶白色，浮着翠绿色的菜叶……

原来，他看到我需要营养又吃饭困难，就把他爸爸的手艺学来给我熬汤。

我一通“逼供”，他才“招供”：这色、香、味俱佳的大骨头汤，竟然是他早上 4 点多天还没亮，就去早市挑选来最新鲜的大骨头棒，在这闷热得像蒸笼一样的头伏天里，用了 5 个多钟头才熬好的，然后坐了 20 多里路的公交车，就这么小心翼翼地一直捧到病房！

这就是同学！

这就是发小！

这就是弹玻璃球的伙伴啊！

他还要制造一个悬念，让我感到一些意外，要给这单调的病房生活增添一点小情趣！

“老同学，尝尝我的手艺！”他的眼里盈满了喜悦与期待的光亮，飘出来比那靓汤还要浓、比那天气还要热的情意！

我吸吮了几口浓汤，向他投去赞赏与感激的目光，却见他已经热泪盈眶了！

那一天，他看到了我的输血记录，随即找到爸爸，撸起袖子要求：“叔叔，要用血，就让大夫抽我的，我跟孙笑天是同样的血型！”

爸爸噙着泪，在他的《痛苦中阳光照耀》一文中加进了这样一句话：

阳光可以照亮成年人的眼睛，却可以穿透孩子的心呐！

而我却想起在学校，我们还曾经为金庸先生小说里引用的“问世间情为何物”而热烈争论的事……可此时，谁还会再问世间情为何物呢？

他还在擦窗台。

那仿佛是他每天的必修课，抹布不知被他洗了多少遍，他一遍一遍地擦……他是要让那窗台更洁净，更湿润：他要让那窗口流进来的空气更清新，让他的老同学感到更舒爽；他要把那作为一道屏障，阻止任何灰尘和有害气体钻进来伤害到他的老同学！

那又是多么眼熟的情景啊：一朵茸毛毛被他捏起来，轻轻地一吹……

茸毛毛飞起来了，在空中轻盈地摇曳着，像蒲公英，或许，那就是蒲公英的“小小伞”呢，带着一个“小小人儿”……

蒲公英总是让我感到温馨，让我想起远方。

儿时的远方，有蒲公英的家；此时的远方，有我的梦，有我的亲人和胜似亲人的人们。

倏忽间，她微笑着走进了我的视野……

第十四章 天使，从产房走来

她说："我迎接了上千个生命到人间，还没有一个孩子在出生前就背负着这么沉重的使命。这太不公平了！"

她的同事一迈进她的家门就惊呼："呵！你们家都成救助中心啦！"

一　万万没想到

爸爸在他的书里曾对她有这样的描述：

> 她是智多星，是及时雨，是我们在北京抢救儿子的总指挥！

而我呢，总是无比崇敬地称她为"生命天使"。

因为她从产房走来，她是迎接新生命的，更因为我的生命跟她一下子产生了联系！

我？她？产房？

又让你犯琢磨了吧？

先请你看看，她在《中国妇女报》上发表的文章吧：

> 他们准备再生一个孩子，同胞的脐带血干细胞和骨髓也许能让哥哥

新生。我的心一下子缩紧了……20 年来，我迎接了上千个生命到人间，还没有一个孩子，在出生前就背负着这么沉重的使命。这太不公平了！

……

没想到，在爸妈去拜访她之后，她会那么急切地在报上发表文章。我更没想到，她直言不讳，对“再生一个来救我”持那样的看法。

她的话，深深地撞击着我们的心，因为“再生一个”，在我们家已经争论 4 年了。

然而，她又说：

强烈的心灵震撼让我无法坐视等闲。

作为医生我愿全力为他奔走呼唤……

她，就是著名妇产科专家、北京复兴医院妇产科主任医师王瑛。

骨髓移植，是一件多么重大而又不易的事情啊！要想找到相匹配的骨髓如同在人海中寻找相同 DNA 一般困难，多少人苦苦等待而终无结果，坐失良机。

“孙小添可以马上着手骨髓移植。这是最佳时机！”

消息突然传来，爸妈茫然无措，我的头脑里更是空空荡荡。尽管知道，也争论过，但毕竟没有事到临头。此时，一位医学专家、妇产科专家要全力为我奔走，我顿时像在蒙蒙雾海中看见了航标灯……

全力为我奔走，我虽过意不去却又很期待：她，会带给我怎样的转机呢？

那个初春的夜晚王阿姨值夜班，爸妈去检查咨询，看看能不能再生一个小弟弟或小妹妹来救我。

救子心切的妈妈和王阿姨一见如故，立刻热烈地说起来。

可菩萨心肠的王阿姨听着听着，脸色却陡然变了，眼睛睁得老大。那惊诧，那愕然，就好像听到火星人要来了！

原来，她完全听懂了妈妈的来意。在这位生命天使看来，那简直不可思议。也由此，才有了她在报纸上那一番“太不公平”的“抨击”！

可妈妈全然不顾王阿姨的反应，依然滔滔不绝。说着说着，妈妈就拉住

王阿姨的手声泪俱下了，像受尽委屈的流浪人猛然见到了乡亲。

也是啊，妈妈能不感慨、能不激动吗？她的儿子病情复燃连站都站不住，在一年里最寒冷的日子来到北京，最初连接收的医院都没有，复发的治疗又那样艰难，唯一的孩子随时可能离她而去。在医院度过了有生难忘的春节，儿子终于跟死神擦肩而过，还来不及欢喜呢，又触及了4年前就开始争论的“再生一个”这个棘手的问题。满心的愧悔、焦虑、委屈，上哪儿说，跟谁说，没法说啊！猛然间碰到王阿姨这样和蔼可亲又是妇产科专家的人，她要倾诉……

“本来我们可以早结婚，可以要两个孩子。可是，我们得响应号召啊，……于是，我们晚婚，我们坚决要一个孩子，还做了结扎手术，差点就做绝育了……”

王阿姨抱着肩膀，默默地注视着妈妈，平静而凝神地听着。然而，她的神情越来越严肃。

爸爸呢，心思早飞走了，飞到4年前的“战火硝烟”中去了……

我生病的第二年，二伯在美国的同学王叔叔传递来那个让我无比激动却在爸妈之间引起了轩然大波的消息——“用同胞兄弟姐妹的骨髓作移植来根治白血病！”爸爸力主实施，妈妈坚决反对——分歧导致争论，争论变成争吵，争吵后来成了系在身上的导火索，成了拴好引信的炸药包，一触即发，家里动不动就“硝烟弥漫”……后来，计划生育部门层层审批准许爸妈再生一个，然而这时我也顺利通过了3年化疗，康复了。妈妈因此更加理直气壮，爸爸再说什么妈妈也不听了，爸爸一个人干着急也没用……一晃4年，如今琴弹续曲，旧事重提，爸爸觉得这是在揭自己心头的伤疤，那伤疤立刻渗出了鲜血，止都止不住。

爸爸的思绪被妈妈的哭诉打断……

“他自己都呕吐到那个份上，也舍不得吃那种叫‘蒽丹西酮’的药，却把药送给别人……自己舍不得花压岁钱，却舍得拿出来给同学买光盘，教同学学电脑……王大夫，您说，我们能不救他吗？就是砸锅卖铁也得救啊……”

王阿姨默默地听完妈妈的倾诉，频频眨动双眼止住了泪泉，然后深深地呼吸了一下，柔缓地说：“要相信医学，也要相信机遇。很多时候，看似没有希望的事情，会因为改变思路、会因为不懈努力而出现转机。”见妈妈渐渐平静，她试探着问：“移植是救孩子的唯一途径，可是用一奶同胞的脐血或骨髓，是唯一吗？”

果然是专家，一下就找出了关键点！

“还可以做自体的、外周血的干细胞移植，”爸爸终于等到了说话的机会，一着急，把桌上的圆珠笔都碰到地上去了，窘得脸通红，“只是大夫说，我们儿子现在的自身条件还不具备，并且认为远不如异体的好……另外还可以用父母的骨髓做移植，但成功率非常小。因为无论父母哪一方的骨髓，都只能有一半指标跟孩子的相吻合，理论上叫‘半相合’。如果强行移植，必然产生强烈的排异反应，很难控制，弄不好，就等于……”爸爸支吾了一下，看了一眼妈妈的神情才接着说：“就等于注入了死亡推进剂……但，这毕竟也是一条路，我们准备把它作为最后实在没办法的时候，再打出去的底牌。”爸爸寻思了一下又说：“对了，还有一条路，就是到社会上的无关供者中去找。”

“最后底牌……无关供者……”王阿姨若有所思地重复着，眼睛盯着爸爸，可压根像没看见他，而是透过他看着他身后的远方……

屋子里一时静悄悄的，只有墙上的挂表“咔哒、咔哒”的走动声。

爸妈像两名小学生回答完老师的提问一般，在忐忑不安中等待老师的讲评。

好一会儿，王阿姨推了推眼镜，两手在一起搓动了几下，才冷静地说：“是啊，独生子女在这时碰上这样的问题，的确挺难的。”也许是刚才对一系列实际问题进行激烈思考的缘故，她的神情有些凝重。她用探询的口吻小心地问：“那么，要是在你们做父母的兄弟姐妹的孩子中找找，行不行呢？”

爸爸迟疑了一下，说：“可以找，怎么也是血缘关系，是‘有关供者’。但传统意义上的骨髓移植，需要1000多毫升的骨髓。虽说不会伤害身体可必然要耗费一些时间，得几次抽髓，之后还要休养一段。天天的堂兄妹都在读大学，学业又那么紧，所以，我们虽有过一闪之念却又打消了。可是，要到‘无关供者’中去找，等于大海捞针……”

“可是现在不用了，”妈妈像突然意识到了问题的关键，抢过话来，“现在不是用骨髓，是用脐带血干细胞，对新生儿没影响，没任何影响，脐带血反正都是要扔掉的！”

可妈妈又像想起了什么，立刻泄了气，低下头喃喃道：“那时总是争论，结果一晃几年过去了……要是早下决心要个孩子，儿子不早就得救了吗？现在，说啥都没用了……王医生，您帮我们想想办法吧！”

该倾诉的倾诉了，该咨询的咨询了，该检查的检查了，爸妈起身告别了王阿姨。

走在返回西苑医院的路上，他们都沉默了。仿佛那些年，他们把话都说尽了。

沉默中，他们都在回想王阿姨的话：

"即便你们的身体条件没问题，可现在，你们正在医院抢救儿子，这样焦虑不安，身体也得不到好的保障，更不要说有快乐心情，这样能保证怀上孩子吗？……就算亲情救子，让你们怀上了，可是在这样的物质和精神生活条件下，能保证怀上的孩子健康发育，提供优质的血浆和骨髓吗？而且，还有一个时间问题……"

"哎……"爸爸长长地叹了一口气，想说什么又止住了，他不愿再引起争执。可话到了嗓子眼，不说又堵得慌，于是他把声音压得很低，低得仿佛自己都听不见了："时过境迁了……也许，该打出最后一张底牌了……"

"什么牌该打也得打呀！"妈妈立刻回道。

静静的夜，她什么都听见了。

沉默的大幕重又合上。

他们的目光投向了夜空，冷寂的心又渐渐温暖起来……

初春的夜是那么晴朗，深蓝色的天空明澈如洗，月亮圆得如同一只大金盘子璀璨夺目。路旁的小白杨已经萌芽，裹满了幼芽的枝梢印在幽蓝的天幕上，印在那金亮亮的盘子上，宛若水印版画一样柔美……

二　她的话中话

"太好了，完全缓解了，太好了！"

那个星期三的午后，王阿姨在电话里像孩子似的欢呼！

那时，值班室里只有她一个人。

我刚才还七上八下的心，顿时又悬起来，要撑破胸膛跳出来了似的！刚才捏着手机，还琢磨怎么跟王阿姨说好呢。因为第一次给她打电话，哪想，她听到消息竟然这样热烈！

"小添啊，振奋起来，充满希望地等待……王阿姨身边好多人，都很佩服你，都会帮助你！"

可是我只顾着激动和感慨了，压根没注意到她的话中话！

你可能要问，什么事，值得你们这么激动？

告诉你，这源自红夹子里的一份《骨穿报告单》，请你也看一看吧：

骨髓分类检验报告（择要）

指数	
细胞名称—粒系统	正常范围
原始 0.5%	0—1.0%
幼稚 0.5%	0.01—2.5%

细胞名称—淋系统	正常范围
原始 0.5%	0—0.5%
幼稚 0.5%	0—0.5%

特征：取材图片染色佳，骨髓增生低下……

意见：骨髓抑制

主任医师意见：

可以考虑骨髓移植。现为最佳时期。

请注意两个最关键、最有价值的指标：粒系统和淋系统中的原始细胞0.5%；幼稚细胞0.5%！

这两种细胞并称“原幼细胞”，即肿瘤细胞——癌细胞。

两个指标全都在正常值之内，完全缓解啦！

要知道，我刚来的时候一个是76%，一个是99%，爸爸他们的职工医院认为病情无可逆转。而现在不仅逆转，还迎来了骨髓移植的最佳时期！

此时，翻看着红夹子里的这份报告单，记忆清晰如初。那天是我第一次（也是我主动提出）跟王阿姨通电话的，因为她嘱咐过，有什么情况一定要及时告诉她。哪想，她竟这样兴奋，这样热烈。

孰不知，我提供的信息正是她急切期待的，因为她正运筹着一件惊人的大事，对我们则守口如瓶。

7天之后，这天晚上10点。

病房里那两只雪亮的大日光灯准时熄灭了，墙底角那盏小而柔和的夜灯几乎同时亮了起来。

那朦朦胧胧的桔黄色夜灯总是让我感到温馨，总是让我想到冰心老人的《小桔灯》，又想到儿时跟爸爸一起做小桔灯的情景：一不小心，就把桔皮儿给弄破了，只好一个接一个地吃橘子；拎着小桔灯疯跑，烛火一次又一次地把吊绳给烧断……

突然爸爸的手机响了起来。

“哦……是王医生！这么晚，她肯定有急事！”说完，爸爸朝我们示意了一下，就蹑手蹑脚打开房门，然后飞快地奔向大走廊尽头的IC电话机……

惊人的大事终于揭秘：“嗨，给孙小添跟台湾骨髓中心联系成功啦！”

“跟台湾？”爸爸冒出3个字就没了下句，呆住了！5秒之后王阿姨惊问，“您听到了吗”，爸爸这才缓过神儿，叫起来：“真的啊？真是特大喜讯啊！”

爸爸不仅喊叫还在空中连连挥动着手臂。突然他意识到自己惊扰了别人，于是赶紧朝座椅上两个睡不着在深谈的患者摆手致歉。

“可得怎么感谢您呐！”爸爸压着嗓子，牵着话筒，围着电话机打转转。

“别感谢我，是王雪纯和她同事给联系的……”

“王雪纯？”

“是啊，中央电视台《正大综艺》的主持人……‘金话筒’、‘最佳主持人’双奖得主……”

也难怪爸爸犯寻思，他看电视太少。

“那些表格都传真过来了，就在我手里……对，马上找主治医生安排做血检，然后马上填表给传回去。是啊，就是台湾骨髓捐赠中心……对呀，台湾花莲……对，主任是李政道博士，跟那位物理学家重名……”

一问一答，确凿无疑！

可爸爸好像还云里雾中呢：事情来得太突然，朝思暮想得太久，这不是梦吧？他掐一掐自己的大腿：还疼！是真的！

当《骨髓配对申请表》捧在我手里的时候，我恍然大悟：怪不得王阿姨告诉我，“要充满希望地等待……我身边好多人都会帮助你”，原来如此啊！

泪水不知不觉地盈满了我的眼眶。这一刻我深切理解了什么叫喜极而泣，什么叫感激涕零，什么叫心潮起伏！

模糊的视线瞬间又清晰了起来。

这份珍贵的文本，穿越了台湾海峡，经由香港来到大陆，来到中央电视台，又转到北京复兴医院妇产科，再转到西苑医院我的病房我的手中……一切，让这事情显得更加神圣、庄严、耐人寻味！

花莲——台北——香港——北京，一路绿色通道，在救护车、出租车、飞机上，在十几个小时的辗转颠簸中，志愿者怀抱着装着骨髓的小箱子，那般虔敬庄严，为了保证骨髓的鲜活，他们小心翼翼地，一刻不停地，摇啊摇——小箱子从地上升到空中，从空中降到地上——从一个人的手中转到另一个人的手中——那爱的传递，却一刻也没有停下……

我感受到了，感受到了我们民族的魂与根。

由这伟大而神圣的事件，我的骨髓、我的血液将完全被置换，我的脾气、我的性格将会因此而改变——我，将是一个全新的我，将以一个全新的姿态出现在世人面前——那就是我的新生啊！

王阿姨啊，您真是我的生命天使，我的大恩人呐！

我要说，不，我要写……古有“仲尼厄而作春秋；屈原放逐，乃赋《离骚》；左丘失明，厥有《国语》；孙子膑脚，兵法修列”，今有孙小添受磨难，得大爱，获新生，要把自己的经历和感受写出来，告诉您，告诉青年朋友，告诉天下所有的善良人！

三　胜过母亲的爱

可是，峰回路转又立即变成了急转直下，从见到那份《骨穿报告单》到拿到《骨髓配对登记表》的短短10天中，我的血象指标却快速下降了！

血象是一切事情的“始作俑者”。血象不稳定就没法做血样检验，血样检验不做就没法向台湾寄送血样标本，没有血样标本就无法进行骨髓选型配对，选型配对没有进行——骨髓移植就是无米之炊，就是天方夜谭！

这边，一家人如坐针毡，那边，王阿姨急不可待。

“还没填好吗？”王阿姨说话直来直去。

可她哪知道，我还没做上血检，哪填得上表啊！

“现在……问题是……”爸爸吞吞吐吐，他怕王阿姨跟着着急。

“是不是又不具备血检条件啦？”王阿姨简直明察秋毫。

血象连着骨髓象，是骨髓象的反应。而骨髓中的原细胞、幼细胞只有控制在5%以下，才有检验意义，结果才能可靠。可我现在在10%～45%之间波动。尽管这让人遗憾，可也得告诉她呀。谁知，她听完却像智多星似的：“我看，先把申请表里能填上的内容填上，马上传过去……这样，不就可以先挂上号、先排上队了吗？”

“嘿！”爸爸一拍脑袋，恍然大悟，“怎么我们谁都没想到这一点呢？……是啊，选型配对，寻找供者，那得在20万份资料中筛查，还需要时间，需要细致的前期工作啊！”

急人的事，还不止于此，爸爸是不好说出口。他跟妈妈除了急我的血象回升，还急经费：大陆的血样检验费要 1 万元人民币，移植手术费要 30 万元人民币（还有日常维持治疗的费用没有计算）！

王阿姨的眼睛啊，哈哈，简直像 X 光，能透视到人心里去！

做完手术，她又打电话来：“另外，你们是不是也在考虑经费呀？”可是不等我们回答她马上又说：“这样吧，寄送台湾的血检费我来出吧。”

“你们别着急，等着两头消息这会儿，抓紧筹集 30 万。到时候，真的要还不行，我来发动大家一起凑……”

连 30 万元她都在考虑？她还要去发动大家筹钱？可是，她与我们素昧平生，她对我们无任何所求，她这时连我的面还没见着呢！

“这……这……”爸爸激动得结结巴巴，“这让我说什么好呢？”

“什么也不要说，”她当场就回了一句，“不还没成功么？救孩子要紧！”

爸爸犹豫着说想通过媒体向社会呼吁……

“好！我来帮你联系。”王阿姨一点不含糊，立刻又给自己增加了新任务。

没过几天，《中国质量报》首先发表了署名“江流”的文章《谁来救救他》。可是你绝对想不到王阿姨是怎么跟报社联系的。爸爸在书里面这样写道：

> 她简直是在给编辑下命令：“不行！一天也别等，就这天上。越快越好！……头版得有导读才行啊……”
>
> 我在电话旁边，听得瞠目结舌！

可是王阿姨觉得，就是这样也不足以抒发自己的情意，不足以表达自己的急切，她还要自己写文章呼吁，呐喊！

仅仅过了 5 天，她的文章《不该留下遗憾》就在《中国妇女报》第 3 版上发表了。诗人编辑——童蔚阿姨，又把标题改成了一个更美好的名字——《胜过母亲的爱》。

然而，这都是冰山一角。这天，我们来到王阿姨的家，真是让我们大吃一惊。

“嚯！你们家都成救助中心啦！”她的同事，一迈进她的家门就惊呼起来。

一间十几平米的老房子，桌上、床上、书架上、窗台上到处摊着血液病的书籍、资料（妇产科专家也钻研起血液病来了）；电脑旁堆着报纸、稿纸、打印纸——她又在忙着写稿，写培训教案。忽然，BP 机响起来了，接着是手机，不一会又是座机电话……放在电话机旁边的是一个摊开的大笔记本，上面画着一条条线，一行行字，还做着各种记号，写着什么事什么时间找谁办的字符。

王阿姨每天回到家，不是打电话联系骨髓移植、联系发稿救援、咨询血液病知识，就是找资料、查信息、发邮件，吃着饭还在阅读《脐带血的应用价值》。要知道，她在医院既负责接生，也负责危产期孕妇保健，还负责做各种疑难手术。人说，她的工作是人命关天，一上班，神经就像拉满弦的弓绷得紧紧的。可因为我，她的心又提起来了！每周，她还要出专家门诊、要值夜班、要给实习医生讲课，自己还要补习外语、学习心理学。在家里，也有永远不会完结的关于生孩子、胎教、妇科病一类的电话答疑。

瞧，这会儿，她接着电话就打起盹儿来了！

亲爱的王阿姨，您让我心疼了！

王阿姨为我的事着急，做什么都风风火火的，可她对我的关照却称得上精微了。为了让我的白血球赶紧升起来，她千叮咛万嘱咐：“这几个办法结合着用用，看怎么样？……马上买点‘灵芝孢子粉’，它的‘升白’效果特别好。到农科院可以买到货真价实的，都是小批量研制的，还特便宜……怎么坐车呢，从西苑医院出来坐 914 路汽车，到魏公村下向北走。由西门进院儿，左拐，北一楼，进去向右拐，第二个门。你可以跟他们说，我以前在这买过，用着效果特别好，他们就会拿你当回头客……你先少买，买完拿我这儿化验一下，倒是假不了，只是别让小添再用到质量差的……注意，化疗的时候吃容易吐，可又不能不吃，让小添跟着吃饭一起吃。饭前别喝那么多水，吃饭时先吃它，再用饭压下去……”

我都禁不住感慨：“在这个世界上，竟有人对一个无亲无故的人关心到这种程度！”

在北京的日子，感觉王阿姨就在我们身边。虽然她在西城我们在海淀，但我们三天两头就能听到她的声音，就能从她那儿得到一副兴奋剂：

“小添啊，白岩松写了一本书，叫《痛并快乐着》，非常适合你看……”

“告诉孙小添，那篇文章明天就见报了！”

“小添啊，你写给白岩松的信，我已经转交给他本人了……”

“脐带血的应用，有根据啦……”

“小添啊，你要写书只管写，阿姨帮你出版……”

“王雪纯对你的事儿可上心了，她现在正跟台商做工作呢。让我转达对你的问候……”

事无巨细，很多小事王阿姨都给想到了。

她嘱咐我：“以后我打你们的手机你们别接，看是我的，就告诉你爸妈，赶紧到走廊的IC电话机那儿去等，我回头再打到那儿去……”

呵呵，她这是为了给我们省电话费想出的妙招！

也不知她怎么知道的，我们的手机在20多天花费了2000多块——那时我们刚用手机，只想着事急，只知道方便，不知道还要按“长途＋漫游＋市话”来交费。

呵呵，因此我们的手机可抱怨了：“哼，就剩一个功能了——来电显示！”

现在我倒是琢磨，爸爸称王阿姨是“智多星”也是有道理的。王阿姨来病房看我，就很讲战略战术，呵呵，先搞“火力侦察”！

“化疗的时候胃口都不行，”她给妈妈在电话里说，“医院的饭吃久了，怎么都觉得不可口，可以适当调剂一下。他像我儿子，就喜欢吃比萨饼。”

“哎哟，”妈妈一下子说了句，“你说这孩子怎么就愿意吃比萨饼呢。”

等她来到我床前，就拎着香喷喷的比萨饼呢！妈妈这才恍然大悟！只是，这件有意思的事，很快又变成了“心疼的事”。

爸爸问王阿姨那个8岁的胖儿子：“你妈妈也给你买‘比萨饼’吗？”

胖儿子把头一甩，说：“我妈都说快一年了，还没兑现呢！”

童言无忌啊！

爸爸拉起胖儿子的小胖手一看，裂得净是些红鲜鲜的小口子。

“疼吗？”

“不……疼！”小胖子拉着长腔，又使劲儿反拧着胳膊给爸爸看，“这儿，还有一个更长的呢！”

回到了家乡，我感觉依然没有离开王阿姨，因为我总是能接到她的电话和电子邮件：“小添啊，无论如何要保持好心情，这样吃进去的药，作用就会不一样……我告诉你一个培养好心情的方法吧……”

“哦，你妈妈回家熬中药了。回头跟她说，千万不能熬糊了，那会有副作用的……”

“你还在打电脑么？啊，给我写电子邮件……你要是觉得累了，就动动嘴，让你爸爸来敲键盘……”

“你需要什么软件吗，告诉我，我给你买了寄过去……”

“写书的事，千万别着急，千万别难为自己，等身体恢复了，怎么写还不行呢……”

“我在北京等着你，等你回来做最后的骨髓移植……”

……

有过像我这样经历的人都知道，当被病痛折磨的时候，当被孤独包围的时候，当只有星星月亮陪伴着度过漫漫长夜的时候，只要一声问候、一个招呼、一个微笑，甚至一个关切的眼神，都会感到格外亲切，格外温暖，而我却得到了如此至真至诚的爱！

南丁格尔与特雷萨修女遗留于人世间的，也正是这样的精神：给予不幸者、病患者的，不只是病痛的照顾，更是无保留的爱。

四　教我怎能不留恋

当我离开了这个世界以后，又发生了什么呢？

一个月光皎洁的夜晚，在我的小屋，我听爸爸讲起来……

“天天呐……”爸爸的话一出口就停了下来。我正在屋子里浏览，他好像不愿意打扰我，“你走了，还有人给你发电子邮件呢。而她，确实知道你已经离去！”

“你是说？”我有点不相信自己的耳朵了！

爸爸认真地点点头，他好像要让我先放松一下心情似的，在电脑上点动了几下鼠标：小提琴的迷人旋律立刻在月的光波里荡漾开来……

“哦，《月河》！”那是我曾练过的小提琴曲，真美呀！万籁俱寂的时刻，那舒缓的琴音仿佛来自渺渺夜空的深处，纯清而悠远，闪烁着星光……

“来，你看看吧。”爸爸把电子邮件调了出来。

陶醉在《月河》里的我回过神儿，眼前不禁一亮。

“是王瑛阿姨！”咳，没控制住，我惊喜得叫了起来！

这俨然是一首抒情诗啊：

小天：

不知怎么，阿姨还是想给你发电子邮件……

你静静地走了，把激烈的思考留给了我们，
你轻轻地走了，把沉实的记忆留在了人间。

你有过快乐的童年，也有过幸福的少年，还有过充实的青年。
尽管你伴随着疾病长大，
但是，你也伴随着关爱成长；
尽管你曾有过别人没有承受过的痛苦，
但是，你也曾得到过别人没有得到过的关爱；
尽管你遇到了波折，不幸，
但是，你始终在努力，在奋斗，而且影响着别人……
你的人生，因此而有意义，有价值。

阿姨一直在北京等着你，
等你回来做最后的骨髓移植，
可是，阿姨没有等到……

“王阿姨，我让您难受了……您为我尽了那么大的心力，您失望了，是吗？真对不住您。”我在心里默默地说，“谢谢您还想着我，我感到特别温暖！”

眼前一阵模糊，我迅速擦了一下眼睛再看，内心止不住颤抖起来，竟然是这样啊：

阿姨盼着你
盼着你转世人间
到那时，阿姨一定再亲手把你接回到这个世界上来……

“盼着我转世人间？再亲手把我接回到这个世界？”

我立刻有了一种山呼海啸、心魂激荡的感觉！在这个世界上，还有什么语言能够胜于此？还有什么情意能够真于此？

“王阿姨呀，王阿姨！我的生命天使，我永远的生命天使啊！”

我在心中不停地呼唤，不停地诉说：“您的表达您的情感您的心灵，是这样的坦诚，这样的美好，这样的纯净。这个世界有您这样的人，又教我怎能不留恋？”

爸爸默默地注视着我，仿佛在等着我飞远的思绪飞回来。好一会儿他又说：“天天呐，你知道吗，我们为你种下了一棵小雪松，那是王阿姨领着我们一起去选的呢，走遍了那么大一座林场。她真细心，还记得你病房窗前有一棵大雪松——上面落满了楼上的孩子们投下来的纸飞机——像家乡的松树上正消融的片片白雪……

“林场场长提醒她‘要雪松可贵呀’，可她一点儿不含糊：‘不管多少钱也要雪松！’……那小雪松长得真是青翠、挺拔，让人一见，就顿生爱恋！”

泪水突然从我的眼眶里喷涌而出……

屋子里一时静了下来。只有舒缓而绵长的小提琴曲《月河》在空中飘逸。

夜深了，宝石蓝的夜空愈发明澈，点点繁星如碎银一般亮得耀眼。在那忽闪忽闪的星光里，又一个亲切的身影走进了我的视野……

第十五章
我的大朋友：白岩松

白岩松说："生命原本脆弱，我们只能坚强地活着并寻找快乐。"我的经历，真是再准确不过地说明了这话的真理性！

一　缘起

"白岩松！"我惊叫道，"真的是您啊！"

尽管昨晚通过电话，尽管对电视上的他我是再熟悉不过，尽管从他的《痛并快乐着》中对他有了更深入的了解，可是当他一下走到我的面前，我还真有点手足无措，真不知道该说点什么才好！

白岩松的反应真快，见我右手还扎着打点滴的针头呢，就一步跨上前，说："你好，孙小添！那咱们就握左手吧。"

嘿！跟在电视里处理尴尬场面时一样轻松！

说着，他一屁股就坐在了我的身旁。哈哈，就像坐在了老乡家的炕头上！

白岩松竟然亲自看望我！事后每当我回忆起这事儿，心里依然激动如初。

"哎，静一静，"快乐的"女高音"赵玲，拍拍手嚷道，"欢迎老大哥给咱们讲讲北京的见闻吧！"说着，她把垂在胸前的两条很新潮的小辫，很美地朝后甩过去一条。

这是暑假里的一天，我复学时的二三十名新同学，呼啦啦像群欢快的喜鹊飞进了病房。

“那天的天气非常晴朗，快中午了，我还在打吊瓶，病房门忽然开了，白岩松一下就出现了！虽然有位阿姨帮我把信送给了他，但我还是没想到他会来。那样的大名人、大忙人哪那么好见呢，想见他的人多了去了！再说，他也确实忙，既要采访，又要编辑，还得做主持。那天跟我一分手，他就直奔首都机场上西安采访去了……你们不知道，他见了我，一句话就跟催泪弹似的差点把我的眼泪催下来。”我在同学们的催促下讲开了，“哎？你们猜，他说什么了？”我停下来，迎着热烈的目光。

“看见你很高兴。”

“你的信让我很受感动……”

“孙小添，你受苦了。”

我都摇摇头。

“也许会这么说，”“女高音”的话带着感人的颤音，“你就当我是你的大哥哥吧！”

“嘿，你猜得最接近！”我朝她笑道，“白岩松说，你就当我是你新的大朋友，好么？”

“你们能想象出我当时该是怎样的心情吗？第二天就要进无菌舱，至少得待一个月，还吉凶难料。猛然间，听到这么亲切的声音，这声音还来自你格外崇敬的人，并且他就在你眼前……即使现在，我也难以描述自己当时的激动与感慨！”

“白岩松的观点很新鲜，又总能给人以鼓舞。他说我跟别人不同，得了病还能想到要写书，这本身就是一种治疗。他说：‘你看，在写作的过程中，你要思考，要回忆，要调动自己各方面的知识储备，还要阅读。这，就必然会转移你对疾病的注意力，无形中就会分散和化解疾病的痛苦。把精力集中在感兴趣的事情上，这自然会使你情绪稳定，心平气和，这样的心理又肯定会作用于生理，促进气血通畅，阴阳平衡——而这，正是中医治疗所追求的……’呵呵，我当时正在西苑中医院。”

“你们知道白岩松得过什么大病吗？”我习惯性地推了推眼镜，问大家。

“白岩松还得过大病？”

“外伤吧，因为他踢足球。”

“小时候淘气闹的？”

我摇摇头，看看大家，慢条斯理地说："什么大病啊——失眠！长达数月的失眠！……"我又向上推一下眼镜，"没有体验过的人不会知道失眠有多折磨人，也不会把失眠算作大病。我曾大受其苦，所以，我理解，因此我特别想听听白岩松有什么高招！白岩松真是风趣啊……"

"他说他一躺到床上，就像考试复习，要反复记忆，增加预期似的。第一个念头是我要睡觉，第二个念头是我必须睡着，第三个念头是我一定要睡好。结果呢，就是睡不着！然后就发急，就生气：怎么就睡不着呢，睡不着硬睡。于是，开始自己跟自己较劲儿，左手跟右手掰上了手腕子！呵呵！结果越较劲儿越睡不着，到最后，一看到床就哆嗦，一想到睡觉就害怕。他说了一句什么：'都有了生不如死的感觉！'"

"噢……"一帮女生惊呼！

"真是这样。"我的认真淹没了笑容，大家立刻又静下来听我讲。

"没尝过那种滋味的人不知道，我有一阵儿被失眠闹得，感到神经就要绷断了，人简直要崩溃……不是有专家讲吗，'人体的各个组织器官是在睡眠中进行修复的，你总不睡觉就无法修复，久而久之，就恶性循环了……'"

"可你们想白岩松，他还有那么繁重的工作，一个人连采带编，还有那些绝不能出错的直播报道，像香港回归、三峡大坝合龙，那都是一瞬即成永恒的事儿啊！总是在那么紧张的状态中，正需要睡眠来调养精神，可是却来了旷日持久、怎么赶也赶不走的失眠，气血亏不说，神经也受不了。你们猜，白岩松的失眠后来是怎么好的？"

"脱离环境，去疗养。"

"他那么重要，领导请专家给他治疗。"

"踢球，让身体疲劳。"

"我想他会听禅乐来放松自己。"

"看带子，专看自己主持的最不满意的。就像看无聊的书，看着看着就睡着了。"

"哈哈，"我大笑道，"你们的想象力真够丰富的！实际白岩松说他再也不想睡觉这回事了！觉得睡不着才理所当然，才天经地义，才顺理成章！结果怎么样？睡眠就像癞皮狗一样，来了，想撵你都撵不走，你不想它，它自个儿倒回来了！在外出采访的车上，白岩松说他压根没想睡，却睡着了！白岩松说完自己也乐了！"

"哦……"大家异口同声地感叹。

“我知道他是在现身说法，在顾左右而言他，用他自己的事来给我启发。这样，来得多自然，多亲切，比夸夸其谈、旁征博引让人信服多了！他说，一个人得了病如果只是拧巴地想着疼痛，想着病不好治，想着命运不公，就会越想越难过，越想越痛苦。因此，就得设法转移注意力。你们想啊，当年华佗给关羽刮骨疗毒，关羽要是不跟人下下棋，转移转移注意力，哪受得了哇！医生给你拔牙，不也是先挑你感兴趣的事跟你聊，聊着聊着，才‘嗖’一下把你的牙给拔下去的吗？”

“哈哈哈！”大家听到这儿都开心地笑了。

二　简单的快乐

“白岩松说他有位作家朋友，被诊断为癌症晚期。可作家却诙谐地说：‘这回，我的生命可以进入倒计时了，活一天就赚一天，再活一天就再赚一天。活一天就多一份快乐，一天天地活，我就多了一份份快乐……’就是带着这种心理，如今，作家已经赚了十几年了！人的快乐实际很简单，更多时候就是在一个个简单的成功中获得的。比如，你原先是 40 名，后来得了 39，那就是成功。总想第一，总想最好，一下又达不到，就像都想当世界冠军——到头来容易失落，没有成就感。”我四下看看伙伴们，“也就像我们都想进清华、北大似的！”

伙伴们互相打量，会心地笑了！

“人，不能没有成就感；人，不能在没有成就感的状态中生活。一个人病了，成就感对他更重要，成就感可以生成信心、勇气、力量。但成就感从哪来呢？一样的事，为什么会有不一样的感受呢？因为来自主观体验和认识不同。我想，这是心态和方法问题。我特别赞同白岩松说的要自救，要自寻其乐。他说，一个人得了病，从身边的小事中寻找快乐就是在自救。比如看书、听音乐、关心比自己更困难的人，还有向朋友倾诉，这其中都有快乐。快乐实际很简单，他又举例，像你原先只能站很短的时间，现在能站得久了；原先喝不下的中药现在能喝下去了，这样的小事中，都能产生快乐，生出成就感。他说，小孩得病，为什么好得快呢？就是因为思想简单，照样轻松，照样玩儿。所以，我们得像小孩学，幼稚点儿，在身边的小事中寻找简单的快乐。”

“来来来，大家吃西瓜吧，解解渴！”妈妈召唤大家，窗台上已经摆好了一溜切好的西瓜，一瓣一瓣儿被阳光照着，红莹莹、水凌凌的诱人……

伙伴们的注意力又给转移了！

“呜呜……”窗外传来一阵悦耳的鸽哨声，这是我在北京的医院里每天都能听到的声音，我的思绪立刻随着飞走了……

三 印象

“那白岩松都给你留下了什么印象呢?”吃完西瓜，同学又问开了。

我略加思索：“机智、幽默、情感丰富，讲话尤其有哲理。他说他最信服中医对疾病‘三分治七分养’的说法。中医既是医学，也是哲学；药物既有有形的药，也有无形的药。有形的药要在无形的药的基础上发挥作用。为什么同样的药，不同的人吃了效果却不一样呢？……其实治病也是在修养身心、修养性情。修养得好，药物作用才能发挥得好，病才能好得快。这话多辨证啊！”

“他说他特别羡慕有些人，忙了一星期，能到教堂去静一静。没进去的时候心烦意乱，等出来呢，一身轻松！我没想到他能这么说。前天，我刚刚送一位信教的小患友去过教堂。呵呵！”我笑了，为自己能跟白岩松有同样的感受！

伙伴们也笑了！

“过去白岩松的家境很苦，他那么小就跟父母一起住‘牛棚’，被唤作‘小萝卜头’……他6岁就没有了爸爸，11岁又没有了爷爷，生活和成长的艰难可想而知。我还曾琢磨：他为什么能来看我？跟你们说话这阵儿我才猛然想到：一切源于他本真的情感。他经历过苦难，他了解苦难者的需求。这是纯粹的，没有丝毫利益关系的，你们想，他与我有何所求？他，这是对生命的关注！”

后来我跟白岩松聊过自己的病情：“我知道自己的病很不好治，这在全世界都一样，现在连发病诱因都还没真正搞清。这种病，现在主要靠化疗，化疗很痛苦，花销也很大，却不能根本解决问题。根本的办法是骨髓移植，可花销更大。就算不在乎花销，可也很难找到合适的骨髓源……这种病，不知给多少人、多少家庭带来不幸。我希望通过我，通过对我的治疗和研究能使血液专家发现一些蛛丝马迹，找到导致白血病的根本原因，找到更有效的办法，最终战胜白血病！”

白岩松的神情变得凝重，我觉出是自己的话触动了他。

“小添，我觉得你的文笔很不错，讲话也很有逻辑，并且，你还有那么独特的经历，具备这样的条件和优势，写成一本好书。一定没问题！”

“要写书，每天可以在上午、下午分两个时段来写，每一段四五十分钟，像上一堂课似的……”他很细心，不，应该说很精心，“上午的精神状态可能会好一些，但主要的治疗又在上午，那就利用这段时间来进行主动思考，然后在下午集中来写。但，千万别让自己太累，可以根据治疗的安排来调整写作时间，身体允许了，就写点儿，身体不允许，就思考……”

要离开了，白岩松站起来笑呵呵地说：“小添啊，这次全是我讲了，下次，可要听你的了，听你讲你的写作。”

“好，”我有点不过意，“下次听我的。”

“一言为定？”

“一言为定！”

“对了，你说要到中央电视台看制作《东方时空》。快点好起来，我等着你！”

“嗯！”

如今，我觉得挺对不住朋友的：我走了，可我的书却没写出来。

爸爸在替我写。

白岩松似乎也有一种寄托，他对爸爸说：“你就写吧，就自然而然地写下去，只要是真情表达。不必总想着是写给谁的，就当是写给自己的。自然的才是真实的，真实的才是感人的……”

我相信这对爸爸能有所启示。

朋友，你可能为我遗憾。可是从来都没有不缺遗憾的人生。我想说，白岩松给予我的欢乐和鼓舞，影响了我后来的一段人生，并且让我有过美好的向往和憧憬。

第十六章
生命中的轻与重

在那些苦乐相伴的日子里，我常常会吟咏普希金的诗句：

一切都是瞬息
一切都会过去
而那过去的
将变成亲切的怀恋

一 “Party”之后

哈哈，像一场热闹的Party！

20多间病房的门几乎同时打开，所有病患、陪患和探视的人，呼啦啦都来到了大走廊。有的笑逐颜开拱手致意，有的隔着老远就扬起手臂打起了招呼……人来自全国各地，话讲得南腔北调，一时间，大走廊里沸沸扬扬！一张张红润或白皙的脸在你的眼前晃动。你会注意到，唯白皙的脸上的表情最为生动，仿佛是孤岛上的人猛然看见了自己的同类！大家聊得那么热烈，那么专注！只不过那眉宇之间，那目光里面所传递出来的柔情、关切，是别的任何地方都难以见到的！

细听听，他们在说什么呢：

“昨晚上睡得还好吧，看你的气色，挺不错的……”

“黑木耳不是能解毒吗，你把它泡好，用开水焯一下……”

这其实是北京德外医院每天对所有病房，统一进行紫外线消毒的时间。呵呵，可这也为大家创造了一次难得的聚会。要知道，大家还都挺期待的呢！跟我临床的满叔叔更是，每天都是他看着钟点，准时吆喝：“伙计们，到点了，该放风啦！”

可这天到点儿了，满叔叔却面带歉疚地说：“我的腿有点疼，今天不出去了。”

我提醒道：“可是，你的眼睛会受不了的。”

“呵呵！”满叔叔朝我笑笑，抬起手臂做了一个感谢的动作，说：“你看，我有办法。”然后他把宽大的病号服一掀，蒙在了头上。

“Party”那么热闹，谁还会注意别的什么呢！

突然，四楼底下传来歇斯底里的惊叫：“有人跳楼啦！”

我猛醒过来，紧两步走到19号病房，扒着门玻璃朝里一看——顿时目瞪口呆——屋子里空空荡荡，窗子大敞四开，呼呼的风充满了病房在低低地悲号……

竟然是满叔叔！

当头一棒，我懵了：“昨晚上他还……”

满叔叔是从河南来的转业军人。他总是那么利索、英武，剃着平整的寸头，下巴刮得像青萝卜皮似的干净，额头上两道剑眉像画上去的，向上高扬着。昨晚，他还在给我讲唐山大地震呢：他和战友在瓦砾中搜寻生还者，把手指盖都抠掉了……他立过大功，受过嘉奖，他让我真正领略到了军人的意志品质。可现在是怎么了？他又是为什么呢？

那些情景一幕幕直扑眼底：他眯着眼睛半躺着，怡然自得地哼着河南坠子《罗成算卦》：

年年有个三月三，王母娘娘庆寿诞，
众八仙赴罢了蟠桃会，王母娘娘便开言……

可你再仔细看，他的床头另一侧还露着一个女人白皙而消瘦的脸。原来，那是陪护他的妻子坐在小板凳上，唧唧咕咕地算计住院费呢。他是不希望我们听见他妻子的声音而得知他的窘迫，用唱戏来打掩护……

我刚来需要做CT、胸透等一大套检查，他下命令似的推搡他妻子：“你领着去。”阿姨也爽快，满口的河南腔：“孩子啊，走吧！”不容你客套，过来就要搀着你走。

那一天中午，满叔叔一个眼神，阿姨就端着热气腾腾的小锅来到我床前。哇，绿莹莹的油菜面汤，浮着黄灿灿的蛋花……数九隆冬，我竟觉得春天的气息扑面而来！“孩子妈，让孩子吃点面吧！”一句话就让妈妈的眼里涌满了热泪。要知道当时我被几家医院“挡”在门外，让高烧、骨痛折腾得几天没吃饭仅靠饮料度日，一家人刚来到这人生地不熟的地方……

满叔叔夫妇俩，跟电影里老房东关照新房客似的跟爸妈唠叨：“用大茶壶的开水过三遍，就可以把鸡蛋烫熟……”“北面那个农贸市场的小油菜便宜，讲讲价，5 毛就能买下来……”“你们可以到我们做饭的那人家去给孩子做吃的，一顿交 3 块钱……”说着，就把自己那一堆酱油醋陈列出来，“随便用啊。”

可你说这么好的一个人，他怎么会？我实在想不通。

不久前，我跟满叔叔先后住过隔离室，躺在这家医院仅有的两张“层流床”上对面交谈，我才惊讶地知道：他竟然有着 23 年的白血病史；他竟然摸清了疾病在自己身上反映出来的规律，这么多年，硬是靠自己查阅医书药典、自己总结经验、自己用药走过来的；在病中，他还创办了自己的公司，经常扶贫助残……他天方夜谭一般的经历，赢得了姗姗来迟的冲破世俗的爱情。阿姨带来了一个儿子，而他视同自己的亲骨肉。

他就是我心中的英雄！我甚至暗暗下决心：要像他那样活着！

忘不了这天早上，他独自望着窗外，自言自语道：“这地方，离德胜门真近……德胜门可是当年的军门啊！唉，这媳妇围巾也忘了戴，着急看儿子，什么都不顾了……”

我的耳边“嗡嗡嗡”全是人们的议论：

“他到底是为什么呢？”

“是啊，他这么开朗的一个人……”

“说出来谁都不会相信。”

……

他永远活在我的怀念里……

二　对门女孩儿

按照满叔叔生前的指引，我从德外医院转到了西苑中医院，为的是要用中医中药来巩固“基本缓解”的化疗成果，争取“完全缓解”。

“你们先住抢救室吧。”漂亮的何护士长眨动着星星一般闪亮的眼睛建议道。

由于病患多，抢救室临时安放了一张病床。

“可以。”爸爸瞧了我一眼应道。我们在那一刻都想到，独处一室可以避免交叉感染。

第二天早晨醒来，我的眼前不禁豁然一亮：哇，冬日的阳光，竟然从西面那栋楼的窗玻璃折射过来！白白的墙面，被涂上了一抹光灿灿的金红——鲜明而亮丽。我顿时想起了梵·高的《向日葵》来，感觉这冷寂的空间一下子温暖了不少！

四周依然静悄悄的。静得让人有点期待了，期待这宁静被窗外的小鸟、车流、行人唤醒，期待这宁静被走廊里患友、陪患、护士忙碌的走动打破。

我拿过“小飞蝶”把音量调得很低，开始收听“新闻和报纸摘要”——爸爸的习惯成了我的坚持。

爸爸正在准备早餐。

呵呵，老爸的早餐“十年一贯制”，他弄得轻车熟路，有条不紊，还不时跟我聊聊天。

突然，一阵撕心裂肺的哭声撕碎了清晨的宁静。

听那哭声是位中年妇女，再听，竟是从对门3号病房传出来的，惊天动地：“我的闺女啊……”

我的脑海倏地划过一道闪电：她的女儿危险了！甚至……

爸爸本能地走过去，把已经关上的门又使劲儿关严，回过身调大了半导体的音量。实际欲盖弥彰……

“咣当！”刚关严的门被猛地撞开，两名护士不顾一切地冲进来，直奔检测器、心电仪，推起就走……接着转回来，监控器、心脏起搏器……

爸爸挡在我面前，好像生怕她们把我推走似的。我猜他的心里已经敲起鼓来了：昨天为什么要听大夫的话住进抢救室呢？刚来这医院就让儿子经受这样的考验……

“咣当！”门又被撞开，神色惊慌的护士直奔急救药品柜……急转身，又冲出去，好像是取走了注射器、强心剂之类的东西。

“这样的抢救，一小时需要100块钱。”我低声地解释道。

“可挺贵的！”爸爸不假思索。

“还贵？”我惊愕，“这是抢救生命啊！”

“哦，是啊，”爸爸的脸“刷”一下红到了脖子根，局促地说，“哪说得上贵呢，生命无价。”

“啊……”哀恸大哭又突然炸响，走廊里一片噪杂……

“估计是不行了……”我自言自语道，心像被手术刀一下一下割着，扯着生疼。

爸爸那隆起的喉结沉重而缓慢地“咕噜”了一下，仿佛硬是把什么东西给咽了下去。

我默默地望着房门，透过房门无力地看着走廊……

抢救室的门，无力地开了，抢救设备一台一台无声地回来了……

一场生死之战结束了。一位跟我年龄相仿的女孩儿走了。

我的目光随着那些冰冷的仪器移动，内心感到了一丝丝凉意：病痛者多么可怜和无助啊：他们承受着疾病的痛，承受着永别的痛……他们一定都渴望有一个相对独立的场所在一起做最后的团聚或告别，一定是。那是生命的最后尊严呐！可人们能够为健康人营造舒适的豪宅，为什么就不能够向病痛者倾斜一点呢？医院，不也是每个人必然的停留之所吗？

……

三　喷嚏打出忘年交

几天以后，漂亮护士长把我从抢救室调到了走廊斜对面的6号病房。

谁想，事故接连发生。

昨天下午从那边过来，刚挂上了吊瓶，就觉出从靠窗的老患者那里漫过来一股刺鼻的气味儿。爸爸说那简直是烧焦的自行车内胎的味儿。

我一手举着吊瓶，一手捂着鼻子，用眼神儿示意妈妈开一下窗子。妈妈路过老患者床边，发现挡帘儿里的老人家还光着身子呢，陪患正在往他发紫的腿上抹着黄糊糊的药膏。

“没法开窗了。”妈妈转回身对我耳语。我点点头，小声说：“可能因为年龄大、身体功能差了，化疗药里的毒素不能正常排出来，导致了皮肤病。”说完，我从枕边拿起口罩戴上。可浓烈的气味还是隔着口罩刺激了我的“迎香穴”——练过气功的人都知道鼻子上的这个穴位。

“阿嚏！”我不由自主地打了一个喷嚏。

妈妈转身一看，鼻血已经浸红了我的口罩。耳鼻喉科医生来，很费劲儿地把一根“旅游鞋鞋带”那么粗、半米多长的白绳，一点一点全塞进了我的鼻孔，才强力止住了血。

谁想，今天重复了昨天……

“阿嚏！”我憋不住又打了一个喷嚏，立刻感到左边鼻孔里痒痒的，心里连叫“不好！”用手一试，果然，鼻血已经流出来了。

40分钟以后，我的左边鼻孔也给堵上了。

人，都有过感冒鼻子不通气的体验，但往往是一个鼻孔的事，倘若两个鼻孔都不通气呢？而且是让那样粗而长的绳子给堵住呢？完全可以想见，那会是什么滋味……

可老人家每天还得抹药呢！

妈妈觉得刚来不便说什么，换地儿吧……

漂亮护士长朝妈妈耸耸肩，摊开了双手，根本没空床。

我把嘴凑到妈妈的耳边说：“克服吧，大家都不容易。”

妈妈愣了一下，一时无言。

可她看着我只能半张着嘴呼吸，眼泪又在眼眶打转……她一下子站起来走过去，我拉都拉不住。看样子她是非要跟那位姓冯的老患者“理论理论”了……

可没等她开口，冯爷爷先“开口”了：

> 两眼望穿云边月，十夜常有九不眠。
> 年老衰迈气不佳，生死二字且由他。
> ……

凄婉的京剧段子，听着都惊心，妈妈欲言又止。

可塞进去的“旅游鞋带”还得弄出来呀！

谁知那“带子”跟血肉紧密结合了，技术高超的耳鼻喉科主任亲自来处置，也不行：轻轻一拽，出来一点，血却流出更多。弥漫性出血，数不清的出血点，每一处都要堵住。可血小板那么低，轻易哪堵得住！我挂着吊瓶仰着头，鼻孔朝天。主任斜歪着身子倚在床边不停调整姿势，她用头上戴的小圆灯照着，拿小镊子夹着药棉迅速把血吸干，趁着血再渗出来之前，极快地用“小焊条”一样的东西把出血点“烧结”住。可血渗得那么快，出血点那么多，哪能一下“烧结”住？于是就再来……结果，处置一个鼻孔竟用了快一个小时。她故意大声说：“这是怎么搞的，让孩子遭这么大罪！是不是什么味儿给呛的？”

“是……”冯爷爷终于觉察了，歉疚的声音像是给吓着了似的直哆嗦，“我上药……给孩子呛着了吧？对不起啊！”

这颤抖的声音啊，任何钢化的心情都会给酥软，给融化。

“不要紧，大夫给我处置完就好了，我可以戴口罩嘛！”我说。

“小伙子，真难为你了，因为我受苦还不抱怨……”

说真的，我这时想起了满叔叔夫妇俩，想起了当时人家帮助我说的话：“谁还没个为难遭灾儿的时候呢！”不是吗，今天是他，明天就可能是我，后天就可能是你。

从这以后，冯爷爷抹完药就盖上被单。

窗子打开了，空气清新了，阳光撒满了病房。

后来我知道了冯爷爷的身世：现年76岁，老来丧妻，儿女不和，患慢粒白血病10年来就“以院为家”。他吹拉弹唱，无所不能。前几年他情况好的时候，大家都爱围着他听他讲老北京的故事，可这会儿他腿脚不便又闹出皮肤病，调换了好几个病房都没人愿意跟他在一起。我注意看了看：他那一尘不染的白发被剃成了齐整的“板寸”，洗得透亮；一摞衣物在他的旁边叠放得规规整整；各样用具一溜儿码放得整整齐齐……一切都仿佛在告诉人们，他曾经是多么的干净利落！

可此时，他多无奈啊！

也许因为有了我这样的小患友，老人家露出了笑脸。听说白岩松要来看我，他跟我一样起了个大早，还换了身新衣服！那以后，他的话匣子也打开了，老北京的故事一个接一个地往外蹦：“小伙子，你知道为什么叫‘剃头挑子一头热’啊？因为那头有个火罐烧水呢，剃完了好洗头……”

“谁说火车不是推的？那次慈禧来西苑，就是咱们现在这地方，那火车就是太监们愣给推过来的……”

“为什么叫‘驴打滚’啊……”

讲得高兴，听得入神，爸妈都说跟着长见识。真是其乐融融！

我呢，时常也跟他聊聊大学校园里的趣事。每逢这时，他总是会很骄傲地讲起他的三儿子，考上大学给他争气。虽然结婚后让儿媳妇给拐搭坏了，自己也不怪他……慢慢地，我们几乎无话不谈，已经成了忘年交！

我的鼻子好的那天，老人家那个高兴啊，本来就眯缝的眼睛笑成了一条缝："小伙子，我给你唱段《空城计》吧！"说着，他的手指头就在铁床栏杆上敲着节拍唱起来：

我正在城楼上观山景，
耳听得城外头乱纷纷，
只见旌旗招展空幡影，
原来是司马发来的兵。

四　魔鬼两兄弟

我与忘年交冯爷爷，在病房里相处时间是最长的，达半年之久。

可还有两兄弟，自我生病开始，就常与我不离不弃。

这两个捣蛋鬼在我的病程中经常会出现——"疼痛"和"发烧"。因为它们总是接踵而至，结伴而来，所以那一次我在接受记者来访的时候，形容它们是"魔鬼两兄弟"。

医院对付老大——疼痛——的办法就是：用化疗消灭肿瘤细胞来去痛；在不具备化疗的时候呢，就靠口服"吗啡"或注射"杜冷丁"（两种麻醉剂）来镇痛。那一阵子，我恰恰不具备化疗的条件。

我对付疼痛的办法，其实就一个字，忍！

竭力地忍！

在家忍，是不肯惊扰四邻，不愿把痛苦传导给爸妈。在医院忍，是不肯影响患友，更不想在别人面前表现出懦弱。自然，我要感谢爸妈，帮我增加了一手对付疼痛的办法——按摩。实际上他们也惧怕麻醉药，也不肯相信我真要依赖毒性那么大，而且会上瘾的麻醉剂来镇痛，同时不得不承受另一种牺牲。"终究会扛过去，终究会好起来"——这是我跟爸妈心中每天的夙愿，也是每天的希望——如同在一个个长夜里，我们知道太阳还会升起一样！

然而，那一个个长夜确实难熬……

这天晚上，冯爷爷和他的陪患早已进入梦乡，我的疼痛又发作了。疼得我直想喊，可不行，那会吵醒别人。于是，我把被子塞到嘴里紧紧地咬住，不让自己发出声音来……不一会儿，我感觉被子已经被咬破了，上牙跟下牙咬磨在了一起，发出"咯咯吱吱"的声音……

一刻钟过去了，半小时，一个小时……疼痛依然不肯退去！

爸妈在病床两侧一刻不停地给我按摩，减缓着疼痛……

渐渐地，按摩倒成了疼痛的助推器，推着疼痛全身跑……

“吃一点‘吗啡’好不好？”妈妈趴在我的耳边劝。

我轻轻地摇头。

“打一针‘杜冷丁’吧？”爸爸小声问。

我又摇摇头。

“我去问问大夫，看有没有别的什么办法，啊。”爸爸出去了小一会儿举着一个小药袋回来，哑着嗓子喊：“天天，有了！……正好主任值夜班，给你拿了一种新的止疼药！”

黑灯瞎火，我把药吃下去了。大约一刻钟，疼痛缓解了。

后来才知道“上当”了，那药叫“美菲康”，是“吗啡”的学名。

老爸后来在《痛苦中阳光照耀》一文中写道：

> “那能不疼吗？”病房主任感叹道，“癌细胞都满了，冒漾了。你知道不，谁也受不了哇！这孩子，也是太刚强了！”他摘下眼镜，重又拿起骨穿报告单看了一遍，说：“你不是吃过大骨棒吗？看见大骨棒中间有一条白筋了吧，那就是神经，周围都被骨髓包围着。骨髓中的癌细胞急剧增生，向外有骨壁顶不动，就只有向里去挤压神经。那是怎样个疼法呀，我敢说，全世界没有任何一个人能够捱得了那种疼！……别让孩子再忍了。用点‘美菲康’，打点‘杜冷丁’吧。”

明白“上当”了之后，我拒绝再用。

可又怎么才能忍得住，怎么才能挺过去呢？黑暗中，我紧锁眉头，紧闭双眼，努力去想我曾经经历过的美好时光，去想那些让我崇敬的人，去想那些令我感动和振奋的话语：“绝望到了尽头往往就是希望”（白岩松语），“我竟是上帝最可怜的造物……隐忍！多伤心的避难所！然而，这是我唯一的出路”（贝多芬语），额头冒出了汗珠，手心攥出了汗水……

然而，我真的忍过来，真的挺过来了！所以也才有了后来围绕我而发生的那么多故事。

有人认为我捍卫了生命的尊严，而我更乐意说，我是不想让别人跟着感受痛苦，不肯相信自己不可救药。我的确怕麻醉药伤害记忆——因为任何知识无非都是一种记忆——因为我还梦想着再回到大学校园去读书……当然，不肯用麻醉药还有一个不为人知的原因：家里为我已经欠了太多的债了，我真舍不得再去吃那 104 块钱一小片的吗啡。

也许有人会说我傻，但我当时确实是那样想的，也是那样做的。

酷热的 7 月，疼痛刚退下去，魔鬼兄弟的老二——发烧——又赶来火上浇油。

“天天都烧到 45℃啦！”这天，我朦朦胧胧就听见妈妈在电话里对回去给我熬药的爸爸喊，“你快点回来吧！”

爸爸来了，见我还瑟缩在被子里，马上说起了外面的热……随即又苦笑：“唉……我怎么忘了，发烧开始都是冷啊！”

他捏起体温计才弄明白了，原来是妈妈看错了，错把 42 看成了 45。想想也是，体温计的最高值也才 42 啊。

“烧到顶了，体温计都快烧爆炸了！”一个病房的陪患史阿姨无比惊愕！

说话间，我开始退烧了……

这又是什么情形呢？整个人，像是刚从浴缸里出来，水淋淋的：床单、枕巾全都被汗水湿透了，没有看见过的人恐怕无法想见：汗水是从滚烫的身体的每一个毛孔里迫不及待涌出来的，一粒粒，齐刷刷，个个比过黄豆粒儿。爸妈一起忙着给我擦汗，可是刚擦掉，就忽地冒出一层；再擦掉，忽地又冒出一层，擦得慢一点就成了水流，一条条水流快速地向身体下面流去……

爸爸在后来的日记里这样写道：

> 我看着儿子，看着刚换下的被子上儿子清晰的汗痕，肠子都扭成了绳！我一只手给儿子擦汗，另一只手在狠狠地拧自己的腿：我无比追悔，悔不该在儿子那么小的时候，就给他灌输“宁肯身上受苦也不能让脸上受热”。所以，儿子才这样隐忍，说什么也不肯吭一声。儿子啊，你喊吧，你叫吧，什么情感都需要宣泄啊，什么情绪都得有个出口啊！谁会笑话你呢？谁又会笑话如此承受着人间苦难的人呢？
>
> “天天啊，难受你就喊吧，”史阿姨连连劝道，“别憋着……喊出来，就能好受一点儿。啊，天天……”

爸爸的文字戛然而止。他也许是写不下去了。

终于，这一轮最凶猛的高烧，在持续了整整21天以后，开始退却了。一系列的药物也许都有作用——犹如吃3个馒头饱了，前边两个也有用——然而我更相信精神的力量。

书上说，发烧是人体抗御细菌侵害的自卫，那么，我就是打赢了反击战！

主治医师连连称赞："奇迹，真是奇迹！"

我今天讲起这些过去的事，并不是想唤起你对我的同情，也不是想让你觉得我有多么刚强，那对我已经没有意义；我也不是单纯地想让你了解苦难，使你更加珍惜你的幸福；当然也不仅是想让你"祸水未来先垒坝"，防微杜渐；而是想让你了解一下病痛者，知道我们还有这样的同类。正是他们的存在，正是因为他们的疼痛，才为医学科研和医学临床解决我们更多人的防痛、减痛、镇痛，乃至无痛——提供了可资参照、借鉴和研究的范例与经验，我们应该尊重他们的价值与存在。自然，为他们做些什么，更是人文关怀与人道精神的体现。

五　给别人的快乐

在那些苦乐相伴的日子里，我常常会吟诵普希金的诗句：

一切都是瞬息
一切都会过去
而那过去的
将变成亲切的怀恋

每当这时，就会有一种曼妙而温馨的情韵，像一缕缕裹着草木与江水的气息，穿游在我的思绪里。于是，平静的内心就会轻轻地荡起一波波涟漪，那种感觉如云如雾般久久萦绕不去……

腊月二十九（这年的除夕）了。

妈妈去大走廊用IC电话机给单位打电话。

爸爸在床边翻着一堆报纸，弄得稀里哗啦地响。

我站在病房的窗前向外张望，不知怎么，觉出爸爸好像有点心不在焉，于是回身招呼他：“爸，你看……”

“怎么啦?”爸爸一激灵!

我指指窗外：“你看，这多像咱们家那的松树上，还没完全融化的一片片白雪啊!”

爸爸走过来瞧一眼立刻说：“像，真像!”

看来他不是敷衍我，你看，他睁大了眼睛，直直地看着，那么惊喜，显然被我的情绪感染了。

北京一直没下雪，那“白雪”又是怎么回事呢？呵呵，是楼上的孩子在投纸飞机呢！一架架纸飞机纷纷落在窗前的大雪松树上了，大雪松树那一片片硕大的枝叶就全成了停机坪，层层叠叠地落上了雪白的“飞机”——远望着，真就像早春时节松树上残留的片片白雪!

飞机还在不间断地一架一架降落，落在不同层面的停机坪上……我惊异：这孩子的飞机怎么这么多?

“没准儿啊，”我对老爸说，“是楼上的孩子，为了记下自己住院的天数，就一天叠一架，一天叠一架，然后，在出院这一天一块儿放飞的呢!”我好像给自己的话感动了，禁不住又说：“过年，又出院回家，我都替他高兴!”

爸爸没出声，只是默默地点头。

望着若有所思的爸爸，我笑笑说：“我看呐，咱们也可以给这个房间来点节日气氛，反正就咱们自己。”

“好哇，”爸爸显得异常兴奋，“咱们想一块儿去了!”

“看你们爷俩乐得!”妈妈回来有一点担心，“不知道医院会不会……想想，倒也没什么。”

当爸爸从街上捧着流光溢彩的节日饰品回来的时候，病房里正响着春天的歌：

> 春天来了/大地在欢笑/蜜蜂嗡嗡叫/风儿吹动树梢/啊，春天来了……

老爸看看我，又看看小收录机，那神情就跟在家忙活过年的时候一样兴奋!

开始布置吧!

“我看呐，那‘福’字可以贴在门对面的窗户上，无论大夫、护士，一进

来就能看到，那‘福’就算送给他们了！”

“这主意好！”妈妈说着，“啪”地就把一个“福”字倒粘到窗玻璃上了。

一家人一通忙活，再看，哈！真喜庆：五彩对称的一对“小龙”，在结着一层薄薄霜花的窗玻璃上眉飞色舞，提挂着“恭贺新禧”、“恭喜发财”的条幅逗着人笑；穿着金边红衣的8个“春娃娃”在吊瓶架上悠悠然地荡着春风；大大的红底金“福”，在门上，在窗上，在床头上洋溢着新年里的新希望；火红的杜鹃花让那一面墙一片光华……“白色世界”一下子变得红彤彤、金灿灿的了！

突然想起春联儿来……

我们家呀，年年春节必得贴春联儿，春联儿的词儿全是自己写，自己写的词儿啊，全是自个的心思！

“天天呐，”爸爸忽然说，“还得写副春联儿啊，这没法贴，到时回去补上……怎么样？咱俩一个出上联儿，一个出下联儿。”

嘿，知子莫如父！我笑了。

“哎，去年的春联是什么来着？……”爸爸歪着头想了一下说，“哦，去年是：金虎留福福运安康久久久，玉兔纳财财源喜乐长长长。”

多少有点惆怅，去年是承虎转兔的一年，那时候我刚刚康复，幸福重又回来，我还跟爸爸在一起探讨如何“创业致富”，因此就照这意思写的春联儿。赶上1999年，还用上了那么多“久”，那么多“长”，那里面，又有着我们多少祈盼啊！我深深地呼吸一下转移了注意力，说：“行啊！那我就出上联儿吧。”说着我就用手指在被子上比划起来……

“好啦！”我很快想出来了。我不像老爸，他写春联儿是，“为安一个字，耐得半宵寒”；我呢，有创意是好，对心思就行！

“说说，给我启发启发！”

“呵呵，”我笑笑，摸摸脑袋说，“我的上联儿是，‘新年新纪元小添新希望’。今年是新千年的开始嘛！”

“好，”老爸的眼里立刻放出光芒，“真的好，把自己名字也嵌进去了，不错！‘小添’，要一点一点地增加，让希望时时都有。新千年，新纪元，新期盼都说进去了，有新意，还喜洋洋的……我的下联儿呢，再来点福气？运气？可还有点没想好。”

我心里笑：净顾着做父亲的面子！

“当爹的，跟儿子还有什么可讲究的。”妈妈在一旁念叨。

“那就说说？”老爸好像有点拘谨，“看这样行不行：‘好人好福气大有好运程’。‘好’对‘新’，‘大’对‘小’，‘小添’对‘大有’。就是觉得后面俩字不太适合，可一时也想不出别的。”

“还行吧。意思到了。”我笑笑说。

“这又不是给人看的，对自个心意不就得了嘛！”妈妈倒讲实际。

由此就有了这副暂时写在我们心里的春联儿：

新年新纪元小添新希望

好人好福气大有好运程

新春联儿让喜悦升了级，妈妈立刻说：“今天中午，咱们好好改善改善伙食！”

“抢救室变样了”，像一阵春风吹遍了疗区！

医生护士们纷纷来看，还都夸上两句：“呵，真漂亮！你们想得真好！”“这回有个年样儿了！这可真是头一回呀！”

又有患友和陪患们三三两两地过来，也都要发发感慨：“啧啧，看人家，弄得多喜庆！”“过年，就该有个过年的样儿！”“咱自个儿再不找点儿乐儿，哪成啊！”

我开心地笑了，为自己又能给别人带来快乐。

第十七章
小草对大地的心情

想起了海子的诗：从明天起，关心蔬菜和粮食……

一　头语

朋友，你可能又惊异了：听说过聋哑人用的手语，海军在船舰上用的旗语，再有，就是用眼神表达意思叫目语，凑近别人耳朵小声说话叫耳语，这怎么又来了个“头语”？

哈哈，告诉你，这是我的首创！

从无菌舱出来回到家乡以后，我一直跟侯叔叔同住一间病房。我靠窗，他靠门。

侯叔叔跟爸爸同岁，人很瘦，瘦得像非洲难民。他的头发也很少，少得像被河水冲倒疲惫地躺在河床上的几根草，风轻轻地一吹，他的头发就会散落到脸上。每当这时，他都会动作优雅而坚持不懈地把它们捋顺，再送回到原来的地方。实际上，你从他的五官和眉宇间去想象他当年是怎样的英俊，怎样的神采飞扬，是丝毫不困难的。

你说奇怪不，我跟侯叔叔同住一室连发烧都“传染”：经常是我的烧刚退，他就开始烧，或者调过来。

说到这，真要感谢我的主治医师王伟，他在这间有 4 张病床的 1 号病房只安排了我们俩。因此爸妈陪护我、史阿姨陪护侯叔叔都有了可以休息的地方，因此还减少了交叉感染，在这么热的天儿又很大程度地降低了燥热。

这天，我的烧刚退了一会儿，侯叔叔就蒙上了大棉被——也烧起来了。

我看了一眼侯叔叔，心里突然一阵紧缩：他不像别人发烧那样躺着，他是坐着，一床大棉被从头顶蒙下来，整个人在里面蜷缩地坐着，身体还微微地摇晃。他的两手在里面紧紧地揪着被子，好像生怕再透进去一丝凉风。大棉被裹着他那张非洲难民似的瘦脸，两只眼睛显得更大了……此时，侯叔叔一会看看我，一会看看爸爸，爸爸正在给我洗擦汗的毛巾，侯叔叔的眼神里好像有种渴求，让爸爸帮着做什么又张不开口。他是要爸爸去找他的爱人史阿姨？可他知道史阿姨回家去取榨汁机了（要给他榨胡萝卜汁喝）。他见爸爸看不见他，又把目光转向我。突然，我意识到是怎么回事了，我赶紧冲爸爸摆摆头……

爸爸一脸的困惑。

这几天，我都是靠头部的动作来表示肯定或否定、这样或那样的意思，因为我的口腔里尽是溃疡，说话发声很不好受。可我现在的动作代表什么，他没见过，他犯寻思了。

我又着急地向窗子撇撇头。

爸爸迟疑地走过去，试着关上了一扇窗，再看看我——我笑笑，点点头。

他懂了。

我看了一眼侯叔叔，又冲爸爸向开着半边儿的房门扬了扬头。于是，爸爸又走过去轻轻地关严了门。回身再看看我——我又满意地点点头。

爸爸站在屋子中间像摄像机一样摇动着的目光看着我们，隆起的喉结紧了又紧，想说点什么，却终于什么也没说。

他后来写道：

> 我一时愣在了屋子中间……
>
> 泪水一下涌了出来，我急忙转身拭去，又瞥见了门口的老侯。只见他紧紧蜷缩在严严实实的被子里，露着瘦削的脸，可他那双大眼睛正扑闪扑闪地投过来感激——他，早看懂了一切！
>
> 两个病若游丝的人，却依然有着健康美丽的心灵！一个从不肯麻烦别人，一个用头表达着心思：就那样地一摆、一撇、一点、一扬……小小的动作，深深的情爱！
>
> 我们谁都没说话，谁也不用说，谁的心里都懂！

以往我以为儿子只是改变了我的眼光，继而，认识到他改变了我的人生态度，如今，我意识到，儿子也改变着我对事物的认知——原先我只知道有聋哑人的手语，水兵的旗语，说悄悄话的耳语……现在儿子告诉我，这世界上还有一种美丽的语汇——头语！

看看儿子，看看老侯，我忽然有了种领悟：纤弱也美丽！

感谢爸爸能有这样的描述和理解。

那以后我特别关心天气了。海子在诗里说："从明天起，关心蔬菜和粮食……"呵呵，我再给他加一句：也关心天气预报！

从那时候起，我跟侯叔叔开始用上了"头语"。一个靠窗，一个靠门，发烧和没发烧的时候都是这样：一个"管"开窗、关窗，一个"管"开门、关门。

呵呵，在这儿我也要坦言：爸爸认为我改变了他，其实，我也在改变着我自己……

二　改变自己

本来只有"魔鬼兄弟"折腾人，现在倒好，桑拿热的天气和蚊虫叮咬像两个帮凶，匆匆赶来助阵；每天夜里，还有一名成年男子定时发出的叫喊来推波助澜："哎呀……我的妈呀……疼死我啦……怎么没人管我啊……"

这刺耳、钻心的声音，在由内科楼、外科楼、综合楼和新门诊楼围起来的空旷天井里久久回荡……日复一日。

乱，简直乱到了一起。

大走廊两扇对开的大门，也不甘寂寞，总是在夜里发出"深沉的呼唤"：我住在1号病房，紧挨着大门，两扇门推开走过，必定连续响起因亲密接触而发出的"咣当"声。白天还好，两扇门被反绑在两侧墙壁的铁钩上，晚上虽然锁在一起，可哪锁得住？走廊里半截儿是心脑血管病房，因这桑拿天好像每天都有急救的，而且都发生在后半夜，又必有亲友接二连三，进进出出，于是那"咣当咣当"的呼唤声就伴随着"噼里啪啦"的脚步声，停不下来。

天天如此，不得休息，内心焦躁，想宣泄是自然的了：各个病房传出了各样的声音……但，我始终没吭一声，连议论一下都没有，因为我把自己说服了……

可爸妈觉得老这样，儿子哪能睡好觉，哪能恢复体力，哪能有精神再坚持？睡眠是人体器官和组织的自我修复。

这天晚上，天井里又回荡起撕心裂肺的叫喊，爸爸忍无可忍要去对面楼看个究竟，再跟医院反映，被我拦在了床头："爸，你别去了。他喊出来，宣泄一下，他的疼痛就会减轻一点。"

"天天，你……"月光下，爸爸的眼里似乎有了泪水，"你自己忍着疼不吭声，却容得别人这样喊叫，可医生总该管管，帮着解除痛苦啊！"

"医生是不会看着病人这样痛苦不管的。医生一定有自己的道理……也许需要计划着打止疼针，也许是家属不同意用麻醉药。"

爸爸无语，连连点头。

我没再说什么。我想爸爸应该能想到：他的儿子知道自己的痛，又怎么能不知道别人的痛呢？感同身受啊！

3 天后的下午，侯叔叔的亲友来探视，向我们传递了一个能获得帮助的消息……

实际早在春天的时候，王阿姨就告诉爸爸这个消息了，并且主动要帮忙。可爸爸觉得，非到万不得已是不能张口的：高尚的东西有时候只能仰望、远视，他觉得这事也不便跟我说。可这时候，事情明摆着了，那亲友说得又有偏差，他就觉得不得不讲讲了……

"哦……"爸爸迟疑了一下，说道，"那是长春光机学院一名叫张海星的女大学生。她在南京实习期间突发白血病，遂立下遗嘱，在自己身后把眼角膜捐献给需要光明的人。《新文化报》报道后，立刻在社会引起强烈反响，人们纷纷捐款挽救这位令人崇敬的大学生。但谁都无力回天。当她知道自己来日无多时，就再次立下遗嘱，请学校代她把大家捐献剩下的 20 多万元，用于和自己有同样遭遇、同样命运的人……"

"哎？"那亲友惊异，"你儿子不就跟她同样遭遇、同样命运吗？"

"哦，我一直觉得，这件事……"爸爸跟那亲友聊起来。

这番话让我陷入了沉思：张海星的行为无疑是非常崇高的，她又是那么的淡定、从容——让人敬仰！实际上，我也可以捐献出我的器官以至全部的身体。这对我已经不是什么问题了。也许有人以为我在唱高调。不是的。你想，我目睹了那么多死亡，又有过亲身经历，我还有什么想不开的呢？那么多人在帮我，不惜心力，不吝钱财，更有的人要为我献血，献骨髓，我又为什么不能为别人做点什么呢？能够为别人减少一点儿痛苦那将是我的快乐，这不仅仅因为别人曾为我减少痛苦。

“如果需要，我也可以献出我的一切！”憋在我心口的话一下子冲了出来。

如一声炸响，满屋子惊愕的目光一齐投向我！

大家都不说话，好像都被突然的爆炸惊得心神不定了！

我知道，他们不曾想我会这么说，不曾想我会毫不忌讳地把他们认为大得不得了的事情说得如此轻松——好像那只是向贫困山区的孩子捐几本自己喜爱的书，只是送给同学几张自己制作的光盘。

“实际想开了，”我平静地说，“人，在自己死后，还能做点儿有益于别人的事，值得。他的器官能够救活别人，不也等于他自己生命的延长嘛！”

“得了，天天，快别说这些了，妈妈听着难受。”

好，不说了。儿子这轻轻的一句，是砸在妈妈心上重重的一锤呀！

“看，还是咱儿子看得开吧！”爸爸冲着侯叔叔的亲友显得很轻松地说。但我知道他也是想转移话题。

“哎，这孩子多仁义，心胸多宽……”那亲友不住地称赞。

许久，我在心里轻轻地说：“草木有本心，这是小草对大地的心情啊！”

夜深了，我依然难以入睡。不是因为天热，不是因为“魔鬼兄弟”，不是因为“哀叫”和“呼喊”。这几年人们帮助我的情景，又在我的脑海里像放电影一般放映起来……

三　祝福

“快了，快了！”透过大玻璃，我看到墙上的挂表指针正指向4:45，我急忙坐起来，蹭下床，拿起昨晚赶制的东西向外走去。

这是5月27日凌晨我在无菌舱里的情形。

“这个早晨注定是美丽的，”我心说，“因为今天很特殊！”瞧一眼手里的东西，我舒心地笑了！

昨晚，我的吊瓶照例又打到了后半夜。这不仅因为怕心脏受不了，滴得慢，还因为不同的药中间必须间隔两小时。所以，我感觉自己只是眯了一阵儿就起来了。不过，也是真睡不着，这会儿心还怦怦跳呢，又跟童年似的，像怀里揣着活蹦乱跳的小兔子！

再瞅瞅表：哈，5点啦！不能再等了！否则，护士小A该醒了！

我把精心准备的东西藏在身后，偷偷溜出舱，朝右一看，只见小走廊的尽头，小A正和衣而卧，难为她这么用心照看我。我蹑手蹑脚地越过我不该越过的小走廊，大气不敢喘地来到小玻璃窗下，踮脚一看，妈妈正趴在窗下的护士桌上睡着，她刚刚被特准进入无菌舱的隔离间陪护我。妈妈太辛苦了，一夜一夜就这样趴在桌上度过。

"当当"，我轻轻地敲了两下窗玻璃。

我确信这声音，能够让窗下的妈妈隐约听到，而绝对不会惊醒远处的值班护士。

谁知，响声刚起，妈妈就一下跳了起来……

"哎，还是不够轻，吓着妈妈了！"我心里感叹，"也许再轻的声音，对妈妈都像拉警报！无菌舱里发生了多少惊心的事儿啊，那位血液科医生不还摸电门自杀来的吗？"

妈妈惊得脸煞白，站起来看见了我，立刻露出埋怨的笑。

可妈妈的笑意就像罩着月亮的一抹浮云，马上就不见了。怎么？因为我脸上的神秘她心里犯嘀咕了：儿子干嘛这么神秘兮兮的？有什么秘密要告诉妈妈？关于药？关于移植？又听护士议论什么来的？

妈妈突然惊愕得张大了眼睛，急急地指指我脚下的小走廊——那是我绝不应该跨越的隔离带，是禁区。

可她看出她的儿子根本不在乎，又惶恐地踮起脚向玻璃窗里小走廊那头望去，她也唯恐惊动了护士。马上她又扭回头，急得打起了手势。

妈妈的脸上写满了惊疑，惊疑中透着忧虑！她罩满疑云的眼睛似乎在问："儿子啊，你到底怎么啦？是值班护士对你不好？是你觉出给你用的药有问题？还是你有什么事不便让护士知道要赶紧告诉妈妈？可是不对呀，咱们的联系不是靠对话而是靠写信啊，昨晚你不刚传出信来么？又有新的需要，等不及了？那也不至于这么一大早……"

我背着双手靠在门边，脑海里不断闪回着小时候给妈妈制造的惊喜，禁不住直想乐。我的神秘随之变成了微笑！

妈妈的神情更诧异了！我猛地把藏在背后的东西"刷"一下展现在她的眼前……

妈妈顿时惊呆了……

通过爸爸每天传进来的信，我已经知道：连日来妈妈就差把自己送到这隔离舱来跟儿子一起承受"清髓式"化疗的痛苦和孤独了：她费尽心思去弄

可以升白血球、我又爱吃的伙食，可往往我一口也吃不下又传出来，她只好合着泪水默默地咽下那因高温蒸煮了两个小时而变成烂泥一样的饭菜。小窗口成了她的岗位，她就长久地站在那儿守望着。营养的匮乏与休息的不足让她浮肿了，脚穿不上鞋，腿一摁一个坑。心急，借的自行车也丢了。上火，牙床又肿了起来。我在无菌舱的日子一天天在增加，妈妈的体重却一天天在下降，20 天就已经下降了 28 斤……

妈妈那黑瘦的样子让我想到了小刘福的妈妈，心里顿时辛酸不已！就这样，当妈妈的哪还能记得自己的生日啊！

可是妈妈呀，您的儿子给您记着呢！

亲爱的妈妈，这些年您为儿子付出了太多。儿子都是大男孩了，可起居换洗，大事小情，您都事必躬亲。儿子突然吐了，您会毫不犹豫用双手接着那泛着绿沫儿的黏糊糊的东西而任凭儿子继续吐，接不下，就把自己的上衣掀起来兜着……在您的眼里没有脏，没有累，没有难，只有无尽的爱！您从外面回到病房，不管当着多少人，也要捧起儿子的头在脑门上亲一亲。儿子感到难为情，您却从来不改变，您让儿子只觉得温暖，只觉得受鼓舞，只觉得必须挺直了脊梁才能不辜负，只觉得将来一定要让妈妈过上好日子！您从来不干涉儿子的学习和娱乐，而只有信任和鼓励："我们儿子就是最好的！"在您的脸上我看不到悲观、无望、哀愁，只有对儿子的欣赏、信任、赞许。在这个世界上，我没有谁也不能没有妈妈啊！可是妈妈，您让儿子有过那么多快乐的生日却连自己的生日都不跟儿子说……儿子这是第一次给您过生日，却是用这样的方式。

妈妈泪眼婆娑，盯着我手里擎着的恐怕是世界上最简单的生日贺卡——一张白纸、用圆珠笔扭歪地钩出七个大字："祝妈妈生日快乐！"又斜着写上："Happy Birthday to you！"——可此时在妈妈眼里，这是世界上最珍贵的生日礼物了！

"好儿子！谢谢你，好儿子……谢谢你……"妈妈的口型告诉我，她接受了，她领会了！

可妈妈的眼里还有疑问：在与世隔绝的无菌舱里，你又是怎么算出日子来的呢？你的右手和胳膊还肿着，还疼着，你又怎么写出这样的美术字呢？妈妈呀，您忘了吗？您的儿子不是自从右手被弄坏，就开始用左手写字、吃饭、敲电脑了么？如今，儿子几乎可以用左手做一切的事情了！我扬起左手朝妈妈摆了摆……

妈妈呀，您的儿子还要告诉您：他刚刚从梦中醒来，他梦见了美丽的蒲公英，看见她的孩子在风中飞了起来：一个个“小小人”撑着“小小伞”，轻盈地飞着，向着远方的家，向着诞生的地方……他惊异地看见有一个“小小人”变成了自己，他惶惑起来，他想起了妈妈，他努力向下望，下面云雾缥缈……

想来，这是我这个做儿子的第一次，也是唯一一次，最后一次给妈妈过生日。

四　香烟情结

张岩姐姐说，我对妈妈的表达总是那么热烈而直接，对爸爸的表达却挺含蓄，挺幽默的。想想，有道理，从我们父子的“香烟情结”就可见一斑……

还在我上小学的时候，爸爸就张罗戒烟，还请我监督。

哼！我听得耳朵都起茧子了，也没见他戒成！

可当儿子的又有什么辙呢？旁敲侧击，逗逗乐子吧！

“爸，我看呐，”这天我笑嘻嘻地说，“戒烟需要意志，所以你戒不了。”

“嘿！”爸爸一听乐得拍大腿：“你这话还跟省略小前提的‘三段论’合上拍儿了呢！”

我先是一愣，马上知道他正在学《形式逻辑》，所以学以致用了！

“天天，你知道你这个三段论的句式吗，应该是这样的：大前提，戒烟需要意志；小前提，你没有意志；结论，所以你戒不了烟。哈哈哈……”爸爸又一通大笑！

哈哈，歪打正着！可也别说，我的“三段论激将法”还真刺激了爸爸，他马上顺着我的话来了：“烟能不能戒，是个意志问题也是个认识问题。抽烟嘛，好处虽然挺多，但坏处也不少：咳嗽，气喘，还呛人，污染环境。得，明天戒烟！请儿子监督。”

“还有好处？请我监督？”我笑了，笑老爸真逗，每次戒烟都弄出点名堂来！

可是我都上中学了，爸爸的烟还在抽，还在戒，还在抽……

而且戒与抽的转换，那个快，朝令夕改！这天早上他跟我说不戒烟不行了，费钱，费事，费心……可晚上下班回来就跟我道歉："天天呐，不好意思……明天筹备会议要写材料。写材料哪能不抽烟呢，哪个材料不得靠烟熏呢？不好意思了，啊。"

真令人啼笑皆非："您这不是顺水推舟吗？不是借坡下驴吗？不是新壶装老酒吗？让我监督了这么多年，您老人家不是该抽还是抽吗？"我心里嘀咕着，呵呵，可一句也没敢说出口！

爸爸写的《戒烟》一文，可谓不打自招：

> 戒烟嘛，在家倒可以马马虎虎，儿子也不跟老爸较真。可在单位就不行了……
>
> 单位戒烟多由打哈凑趣开始，"东风吹，战鼓擂，戒烟谁还能服谁？"于是"声明"跟着"宣言"，连着"保证"，戒得惊天动地，满城风雨，尽人皆知，还得要美其名曰："接受广泛监督。"更要表现出点气度：烟缸、烟盒、火机、火柴通通上缴，大有戒它个"天翻地覆慨而慷"之势！可是断了烟，就丢了魂儿，坐卧不安，饮食无味儿，觉都睡不踏实。可还得写材料呢！愁人呐，都成习惯了：写不出冥思苦想得抽，写出来自我犒赏还得抽。更要命，先进单位，参观学习者络绎不绝，来的都是客，不请人抽烟不是慢待了吗，请人抽你不抽不是假模假样吗？看看左右，紧紧鼻子咬咬牙：为了出文章，为了集体荣誉，管不了那么多了……群众的眼睛是雪亮的，你说话得是算数的，逮住你了，"奖惩条例"立马兑现——请大伙吃饭吧。饭桌上还得自圆其说："接待客人，抽支烟也显得浑和；再说了，接受贫下中农再教育抽起的烟是跟那个时代的联系，也是个纪念嘛！所以，戒烟还是不能操之过急，否则降低工作效率，影响集体荣誉，弄不好还能闹出神经官能症！哈哈哈！"

哎，这老爸呀，要戒烟有1000个该戒的根据；要抽烟，有10000个该抽的理由！烟戒不成吧，还愿意跟监督的人逗趣："哎，天天呐，"这天，爸爸一进门就自嘲道，"老爸戒烟出了名，工会你王大爷给出了副'戒烟联儿'。"爸爸边念叨边写给我：

> 上联：常戒长抽常常戒；
>
> 下联：长抽常戒长长抽；

横批：常戒长抽。

“呵呵，有意思，‘长’与‘常’，音同字不同；‘长长抽’，‘常常戒’，‘抽’胜于‘戒’，太切合实际啦！”我乐不可支，“爸，我看呐，你应该用大红纸写幅‘小对联儿’，压到书桌玻璃板底下，常看看，多有意思啊！”

“哎……嗨，逗起老爸来啦？”爸爸刮了一下我的鼻子。

我病了，爸爸抽烟有所收敛了，怕烟呛着我。

那年腊月的一天，我见他躲到结满冰霜的平台上抽烟，冻得哆哆嗦嗦，于是招呼道：“爸，您进屋抽吧。平台上多冷啊！”我见爸爸感动得眼圈都红了，又笑笑说：“我没事儿，我也需要增强抵抗力嘛！”

“嘿，你小子，”爸爸哭笑不得，“还幽老爸一默呢！”

我上大学了，住校了，这下可“解放大老K了”，家里又烟雾弥漫起来！

我复发又回到了家里，爸爸发狠了：“壮士断臂，戒！”

下面是我听他讲给记者的故事……

“呵呵，抽完什么烟再戒，才能不枉抽过一回呢，30年老烟民了。选来选去，最后，选定了‘长白参’，一块七一盒。为啥？打有这烟就抽这烟，换什么都不对味，都不够劲儿。不是常接待客人吗，客人递上‘三五’、‘万宝路’，我就跟人家逗趣：‘支持民族工业抽我的’，非让人家抽我的‘长白参’，还要加上注解：地方特产，是好烟，抽吧。……呵呵，这时候，我更觉得自己就是抽着‘长白参’，陪儿子顺顺当当走过了化疗这些年的，非君莫属！然后，选日子吧：哪一天戒，才能戒得念念不忘呢？多少次功亏一篑，说明太随意了，那不行！对，澳门马上要回归，就这天啦！12月19日23时59分，电视里交接仪式扣人心弦……我点燃了最后一支‘长白参’……”

呵呵，那一刻被我看见了：

19日23点59分，爸爸把烟卷点着就没离开嘴，紧着抽，红火头一下一下不停闪，不停亮。伴着倒记时——20日零时零分——国歌奏响五星红旗升起前那一瞬，爸爸从嘴上猛地拿下半截烟卷，使劲儿拧灭在烟缸里，然后挺起胸，长长地呼出了一口气。我觉得他的样子真的像一个庄严的告别式，又像一个新的开始。

然而，3个月后又是功亏一篑。爸爸在《戒烟》一文里又写道：

夜灯昏黄，万籁俱寂。我跟天天妈在病床两边给剧烈骨痛的儿子按摩。一会儿妈妈就困倦得闭上了眼睛，成了“盲人按摩师”。片刻，瞌睡又让她开始“磕头”。她的头一次又一次地砸下来，砸在儿子本已疼痛的腿上，她又一次又一次勉强抬起头……随着妈妈的头砸下来一次，儿子就疼得抖一下，可他硬是咬着嘴唇不吭声，泪水在眼圈里打转，说什么也不肯掉下来。真不知他是自己疼还是在疼妈妈。我连连眨眼，连连摆头，竭力阻止泪水流出来……

好儿子，他看懂了爸爸，替爸爸摇醒了“盲人按摩师”……

我躲到大走廊，一任泪水倾泻。然而，我依旧不能抑制内心那一波一波排浪般涌来的悲凉，终于，我不顾一切地奔向医院墙外的烟摊儿……

看了这一段文字，我心想：“爸爸呀，您的儿子再也不跟您提戒烟的事儿了！”

从此，爸爸的烟不可阻挡地又抽起来了，用他的话讲，是“反攻倒算”了，而且“水涨船高”。

是啊，在北华大学医院的日子，他一条烟，三四天就抽完了！那时，他在昼夜兼程地赶写《痛苦中阳光照耀》的文章，为了我的心愿，为了感谢社会各界。看着他在忙，我的耳边总是回响着他的话：“哪篇文章不是烟熏出来的？”这天，恰巧看见他敲着敲着键盘就“磕头”了，于是，我轻轻地招呼道：“爸，您该抽支烟，歇一会儿了！”

“嗯？”爸爸一激灵，晃晃头，跟我的目光一对，眼里竟一下子盈满了泪水……之后他写下了一段文字：

我又看见了天天那清澈而深切的目光。从这样的目光里可以看出一个儿子对父亲的全部的爱和忠诚！

可是儿子啊，你自己那么难受，为什么还要来心疼爸爸呢？可你一定不会忘记那“三段论”，一定不会忘记那“小对联”，一定不会忘记“我也需要增强抵抗力”吧？

儿子啊，我懂，爸爸懂你……

这是让我心颤的文字。

我看得出，爸爸也羞于表达，也要寻求文字的帮助——言之不足，书之。这一点我们父子挺像！

事情最终还是有了一个好的结果：爸爸在写我未能如愿写成的书稿时，断然把烟戒了——没有“声明”、“宣言”，没有我的监督，可爸爸对妈妈说远在天堂的儿子的“三段论激将法”最终还是发挥了作用！

现在，红夹子里不仅夹着“三段论激将法”，夹着“小对联”，还间或夹着一些照片：看得出爸爸挺用心，因为每一张照片的背后都有一个独特的鲜为人知的故事……

第十八章
颠覆了我的观念的人：王雪纯

隔着小玻璃窗，我依稀地看见她朝我连连摆手，眼里泪光闪闪。

一个电话，颠覆了一直束缚着我的观念……

一 绝无仅有

这张照片，无论怎样都注定是独特的，绝无仅有的：你看，我跟她居然是这样在交谈：面对面，4 米间隔，中间没有任何屏障，可是谁都不能再向前一步……

不久，我走出了这个空间，才从妈妈嘴里知道了之前发生的事情："你爸爸正在写信，我正在跟小 A 聊你的情况，门，突然悄无声息地开了！"妈妈的脸上依然带着欣然的惊愕，好像事情正在发生，"我抬头一看，是王瑛，王医生！她怎么突然来了？之前没一点消息？呵呵，都怪你爸，先接了电话也不告诉我一声，他总是想制造意外惊喜！可是，紧跟着进来的人却让我蒙住了：太眼熟了，可又拿不准，不敢打招呼。亏得王医生赶紧介绍，要不让人家多尴尬呀……"

朋友，你肯定知道那个人是谁。因为我猜你看过《正大综艺》……对喽，她就是那位让你知道"世界真奇妙"，请你"猜猜看"的欢快聪颖的主持人——王雪纯。

"对荧屏上的她，我是熟悉得不能再熟悉了，"妈妈做了一个有趣的表情，

“可现在她走下了荧屏，走进了医院，走到了我面前，我还真有点认不出了。为什么，她一点没化妆，穿着跟学生服一样的背带裙，显得那么年轻，而且一点也见不到荧屏上那欢快的神情。我的心里直敲鼓：这就是那个大气、爽利的王雪纯？这就是那个‘星光杯’、‘金话筒’的双奖得主？这就是那个家喻户晓的名主持？”

“呵呵，我跟你一样，”我说，“我第一眼见到她心里也疑问：她怎么跟荧屏上不一样了呢？可马上就想明白了！”

“妈可没儿子反应快！”妈妈打个岔，接着说，“她跟我们极简单地打个招呼，就来到小玻璃窗跟前，在窗子一角朝里面静静看了几秒钟，随后就在走廊上来回走着琢磨开了，一边走还一边自言自语：‘怎么才能和小添聊聊呢？’无菌舱外面的小走廊就这么三五米长吧，”妈妈用手比量了一下，“她就在那一小段距离上走来走去，凝着眉头，两手抱在一起抵着下颌，眼睛盯着水磨石地，好像周围没有任何人。虽然我跟你爸还有王瑛阿姨就站在旁边。呵呵，在陌生人眼里，还以为这人在观察水磨石上的花纹呢！”

“您真会联想。我在里面一点儿也不知道外面发生了什么。刚发过烧，挺疲惫的。我正在翻爸爸下午传进来的《青年文摘》，直到无菌舱的门突然打开……”

“你是注意力太集中了！”妈妈夸我一句，接着说，“王雪纯走着走着忽然站住，两手在胸前轻轻一击：‘唉，这样行不行，把我和王医生的手机拨通，一部我拿着，另一部用医院的消毒巾包好，请护士传进去交给小添，我跟他在电话里聊聊？’她的眼睛在问我。我心里忽地一热：她这么执著，还想出了这样的高招！可我心里马上又凉下来：之前，你爸为了把那台借来的笔记本电脑给你拿进去，伤透了脑筋，最后还不是不行吗？我一时不知该怎么回答，赶紧把目光转向你爸爸。”

“呵呵，你爸爸搞接力，把目光又投向护士，护士看看你爸爸，又看看王雪纯，脸憋得通红，抿着嘴半天没出声。我猜，她不光是见着王雪纯激动，而且是觉得这事太特殊了——用消毒巾包着没消毒的手机？跟无菌舱里的人交谈？墙上可贴着斗大字的《无菌室守则》呢！孙小添的情况又是那样……猛然，她摇起头来，摇得像拨浪鼓：‘可是我……我实在不敢作主啊！’王雪纯体谅地说：‘那就等等吧。’把值班大夫等来了。值班大夫那个亲热呦，抓着王雪纯的手臂一个劲儿地摇晃，我以为那就是行了呗，可她随即也摇头：‘真不好意思，实在对不起……’王雪纯依然笑着坚持：‘那么，谁还能作主呢？’”

“换别人，”我打断妈妈感叹道，“碰到医生护士这样的态度就不会再坚持了。”我向上扶一扶眼镜，“王雪纯大概没想到，这里的无菌舱建得早，对人的精神需要没有更多的考虑，因此没有可供里外的人见面通话的设备。”

“很可能。”妈妈说，“可是，这并不能动摇她一定要跟你直接谈谈的想法！她决定等病房主任来……哪想，病房主任来了，却发出了打开无菌舱的指示……”

我当时正被眼前突然出现的情况惊愕着呢，一个甜美柔和的声音就飘了进来：

“小添，你好！我是王雪纯。”

“噢！”我惊喜得叫了一声：那是她习惯的手势，《正大综艺》里经常能看到的——手抬到肩头那样的高度，很用心、不快不慢地摆动着；那是她特有的笑容，眉宇舒展，嘴角上弯——这笑容不知感染了多少人！我的喉咙一阵发紧，眼睛也湿润了，连忙撑着要坐起来……

你可能要问：你干嘛这么激动啊？

是啊，仅仅因为看见了喜欢的主持人？显然不是。仅仅因为那通向自由的大门第一次打开就看见了这样亲切的面孔？也不尽然。让我告诉你：她是我的大恩人。是她，为我联系了台湾骨髓捐赠中心并获得了供髓承诺；是她，为我的30万元移植费锲而不舍地奔走呼吁而最终落实……

王雪纯见我费劲地要坐起来，急忙说：“快，快别坐起来……哎，就这样半躺着，行吗……”

“没关系，没关系。”我执意坐直，可以平视地看着她。

“那好，就这样。我能看见你就行了……咱们终于见面了。其实，我早就认识你了，看过你的照片，看过对你的报道，知道了你的事迹。”

“您过奖了，”我赶紧说，“我谈不上什么事迹。王阿姨，您快别这么说。”尽管王雪纯看上去那么年轻，可基本的尊重让我觉得还是称她阿姨比较好。

“实事求是。”王雪纯认真地说，“原来我想过几天领着台商一起来，结果今天王瑛医生约我，就提前了！”

噢，王瑛阿姨也来了？我的心里涌起了一股热！可王雪纯竟然还要领着台商来，那些台商都是给台湾慈济会出资的慈济人：就是说慈济人要来考察，就是说王雪纯还在为30万元移植费奔波……什么叫执著？什么叫真诚？

什么叫尽心竭力？一下子全明白了！

“现在还疼吗？还发烧吗？”她轻轻地问，感觉像是在抚慰幼儿园里的小可怜儿，让我有点不好意思了。你想啊，我都是大学生了。

“咱们就这样聊一会儿，不碍事儿吧？”

“不碍事，不碍事。”我马上说，也努力表现出轻松，让她放心。虽然刚刚从发烧的状态中出来。

“一个人待在无菌舱，跟外界隔绝，还隔绝了这么久，一想就知道有多寂寞，多难熬了，”她快速地眨着眼睛好像在阻止泪水，“可是，你都熬过来了。听说化疗的强度特别大，可你从来不叫苦，也从来不喊疼……”说着，她的话音变得快而高起来，甚至还挺欢快的，“大家都非常钦佩你。看到你现在的精神状态这么好，真让人高兴！到底是大学生，到底是学生会干部啊！也怪不得王瑛总夸你！对了，她还说你是电脑专家，那你也愿意玩电脑游戏吧？”

好嘛，王瑛阿姨总夸我，可这番话也真碰到我兴奋的神经上了。一个早上睁开眼睛就敲电脑、晚上从电脑桌爬上床的人，一个曾经跟电脑里各路游戏擂主、棋牌高手频频过招屡屡获胜的人，一个一下子离开电脑半年再没碰电脑游戏的人，此刻该是什么心情？我脱口而出：“非常愿意！……不过，我称不上电脑专家，那还差得远。”

“呵，小添还这么谦虚呀！”她嘴角一扬笑了。气氛顿时热烈起来……

“那你最愿意玩什么游戏呢？”

“《足球96》、《命令与征服》、《三国群英传》……”我有点不客气了，滔滔不绝地说起来，说起各个游戏的特点，停都停不下了，就像长久没有使用过的水龙头猛然打开，哗哗地流淌。

“这个我玩过，速度特快，就是手有点儿忙不过来……噢，这个难度大，但特有趣，让你放也放不下！……这个形象设计挺好，就是情节有点不对头……”

她太自然，太随和，太让人感到亲切了！她的两只手臂就那样随意地搭在一起，轻松地合在胸前，或者垂下来很优美地反转着合在一起，就跟她在《世界真奇妙》中徜徉于澳大利亚黄金海岸，漫步于意大利圣彼得大教堂的时候一样自然、随和。在她身上，找不到一点凌人盛气和自负清高。

“我看过你写的文章，文笔多好啊！听说你还打算在病房用电脑来写书。我真得好好学习你自强奋斗的精神啊！”

她又换了话题，但始终没离开我感兴趣的事儿。可她热烈的语言、热烈的目光让我的脸发起烧来，烫得不行！我有点着急地说："王阿姨，您实在过奖了。"我觉得自己的脸又红了，"您才值得我们学习呢！您为了广大电视观众的欢乐，作出太大的贡献，就说那些野外拍摄，得冒多大风险，得吃多少苦啊……为了像我这样的人，您又不知操了多少心！"

"好啦，小添也别这么说了！"她笑了，脸也红了。

"可是，借来的笔记本电脑坏了。"我转回到刚才的话题，"您猜怎么着？"我心里忽然笑自己，怎么用上跟老朋友说话的口吻了，"那台笔记本电脑正好是东芝的。东芝电脑最近不是出事儿了么，软驱有问题，正在打官司。说是日本只给美国消费者赔偿，却不管中国消费者。实在不公平！"我觉得自己气愤得有些喘息，停了片刻说："但，那电脑毕竟是拿给我以后坏的。我还是感觉挺惭愧。"

"得，把我的笔记本电脑拿来给你用吧，新的。"

她的笔记本？新的？——还没等我反应过来，她的声音高扬起来："我那可是 IBM 的啊，软驱没问题！"说完，她自个儿先笑了！

她多风趣呀！我心里感叹，可也惊讶：她能舍得？她不在乎？那可是要经过高温或其他什么方法做无菌处理的呀！王雪纯只管说，自然没法顾着我怎么想，那口吻，就好像她的笔记本已经拿到无菌舱来了似的……

"小添啊，电脑放在这儿，想写作就写写，想玩游戏就玩玩，别约束自己。咱们不是在学校，也不是在学生会，又不要给谁做表率，干嘛那么严肃。对不对？"

跟她的主持风格一样，总是想调动大家来参与。

"王阿姨，您说得对。只是您的工作更重要，电脑对您比对我的作用要大得多，所以应该您留着用。"

"就这样吧，"我看到她故意板起了面孔，"咱们别争了。我用电脑的工作可以在台里完成，一点没关系，一点不受影响。"

"那……电脑可是要经过无菌处理的呀！"我终于说出了自己的担忧。

"你爸爸会处理好的！"

好嘛，兵来将挡，水来土掩！我心里一乐：老爸他有这本事？

"我们的大主持啊，"突然，她的背后传来了病房刘主任的声音，"您真是让我感动啊！您那么忙，还这么关心我的病人。要知道，您现在的作用，绝对胜过我们医生，我得好好谢谢您呐！"转而，这个老家在东北的主任又风趣地说："可是，您都快主持一场《正大综艺》了！"

"谢谢您的优待，"王雪纯朗声笑道，"快了，快了。"

那边，主任医师向护士和护工发出了关闭无菌舱的指示。

无菌舱的门在慢慢关闭着……我看得出护士的动作那么慢，好像很不情愿似的。

王雪纯用一只手撑着门框，一只手推着门，努力减缓着门的关闭速度。

此时此刻，此情此景，任谁都会以为那无菌舱里的人是她的亲人，任谁都会觉得她还有无尽的话要对她的亲人说，任谁都会觉得她跟她的亲人由此分开就可能再也见不着了！

"小添啊，坚持，坚持就是胜利，你已经创造了奇迹，你还将创造奇迹！"

"我们大家都要向你学习，你像桑兰一样坚强，你是同病魔斗争的勇敢战士，你是真正的英雄啊！"

我的脸在发烧，我的心在颤抖，我哪承受得起这般的赞誉啊！

门，坚决而不可阻挡地在我和她中间合上了！强烈的、不可节制的、最后告别一样的情愫袭上心头。

隔着小玻璃窗，我依稀看见她朝我连连摆手，眼里泪光闪闪。

二　开心果

午夜11点，电话欢快地响起来……

"能是谁呢？"

又是惊喜：王雪纯！

"我已经把我的笔记本电脑格式化了……安装了正版的Windows 2000，划分了文档、游戏、音乐、软件4个区，装了20个游戏，准备了10张娱乐片光盘，明天中午……11点吧，我送到医院去……"

如此言而有信，如此雷厉风行：下午才提起，晚上全落实！我是学电脑的，我知道完成这一切该多费事，多费时。而这，又出自怎样的责任心呐，把自己的爱人也动员起来一起忙；又准备了那么多娱乐的资料；她，还要亲自送到医院！

然而，惊喜是接连不断的，是各不相同的，就像焰火晚会上燃放的五彩礼花……

回到家乡，我接到的第一个由外地打来的电话竟然是她的；

病房里的生日蜡烛即将点燃的一刻，她的祝贺电话竟然也打到了病房；

中央电视台刚报道了“我国科学家成功应用基因技术揭示了××白血病的基因调控网络”，她就第一时间给我发来了传真；

她，还送给我一盘奇异的“开心果”呢……

现在我一闭上眼睛，依然还能听见那欢快的乐曲，依然还能看见那逗人的情景！得，别听我绕弯了，这是一部让人“乐得合不拢嘴”的片子！

好，我们一起来欣赏欣赏吧：

爵士乐震耳欲聋。

集市上人头攒动。

随着无比欢快的节奏，一队大象出现了，哦……后面还紧跟着一头很小很小的小象。顽皮的小象踏着小碎步尾随着，用它的小鼻子缠着大象的长尾巴，欢快地摇头摆尾，好奇地东张西望。大象个个威武雄壮，一副雍容自得的神情，迈着悠然轻快的慢步，像是被邀请去参加什么庆典似的。

路旁，一些人停下手头的活儿，看着这支顺街而行的庞大队伍。人群中前排有个俏皮的小男孩，身穿艳丽的小马甲，鼻子周围长着逗人的小雀斑，正不停地往已经鼓鼓囊囊的嘴里塞着巧克力呢！

小象瞧见了小家伙。不，是瞧见了小家伙塞向嘴里的巧克力！

小家伙毫不犹豫地掰下来一块巧克力，伸长着胳膊，招呼小象。

哇！诱人的奶油、可可的香味儿直往鼻子眼儿里钻！谁能禁得住这么甜蜜的诱惑呀！

小象乐得，屁颠屁颠地跑向小家伙。可是，一条水沟挡住了它。

沟这边是笑嘻嘻的小家伙伸长着胳膊，手里捏着香甜的巧克力；沟那边是流着口水的小象，使劲伸长鼻子去够小家伙手里的巧克力。小家伙的手臂在向前伸，小象的鼻子在向前够。啊，差一点点就要够到了！小象调整一下姿势，准备再努一把力……

突然，小家伙手臂一缩，巧克力被塞进了他自己的嘴里。小家伙得意地一脸坏笑！

小象很无奈，沮丧地耷拉着脑袋，一步一回头地走了。

……

又是一个热闹的集市，又是那样震耳欲聋的爵士乐，可这回只走着一头大象，它虽然是大象又披上了绚丽的节日盛装，却依然能看出那头小象的模样。路旁的人群中，站着一个大人，跟当年那个小家伙的模样也很相像，连鼻子上的雀斑都还是那么俏皮，嘴里也嚼着香甜的巧克力，腮帮子依旧鼓鼓囊囊地在蠕动。

他笑眯眯地瞧着大象，好像在欣赏马戏表演。大象也瞧见了他。大象歪着头思考了一下，突然，眼里射出愠怒的光……他正悠然自得地瞧着，大象已经奔他冲过来，霎时，就听“砰”的一声，大象那粗大而有力的鼻子，重重地打在了他的脸上。“扑通！”他重重地倒了下去……

呵呵，第一次播放这片子时，好多病房的人都被吸引过来了。

好东西自然要分享，我打着手势邀请在门口的人进来看。这下可好，连病床之间的过道都站满了人，沉寂的病房一下子热闹起来……我想，王雪纯阿姨若知道这情形一定会高兴的：她给更多的人带来了欢乐！

人们看完，笑过，开始了有趣的议论：

“挺有意思！”

“王雪纯的心眼儿太好了！”

“可这片子说明了什么呢？”

“被打倒的那个大人，就是长大后的那个小孩。”

……

在我的电脑里，依然还保留着这盘“开心果”，也保留着王雪纯为此发来的电子邮件：

小添：

我感觉我们用这种方式联系挺好的。

今天送你一盘“开心果”，希望你看了乐得合不拢嘴……

王雪纯

三　跟病魔讲和

其实，最令我称奇，最令我震撼，对我产生最大影响的是王雪纯的一个电话。这个电话颠覆了我始终如一的思想观念，让我头脑中看似固若金汤的思想城池轰然倒塌。

这天，我刚从长春看“血液王”回来一会儿，电话铃突然响起：“小添，你好，我是王雪纯……”

我顿时百感交集呐：几天前在无菌舱会面的情景一幕幕直扑眼底，心里汩汩涌动着感动！

“连着两天给你打电话……”

她为什么这样急切，好像刻不容缓似的？她要告诉我什么？

“小添啊，”嘘寒问暖之后，她的语速陡然慢下来，“咱们是不是可以试着调整一下对疾病的态度呢……我的意思是说，不一定总要跟疾病敌对，非要战胜它，打倒它。当你没有能力和它战斗，战斗也不能把它打败的时候，就不一定非要再跟它打了……你想啊，这时候你硬去跟它打，跟它拼，到头来，你的消耗会越来越大，它却岿然不动，越战越强，这是不是无济于事呢？怎么办，我想，是不是可以妥协一下，先做一点让步，承认疾病的存在。先漠视它，再慢慢适应它，试着跟它讲和，跟它和平共处……”

不要跟疾病敌对？不一定非要战胜它？跟病魔讲和？跟病魔和平共处？

一串大问号在我的脑海里翻腾跳跃！

“对呀，试着跟疾病和平共处！”王雪纯认真地重复着。她从我的沉默觉出了我的惊异。

其实我被震惊了，不，是被震撼了！走出无菌舱以来的困惑、迷惘，仿佛被一“震”而光，突然有种“柳暗花明又一村”的感觉。

可是，跟病魔讲和，跟病魔和平共处——这于我一直以来所接受的教导，于我一直以来所坚持的信念似乎大相径庭；与我心目中与病魔斗争的勇士形象似乎格格不入……忽然，仅仅是一瞬间，我像是领悟到了什么，可一时又难以说出来……

她好像猜到了我的心思，也好像知道她讲的可能跟我以往的认识“相悖”。接着，她异常和缓地说：“小添啊，你可以这样想。人，也是大自然的人，大自然把疾病这样一种现象，或者给你或者给他。现在给了你，你马上赶不走它，那就当这是一种机缘……它在我们的身体里存在了，就当它是必然要来的，是我们身体当中的。这样认识行不行呢？我觉得可以试一试。不管是什么办法，哪种方式，能解决我们的问题，就是好！你说呢？……这就需要我们的身体进行调整，跟疾病进行合和，达到相互适应。你不妨先漠视它的存在，漠视这个现实，让它愿意在哪儿待着就在哪儿待着。多少人带着一种疾病还活到了七老八十呢，小添，你说对吗？”

“对，对……”我的内心已经产生了强烈的共鸣，已经有了一种如同在黎明看见东方的鱼肚白渐渐演绎成绚丽朝霞的敞亮与快慰！

“人，都有可能在自己生命中的不同阶段得上某种疾病，有些是我们无法预料、难以控制，甚至不能控制的。既然无法预料、不能控制，那就当是一种赋予，就当它是必然存在。这样，我们的心里就会比较平和了，就能比较平静地接受这个现实，接受这个现在你无法改变的现实。由此，你会慢慢适应它，它也会慢慢适应你，并由此带给你一种好的转变，你相信吗？”

我的内心已经波浪翻滚了！

当晚，我就给王雪纯阿姨发去了一封电子邮件：

我真的是太激动了！

在您电话里，我听到了一种对待疾病的全新的态度和认识，我好像一下子找到了久久无解的难题的求证方式！我感到自己以往对待疾病的观念被颠覆了！

而这于我是多么重要。

我直觉得晓雾初开，直觉得振聋发聩，直觉得得知恨晚……

四　走出圈子

其实邮件并不能表达我的全部思想。

亲爱的王雪纯阿姨，我还想对您说：多少回，我在夜里疼痛着醒来，不是因为肉体而是因为内心，不是因为疾病而是因为思想。我在跟另一个我争辩，观点冲突，僵持不下，怎么也没有令人信服的结果。有的只是焦灼、感伤、无奈，而这又是难以言喻的，无法向亲人表达的，只能自己思想着、消化着、苦痛着……

我历来被教导也历来自认为，只能跟疾病做不妥协的斗争，一定要战胜病魔，我也一直在这样激励和要求自己。而且自己也坚信：正是这信念和由这信念生出来的意志力，由这信念生出的不屈服、不言败的内抗力，帮助我走到了今天。当然这中间，我也要求自己要适应，适应疾病的变化，调整自己的思想和行为，但总体上还是一味地跟疾病抗争，要战而胜之。然而，这一切如今似乎都不起作用了，连续的甚至适得其反的拼争让我身心疲惫，没有结论甚至回到起点的探索让我困惑、迷惘。

这样做错了吗？现在这样做错了吗？给漏洞打个补丁的机会都没有了吗？是不是非此即彼，没有中间道路可寻呢？

您的话让我有了一种“雄鸡一唱天下白”的感觉，让我看到自己的思想以往是多么教条、多么僵化，总是徘徊在一个圈子里。

看到了圈子就应该走出圈子！

我觉得在这个世界上，包括在我的身体里，已然存在着一种让我至今还没有认识，或者说还没有完全认识，但只能遵循而不能抗拒的自然运转的规律。这个规律在不同时期有着不同的反应，不同的反应对我有着不同的要求：以往要求我对抗、斗争，而现在要求我迂回、妥协。但，妥协不是从一个极端走向另一个极端，因为北极太冷就搬到南极；妥协也不是投降，而是适应，像某些植物、动物，在季节和生存环境变化的时候调整和改变自己的肤色、形体，以求生存、求发展。要说错，也许就错在一成不变，就错在思想僵化。犹如打仗，战场局面、敌我情势和力量对比发生了变化，我们却依然沿用固定的战术，这显然不行。斗争没有错，但斗争方式却可能出错。任何正确的思想被无限使用、无限夸大都可能走向反面。

王阿姨，您赞成我这样的认识吗？

现在，我应该克服浮躁情绪，平和地看待自己的境况，让思想意愿与客观现实、客观规律相适应、相吻合，主动地退让、规避，让身心得到调养，让身体的能量与抗体得到积蓄和再生，以持久地坚持下去。这，也许就是我应该走的中间道路。我体会到白岩松讲的癌症作家那种“活一天就算赚一天”的乐天态度，其实，也就是您所讲的对疾病的“漠视”，“与它和平共处”……

王阿姨，您知道，此时我感觉自己终于走出了迷惘，终于走出了思想圈子！

深深地谢谢您！

在回忆中我常想：一个人对一个人的牵念还可以到什么程度呢？我刚刚走出无菌舱，刚刚回到家乡，王雪纯就迫不及待地传递来她的新思考、新观念。这当中，也许包含着她爱却又无奈的心理，但却一定缘自于她对生命的理解和尊重。她，是不忍心看着我一味地抗争而无谓地消耗，是不忍心看着我承受肉体的痛苦还要再承受精神的折磨。这是心灵的拯救啊！此刻，那些情景和话语依然如在耳畔、眼前：

她一只手撑着门框，一只手推着门，尽力减缓无菌舱的关闭速度；

她在小玻璃窗外面朝我连连摆手，眼里泪光闪闪；

她急切地说："小添啊，坚持，你已经创造了奇迹，你还将创造奇迹！"

其实，奇迹正是她和更多像她一样的人帮我创造的！

第十九章
幼吾幼，以及人之幼

这里是诞生生命的地方，因而让人更强烈、更真切地感受到了最原初、最本真的人性与人道，善良与真诚，还有那足以温暖和感动所有陷入困境的人们的情与爱！

一 电脑链情

离开了心爱的电脑，真想它呀。

可想也没用，把《电脑报》当成“精神大餐”吧！

“茶杯突然翻倒水漫键盘怎么办？显示屏脏了能用酒精擦拭吗？系统软件应该怎样清洁？幻灯制作的要点，应用软件编辑 ABC……”

看着看着，我禁不住哑然失笑：这些对我来讲都不过是“小菜一碟”了！没多会儿，我竟得意地睡着了。

突然，觉出门轻轻地开了，抬头一看，是爸爸双手捧着他的大黑挎包进来了，一脸有趣的神情。他小心翼翼地从包里取出一尊二锅头酒瓶大小的精致的景泰蓝，两手托着给我看，可他的手却在止不住地抖。咳，他要是听我劝少喝点二锅头，手哪会这么抖。哎哟！他的手抖得越来越厉害了！可千万别把景泰蓝摔碎了！我急忙伸出手去扶——“哗啦啦”——“精神大餐”全滑落到了地上……我猛地醒来！嗨，原来是场梦！

事情真的很蹊跷，夕阳西下的时候，爸爸真的就两手捧着他的大黑挎包进来了，兴奋得包还没摘下直接招呼道：“天天呐，你看我给你拿什么来啦?”

他把挎包放在我的脚旁边，开始从包里拿东西……

我想着梦，笑看着……

“欻……”，“丝拉……”金属拉锁、尼龙粘扣逐一打开的声音，让我的心直痒痒，像被小猫抓挠似的！大包里又拎出一个稍小的包来，接着又一通拉扯。终于，小包里的东西拿出来了。

“哇！”我惊叫道，顿时觉出自己的眼睛如调光灯陡然调到了最大亮度。

叫声让爸爸愣住了，随即他笑了。

一台蓝灰色笔记本电脑摆在了我的眼前。要知道，在世纪之初用上笔记本电脑的人可是凤毛麟角啊！

我是学电脑的，住院半年离开自己的电脑半年了——要写书可手常年打针被扎坏了没法长时间握笔，梦想着敲电脑来完成夙愿。现在梦想成真，而且升了级，变成了笔记本电脑……搁谁谁都得兴奋至极。

爸爸的表现更感染了我，他讲述着“笔记本”的由来，目光里全是我近期常能见到的激动与感慨。擦得锃亮的电脑盖儿上落了一个毛毛，他马上努起嘴轻轻地吹……

原来，爸爸单位的大刘电脑师已经调北京工作来了。他得知我的想法，还是跟当年在家乡似的没二话：“得，我想法儿给笑天借台笔记本电脑！”

家乡人称他大刘，可不光为了把跟他一起工作的小刘区分开，还因为他个子大，本事大，用爸爸的话说，是“挑大梁的人”——在吉林，他独立负责一个证券营业部的包括股票交易、债券发行承兑、日常办公三套系统在内的电脑控制、软件设计开发，那些系统在他的主持下那么多年安全运行，无一差错。那可是连着几十万人利益的事儿啊，所有电脑人都对他钦佩有加！这样的权威，谁敢请？谁请得动？可他却往我家不知跑了多少趟，为我的电脑不知牺牲了多少时间。你可能要问，你爸妈跟他是老朋友吧？要不就沾点亲戚？都不是，而且爸爸还是因为我刚调到他那个单位工作。

那还能因为什么呢？

因为他也是一个独生子的父亲。因为“幼吾幼，以及人之幼”。

知道爸爸领着我来了，他立刻邀爸爸到他跟小姜叔叔住的宾馆去。

在那，他和小姜叔叔腾出一张床给爸爸，一夜一夜地跟爸爸商量救助我

的事，为此经常连早点都来不及吃，爬起来就往单位跑。用他跟小姜叔叔姓氏的谐音“江流”做笔名发表了《谁来救救他》的呼吁文章后，他的电话立刻成了救助热线，来自大江南北的爱，通过他，传向病房……

他的电脑也成了网上查询设备，由此不知给他增加了多少工作量！

回头说，这台笔记本电脑还是老名牌“东芝”的呢！只是“老名牌”“太老”了，启动都困难。修电脑那一夜，大刘电脑师在单位不知饿着肚子熬到了什么时候，第二天爸爸取电脑时，他的两只眼睛红肿得桃子似的，却一劲儿地打断爸爸的问候，催促道：“赶紧给笑天送医院去吧！”

说到大刘，再讲讲小刘吧！

她叫刘未然。称她小刘，可确实因为她年龄小（还没结婚呢），但本事并不小，大刘一走，那么一大摊儿业务就主要靠她了。她曾就读于爷爷教过书的吉林大学数学系，因此她让我觉得特别亲近。

这天，先是王雪纯来了一个电话：“接到我的电子邮件了吗？给小添的一个趣味片，我发了两遍呢！”

“哎呦呦，是吗？”爸爸既高兴，又歉疚，还着急，“可您不知道，儿子的电脑离开儿子半年，罢工了，没法启动了……儿子自己能修，可他又住进了医院。”

爸爸原想着等我出院回家由我来弄，可这会儿他念叨着趣味片，念叨着不知还会有多少电子邮件发进来，决定马上请人修电脑！

大刘去北京了，小刘闻讯，立即赶到我家。

结果怎么样，让小刘电脑师搭上了半个礼拜天不说，还“搭上了”她那位也是电脑师的未婚夫——秦松涛来助战。

事情真是一波三折。

电脑修好了，网络却连不上。原来，吉化通讯中心正停业在增容提速。他们的朴经理知道了断然破例：立即派人上门来为我先行开通上网，还免收使用费。要知道，他们是自负盈亏的运营商啊，刚起步，还没盈利呢！

网络连通了，却怎么也打不开我的电子邮箱！爸爸这“老外”呀，稀里胡涂说“没密码”！小刘调动她所有的思考和技能，反复做各种尝试，仍旧打不开！她认定一定有密码。呵呵，实际我的电脑一开机就应该嵌入密码，当然也可以点“取消”进入，这都是为方便“老外”使用。但是我的邮箱可就不能“敞门入场”了！电话追到了医院……

“Hero……？”爸爸犯寻思：“怎么是这个密码呢？”

小刘可顾不上爸爸怎么想，她像部队情报员在决战前夕终于破译了密码指令，毫不迟疑地投入了战斗。

终于见到了王雪纯发来的趣味片。整整45分钟接收完毕，拷进整整两张软盘。

正琢磨着怎么把电脑拿到医院去呢，电话铃突然响了……

简直像是上帝的安排，有人要给我送电脑！

谁？

一对新郎新娘！

“我俩决定，把我们的电脑拿到病房去……”两个人在电话那边抢着说。

新郎、新娘又是谁？

跟我一起“在绿草地上长大的”张岩姐姐和她新婚的丈夫姜山！

爸爸的心里折腾开了：要拿电脑也得拿天天自己的呀，因为现在这不是小姐姐一个人的事儿了，还有天天并不怎么熟悉的姐夫呢！他们的电脑要真像天天的这样用了好几年的兼容机也无妨，可那是全新的品牌机呀。再说那不是一般的电脑了，那是年轻人新婚的嫁妆啊。这事儿要是在平常好像也说得过去，可这会儿，他们还在蜜月中呢！

事情似乎超出了爸爸的思维范畴，他一时没说出话来。

这可让电话那头在部队当过宣传干事的新郎急了：“我们就是想让天天多享受一点儿生命的快乐，多感受一些人间的温暖！”

这话灼到了爸爸敏感的神经上，没人看着，他的泪水哗哗地往下流。

可新郎不达目的不罢休，他恳求道：“现在，天天的电脑放在家里太重要了，又要上网查资料，还得收发电子邮件，跟外界保持联系。大家都在帮他，您也给我们一个机会吧！”

恳求片刻变成了军人的命令：“就这么定了！我们马上送过去！”

一辆宽大的出租车载着新郎新娘、载着小刘电脑师和她那位也是电脑师的恋人还有爸爸，载着全新的电脑设备向医院驶去。

司机浓眉大眼，说话粗声大气还总带着笑，典型的东北小伙。车是新的，曙红色的油漆亮得照人儿。车里的坐垫、靠垫全是新的，绣着华美的图案，简直像艺术挂毯。

一切令人快慰。新车、新人、新装饰、新电脑，此时正做着谁也没经历过的新鲜事！

人们开始跟爸爸谈起我，谈起即将看到的王雪纯发来的趣味片，司机也

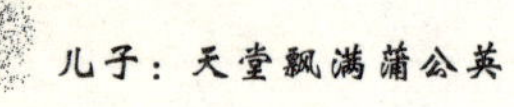

加入了热烈的议论。

谁也没注意，谁又能注意呢？事情那么让人期待，那么牵动人心！

数伏的天真像小孩儿的脸，说变就变：车开出没几分钟，刚还响晴的天突然乌云翻滚，狂风大作，接着就下起了瓢泼大雨。

狂风卷着急雨横扫乱打，车棚、车窗发出一阵紧似一阵的“啪啪”鞭响。车里的人不由得都往怀里抱紧一下设备。马路上很快积满了水，车像是在水里航行。一会儿，风骤然停了，雨开始垂直着倾泻，密集得看不见雨点，像无数的雨柱。无数的雨柱连接成无数的雨帘，无数的雨帘缀合成漫天的瀑布，满眼都是白亮亮的水。

车打开了双大灯，以警示其他车辆……车，飞一般在汪洋中颠簸起伏，俨然成了在浪尖儿上飞驰的救生艇，飞溅起来的水浪就跟消防高射水枪射出来的似的，蹿得老高、老远！

车，终于抵达了30里开外的医院。

雨，依旧旁若无人地倾泻着。

人，憋在车里下不来。

其实，由出租车停靠的栅栏边到医院大门只有二三十米。可就是一米，就是飞过去也得被浇成落汤鸡啊！就说人不怕，可电脑怎么办？爸爸急得一通瞎想：唉，从家里出来，怎么也没顾上看看天儿呢！这雨，又怎么连一点儿停的意思也没有呢！这车也不能让咱们总这么耗着啊！他一时没了主意，只剩着急！向外看，影影绰绰见医院门口的雨搭下面挤满了避雨的人。人们仿佛正冲着这车纳闷呢！这么疾驶而来，车上不定拉着多严重的病人呢，可为什么不下来，就是下刀子也得下来呀！

“来，这样！”突然响起了司机的吼声。新人们和爸爸都愣住了。

司机回转身，红着脸，并不说话。他开始从他的乘客身后、身下，一块儿一块儿地拽那崭新的“艺术挂毯”。乘客们木然配合着，瞬间缓过劲儿来，开始劝阻……

司机此时是麻木的、机械的、听不到任何声音的，他就像在发放救灾物品：面对着渴望的眼睛，什么都不顾，只顾着怎样把那些救命的东西，递到需要者的手中……“艺术挂毯”被一块一块地盖在了电脑的主机、音箱、键盘、显示器上。

爸爸的眼睛随着司机的手移动，一时都说不出话来了，只是嘴里在断续地说着一个字：“这，这……”

这时车门已经打开，暴雨轰响，爸爸使劲儿地喊出一句来：“这不行吧？”

“没什么不行！”司机吼得更响，“也算我为抢救孩子，出了点力吧！”

爸爸顿时泪如雨下。

“等等！”司机又大吼一声，“噌”地跳下去，踏进了一片汪洋，像蒙古族摔跤手那样左右摇摆着，跳跃着，跑向医院大门。

大家又愣住了！

眨眼工夫，司机撑着人群中递过的雨伞跑回来。

接下来，车里车外的人们，雨搭下的人们，无比惊异地看到了一幅他们从来没有看到过的图景：一个身形健壮、穿着白衬衫的小伙子，顶着倾盆大雨，双手使劲儿地向外撑着雨伞，让雨伞完全遮住捧着电脑设备的人，他自己则完全暴露在雨中，那电脑上盖着他崭新的玫瑰红的坐垫，靠垫……一趟，又一趟，再一趟，小伙子为捧着电脑设备的人挡住了倾盆大雨，跨过了一片汪洋，他自己早成了一个“水人”。

卖冰棍儿的老妇人拎着一块塑料布追“水人”，要给他蒙在身上，可蒙了半天没蒙上，老人家也成了“水人”。

雨搭下，“刷”地闪开了一条任这行人通过的“绿色通道”。

此时，无论雨中看，还是看雨中，这些情景都是影影绰绰的，然而，却分外清晰地印在了每个人的脑海。

当晚，我倚在床边用这台全新的电脑，在爸爸正写着的《痛苦中阳光照耀》一文中，加进了这样一段文字：

> 当有一天，我能够好起来，能够坐起来，能够站起来，我一定会用电脑。用可触感的旋律，奏出壮美的新生赞歌！用心灵，用最美好的语言，写出人世间爱与被爱的动人诗章！

后来我走了，但我知道爸爸在用我的电脑写书。

这个推断，百分百不会错。因为，他那时候就在我的床边敲着电脑写起来了。

可我太熟悉自己的电脑了：这么多年过去了，配置那么低，1GB 硬盘，32MB 内存哪够用，硬盘还会不断生成无法修复的物理坏块……他也不会给硬件升升级什么的。咳，我不在了，不知有没有人能帮帮他。这天，我见爸

爸正聚精会神敲电脑呢，内心一阵欢喜，可细一看：不是我那台，是一台新的，显示器都扩大了一圈！

“爸，恭喜啊，换新电脑啦！”

“哦……”爸爸有些局促，答非所问地说起来，“你的电脑让我背到北京来了。我想着，走到天涯海角也要带着它。它曾是你的伴侣，从此就让它给我做伴吧。”

“还能运行？”我惊讶。

“嗨，别提了，你一走，它就像只认得你是它的主人而不情愿为我工作似的，运行慢到了什么程度——开了机我去做早饭，等饭做好了回来，桌面图标还没显示出来呢！它‘消极怠工’不说，还经常‘罢工’——要求‘提高待遇’！”爸爸干笑道。

爸爸总爱用些诙谐的词儿来调节气氛！

“那后来怎么办了呢？”我笑问。

“是啊，我的写作不能停啊！亏得你在哈工大读研的堂妹，连着两年暑假都到北京来帮我拾掇电脑。日常呢，她不放心，还把海涛给领来了……”

“海涛？”我惊异。

“啊，这可不是妈妈单位那位孙海涛，这位是姜海涛——你的同龄人，你堂妹的老同学，现在在清华园工作。这小伙子呀，在学校就是‘硬件大王’，为同学装电脑修电脑无数。从此我再不为电脑的事发愁了。你不知道，他来了首先就给你的电脑‘提高待遇’——增加内存，更换光驱，接着把硬盘也更新了……”

“这个姜海涛啊，人热心厚道不说，技术也真棒，简直没他解决不了的问题。笔记本电脑多娇贵啊，可他三下五去二就给拆了，那么薄的显示屏，一般电脑师都不敢碰，他呢，又给拆了——回头三两下便更换完毕！看得我目瞪口呆，哈哈，一下子又想起你那时候给电脑‘大卸八块’来了！”

“不能同日而语啊！”我自谦地笑了。

“你们这拨80后哇，都敢想敢干，也有头脑。那次家里上宽带，总是今天上得去，明天上不去，我在电话里跟姜海涛一说，他马上‘遥控指挥’——告诉我是怎么回事，该怎么处理，我照他说的通知电信专家，再一弄，立刻好了——真让人拍案叫绝！”

“从此，电脑一出事我就打电话，他就‘遥控指挥’——不管在单位、在街上，还是在其他什么地方——我呢，服从命令听指挥，一弄一个准儿！让我感觉他的脑子里呀，有一台随时在显示的电脑！”

我暗暗替爸爸高兴，离开我也有人在帮他。

爸爸意犹未尽：“当然，他也不全是‘遥控指挥’，必得他动手时，他在电话里就告诉你：‘这个得我亲自弄。’于是他就从‘京西’往咱们家‘京东’跑……可那叫上百里路啊，坐公交车不堵车单程也得两个多小时呢！他特细心，那天我注意到，他拿起我键盘旁边的放大镜瞧了瞧没吭声，待下次来，他就给我安装了比其他输入法要大两倍显示的‘紫光拼音输入法’……他知道我总要回忆往事，于是每次重装程序时都不忘给我准备好多乐曲放在一个专区，告诉我常听听能舒缓心情。那次春节前，他来的第一件事就为我下载了广东音乐《喜洋洋》，屋子里，顿时充满了节日的喜庆气氛！”

“再后来，姜海涛看着你那台电脑实在看不过去了，如你所说，运行速度越来越慢，慢得出奇、离谱，”爸爸的脸上现出了对我很不过意的神情，“于是，他就亲手帮我装了一台电脑，40GB 硬盘，512MB 内存，比他自己的电脑运行还快。”

“呵呵！”我笑了。爸爸的包袱终于抖出来了，我充满感激地说：“真得好好谢谢姜海涛哇，我曾说要给你装一台电脑来着……这样，我也放心了！”

当风雨中为我送电脑的小刘电脑师和她那位也是电脑师的恋人结婚的时候，爸爸曾经借他们俩的名字——刘未然、秦松涛中的各一个字，措成了一副嵌字联来表达我们一家人的心意。此刻，就让我借用这副对联，向因我、因我的电脑而联系起来的人们致以深深的谢忱吧：

有情人然诺如一恒念真诚相助
结眷属涛声依旧常思电脑链情

二　我与新闻人

“这是我吗？这是为了我吗？”

我惊呆了：看着那 5 个火柴盒大的黑体字——“谁来救救他”，心都快蹦出来了！《中国质量报》配发我的照片，刊登了呼吁救助我的文章！

几次上报纸是参加作文竞赛，这一次却……稍稍的酸楚过后，内心飞扬起幸福：在困境中，被人关注，被人关爱，是多么幸福啊！由此，帮助我的那些人的善举还会让社会上更多的人知道，受到赞美，得到弘扬——这是我

一直的心愿，也比我写书要来得快得多呀！

也就是从这天起，新闻人的爱架起了一座桥：新的信息不断传进来，围绕着我发生的故事不断传出去，我觉得自己又回到了人群中，又融入了大千世界。这感觉让我的内心充实而温暖！

这一天，突然听见小玻璃窗“当当”地响了两声……

“是病房主任？解决问题来了？”抬头看，却见小窗口出现了一张陌生的面孔。这是一张清秀的脸，不知是急的还是怎么，胀得通红……正纳闷呢，从他头顶冒出一张大白纸来，上书7个大字“家乡记者来看你”。

哦，爸爸站在他背后呢，双手举着大白纸，眼里放射着喜悦的光芒！

离开家乡半年的人呐，脑海里立刻浮现出家乡的山山水水，浮现出家乡人的一张张面孔，内心涌起了一股股热流，静冷的无菌舱好像一下子温热起来，那不妙的情绪一瞬间都被溶化了。我忽然有些难为情，好像刚才自己的那一切都被家乡人看见了……

原来是《中国质量报》的文章刊出后，《家庭主妇报》为接续报道，派资深记者陈中文专程从吉林赶到了北京。

采访我本人是陈叔叔的目的，可我在“密不透风”的无菌舱里没法见，又没有对讲设备没法谈。他从外地来又先于王雪纯，自然不知道这里的情况。

该怎么办呢？

我和他也间隔4米的距离。

他先是频频摆手，接着攥起拳头，举过头顶，热烈地摇动起来。日光灯斜映着他的脸，让我觉出他脸上的每一条肌肉都绷得紧紧的，透着坚毅，他好像要把自己的刚强和力量传导给我，支撑我渡过难关。不一会儿，他又用右手做出了一个V字，不停地摆动；一会儿用左手也做出一个V字；片刻，两个V并在了一起，静止在了那里……

我没有见过，也不曾想过，唯有此刻才知道，世界上还有这样表达的手语！

人说，最喜悦、最悲痛、最伤感、最复杂的情感是无法用语言来表达的，需要借助某种形式。而此时，即便没有密不透风的无菌隔离舱的层层间隔，恐怕也要借助内涵丰富的手语方式，也要创造出寓意更加生动的手语语汇！

那么，一个V是胜利，两个呢？

两个V是W。那么W又代表什么？

是Wish——祝愿？是Wonder——奇迹？

我想，将来我可能会记不得那一天是几月几号，不记得陈叔叔从无菌室出来是怎样跟爸爸在昏暗的走廊饿着肚子一直谈到月上中天，不记得陈叔叔临上火车是怎样只留了点零用钱把其余的硬塞给爸爸说代表报社表示一点心意，甚至可能不记得又是在什么时间《家庭主妇报》再次发表了陈叔叔撰写的催人泪下的文章——《生死一线间，怎能让濒危学子抱憾》。但是，我会永远记得这次特殊的采访，特殊的语汇，以及给予我后来的日子里的那无可比拟的特殊作用！

如果说北京的采访是有声的，那么家乡的这次采访则是无言的；如果说北京的采访像阳光下波涌着的海浪，那么家乡的这次采访则宛若月光下的潺潺流水……

酷热的午后，疗区里一片宁静。

病房的门口突然出现了一个人，她稍显迟疑地向病房里张望……

"挺像那时候我们宣传队的女高音。"妈妈小声叨咕一声迎上前去……马上弄清了，那是妈妈他们集团负责新闻报道的宋晓彤介绍来的——吉林市广播电台新闻部的主任许立权。妈妈连忙招呼我："天天，电台的许阿姨看你来了！"

这是我那一次连续21天高烧的第15天。这天的烧刚退去，真觉得到了承受极限了，新闻人的到来就像是为我来补充能量的！感动随后变成了一连串的惊喜：

许阿姨竟然是白岩松在北京广播学院的同班同学；

白岩松主持电视节目，她主持广播节目；

昨天报上发表了我和白岩松在一起的文章《痛苦中的快乐》，今天他的同学就来看我！

"小添啊，回家了，感觉好么？"

"回家了"，多清新，多纯朴的问候哇，我连连点头："好……好！"

"在北京待了那么长时间，一定很想念老师和同学吧？现在回到家乡了，大家有条件来看你了。想见见谁呢，跟阿姨讲讲，阿姨帮你找，好么？"

"嗯，嗯。"我连连点头应着，一时觉得又听到了王雪纯那亲切的声音，"小添啊，你最想见哪些同学，我帮你联系……"现在我回来了，这里是生我养我的土地，这里有我日夜思念的老师同学，有我一起长大的好朋友，有我更多熟悉的人，我是多么想见见他们啊！可我又是多么怕见到他们啊，我现在站着都困难。我有点哽咽，紧了紧喉咙……

“没关系，没关系，”许阿姨猜到了我的心思，露出了体贴的微笑，“什么时候想见，什么时候告诉阿姨都行，让妈妈给我打电话……”她漂亮的眼睛张大了，把左手抬到耳边，做了一个打电话的手势。

“好。”我只觉得心头像有一股甘泉流过。

“报道你的文章我都看过，看得出你是个非常热爱生活的人。那么，你除了特别喜欢电脑，喜欢看书，喜欢写作，喜欢踢足球，喜欢打台球，还喜欢什么呢？”

好嘛，她如数家珍似的！我赶紧说：“还喜欢收藏。”

“嘿，小添喜欢收藏？我也喜欢！那你一定收藏了好多好东西吧……”

我的感慨油然而生：她也许并不喜欢收藏，只是善意地迎合我，她是为了让我快乐……我也该热烈起来，我也该给她带去快乐！我马上笑着说：“好东西倒不少，只是我不像那些收藏家，收藏的都是些古钱币、古字画等古董文物。跟人家比起来，我顶多算是积攒。像玩具、书签、商标、纽扣，甚至海螺、贝壳、植物标本，还有邮票、画片、纪念章……包括烟签、火花我都有兴趣。每样东西都会唤起一个美好的记忆。”

“是啊，每个收藏里都会有一个故事。”许阿姨笑了起来，“你的收藏也真够丰富的！哎，世界上可是收藏什么的收藏家都有哇！”

“您说的对，还有收藏鞋、袜子、帽子、筷子、拐杖什么的……”我有了一吐为快的感觉，“但，有些收藏需要特殊条件，还得有钱，比如收藏钢琴。”

许阿姨欣慰地笑了！

“大家都很关心你的情况。听说你一直想写书，不过别着急，你爸爸说他来帮你写，他正写的文章里都可以给你做素材，那篇文章题目听说还是采纳了你的意见呢，多好哇——《痛苦中阳光照耀》！你如果需要什么资料，需要查阅什么书籍，可以列出个单子，阿姨给你找……将来你的书出版，阿姨一定要做第一批读者。我们都喜欢读生活强者的书。能跟阿姨说说，你最初是怎么萌生出要写书的愿望的？”

又有了遇到知音的感觉，于是，我从“电脑搬回家”说起来了……

几天后我的生日到了，许阿姨说来真就来了！还请来了电台的节目制作人，电视台的策划、编导、摄像师，当然更没忘记邀请我的同学……

“小添啊，你的同学很多，今天只来了一些代表，好多同学还在外地上大学，没法来向你祝贺生日，此时此刻你想对他们说点什么吗？”

我这一肚子话呀，一下子就冲出来一句：“我想告诉我的同学，无论如何都要珍爱健康。”

“那么，你怎样认识健康呢？”

“健康就像一条项链中间的那根绳，它系着一颗颗美丽的珍珠。一颗颗美丽的珍珠是学习、工作、事业、成就、前途……可是，当中间的绳断了，美丽的珍珠就会散落掉，一切就都没有了……现在，我比任何时候都清楚健康的重要，也为自己过去有些时候无谓地牺牲健康而惭愧。我衷心希望我的同学，都能够好好地珍爱健康，珍惜美好的青春。”

“好！”许阿姨竖起了大拇指。

“听说你很崇拜全国十大杰出青年、中央电视台著名主持人白岩松，你们还有过难忘的交往，你也很喜欢看他写的书，那么……”许阿姨拿起书来，“你觉得这本书什么地方给你留下的印象最深？”

“自然是封面上的话，‘生命原本脆弱，我们只能坚强地活着，并寻找快乐……’我的经历再准确不过地证明了这番话的真理性。当然，最后那首诗《相信未来》也让我难忘，它给我鼓舞、希望和美好的畅想。”

“我知道你特别感激那些帮助你的人，在今天这样一个特别难忘的日子里，你能对他们说几句话吗？”

心底忽然一热，一张张亲切的面孔在我的脑海里频频闪过……我在嗓子里暗咳了两声，犹如轮到我演讲了：“那么，请允许我诵读一下《相信未来》这首诗吧，借以表达我对白岩松，对我的老师同学，对所有关心我、帮助我的善良人的衷心感谢，暨以表达我此时此刻难以表达的心情……”

铁肩担道义，妙手著文章。

《中国质量报》、《中国妇女报》、《家庭主妇报》、《威海晚报》、《吉化报》、《城市晚报》、《新文化报》、《北京晚报》、《江城晚报》和《知音》、《民情》、《青年文摘》等报刊杂志的新闻人，为了我，为了我的“要让社会上更多人知道帮助我的善良人的善举”的心愿，先后做出报道，深情讲述了围绕我而发生的一个个情浓于血的故事。

天长地久有时尽，此“情”绵绵无绝期。

在我走了以后，新闻人似乎还有未了的心愿，他们不断地在《城市晚报》、《新文化报》、《北京晚报》、《知音》、《民情》、《青年博览》等报刊杂志上发出感人肺腑的声音……

那一天，中央电视台还邀请爸爸去做了一期《讲述》节目，那期节目还是用了我跟爸爸共同撰写的文章的题目——《痛苦中阳光照耀》。

三　42个男婴

朋友，你可能又惊讶了：42个男婴？现在可都是独生子女啊！

是啊，即使今天，我这个亲历者依然有你一样的感觉。

可那又是一场多么动人心魄的“血战”啊！

这场“血战”，被爸爸写进了《痛苦中阳光照耀》一文。我想，还是让我用自己的口吻，来讲讲这个人间罕见的故事吧……

北京医生“宣判”之后，我们回到了家乡。爸爸听说一位老中医有祖传秘笈，旋即登门求教。

79岁的老中医，红光满面，胡须过胸，一脸的宠辱不惊。爸爸一见就不禁肃然起敬。

老中医慢慢地戴上老花镜……爸爸毕恭毕敬地立着，一丝不苟地看着他。

老中医右手拿起一只又粗又大的记号笔，左手移过一沓处方，遂又把处方推出去——远远地瞄着，身子挺了挺，遂眯着眼睛思忖起来，笔悬在了空中……

爸爸盯着那笔，感觉那笔能有千斤重，他觉出儿子的安危就系于那悬在空中的笔端，他的心，顿时悬到了嗓子眼儿。

从老中医凝重而深邃的举止神态中，爸爸觉出了老中医的精心和负责，觉出了事情的严肃与重大，笔终于落下去，处方上慢慢出现了一个一个大如蚕豆的字……

老中医忽然又停下来，他抬起头，眯着眼睛望着窗外，仿佛正看着极远的地方……半晌，他收回目光重又写起来……

老中医终于写完了他的祖传秘笈：

每天口服2个，连服21天，共42个脐带血。

“脐带血？”

当这3个字出现的时候，一直立在一旁的爸爸，只觉得脑袋“嗡”地一下！霎时间，所有跟“脐带血”相连、跟“再生一个救儿子”相连的那些往事，如潮水般滚滚涌过他的脑海……

竟然是让人魂牵梦萦、让人耿耿于心的脐带血？也许儿子要战胜病魔获得新生就注定离不开连着新生命的脐带血？

胡须过胸、面色桃红的老中医，捏着处方频频颔首：“方是好方，就是难弄啊！人家不愿给，都想留着自己用……好东西啊！就是给，也难保不断捻儿，都是男婴嘛！”

“都是男婴？”像一瓢凉水浇在了热血上涌的头上，爸爸一下子想起来：19年前，儿子出生的头一天，整个妇产医院就没生过一个男婴！

“唉……”老中医摇摇头，“不行，就给人家使几个钱儿吧。”

爸爸点点头，嘴角动了动，想说什么又没说。

然而，老中医和爸爸的那点儿忧虑立刻就被一扫而光！

由此竟演绎出一场惊心动魄、如火如荼的“血战”……

吉林市的城中有松花江蜿蜒流过，有铁路纵横贯穿，一时间，大江南北，铁东铁西——从江北的龙潭妇幼保健院到江南的丰满妇幼保健院，从吉化铁东职工医院到铁西职工医院，从市中心妇产医院到社区妇幼保健站，到处都有了“为挽救一名白血病大学生”的声音和行动！如今，我依然难以想象那些个日日夜夜是怎么走过来的……

7月，天热得出奇。

“血战”，就在这样的天气里进行着……

在我刚回到家乡的时候，爸爸单位就派小李叔叔开了一辆面包车来。这时候，就像要考验人的意志似的——车里的空调还坏了（“血战”不能停，空调问题又复杂，因此顾不上修），车皮被晒得滚烫，车里不是像蒸笼而是像炉膛，人钻进去有种燃烧的感觉！于是，小李叔叔每天都在脖子上搭一条湿毛巾，一停车，赶紧找水龙头用凉水淋透，抹把脸，再搭到脖子上。就这样，跑回病房他仍然汗流浃背，人就跟水洗的一样。

“哈哈，看叔叔这样子，像赶大车的车老板了吧！”你瞧，他忽然注意到自己挽起的裤腿儿忘了放下来，还会借机逗我乐一乐！

实际上，他完全可以找地方歇好、凉透再回来，可他急呀，跟关心他的爸爸“理论”急得都口吃了：“这……这是在救命啊！”

当兵出身的他，接到取血通知如同接到战斗命令，没二话，立即出发！哪怕是半夜顶着暴雨刚跟爸爸从长春给我抓药回来，也要按照BP机上那“生命的呼叫”直奔产院。正是他的母亲在这酷热难耐的日子里，一定要亲手每天为我熬四五个钟头才能熬好的蝎子、蜈蚣的中药……这会儿，他们母子俩

都在为我辛劳，实在让我心热，心疼……到医院，他会拦着爸爸不让下车："孙老师你歇着，我去。这医院，我哪儿都熟！"是啊，他能不熟吗？前不久他还在这医院里陪护他那患肝癌已离世的哥哥呀！

这天，脐带血中断了！各处的产房传出更加急人的声音：

"到现在还没有临产的，看来今天不行了……"

"这两位从B超看，都是女孩儿……"

"不管几点钟，只要是男婴，我都会马上给你打电话……"

7个小时过去了，8个小时又过去了，9个小时……

老中医的叮嘱字字千钧："一天也不能断呐！"

可就要断了啊！

北京医生的"宣判"如雷贯耳："没辙了！"

可这就是辙啊！

突然，手机急切地响起来。

"哎呦，铁东职工医院产房……太及时，太好了！……"爸爸再看表，午夜23点50！还要不要给小李叔叔打电话呢？我们在江南，他在江北……正寻思呢，手机又响起来……

"哟！小李……"爸爸在走廊喊起来，"你也接到通知了？……啊？已经在车里啦……"

原来，是小李叔叔怕爸爸着急，把车开往医院的途中先打电话来告诉一声。爸爸一下子哽咽住了……

"血战"中的转院，犹如作战中的转移阵地。爸爸单位的办公室主任田叔叔、财务处长何叔叔，急匆匆赶来抬担架，让我不禁想到了淮海战役里"民兵支前"的那些动人场景……

两位叔叔上气不接下气，气还没喘匀呢，就立刻伏下身抬起担架……上下楼梯，他们说啥也不想让担架倾斜，不想让我感到不适。于是，那么胖的田叔叔和那么瘦的何叔叔，就一前一后，轮番地努力向下蹲，又轮番地努力把担架像举杠铃似的向上举……

只是，我现在都想不好该怎样讲述了：爸爸去抢两个人的担架，可两个人死攥着不撒手，从那认真而严肃的神情里，你会深知"血战"的重大意义，仿佛抬担架是他们支援前方打胜仗的光荣任务！似乎不善言谈的田叔叔，一句话就让爸爸热泪盈眶了："孙老师，你快歇歇吧，看你熬得，瘦成了这样！"

到了这家医院，庆幸有电梯。等电梯的时候，我向两位大汗淋漓的叔叔恳求道：“叔叔，你们把担架放下歇一歇，擦擦汗吧。”

“小添啊，”何叔叔说，“难为你，自己那么难受还惦记着别人。”他晃晃头，甩掉了一些汗珠，又说：“放心，叔叔有的是劲儿！”

说着，他用力地向上挺了挺那瘦削的肩膀。我看到他那凸出的锁骨在扭动，听到了那锁骨扭动的“咯咯吱吱”声……我的心禁不住剧烈地颤抖起来：我又有什么值得人们这样待我，我又有什么理由让人们为我这样辛劳？感激的泪水，这下说什么也止不住了……

“血战”需要洁净的试管。爸爸他们来到了职工医院。

“什么？是小天天？”田阿姨的同事听说是为了给我采集脐带血，惊得手里的试管都掉到了台子上……

田阿姨是职工医院的化验师，爸爸他们工会“王工”的爱人。我从小经常感冒发烧，常跑医院，田阿姨就跟着常吃辛苦。现在她离休了，她的同事竟然还记得我，还这样热忱：“放心，我们每天都给你们准备好试管，上下午什么时间来取都行。”

取脐带血要跑好多家医院，都要事先给送去试管做好准备。她的同事毫不含糊：“需要多少，保证供应！”

消息又传到了药房，药房的李叔叔给腾出来大大小小的保健药瓶，说道：“要应急的话，没有试管就用这些干净药瓶也行！”接下来，又说：“抢救就像一场战斗，你们在前方，只管往前冲，后方有我们呢！”

谁听了能不为之动容呢？

由药房，消息又传到了注射室，注射室给准备了棉球、纱布、消毒液，小护士赶紧嘱咐：“你们的手也要保持清洁，这样容器才能干净！”

没有人号召，没有人布置。知道了，就出把力，就尽份情——为了一个他们熟悉的孩子，为了一个他们并不熟悉的孩子！

我再次想起了孟子的话：“人皆有不忍人之心”，“幼吾幼以及人之幼”……

“血战”又牵动着多少生命天使的心呐……

长着娃娃脸的护士小甄看着报道就流下了眼泪，呜咽起来：“我跟孙小添是同年同月生啊！”

面容冷峻的李护士长，说起话却温柔得让你觉得她是面对着幼儿园的孩子；

慈祥的余主任唠唠叨叨，好像怎么都担心爸爸他们弄脏了脐带血；

梳着唐朝仕女一样高耸头型的张院长却急得亲自打电话通知："快来取吧。我值夜班，等着你们。"

妇产医院产房的钱阿姨，却有着纯朴的表达："这些天，我们天天都盼哪盼，先是盼有临产的，接着盼快点生，然后就盼一定要生男婴啊！生出来一看，真的是，高兴得心怦怦直跳！可生出来一看，不是，心里可失落了！老半天都缓不过劲儿来！"

有谁见过这样的情景？有谁有过这样的经历？

这里是诞生生命的地方，因而让人更强烈、更真切地感受到了最原初、最本真的人性与人道，友善与真诚，还有那足以温暖和感动所有陷入困境的人们的情与爱！

这天晚上，我静静地看着那试管，看着那里面的脐带血竟泪眼模糊起来……

那鲜红的血涌动起来了，无限地扩大了，霎时间铺满了我眼前的世界……恍惚地，那么多小男孩在那红彤彤的世界里出现了——

呦，整整42个可爱的娃娃！

他们都那么欢快、可人，小脸上带着对这个世界对这个世界上一切人的友好而新奇的神情，他们跳啊，唱啊，还亲热地呼唤我呢："天天哥哥……天天哥哥……"

梦，是欢快的精灵。

这一夜的梦精灵，蹦蹦跳跳地跑到太平洋对岸去了！

你可能诧异，其实不必，因为故事同时在那里发生……

第二十章
大洋彼岸的光芒

那么多白皮肤、黑皮肤、黄皮肤的人们在为我祈祷，神情虔敬而安详，温暖的阳光透过教堂顶端的彩色玻璃洒在他们的身上……

一切源出于爱，一切归结成爱，唯爱才能将人们引向理想的境界……

一　新窗口，新天地

“Hello……”

声音传来，我的心立刻一颤！

但这震撼不是因为这样的招呼，不是因为这是个“一排虚线”（没有电话号码）的来电，不是因为电话来自加拿大，不是因为打电话的人是牧师，也不是因为牧师的声音温柔得像安抚受委屈的孩子，而是因为，我听到了从来没有听到过的话语：“终于和你联系上了，大家都在为你祈祷。你遭遇了痛苦，正在承受折磨，我们都很着急，我们会不断向你传递关怀与慈爱……”

病情复燃，连日高烧，每天都在41℃之上，连服了3粒最厉害的“牛黄安宫丸”也无法退烧，药物失去作用，医生现出无奈，爸妈焦虑万分！而此时，在大洋彼岸，在异国他乡，竟然有那么多不同种族、不同肤色的陌生人在关心着我：为我祈祷，为我捐献，为我收集治疗信息……他们念叨着我的名字，要为我解除痛苦！心底汩汩涌动着暖流，激动使得我的呼吸变得急促。

这让牧师以为我在气喘，他的声音更低缓、更轻柔了：“……我们都是兄弟姐妹……”

他对我竟这样相称，我虽第一次听到却觉得无比亲近！这是我第一次接听海外打来的这样的电话……

倏地，我的脑海浮现出一幅温馨的图景：秋阳下，纯净的天空碧蓝如洗，一片浓绿的云杉树簇拥着银灰色的教堂，教堂的尖顶在蓝天里闪烁着耀眼的光芒。教堂里，肃穆而宁静，那么多白皮肤、黑皮肤、黄皮肤的人们双手合十，神情虔敬而安详，温暖的阳光透过教堂顶端的彩色玻璃洒在他们的身上……

“你的病如同长在我们的身上，让我们为你分担一些吧！你正在承受肉体的痛苦，不该再遭受精神的折磨……”

“相信大家祈祷与祝福的作用，由此才能寄托精神，摆脱心灵压迫，减轻肉体痛苦，让精神宽舒、愉悦……”

“要树立信心，爱心与信心是合而为一的。身体总会过去，灵魂却将永存……”

这一刻，我不禁想起了史铁生说过的话：

> 人道主义不仅仅应该关怀人的肉体，最主要得关怀人的灵魂。
>
> 一个人的肉体病着、痛着，怎么能再让他的灵魂被捆缚，被冷冻，被晾干？

从这一天起，我的头脑像突然被注入了一个新世界的东西，一面白墙被突然涂上了五彩斑斓的油彩，我惊奇地注视着不寻常的一切，我欣喜地看到眼前豁然敞开了一扇新窗口，我的思想好像插上了翅膀，从这窗口飞进了一个新天地！

二　玫瑰与紫罗兰

“咚！——”沉闷的轰响惊得我一激灵！

“没事吧？”爸爸安慰我一下，就直奔楼梯间去了。声音从那儿传来，我住的 1 号房间离那儿最近。

眼前的情景让爸爸看呆了，内心的不悦顿时烟消云散：午睡时，空旷的大厅里，只有一个瘦小的男孩，在吃力地搬动着摞得像山一样的铁椅子。铁椅子个个灰头土脸，摞在那儿不知有多少日子了。小男孩在那和“铁椅子山”一比，就像蚂蚁站在了大象面前！

爸爸在工会工作多年，一看就知道那铁椅子原来是俱乐部里的：铸铁的底座，4个座位连在一起，每一条有两米多长。可不知怎么摞到这儿来了。眼前这孩子也太瘦小了，身高好像只有1.3米，体重也就60斤，感觉那铁椅子能有他3个重！

小男孩瞪着眼睛，抿着嘴，扭动瘦瘦的胳膊，跟铁椅子较着劲。

爸爸赶紧过去帮他。他扬起满是汗水的脸，不好意思地冲爸爸笑笑，用抱歉的口吻说：“没拿住，掉下来了！”

“可你这是？”

“我把它弄下来，让大家坐坐。”

爸爸顿觉自惭形秽，无地自容。铁椅子就摞在这儿，自己跟那些大人每天都到这儿“聚会”、抽烟，宁肯坐在地上，蹲在地上，可谁也没想着把它搬下来，擦一擦，大家可以坐坐，这样的一个孩子却……

“谁告诉你这样做的呢？”

小男孩摇摇头，憨憨地笑了：“我每天都要做一件善事。”

“哦，每天做一件善事……”爸爸若有所思。

铁椅子被摆放得规规整整，小男孩又端来清水，逐一擦洗。偶尔走过的人啧啧赞叹。可谁又能想到呢：这个叫王志远的11岁男孩儿，自己也患血友病，刚入院！

让人心生敬意的他成了我的好朋友，我管他叫“小兄弟”。

“小兄弟”动不动就来到我床前，那亲热劲儿：“天天哥哥，让我来帮你！”我瞧着他禁不住“呵呵”地笑：好像他自己就不是病人似的！

深受触动的我，禁不住又给王瑛阿姨发去电子邮件：

> 真像是上帝的安排，又像是缘分、福分，大洋彼岸那不寻常的爱竟然一直波涌到了我的身边……

不是在这样的时空，谁又会看到，谁又会想到，谁又会相信呢？

前来探望病人的人们每次来都一定要为我祈祷，带些吃的都一定要送给我一份。在旁人看来微不足道的糕饼瓜果之类，于我却十分珍贵！

感受着这一切的人，又怎能不汲取些什么呢？

这让我想起在一本书上看到过的马克思的话：

> 人们并不要求玫瑰花和紫罗兰散发出同样的芳香，却又为什么要求世界上最丰富的东西——精神只能有一种存在形式呢？

联想到大洋彼岸涌来的爱，我有种茅塞顿开的感觉……

人都有肉体受到疾病折磨的时候，倘若医生、医学、医药，以及所有物质的力量都捉襟见肘以至无能为力的时候，人的精神，乃至心灵，还要不要抚慰，还要不要支撑，还靠什么抚慰，靠什么支撑呢？任何人在这时候都会感到孤独、寒冷、被抛弃，都会有精神向往，都需要精神归宿……这，也许正是那不寻常的爱表现出的不寻常的力量和作用。

向理想境界追求，向无奈现实中见到的一方净土靠近，至少不致使我们悬浮的心魂没有根，而像可怜的小猫在寂静的夜悄悄地舔舐自己的伤口……人不必掩饰，也无法掩饰自身的渺小、脆弱、有限。犹如爱应该有出口，痛苦也应该有出口，人的所有的情绪都应该有出口。孤独的心无处倾诉，不是没有渴望而是苦于找不到对象……作为有限的个体，期盼和追求与那个更大的、通过万事万物来显示自己无限永恒的存在保持一致，其实是可贵的终极追求，终极关切。

我在病痛中不断解决着心痛，而心痛的舒缓似乎真的减轻了病痛。

朋友，我知道你可能要问：来自大洋彼岸（加拿大）的爱引出了这么多话题，可那爱又缘何而起呢？好，听我讲给你……

三　在安大略湖畔

在我小屋的墙上挂着一张世界地图，地图上，被我画上了好多小星星。呵呵，有一颗星就标在了加拿大和美国之间五大湖之中的美丽的安大略湖畔！

你要问为什么啊？因为著名的多伦多大学就坐落在那里，我的叔叔在多伦多大学教书。在一个最容易崇拜人的年龄，他自然成了我的心中偶像。

而来自大洋彼岸的爱，皆因老叔。

“叔叔离我最远，其实又最近。”那天，我的一句话让爸妈愣住了，可他们马上又会意地笑了。我为什么这样说呢？因为5年来，我最常接到的电话就是叔叔打来的国际长途，收到最多的东西，就是叔叔寄来的书信和电子邮件。

要说我生病以来的5年像一列长长的列车，那么，在每节车厢的连接点上，都有叔叔在发挥连通、润滑、紧固、加劲儿的作用。现在一闭上眼睛，我就能听到那些渐渐远去在岁月里的各种声音："天天得了这个病，实际也是我们孙家这个大家庭的不幸！""抓紧抢救是第一位的。对天天来说树立信心最重要；对我来说，能让天天快乐也许是我现在最该做的。"由此老叔马上运送来"快乐扩大器"——给我和"小光头"带来无尽快乐的高档电子游戏机。只是我很不过意：老叔的孩子笑笑和乐乐，当时还没玩上那样的电子玩具呢！

"对了，你可以马上找一下天津血液研究所的所长，叫杨天楹。他会尽力提供帮助的……我已经跟他在加拿大的女儿多次联系，也跟杨所长本人打过招呼……你别太着急，咱们一起想办法。我还能再做点什么，你只管说……"可是不用说，叔叔就时常悄悄地从自己需要维系四口之家的并不丰厚的收入中挤出一些寄过来，贴补我的治疗和营养。

"终于缓解了，太好了……天天呐，我已经跟你爸爸说了，给你办理登陆国际互联网。在网上你会学到更多东西，会有更多快乐……"要知道那时候是1996年，上网者寥寥无几。由此，我跟叔叔跟外界的交流又多了一条渠道——E-mail。

"天天，叔接到你的E-mail极为兴奋！化疗3年，休学3年，你竟然跳过高中直接进入了大学！你真是争气啊……"实际我从叔叔"争气的经历中"也获得了不少激励呀！

"想不到，病魔还能卷土重来。那……那……你们都采取了什么措施呢？"这是叔叔对爸爸说的。一个人得有什么样的心思，得有什么样的情感，才会有如此这般的表达啊！可我也知道，叔叔对爸爸这个当哥哥的是又气又急，真不知道说什么才好了。

"我刚在网上联络到两位加拿大的和一位美国的血液专家，他们提供了两种方法。我用E-mail发给你们，看能不能对天天有所帮助……"一些主客观条件阻碍了我们的行动。

"难道你们就这样放弃了么？"这是我们接到北京"宣判"准备启程回家的一刻，叔叔对爸爸发出的惊问！

"天天呐，我给你寄去一些资料，请你爸爸妈妈给你读一读，这会让你得到许多心灵安慰的……”因为叔叔是教师，教的是《数理统计》，所以我总觉得他为我所做的每一件事，所采取的每一个步骤，像咨询、汇款、打电话、寄材料、发 E-mail、联系治疗、开始祈祷、恭请牧师、发动募捐、建立救助我的网页，等等，仿佛都跟他教的课程一样有条理，讲程序。他为我制作的网页，就取名叫《但无遗憾在人间》——恰好对应了《威海晚报》报道我的文章题目——《为了不再留下遗憾》。

我猛地想到：叔叔都出国 20 年啦！他牵挂我，是不是也跟思念祖国、思念家乡的情感交融在一起呢？是这样，一定是！可这对于他又何尝不是一种别样的情感折磨呢？

然而，叔叔把他的情感都系于行动之中了……

他跟婶婶早在 1997 年，就向加拿大的两个华人骨髓库提供了血髓样本资料，大大早于我爸妈做出捐献骨髓的承诺！

他们不断向当地的血液专家咨询，向当地的人们讲述中华民族仁爱互助的美德，讲述发生在中国大陆的情浓于血的故事。

爱，由此从大洋彼岸一波一波地涌来……人们解囊相帮，祈祷祝福；有医学专家、教会牧师打来电话给我叮咛；孩子们寄来了他们的礼物——五彩的笔画出了他们欢快的祝福。还有我意想不到的事情：当地的教会《周讯》上，竟然印着叔叔跟我的名字，连续介绍着我的病情，连续刊登着这样的内容：“请为孙李弟兄的侄儿孙小添的疾病祷告。”“请继续为孙李弟兄的侄儿孙小添祷告。求主一面治疗；另一面在经济上供应。”

之后，叔叔寄到医院来的一期期北美基督教中心出版的《佳音》、《基督教文摘》，成了我每天听读的内容，成了我每天的期盼。

耄耋之年的老华侨黄奶奶孤身一人，靠政府养老金生活，却执意从微薄的生活费中捐出 200 加元，并嘱托在北京大学教书的堂妹，专程去西苑医院看我，带去她查询到的病案、饮食宜忌指南……那次黄奶奶打来国际长途，听说我好几天没怎么吃东西，急得都有点口吃了：“孩子啊……痛苦是暂时的，要有信心……要让自己的心平静下来，冥想一些美好的事物，冥想着和上帝、和自己的心灵对话，这样就会产生愉快的心情，这样就会有新的感觉的……”“你要是这样想呢，想想食物是身体恢复的需要，是治好疾病的需要，是上帝赐予我们的，凡是上帝赐予的都是美好的……”

真的神奇！中午那一餐的小米粥、煎饼馅子立刻就觉得不那么难以下咽了！看来，一个人的心情，是多么重要啊！

呵呵，公开点秘密？

除了爸爸再没任何人知道。去中科院、出国留学、读博士，一直是我向叔叔学习确立的目标。刚上中学我就曾这样写道：

> 爸爸说家里唯一继承爷爷事业的，只有我的叔叔。可将来还有我呢！
>
> 有意思，1977 年高考，叔叔的卷子在考场被这个传那个抄，差点弄丢了！凭他 314.5 分的成绩上清华（那年清华录取线 280 分）、进北大没问题，可他却一定要去“吉大”。不可思议吧？还一定要考数学系抽象数学，而别人都考应用数学！
>
> 原来，是因为爷爷曾经在那里工作，因为爷爷就是那个专业。
>
> 他给爷爷争气，有骨气！我感到非常骄傲！
>
> 叔叔大学毕业，又考入大数学家华罗庚任所长的中国科学院应用数学就读研究生。在我小学二年级的时候，叔叔又出国读博士，毕业获得了全校当年唯一一份国家奖学金，又读了博士后。让那些只认识日本人、韩国人的欧美人大跌眼镜！叔叔给中国人争光，争气！让我太佩服了！
>
> 但是，我也明白爸爸为什么给我讲这些。放心吧，我一定会努力向叔叔学习的。
>
> 想起叔叔的名字还挺有趣，也挺有意义：爷爷姓孙，奶奶姓李，所以他叫孙李。

在大学校园里，我常常会想起叔叔：想他坐在爷爷教过课的教室里会想些什么？想他毕业时被盛邀留校任教为什么不肯？自然也想他的大学究竟是怎样读下来的：每个月只有 23 元助学金（甲级），可一分都不留，全都交给奶奶以贴补家里的生活，若学校组织看电影需要一角钱，他都要再跟奶奶“申请”……

叔叔或许不知道，他的精神给了他的侄儿多少激励啊！

四 根底藕丝连不断

静卧在床，思绪总是飞来飞去。而最近一段时间，我的脑海里经常浮现出在电视里、在画报上看到过的大洋彼岸的景象，浮现出我想象中的柳牧师、黄奶奶和许多让我觉得亲切的白皮肤和黑皮肤的人，他们做慈善，搞募捐，讨论援助计划；他们聚会、聚餐，徜徉于秋日里落满枫叶的公园……根底藕丝连不断，我坚持给叔叔发电子邮件，请他代为转达我的思念与感激。可最近，叔叔却不再给我发电子邮件了！

呵呵，他是把跟我的联系全变成电话了！

嗐，叔叔为此不知得多支付多少国际长途电话费啊！

可这天通话后，兴奋之余我恍然：他一定也是想多听听他的侄儿的声音，如同我想多听听他的声音一样！

那一天，我感觉来过好几个国际长途，都不是我接的，我像是在梦中，内心很着急却接不了了……

爸爸向我讲起了那之后发生的事情。“天天，你知道你叔叔……”爸爸一边在电脑里找着什么一边断断续续对我说，“那一天，叔叔打来了好几个电话……其实，他就是想再听一听他侄儿的声音。可是，你一直睡着……他真的，真的就再也没有听到你的声音了……”爸爸有点哽咽，越说越慢，时断时续。可他又不停下来，怕我在他停下来的时候会想得更多，心里会更难受。

他的眼睛始终在观察我的表情，说：“随后，叔叔接连发来了 3 封电子邮件，传送来著名的诗歌，莫扎特的《安魂曲》……你看……”爸爸把那些邮件一一打开给我看。爸爸点击了几下鼠标，那歌声立刻幽然地响了起来：

做一只快乐小鸟，
无忧无虑地飞翔，
宁静的世界没有伤悲。
……
你的梦想，
开始漫长的旅程，
直到融入了闪闪满天星。
……

第二十一章
多情多感，不干风月

梦不仅能够把理想的、未然的事情具体地呈现，也能把现实的、已然的事情生动地还原，让人去回味，去品读，去领悟。

一　憧憬与抚慰

“成功了！”我差点喊出声来，我为自己终于实现了一个夙愿而欣喜若狂。

“你可是做了件天大的好事啊！”爸爸激动得一边点头一边搓着双手，在屋子里踱来踱去，眼里盈满了喜悦的泪花，连声说好。他突然又说：“走，我陪你马上去中国红十字会！”走到门口他又收住脚：“等等，先给王瑛和王雪纯阿姨打个电话吧……对了，是不是也告诉报社、电视台一声，这是个特大喜讯啊！”

“应该，应该！”我兴奋得连声说。

你可能要问，什么事值得我们父子如此高兴啊？

的确非同寻常：我是在大刘电脑师的指导下，制作了一个应用软件，赠给了中国红十字会所属的中华骨髓库。用上这个软件，可以对全国所有需要骨髓移植的人的资料进行汇总、编辑、存储、检索。就可以对全部资料进行自动分类、让个体资料自动对号入座。最重要的是，可以让全国各地所有需要骨髓移植的人的资料，与中华骨髓库志愿捐献者的资料进行双向同步筛查，自动撮对配型。速率与准确度将成倍增加……人们将因此告别以往那种

焦虑不安的等待和失望。

多少人可以圆梦了，多少人可以获得新生了，多少家庭可以避免悲剧重演了！

“这项成果的价值和意义具有革命性、世界性！”北华大学医院我的主治医师王伟比我还兴奋，激动得情不自禁：“我来给你写评估报告！”

这倒让我冷静了下来，因为事情还只能算“八字画上了一撇”。

发明需要检验，科学需要证明，一切都还要等向中国红十字会报告以后，由国家血液病专家委员会进行评审鉴定，甚至还要等临床检验结果出来，才能最后获得通过。

我压抑着难以抑制的激动，等待着！

等待，有喜悦幸福的滋味，也有焦虑不安的心情……

尽管我对自己很有信心，但是对“筛查速度和撮对的准确性”依然有一点担心——在数十万份资料中进行筛查，速度至关重要，时间往往决定一切；而撮对配型的准确性更是性命攸关。能否经得起检验？我的脑子里还是画上了问号。

难熬的一个月过去了，我越发觉得事情的重要与紧迫。

每天有多少人焦急地等待移植而苦于没有合适的骨髓来源而陷入困境，现在捐献者库存资料十分充足，瓶颈问题就是筛查、撮对，就在于它的速率、准确度！在某种意义上说，这已经不是我一个人的事情了，而是我和更多白血病病人对社会的回馈，是中国人对世界医学的贡献……

又是半个月过去了，激动与急切让我度日如年——犹如发明者在等待他的发明专利批准，著作者在等待他的著作发表。闭上眼睛，我还会看到那么多双我熟悉和不熟悉的充满渴望的眼睛。而我，也是一个等待骨髓移植的人。

说什么也待不住了。该打电话咨询一下。

“哎？手机哪儿去了？”我翻来覆去找不着。

在四处翻找的焦灼中，我的梦醒了……

环顾一下，患友们依旧在谈论着骨髓移植。

我的心头一颤，这是我们共同的梦啊！

我不禁问自己：“梦，又为什么把事情结合得这样好呢？”

是啊，电脑是我的最爱，骨髓移植让我梦寐以求。

内心的我怅然若失：“梦之所以能给人憧憬和抚慰，大概就在于：它不仅能够把理想的、未然的事情具体地呈现，也能把现实的、已然的事情生动地还原，让人去回味，去品读，去领悟。”

是这样。

二　在希望里

这是个燃起新希望的春天。

爸爸拜见了二伯在美国的那位同学以后，兴奋得立刻找到妈妈：“振奋人心呐！”爸爸的嗓门一下子大了许多，“美国不是全球公认的白血病治疗领先的国家吗？那儿，现在都采用同胞兄弟姐妹的骨髓做移植，说这是根治的最好办法……”

突然，爸爸立刻觉出妈妈可能会跟自己的意见相左，于是降低声音：“现在中国要移植的人这么多，骨髓源这么难找，我估计很快都会接受这种方法的。要知道，同胞骨髓的吻合几率虽然才四分之一，可要是到非血缘的人中去找，那是几万，甚至上百万分之一，如大海捞针一样！”

“再说，要是自己解决了骨髓源，还能节省一大笔费用……”爸爸滔滔不绝，生怕话被打断。

这是我们一家人长期存在的观念误区。实际高额费用并不是骨髓的费用，而是用于提取和处理骨髓、控制移植后排异反应和并发感染的药物的费用。而药物多半进口，经多层次、多环节、层层环环加码、加价。

“我看，咱们再生一个，给天天做移植吧！”爸爸终于绕到正题上来。

“啊？”妈妈还是大惊失色，“再生一个？用那么小的来救这么大的，到时候大的没救了，小的又没活，拿生命开玩笑啊？”

爸爸被噎住了，脸涨得通红，半天才接上话：“这是科学，怎么叫开玩笑？这是美国成熟的成功经验，根本没问题。要说有问题是人们的观念。实际，骨髓跟血液一样，再生能力非常强。你以为骨髓输给大的就一定会伤害小的？专家都说，肯定不会！我已经跟北京人民医院的陆道培教授咨询过，他已经开展了这项移植，而且答应为我们做。”

“可你没听二嫂说她那位朋友的儿子吗，跟天天的病一个类型，结果做移植不是失败了么？”妈妈像质问似的，“人家什么条件？就这样都不行，咱们趁早别想！”

“这跟条件无关，”爸爸据理反驳，“失败的原因是用了母亲的骨髓——半相合，产生了排异反应，而咱们现在要用一奶同胞的骨髓，完全相合，没有反应，成功率100%！”

“可一个孩子都拖累成这样，再多一个，拿什么养活？”

“你这不是转移概念吗？”

“没概念转移什么？”

“岂有此理！”爸爸气得一拍桌子，烟灰缸在桌上跳了一下……

烟灰缸跳完了，伤人的话说出去了，爸爸也像踢破的足球泄了气，他开始晓之以理，动之以情：“你想，到时候多好哇，无论小妹妹还是小弟弟救活了大哥哥，大哥哥领着他（她）玩，教他（她）唱歌识字，孩子也有伴儿了！”爸爸的目光望着远处，半天才移回来长长地出了一口气，故意十分轻松地说：“拿什么养活，俗话不是讲‘一只羊是赶，一群羊也是赶’，‘多张嘴，不就是多双筷子，多把米嘛！’”爸爸把计划生育办公室王筠大姐的话都搬出来了。

“说着是轻巧，”可是妈妈还在她的思维世界里呢，“咱们没法保证孩子生下来，吃的、穿的、用的，都跟别的孩子一样，就是让孩子来到这世上受罪，你能安心？你能忍心？还是别生！眼下的治疗不挺顺的吗？你没看北京儿童医院，把‘骨髓移植’那4个大字都摘掉了么？这不等于说，不移植一样能治好吗？”

“你……你，你简直……”

爸妈又谈崩了！

爸妈争吵，其实不愿意让我听见、看见，可有时他们就像兜里揣着炸药包，一触即发，沾火就着。我呢，自然会遇上，在火头上他们又根本顾不得我在不在场。

夹在中间的我，该怎么是好呢？我选择了沉默。

可我不沉默又能怎么样呢？我不埋怨妈妈，事情谁不愿往好处想呢？谁不愿往好处争取呢？她总是想我的病会治好，而不用非得骨髓移植。再说她认为，让刚出生的那么小的弟弟或妹妹就抽骨髓给我这么大的哥哥，太残忍了，她甚至跟爸爸吵：“也不知是哪个科学家想出来的这么残忍的办法！”实际上我知道，还有一个根本原因：她要把她全部的爱都给我，不允许本该给予我的爱再被分割，尤其是在我如此需要她的爱的时候。她总是想得比较实际，就算我得救了，小弟弟或小妹妹也存活了，可债务累累的家庭，又怎么能保证小弟弟或小妹妹得到较好的生活条件，而健康成长呢？可因此，爸爸就错了吗？

我一会儿想到妈妈，一会儿想到爸爸，茫茫然。

爸妈最终达成了一致。经过对我的一系列检验检查，经过各级计划生育部门层层申报审批，他们领取了二胎指标。爸爸在理论上胜利了！当然，也是因为医学科学的进步让妈妈放下了心：移植不再用婴儿的骨髓，而是用新生儿的脐带血！

爸爸高兴得不行，好像我那个小弟弟或小妹妹的出生指日可待了，竟然买了一个那么大、那么漂亮的洗澡盆！一看就知道躺在里面有多舒服啦！还乐颠颠地告诉妈妈："你先用它来洗衣服，这样有好处！"

他还在那自我陶醉呢："嘿，用这澡盆洗澡，那得多惬意呀！"

三　我的小妹妹

叫我怎能不兴奋至极，教我怎能不感慨万端？

一年后，爸妈如愿以偿，我真的有了一个小妹妹！而且真的就是小妹妹的脐带血救了我。

"难度空前，险中取胜啊！"陆道培教授在接受采访时激动地说。

获得新生的巨大喜悦，立刻转化成我对小妹妹无比的爱。

妈妈放心地把小妹妹交给我照看，我简直都不知道该怎样喜欢她好了。我抱着她，背着她，让她骑在我的肩头上，我甚至每时每刻都想跟她在一起。我整天给她朗诵童谣、儿歌、诗词。呵呵，也不管她能不能听得懂，看着她手舞足蹈就知道她喜欢！

爸爸忙不迭又去找于大爷，给小妹妹起了一个很美的名字——笑妍！一听就是我笑天的妹妹！这名真好，好听好记，还跟我紧连着！

爸妈说我也许因为叫"笑天"，所以小时候特别爱笑。可我觉得小妹妹叫"笑妍"才准呢，她不仅爱笑，笑得还那么美！她经常是无声地笑：白胖胖的脸上说着说着就出现了笑容，那么娇羞、清爽，好像晨曦中悄悄绽开的一小朵含着露珠的白玫瑰，那么惹人怜爱！没人逗她，她会看着窗帘打开时的光亮，看着空中飞着的绒毛，看着桔黄色的台灯罩散射出来的光晕，自个儿在那甜甜地笑！呵呵，你若以为她不会笑出声，那可就不对了！她放声的笑更有特色：脆亮亮的，像风铃一样叮铃铃地响。更有意思，她听见敲门声，听见我跟爸妈说话，听见窗外的小鸟啾啾地叫，都会咯咯地笑！只是不管她怎么笑，她都会现出两个小酒窝，总是笑，那

小酒窝就像给印在了小脸蛋上似的！那一双大眼睛也给笑成了弯弯的小月牙！我会禁不住跟着她一起笑，更多的时候，我则眯着眼睛欣赏她的笑，没个够！

这天，窗外一串“嘤嘤”的鸽哨声又引得她“咯咯”地笑起来。这给了我一个提醒：也许她很有乐感！给她拉拉小提琴吧。

好嘛，她一听见琴声就不停地努动着小嘴，弄得她胖嘟嘟的脸上好像鼓出来一个逗人的“小红喇叭”！可随后呢，她就跟着“咿咿呀呀”地唱上了。爸爸见了乐不可支，对我更是赞不绝口：“好……你比我那时候做得好，你这可以叫‘熏陶教育法’了！”这以后，给她拉琴成了我每天最开心、最得意的事。

“天天呐，你都让我嫉妒啦！”妈妈开心地逗我。

我不好意思地笑了！不过我也想，我是不是太自私了，弄得小妹妹连晚上睡觉都不让妈妈哄，非得听我拉《小宝宝要睡觉》不可！可我的心里呀，还是美滋滋的：小妹妹总是在我优美的琴声中睡着，我总是带着小妹妹甜美的笑容进入梦乡……

我感觉自己的每一天都生活在无比的幸福之中！

真快，小妹妹该上学了。我想让她去我曾经读书的那所小学的愿望，得到了满足。

接送她自然是我的任务。每天背着她，越过小河沟，爬上小山坡，一路唱着“欢乐的歌儿”，真快活！

放学了我来接她，她像只花蝴蝶，一下子就飞到我的怀里来了，嚷着要我带她去玩。

金灿灿的阳光，绿油油的草地，小妹妹穿着粉红色的衣裳——整个就像一簇盛开的花朵。我要给她摘那五颜六色的小花，可她不喜欢，偏要蒲公英那白茸茸的花球……她用小胖手捏着，举到眼前看个不停，把一双大眼睛都给看成了小对眼儿！她把小嘴努成了一只“小喇叭”去吹那洁白晶莹的花球……真美啊，阳光斜照着，她稚嫩的脸上的茸毛毛闪着一层亮亮的淡金色。“噢……”她欢呼起来了，张开两只胖胖的小胳膊去抓，好像她要跟着飞上天似的——这幅画面，一下把我的记忆唤醒了：它与我童年的一个欢乐情景惊奇的一致。

转眼再看，小妹妹追着蒲公英跑出老远了。可她真听话，我一招呼，她就向我跑回来了。她欢快地跳跃着，妈妈给系的马尾辫儿左右摇摆着，像只调皮的小喜鹊在她的肩膀头上蹦蹦跳跳……我迎着她跑过去……可怎么回事？就像电影里的慢镜头，我们俩怎么也跑不到一起。小妹妹摇着胳膊喊："哥哥，哥哥……"

那细弱的颤抖的声音像小小猫在抓挠我的心，让我难受。我翻来覆去，不知怎样才好，忙乱中，我醒来了……唉，又是梦。

我怔怔地回想着，真希望再回到那梦里去……

四　琴弹续曲

爸妈虽然领取了二胎指标，但是我一直没有那个可爱的小妹妹。

此时我吃惊地想起来：当再次提起"生一个来救我"，也就是主任医师宣告"骨髓移植是唯一生路"时，爸爸有一段回忆的文字：

> 琴弹续曲，旧事重提，无边的愧悔让我的心被咬噬一样难以忍受，让我浑身像粘满了抖落不掉的麦芒一样坐卧不宁。一晃就是5年，要是早点下决心再生一个，天天不早就得救了么？

夜里，我听见了爸妈压低了嗓音的议论。没有争吵，倒像在说悄悄话："眼下怎么办？再生一个恐怕是不行了！"

"那骨髓源从哪来呢？"

"联系中华骨髓库吧。"

"可大夫不是劝过咱们吗？资料太少，不可能。"

当时中华骨髓库的资料不足5万份，得够20万份才有临床价值。

"在你我的兄弟姐妹的孩子中找一找呢？"

"有点张不开口，谁家都只有一个孩子，而且他们都在上大学……唉，还有一个时间问题。"

"那用咱们俩的试试吧？"

"我想把这当作实在没办法时的办法。"

"大夫不还说也可以用儿子自体的吗？"

"你怎么忘了，他还说，自体的远不如异体的么？并且，儿子现在的自身条件远不具备，估计没有这种可能了。"

“我看，还是再找专家咨询一下，看能不能再生一个……”

一时鸦雀无声……

不久，爸妈找到了妇产科专家，受到了专业知识的教育而再次陷入困顿……

正是山重水复疑无路，人们又为我找到了台湾骨髓捐赠中心，随后，又找到了慈善家答应为我捐献30万元移植费！

我在无限感激与喜悦中等待，等待自己的血象回升……

“中华骨髓库重新建起来了！”等待中的喜讯，让一家人无比振奋！

“现在还叫了一个新名，”爸爸的眼里闪动着热烈的光芒，“叫什么，中华造血干细胞自愿捐献者资料库……这回捐献者多了，查询快了，说是还要把全国各地的资料都联网呢！”

“这真是儿子他们的福音啊！”妈妈一下站起来，喊道，“咱俩应该马上去捐献！”

爸妈的目光又几乎同时投向我……

那目光，透出无尽的怜惜和无比复杂的心情。

“呵呵，”我马上笑道，“我举双手赞成！”

他们随即向中华骨髓库提供了血样，并做出了庄严的捐献承诺。

说真的，我不光为这消息振奋，也很感激爸妈：这么多年，那么多人在帮我，我一直想报答却没有机会。

有一点出乎意料，刚过一星期，就接到了“中华骨髓库”的通知：爸爸跟一位“小光头”配型成功了！6个位点完全吻合！

全家人为此兴奋至极。爸爸按要求做着各项准备。妈妈买来两束鲜花准备献给陆道培教授和主任医师刘峰。

我嘱咐妈妈应该给爸爸多增加点营养，这样捐出去的造血干细胞品质才更好。我对每一个过程都格外关注：体检，化验，隔离观察，血液分离、沉降，提取造血干细胞……

移植是同时同地进行的：这是一间非常现代化的大无菌舱，跟我住过的完全不一样：一个有机玻璃封闭起来的透明阳台，外边一侧能看见蓝天白云，鲜花绿树，里边一侧能看见在舱外守候的人们——先进的可视对讲设备让里外的人通话，方便多了。

一切如愿，移植完全成功！

那个“小光头”被推过来了，他立刻张开胖胖的小胳膊搂住爸爸的脖子一个劲儿地亲吻。顿时，我感觉自己的全身都酥软了，不觉潸然泪下。

爸爸透过“小光头”的肩头，透过人群看见了我。他的表情很复杂，这让我很难受。我转身走开了，这会儿我不想见他。见了又说什么呢？

我快步走到室外去了……

院子里大片大片的红玫瑰，一波一波浪潮般荡漾着光艳与芳香，令人眩目，心醉！可是路也给挡住了。我着急，怎么找不到绕行的路呢？可如此宜人的鲜花哪舍得践踏？于是，我小心翼翼地用双手把身边的玫瑰拨开，想穿过去，可手臂立刻被玫瑰的刺扎出血了。血是那么热，感觉有点烫，那我也顾不得了，只想着赶紧走得远一点，一个人静一会儿。突然，我的手像是被柔软的藤蔓儿缠住了，我挣了几下，猛地醒来……

妈妈拽着我的手还在轻轻地摇动呢！

我定睛一瞧，床头杯子里的水洒得哪儿都是……

“你又做梦了！”妈妈望着窗外说，“天太热，人犯困，又睡不踏实，因此就爱做梦……”说着，她为我摇起了扇子。

跟妈妈聊了一会儿，我从枕边拿起《宋词》，不经意翻到了蔡伸的《柳梢青》：多情多感，不干风月。这感觉很贴近我此时的心境。

迎着阳光，我忽然发现妈妈的头上长出白头发，竟然那么多，一根根亮闪得刺眼。我的鼻子不禁一阵发酸：那都是她为我操劳的啊！我坐直了，攀着妈妈的肩头，轻轻地给她拔起白头发来。一根、一根……妈妈顺从地靠着我，享受着她的儿子给予她的爱。从窗子投进来的满满阳光拥抱着我们母子，暖融融的。

哪想这一幕被爸爸瞧见，写了下来：

这天，我从家里给儿子煮了一兜毛豆送来。到了病房，我照例先在门口站下，朝屋里看一看。这还是儿子给我养成的习惯呢：他小时候，我每天下班回家都要先倚着房门，看一看全然不觉的他在那玩耍。可此时屋里的情景，却让我的心头止不住地颤抖。

儿子在给妈妈拔白头发呢，妈妈的眼泪在一滴一滴朝下落，落在阳光里一闪一闪地亮，妈妈背后的儿子并无察觉，一脸的痴情和认真，他好像还担心妈妈会疼似的，每拔一根还要在那个地方轻轻地揉一揉……我的手不觉一抖，一兜毛豆掉在了地上。

五　我感觉在飘飞

小兄弟出院了，我执意要去送送他。送走了他，我跟爸妈提议到江边走走。

夜色初降，江堤路两旁的大杨树蓬起来的绿茵成了深绿色长廊，橘黄色的路灯在其间若隐若现，让人感到格外宁静、温和。微风裹着江水的清甜和草木的馨香一阵阵扑面而来，心中的燥热、烦闷顿时一扫而光。我的目光贪婪地投向松花江，只见那深蓝色的江面波光粼粼，倒映着岸上的缤纷景象：大厦，霓虹，万家灯火，一片璀璨的祥和，内心豁然生出一种恍如隔世的感觉……

算起来，我至少有两年没有在江堤路上漫步了，而这一次在病房里也有两个多月没到户外走走了。

突然，我愣住了：那江水里，怎么？

赶忙抬头看，哦，江对岸那座大厦的顶端耸立着4个火红的霓虹大字，竟然是“北华大学”！4个火红的大字倒映在深蓝色的江水中，宛若熊熊燃烧的4柱烛火！

“那应该是你们北华大学的总校。”

“是的。”我无限感慨。

从这天起，我总是梦见自己重回校园，甚至打个盹儿的时候都是在校园里：我去宽敞明亮的阶梯教室上课，去永远充满朝气的学生会议事，去宁静幽雅的图书馆秉灯夜读……好像什么都没发生：没有那次扫雪劳动，没有“腰脱”，没有病情复燃……我正一步步实现着自己的目标：英语六级已经通过，准备来个热身参加GRE考试，研究生保送我志在必得，毕业论文的题目已经确定：《计算机应用软件开发之前景展望与微软核心技术的纠偏途径解析》……

爸妈倒是挺理解我的心情，这些天连续买来《中国教育报》夹在红夹子里，我自己可以随时翻阅，那上面的校园故事填补了我的一部分精神空白。但是他们怕我累，总是要亲自读给我听。

“来，天天呐，”这天爸爸又招呼开了，“开始读报喽，先来这篇，《大学生古典文学素养高吗》……”爸爸的声音突然拐了弯，发出怪异的腔调，“咦？天天呀，古典名著里，你好像没读过《水浒传》。”

“谁说的，我在网上还读了一遍呢!”其实我知道爸爸是在努力调动我的情绪呢，他跟妈妈从来不想让病房出现沉默。

“哦，错怪了，错怪了!”

“天天，这儿还有一篇叫《特色校——校园文化的风景线》……”

我的脑海不停地浮现着我们校园那蓬勃的景象……我在嗓子里暗咳了两声，说：“我们学校也非常有特色，最大的特色就是演讲蔚然成风！学校搞，系里搞，班级也搞……平时，节日，重大活动都搞……我们的师范学院在全国最早成立了演讲学会，还创办了全国第一本口语期刊!”

“对，《演讲与口才》，主编是邵守义老师，我也是忠实读者!”爸爸热烈地响应，“我看单凭这一点，北华大学就称得上特色校!”

“别人都说，你们学校的素质教育很有特点。”

“那当然。”我骄傲地说，“学校为我们开办了好多人文选修课，为我们定期举办各种讲习班，像‘世界贸易与市场经济’、‘经商战略与就业’，等等，都很实际，很实用……在开学典礼上，院长语出惊人：‘我希望我们的同学，在毕业离校的时候，是开着自己的轿车走出校园的!’”

“啊?”爸爸格外惊讶!

“呵呵，这是鼓励同学既要学文化，也要学技能，更要自己去创业。”

“好，好！哎，这还真有一篇讲创业的文章，叫《大学生创业——莫以成败论英雄》，来，我再给你念念……”

突然，手机响了。

爸爸接完电话，好像有点不知所以然，跟妈妈交待了一声之后对我说：“你们学校找我去一趟。”随即招呼来看我的姐夫：“姜山啊，陪姨父去一趟。”然后俩人匆匆地走了。

算起来，我离开校园已经有 9 个月了。今天是 9 月 3 号，正是新学期要开学的日子，学校找爸爸去，能是什么事呢?

晚霞映红了窗子，我正有些心猿意马的时候，突然看见爸爸跟姐夫，在门口朝我热烈地招手呢！他们终于回来了。

“我们一进学院办公室啊，”爸爸兴奋的目光定在了我的脸上，“你们新调任来的党委书记，对了，还有你们新的班主任老师，马上都过来了。他们对你的情况非常关注，争着看资料，围过来听介绍，立即跟我们一起详细地研究了帮助你的方案，拟出了 6 条，明天一大早，党委……哎，书记姓什么来着?”爸爸扭头问姐夫。

“姓马。”

“对，对。马书记明天一大早就向总校领导汇报去！”爸爸抓起茶缸，咕嘟咕嘟地灌了几口凉开水，呛得直咳嗽。

终于听到了来自学校的消息，我一会儿看看爸爸，一会儿看看姐夫，感觉自己的目光都是热的，热得发烫，烫得灼人。

“你的同学别提多关心你了，你走以后就一直在打听你，给咱们家不知打了多少电话……”爸爸的声音慢下来，“你们寝室的室友，你们的班长，还有学生会的好几名同学都去咱们家看过你……”爸爸不知是激动还是怎么，声音有些颤抖，“在你们寝室，同学听说孙小添家长来了，把寝室的门里门外都挤满了。有个长着小黑胡的男生自报家门，说是你的台球球友、足球球友。他的嗓门特亮，”爸爸生动地模仿着他的口音，“‘忒想孙小添了，看‘重要新闻’想起他，到学生会去想起他，跳交谊舞时想起他，开班会时想起他，打开电脑还是想起他……每次进教室，去阅览室，我都先看看他常坐的位子，就想着，能冷不丁一下见到他！回寝室，我也得先看看他的床，没准儿，他一下就回来了呢！”

我的好朋友，好同学，我也想你们啊，想得都入梦了。

夕阳正要落下，大大的太阳是金红色的，白杨树的枝头剪影似的印在了上面，很美，在《大众摄影》上见过这样的景象。金红的光晕有些耀眼。我扭回头，在耀眼的光晕下，我看见爸爸的眼里闪烁着不易觉察的泪光。

“我们这一去才知道，原来的党委书记……”姐夫刚一开口，爸爸就给抢断了：“就是你们的李书记，来医院看过你，他把你的事嘱咐给了系办主任，结果系办主任没说清楚，因此同学都以为你又回北京治疗去了呢。听我一说，大家惊讶极了：哎呀，闹了半天，孙小添就在吉林市呐，就在咱们自己学校的医院里呐！终于知道他的下落了……这回好了，等开学这两天忙过去，赶紧到医院去看他。”

是啊，我突然从他们中间消失，一下就是9个月，跟人间蒸发了似的，他们能不惦记吗！

“好几个同学拽着我姨父的袖子，”姐夫好容易插上话，“一个劲儿地央求，叔叔，需要我们做什么，您尽管说，千万别有啥顾虑……现在就跟我们说说吧，是不是需要献血？需要，我们现在就去！看我姨父没吱声，几个人急得脸通红地大声说：‘我们几个跟孙小添是一样的血型，全是B型！’”

忽然，我感到了一阵眩晕。

我不由得轻轻地闭上了眼睛……

霎时间，一切变得飘忽起来，我的身体也变得格外轻盈。眼前出现了 4 烛红色的光，红光跳跃着、闪烁着，渐渐扩大，融入了天边的晚霞。

我感觉自己在飘飞，乘着舒爽的轻风……

天空变得像童话世界一样高远、辽阔、无边无垠……

恍惚间，我感觉自己变成了蒲公英，在轻盈飞着，向着一片光芒……

第二十二章
天知否

就像一粒粒盐不断加到水里，见不着踪影，然而，盐确实融入了水。

一　感动上帝

哈，又跟老爸见面了！

融融的月光满满地流泻进房间，电脑里传出的乐曲在月光的柔波里荡漾……细一听，那正是我练过的小提琴曲《月河》——舒缓，悠扬，无限深远……老爸端坐在电脑前，凝视着屏幕，两手在键盘上缓慢而无声地移动着，一副浑然忘我的神情；给我治疗用的“周林频谱仪”被改制成了台灯，在他的身旁投射出桔黄色的光晕；墙上挂着一张放大的我们在一起的照片，上面用大字写着：“儿子，蒲公英和我。”

一种温润的喜悦从我的心底悄然流过。

我倚着房门，望着老爸，忽然憋不住想笑：自己怎么跟老爸越来越像了呢！他那时候下班回来，总喜欢倚着房门，看着全然不觉的我在那儿玩耍！

“天天……”老爸忽然觉察出来，喊了我一声。他的脸上拥满了重逢的喜悦，他站起身，示意要我坐在他那儿。

“呵呵，您坐吧！”我不由得笑出了声，老爸还跟从前一样，见了我，总要立刻让出电脑的位子。

老爸在屋里踱起步来，可随即又好像有点迫不及待：“天天呐，让我告诉你离开我们以后发生的事情吧！”他搓着手，脸涨得通红，好像被那些事情憋得不得了。

“好哇！”我高兴地说着，一屁股就坐在了电脑旁边的位子上。

“你知道，那一天多让人惊奇啊……”老爸摊开的两手颤动着，眼睛睁得老大，话音在空气中跳跃……

“西边天上是那么绚丽的晚霞，这边却无声地下起了小雨。我仰头向天上看，稀疏的雨丝映着霞光，亮亮的，在风中飘。像一丝丝飘摆的金丝线，金丝线擦过脸庞像羊毛刷轻轻拂过似的温柔，带着一点点清凉。忽然，后面传来一个熟悉的声音：‘这是天天把上帝给感动了！’我顺着声音看过去，哦，是史阿姨。她一边抹眼角一边在念叨，旁边的侯叔叔扶着她的肩头。”

“感天天溅泪呀，”老爸感慨道，“那雨，竟抽泣似的连着下了3天！……家乡的那么多人冒着雨来送你。那当中，有你们学校的党委书记，有你的老师同学，有爸爸妈妈单位那么多叔叔阿姨，还有你格外钦佩的新闻工作者，工会你王大爷……”

“就是送你‘戒烟联儿’的王大爷吧？”我打断老爸，心里有点惊异自己的平静。

“正是那位王大爷！”

“王大爷还为你题写了一副对联儿呢：‘惜俊彦早别，学子芳年暂短；虽沉疴难起，人间挚爱绵长。’”

老爸的声音低得像喃喃自语：“这，也道出了我跟你妈妈的心声啊！”

顿时，我的心头像是有一种绵软而温润的情愫，合着《月河》那迷人的旋律，一团一团地弥漫上来，我的眼眶不觉湿了……

不经意间，我瞥见了电脑上老爸刚写下的文字：

山路弯弯，山路朝天。

刚登上北京金山，天就下起了蒙蒙的雨。

也许是儿子感知，知道亲友们为他送行，他为谢而泣？也许是苍天有灵，知道人们念记着一个好孩子，它为情所动？

从高高的山上向东望过去：那昆明湖、玉泉塔、西苑医院，都给迷蒙的雨雾淹没了。雾一样的雨，雨一样的雾，一面一面地从辽广的天宇飘忽而下，宛若垂下一面一面淡灰色的挽幛，在轻轻的秋风中飘拂，久久不肯散去……

"天天呐……"

老爸一声呼唤，我的眼泪就出来了。

"你知道吗，家乡的雨竟连到了北京！那是金山上的红叶将红的日子，我们在你爷爷奶奶安息的地方，为你种下了一棵小松树，让你陪着爷爷奶奶，伴着小松树继续成长……"

老爸的讲述让我沉入了无尽的遐思……

老爸静静地看了我一会儿，用他惯常使我高兴起来的口吻说："你回到了北京，爸妈也跟着来了！那么多老朋友在帮我们，给妈妈的工作也调到了北京，李叔叔又帮我们找到了新的住所，这样，咱们一家人不是又团聚了嘛！"

老爸滔滔不绝地讲起来……

我的内心感叹着：确是"人间挚爱绵长"啊！让我们一家人在北京团聚……新闻人为了我的心愿，依然在报刊杂志、电台、电视台发出他们的声音："痛苦中阳光照耀"，"好孩子，带着爱上路"，北京的电脑人为了帮老爸写出我要写的书，好像在进行一场不中断的接力，一直帮他维护电脑；我的老师林群婵，一位近九旬高龄的老人，用她的蝇头小楷为我，为她 19 岁的学生写下了情深似海的文章；大洋彼岸的黄奶奶，7 个月打来无数次电话要找到爸妈，就为了说几句安慰的话；我的生命天使王阿姨，她竟然盼着我转世人间，到那时，再亲手把我接回到这个世界上来……

上帝啊，您知道吗，您知道吗？

老爸忽然深情地说："我这一走，让你王大爷这位'淞城七贤'中人，可是夜难成寐了，于是他在松花江畔挥泪赋七律一首相赠：

乔迁睽别友嘤声，漫话良宵酒送行。
朔风踏雪思文笔，北海观灯忆帝京。
往事如烟追旧梦，十年苦乐两心诚。
此赴京都父随子，人间天堂皆是情。

老爸的目光瞄向远方，仿佛正看着他的老朋友，又好像还沉浸在那诗境中。

好半天，老爸收回目光，说他也措了一副对联儿回赠：

雪覆龙山，历寒知暖，有天皆煦日
松连古道，开秦迎安，天地不春风

我听完频频点头，老爸温和地注视着我说：“天天，那一封让你特别激动的长信，你一定不会忘吧？写信人是举善不言的‘辛文老师’。他在电话里说，‘在吉林、北京辗转了好几个月，找你找得好苦啊！一直想见见你，或是通个电话。’他早就准备了好多书要送给你。为了你写书，还专门给你买了一本最新版本的《现代汉语词典》呢！他说：‘我们这里的青年学生，非常需要像孙小添这样的人生故事。身边榜样的作用是最大的，孙小添就是他们身边的榜样！’”

“我谈不上榜样，我只是希望青年朋友们，能够从我的经历和感受中，体会到对自己有益的东西。有哲人说过‘人，大都在追悔中度过一生’，我希望青年朋友们，能够从我的经历和感受中得到启示，减少追悔！”

二　生活是比较的艺术

我长长地呼出一口气：“此刻，我想对青年朋友说点儿心里话……”

老爸直直地看着我，眼里满是期待。

“朋友，也许你的成绩还不很优秀，也许你的性格还比较脆弱，也许你在某些方面还不如同学。其实，这都不要紧，因为你还活着，因为你有机会改变自己、证明自己、超越自己——而且一定能。这犹如春天一样必然！”

“也许你觉得自己还不够幸福。实际，单就身体健康这一点你就该觉得幸福。现实中，越是幸福就越不容易觉察，幸福需要有一颗懂得它的心。一切都缘自于心灵的感受和对生活的体验。你可以试着回想一下：你去医院看望生病的朋友或亲人出来，又回到蓝天下呼吸到新鲜空气时的感受……”

“生活是比较的艺术。一切从比较中来，一如万事万物都是相比较而存在一样。比比大山里的孩子，比比天生残障的人们，比比在地震、海啸、车祸中失去亲人的人们，你的改变就会从这时开始。比的必要，是因为我们共同生活在蓝天下，共同生活在这个时空。”

“也许你正因为不顺心、不如意而郁闷呢。这时候，请万万不要以为是

生活背叛了我们，抛弃了我们，而是我们未能理解生活；不要以为是命运捉弄了我们，而是我们没能把握好命运；我们应该适应这个世界，而不是要这个世界适应我们。现实中，我们越早认识到这一点越好。像我，就是没能很好地适应这个世界……”

老爸像突然想起什么似的，赶忙拿出笔记本，急速地写起来。

这是他的习惯，每当听到好的论述、好的词句，以及让他感兴趣的事他都会记在本子上备用。

我停下来，给老爸一点记录时间。我开始环顾起这个房间：一切都很眼熟，跟家乡我的小屋一样，东西的摆放都像我离开时的摸样。桌子上还放着我吃过的药的药盒；书架上一年24期才能在杂志书脊上完整显现出来的超大号“大众软件”字样，格外清晰；那只踢破了的足球还猫在立柜底下，咧着大嘴冲我笑呢！新屋子的老样子，让我察觉了老爸的心思：为了回忆，为了写书。可我却触景生情了，往日的生活像一幅幅电影镜头在眼前急速地闪回、切换……

我注视着老爸，想到了我们在一起的许多让我难堪、尴尬、伤感的事情，心想：也许，更多的青年朋友有着与我那时候同样的境遇。于是，我清了清嗓子，把原本不想说的话说了出来：

“朋友，当你看到你的父母在如何关照你的问题上发生争吵时，你可以暂时保持沉默，但找机会一定要劝。否则，他们会越吵越烈，你的生存环境会越来越糟，你的疾病就可能由此而生。存在决定意识，也决定疾病。实际上，他们中间就缺少你的调节。你，就是他们的调节剂、润滑油，就是他们下不来台时的‘台阶’。你不妨对他们说：‘你们都爱自己的孩子，只是方式不同，就如同你们各自欣赏百合与玫瑰不同的芳香，却为什么不允许爱有不同的表达呢？不是不同才是艺术吗？不是不同才是这个世界的本质吗？’当然，你不亲口说，写给他们也是可以的。”

我停下来观察老爸的反应，思忖着还要不要继续说下去……

老爸的神情变得复杂，他凝望着我，隆起的喉结费力地咽了一下。

好一会儿，老爸才若有所思地说：“我感觉你的话，像是对青年朋友的忠告，又像是反过来对父母的劝诫。”

“可以这样理解。”我说，“只是，我真的还想对青年朋友们的父母讲几句：在这个高效率、快节奏的时代，您跟大家一样都很忙。但有时候需要慢下来，为的是有空跟您的孩子交流交流，为的是让您自己的思想和灵魂追上来……”

我的话一出口，就见老爸一激灵，眼睛忽地一亮：他受到了刺激？他在对号入座？他敏感地联想到了什么？那么我接下来要说的，必然会让他受震动、受冲击，必然会引起他的追忆和反思，甚至……哎，别顾及那么多了，以往不就是顾及得太多，失去了太多的机会吗？想到他跟妈妈那时候虽然都是好心好意，可话没有好好说反而适得其反，我尽量温和地说道："您可能忙得连跟自己的孩子聊一聊的时间都没有，甚至您的孩子向您倾诉，您都顾不上听一听。其实，这很重要，因为您的态度会影响他一生。他一生都会记得他在童年少年时，您对他的教诲。不知您想过没有，事情也会反过来，您也有需要倾诉的时候，当您步入老年更是如此。倘若您的倾诉也没人倾听，您又会怎样呢？"

老爸一愣，眨了眨眼，那神情在问："是要我回答吗？"

我并不希望这时候跟他讨论，随即说："相信您的孩子吧，他最棒！把您的赞美表达出来吧，世界上没有不渴望得到父母褒奖的孩子！对他们，您也不必求全责备，上帝都会原谅年轻人的错呢！父母也别太顾面子了，别太在意别人怎么说，应该多在意自己怎么做。实际上，更多的时候别人并没在意您；即使在意，您也不用太在意。您在意别人的在意，莫如去在意别人……孩子自然也希望父母要丰富自己的头脑，凡事多用心，这样就会少出错，而上帝不常给我们改错的机会。"

"上帝不常给我们改错的机会……"老爸小声重复了几遍我的话，又十分局促地说："以前，我从来没听你讲过这么深刻、这么有哲理的话。有人说苦难净化心灵，悲剧使人崇高，我在这儿不是自诩，对你而言，至少可以说苦难使人成熟……"老爸自顾唠叨着，一边在本子上写着。

这些让我感到陌生的夸奖，并没有引起我的兴趣。我慢慢滑动鼠标，一段文字映入眼帘：

> 是儿子给我带来了那么多人生的欢乐，自然也带给我许多生命的思考。我时常想，倘若没有他，我的人生又怎能算是完整的呢？实际上，孩子给予父母的，要远远大于父母给予孩子的！
>
> 可是，父母在孩子身上犯的错，还少吗？有人说那是错位的爱。错位的爱？我心想，这犹如向着错误的方向跑，跑得越快，越远，错越大……

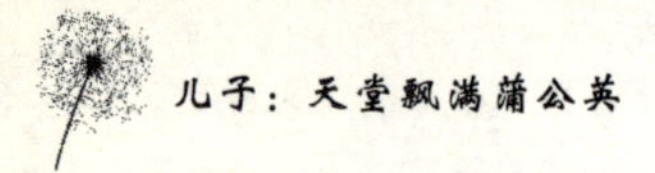

“原来是这样！”我暗暗惊异。

三　无知的错也是错

我不愿意让老爸看见我的惊异，便顺手举起了药盒问：“爸，您还保留这个干吗？”

“我还是想找出你的病因。”“爸，您听我说，实际我跟您一样，一直在探索我的病因。这无疑是痛苦的，犹如奥数竞赛有道题没答好，让人坐卧不安，寝食无味。然而，我的题已经答出来了，我的思考已经有结果了，只是，我始终没有机会说出口……”

老爸的脸上现出从未有过的惊诧。

“存在决定意识，存在也决定疾病。我刚才对青年朋友说：‘当你看到你的父母在如何关照你的问题上争吵的时候，你找机会一定要说，否则你的生存环境会越来越糟，疾病就可能由此而生！’其实，我就是拿我自己说事呢，我那时没做到，希望大家从我的经历中获得惊醒，汲取教训……”

老爸有点恍然大悟，问：“你讲的‘存在’，是不是想说你的生存环境？你觉出你的生存环境出了问题？”

我不置可否地点点头，说：“我们都走过来了，不该再有什么可避讳的了。人都有说不出心里话的时候，甚至临终也没有说出来，带着遗憾走了。虽说人生常有遗憾，但是，毕竟少一些为好。没做的事，没做完的事，没做好的事另当别论了，而说一说这种张口就来、一吐为快的事没做，那是真的太遗憾了……”我边说边注意观察老爸，他眯着眼睛静静地听着。这是一个父亲在他的儿子面前常有的神态。

“我觉出您几次跟我谈起病因，都小心翼翼地绕开了一个话题，但是我理解。您是宁可信其无不愿信其有，因为那可能伤感情，可能闹纠纷，可能使我们共同的生存环境更差。可如今不同了，我们共同走过了那段人生之路，不该再欺骗自己了……不好意思啊，过去都是我听您说，现在却让您听我说……”

老爸的脸“刷”一下变得通红，干笑道：“这又有什么呢？我总觉得你有很多思考一直没有表达出来，我非常乐意听听你的见解。都说多年父子成兄弟，我们又为什么不能呢？是兄弟，就该坦诚相见，知无不言，言无不尽。”

我笑了，笑老爸还是有那么点局促，笑他脑子里的“父道尊严”：“我无意让您尴尬，无意让您跟妈妈不和，再起纷争，我想我说出来您跟妈妈都能理解。我已经认定，感冒药、‘奶水不足’、‘环境污染’、‘从小爱感冒发烧’，等等，哪一个也不是病根。您想啊，任何事物的出现、发生、存在都有它的特殊性。特殊是独有，是与众不同，是跟别的事物、别的人相比较而存在的个性。换句话说，我病了，一定有我跟他人不同的个性的东西存在。这个才是第一块多米诺骨牌，而我已经找到了。不过，我说出来您可千万别激动。”我用极慢的语速说道：“这，就是——‘家境’！”

我惊讶，当老爸听到“家境”时并没有我想象中的那样吃惊，他甚至坐在那连动都没动，眼睛都没眨一下。经历多了，他真的是变了。我接着说：“其实，离你最近的人可能对你伤害最重。这种伤害就像一粒粒盐不断加到水里，见不着踪影，然而，盐确实融入了水。”

老爸的目光猛地一抖。

这下他是受到触动了！接着，他的目光开始在我的脸上来回不停地移动，简直像探测仪，要探测到我的脑子里，要看清楚我之所以这样讲的动因。

然而，他还是很平静地说：“你这话讲得好，很形象，很深刻。”遂又在本子上记起来。

“往事如烟追旧梦。”王大爷的话不知怎么又萦绕在我的耳畔，我不由得想起了那一天晚上的情形：王大爷来家里做客，爸妈好像正因为我在病中该不该去游泳的问题而争吵起来……他们也不顾王大爷在场了——针尖麦芒，互不相让，好像多少年来终于有个老大哥在中间能给评评理似的！他们的话题越吵越多，越扯越远，都追溯到胎教、幼教时候了……我的心在颤抖，我的脑袋要爆炸，可我毫无办法，因为他们显然是因为我。好一会儿，王大爷摇摇头说话了：“你们这是为了我大侄吗？为了我大侄你们就不该再吵了啊！”

争吵戛然而止，爸妈目瞪口呆，那神情犹如醍醐灌顶！

“是这样吗……”老爸自个在那小声嘀咕，歪着头，看着本子。他还在品味我刚才的话。半天，他才自言自语道：“天天，你的意思我明白了。我一直想向你表达我的忏悔，不仅仅是因为我给你灌输的那一套说教。现在你说出来了，我完全认同。我跟你妈妈之间的纷争所造成的家境，是我们独有的，与众不同的。在最初寻找第一块多米诺骨牌的时候我曾接触过，却蜻蜓点水，浅尝辄止，总是不想把事情想得那么坏……”

“爸，其实我刚才说出那样的话，我心里也很痛。”我带着歉疚说，“我觉得，你们好像一直有一种原罪感，好像是你们生养了我，那么，我的疾病和痛苦就源出于你们。但你们那时是一种很牵强的认识，是一种缺乏逻辑论证的思考。是的，哪个孩子来到世上都是健健康康的，当然先天疾患的另当别论了。问题出在后天上。但人们往往都是从众所周知、众口一词的客观表象去看问题，因此，知其然不知其所以然。人们不往‘家境’上想，倒不是有意绕行、回避，而是没有这个意识！由此对苦难的追问、寻根，就根本无法深入——因为那些外因、大环境，大家都一样——因此，只能是议论一番而已。我曾对白岩松说，‘我希望通过对我的治疗和研究，能使血液专家发现一些蛛丝马迹，找到导致白血病的根本原因’。其实，我还有下半截话没有讲，刚才对青年朋友说，‘我自己就没能很好地适应这个世界’的话也只讲了一半。那么，那一半是什么呢：就是我的病因在‘家’，我没能很好地适应‘家’这个我的世界，我的生存空间。”

“爸，”我见老爸惭愧地低着头，于是招呼了一声，“我跟您一样都曾存有疑问：哪个家庭没争吵？哪有舌头不碰牙？这不是个别现象。然而，这正是我们探讨的意义。要知道，争吵的内容不同，激烈程度不同，时间的长短、周期都不同。再有，具体到我个人的，别人不一定都碰到的缺钙、感冒药、奶水不足、扁桃体摘除，等等，事情就促成了，别人没有的就发生在我的身上了，而‘家境’是始作俑者。实事求是地说，在某些方面我很强，但我也承认，在这一点——适应生存环境上，我差一点。没想只差一点，却失之千里。”

“天天呐，你这话令我极为痛心，错不在你，家境由我们造成，你却把错揽在自己的身上，你承受着肉体的痛，还要再承受这本不属于你的精神的痛，天底下哪有这样的道理啊？”

老爸一边说，一边连连地双手揉着脑袋。他凡是尴尬、难过、觉得不自然或者不好意思的时候都爱这样。

“那就‘痛并快乐着’吧，呵呵，”我开玩笑似的说，“是把痛变成快乐。”我见老爸又惊异地张大了眼睛，“您可能惊讶，您失去了我，我还让您把痛变成快乐。可您想，我的经历您的痛，倘若能够给别人以启示和帮助，那不就变成快乐了吗？”

“天天啊，你总是让我汗颜……”老爸连连紧着鼻子，眨着眼睛，好像怕泪水会流下来。马上他又说：“但是，你说出了我一直在思考，思考结果只有向内心倾述而无人倾听的问题。谢谢你，你说了出来，你让我有了一种豁然开朗的感觉。事情不真就是这样吗，久郁成病，积闷成疾。我们久而久之的争吵造成的不良家境，影响了你的心理和情绪，又有‘君子敏于事而讷于言’的束缚使你不能抒发，还有我们忙于自己的所谓大事而疏于跟你的交流，如此空气阻滞，气氛沉闷，谁又能快活？这不就会造成郁闷吗，久而久之不就气血瘀滞了吗？郁闷、烦心、上火，因而食欲就差，再有缺钙、奶水不足等‘添加剂’推波助澜，疾病怎能不乘虚而入？”老爸连连地揉脑袋，半晌，又接着说：“是的，家境是始作俑者，是第一块多米诺骨牌，而家境是父母造成的……害你的，其实就是离你最近的、最想爱你的人！”

老爸长叹一口气，说：“那时候，你一走出家门，那欢快劲儿，跟圈了一天的小狗似的直撒欢，跟刚放出笼的小鸟似的只想飞……你跟同学、伙伴无话不谈，谈起来无尽无休，令我和你妈都惊奇！可你跟我们说话却谨小慎微，总像望而生畏……反躬自问，这又为什么呢？那样吵，吵起来那么吓人，我们没照镜子可你看得清楚，声音都是颤抖的，动辄再摔点东西……谁跟你说话不犯怵？可不说就写吧，你为什么那么愿意写，言之不足所以要书之啊！我们爱你，为你争，为你吵，却害了你！无知的错也是错，错位的爱却不是爱……沉重的家事又不合时宜地讲给你，以为是动力，可是稚嫩的肩膀哪能担得千斤重？”

我静静地看着老爸，静静地听着我从来没有听过的话语，那话语好像被愧悔浸透了，带着湿漉漉的气息。我看得出，他表面的平静难以掩盖内心的沸腾，可我不愿意他总是沉浸在其中，因为我还有更想说的话题……

四　福音

“爸，您觉得我那时什么事让您最费心呢？”我问道。马上又觉得自己的口气不够轻松，于是赶紧再捧他一下：“呵呵，我看您现在挺豁达，什么事都挺想得开的！”

“你又逗老爸的，是吧？”老爸不自然地笑笑，“最费心的还用说吗？自然是给你治病的经费问题了。”

“呵呵，想一块儿去了！”我笑了。

“知子莫如父啊！”老爸也笑了。

“跟白岩松谈话的时候，我总想着‘病难治’、‘治病难’。虽然说我们比较幸运：您在那么好的大国企，还有计划生育政策能推一把，我还得到了媒体的关注，又获得了那么多好心人的帮助……可我们依然债台高筑，依然捉襟见肘，那样的困难恐怕也只有我们自己知道。可我们尚且如此，那些没有我们这样条件的人呢，不就更难了吗？”

“是啊，”老爸插话说，“现在全国光等待骨髓移植的人就有100多万呢！哪一个都需要掏出30万哪！”

“我无意粉饰什么，也不是得了便宜再卖个乖。将要离开这个世界的人了，说什么，都是想有益于这个世界。”

老爸猛地一激灵：“谁又会去责怪你呢？天天，要责怪也得责怪我呀！”

我朝老爸点一下头：“谁都知道，对病痛者的援助、救助一般都由治疗经费引起。最初纯粹由情感、精神牵动起来的关注，最后也都要落在物质上了。因为一切的痛是源于肌体的，没有了肌体，精神的、心理的痛也就如皮上之毛了。”

“天天，此时你还想着别人，难为你呀！你说的我理解。社会的力量，人与人的互助与关爱就尤为重要！现在人们越来越关注公益，争做志愿捐献者，那一天中央电视台就有300人向中华骨髓库提供了血样。我在北京无偿献血室，还碰到过五六个南方来打工的80后，他们竟然是从城南、城北好几个地方汇集来的，相约那一天，一起来捐献造血干细胞……”

我的心底涌起了一股股热流。

“天天，你那时候说，战胜白血病最终还得靠科学。让我告诉你，白血病研究治疗的新成果吧：现在国内已经开展的移植就有‘非同胞异基因造血干细胞移植’、‘非血缘干细胞（脐带血）移植’、‘配型不合的单倍型移植’、‘同基因移植（双胞胎）’、‘自体移植’，等等。而其他治疗方法的研究也成就斐然：中医还创造了‘三步疗法’、‘足浴疗法’、‘血细胞激活疗法’，等等，你一听那些名字，就会想到治疗甚至都变成一种很舒服、很享受的事情了！好多中西医治疗的药物不断制造出来，投入临床。天天哪，我知道你是个有胸怀的人，所以才跟你说这些。”

“过来的人了，还有什么可忌讳的呢！”我激切地说，“我为这一切而欢欣鼓舞，这说明社会在进步，医学科学在发展！”我向上扶了扶眼镜，感叹道：“这真是后来的不幸者的幸运啊，更是那些‘小光头’的福音——他们都是独生子女！”

“可你也是独生子女啊，你却想着别的独生子女，”老爸频频点头，“这让我的犹豫一下子就扭转了。天天呐，你知道我想告诉你什么？我想告诉你，这么多年过去了，负责计划生育的叔叔阿姨依然惦记着我们，党和政府也没有忘记我们这样的家庭：国家计划生育委员会启动了‘救助计划生育特殊家庭’的活动。那天，你妈妈作为失去独生子女的孩子妈妈代表，上台接受了救助。记者采访她时，她激动得好半天才说出话来：‘过去儿子在的时候，社会各界给予我们的关怀和帮助就像还在眼前……我为自己生活在这样的时代而感到非常幸福!’”

老爸停下来，好一会儿，他才用安慰的口吻对我说：“天天呐，你尽管放心……”

我的心热起来，越来越热……

第二十三章
一切都不是尾声

爱与被爱，其实令人激动的是明白什么是爱，而不是坚持认为爱该是什么。

一切都不是尾声而是序幕，如同晚霞连接着朝阳，黑夜延续着黎明……

一　因为我爱这个世界

我跟老爸的交谈始终是讨论式的，而且越来越像老朋友一样畅所欲言，无所顾忌：以往小心翼翼回避的话题，这时都成了交谈的热点。感觉真好！

这天我看老爸挺好笑，正掰着手数手指头呢！他是在算我的年龄？是在算他写书的日子？这倒让我想起来，我今年应该29周岁了！我突然萌生出一个念头：试一试老爸对我的了解程度到底怎么样，于是我笑问道："爸，你知道我那时在病房经常望着天花板，都在想什么吗？"

"嗯？"老爸显然没想到我会问这样的问题，惊讶得把手里的圆珠笔都掉到地上了，"是啊，每当我看到你那样我都琢磨，你在想什么呢，可我又不便问。你，也许是在想健康的问题？"

看来，了解一个人的内心世界并不容易啊！我有点遗憾："不是的，健康那时候对我已经不是主要问题了，我想的最多的是爱与生命。"

"天天啊，你连苦苦追求过的健康都不看重了，我听着很难受……"老爸连连说，“但是我也挺感慨，因为你想的最多的也是我一直在思考的。没有生命就没有爱，没有爱也没有生命。你没有了生命，也失去了爱，我们无法爱你，你也无法爱我们，我们已经是人间、天堂两重境了……我有点说不下去了……”

老爸使劲儿地眨动双眼，喉结紧了又紧，好半天才又说：“我想你就吹口琴，你妈妈想你呢，抱起别人的孩子就不想放下来。她说，就像抱着小不点儿的你似的！你看……”

老爸拿给我一张照片……

哦，妈妈抱着一个大眼睛的小男孩儿，旁边是一座充满爱意的圣母雕像。

看见了妈妈，我的眼睛立刻湿润了，在心底禁不住诉说起来：“亲爱的妈妈，如今，您的儿子再也不会因为您的过于亲热而感到害羞了。妈妈，我真想让您再抱抱我！”

长久的思考让我悟出了一些道理，我淡然地笑笑：“其实在人世间，欢乐与痛苦都是寻常事，每个人活在世上，都必须领受属于自己的那一份。生和死也是寻常事，每个人来到世上都是偶然的，离开却是必然的。只不过，事情有时候来得太急、太突然，让你觉得仓促，觉得来不及把你该做的事做完，来不及把你想说的话说完，甚至都没有说出来。我刚才把一直想说而没说出来的话说了出来，您千万别多想，事情已经过去了，说出来对别人会有好处。我现在倒是想，活着的终将死去，每个人都不过是这个世界的过客，那么我们来过，领受过属于自己的那一份欢乐与痛苦，也就足矣。

“您觉得我很超然，其实我也很心痛，这是一种追求与向往无法实现的、内在冲突的痛——缘于外在成功的不可能。而这，又跟一个人最柔弱的情感神经牵连着的。因而，这痛不像病痛那样有周期、有预感，发生了又会停止，而是触景生情，随时出现，如影随形，你无法摆脱……听你们讲医院外面的每一件事情，我都会立刻联想到那件事情的美好情境……你们看我无所谓的样子，实际我正心痛着，因为那一切正在离我远去。但是，我却要表现得像英雄一样坚强，因为那是你们所希望的。你们常常看见我在微笑，实际上我的内心却在流泪，因为我毕竟要离开爱我的和我所爱的人了……”

“天天呐，我简直受不了了！我听出了一种发自心底的无奈，一种源自灵魂深处的悲哀……我知道你真正的痛是精神的，这比肉体的痛更需要艰难地忍受。而这又是跟你丰富的情感化合在一起的，这就愈发折磨人。我无法替你，我恨自己无能，更恨我给你灌输的那些说教束缚了你，因此你疼成那样

也不吭一声……可让我心疼而又钦佩地看到，你却容得了别人夜复一夜的喊叫，你自己的内心那样痛甚至比别人还痛，倒欣然为别人‘解痛’，以至人们都纳闷，是什么促使你做到那样的——是爱？是尊严？是信念？”

“不用奢谈，也不用自谦，这些因素都有。一直以来，我总记着一句话，‘人是为他所爱的人而活着的’。我在写给白岩松的信中也说，‘爱我的人也是我所爱的人’，爱我的人给予我那么多爱我无以回报，我又怎么能让爱我的人和我所爱的人，看着我痛苦而痛苦呢？”

“天天，这真是苦了你呀！那时候，人们背地里夸你，我都没来得及告诉你。你知道要给你做移植的刘主任怎么说吗？他说：‘你这儿子多好哇，在他的脸上一点儿都看不到有些病人的哀怨、忧伤，他对人总是那么谦和，连说话都带着怕麻烦人的口气。’我听得直揪心，苦难本不属于你，你却毫无怨言地承受，还怪自己小时候没好好听爸爸的话加强锻炼。实际上，就是爸爸亏欠了你，对你没保护好，没照顾好，没指导好。可你却为什么不埋怨爸爸呢？哪怕有一次，说过一句，让爸爸的心里也能好受一点啊！”

“那毕竟于事无补。一切全当是命运吧。人们不是都习惯把已经发生的事或说不清缘的事，归咎为命运安排吗？可我不相信命运不可改变。我一直在抗争，我不停地用各种方式激励自己。我总是想，不努力恐怕连一点儿机会也没有。爱我的人给了我更大的动力。我确实也抓住过机会，改变过命运，这让我更加有信心。可后来还是没有把握好机会，苦难又回来了。但，我还是觉得有力量再次战胜它。谁知却并不如愿，这曾令我很迷茫……”

“我开始琢磨，是不是这个世界早已造就了一种秩序和规律？包括我们的身体？我们应该顺应它，尊重它，让自己的身体和内心世界与客观生活、与外边的大世界、与我们无力改变的现实相统一，相融合，而不该一味去对抗？我们要适应这个世界，而不是要这个世界适应我们？……我最后认定：让我痛苦、让我困惑的不是我已知的东西，而是我已知的东西原本不是那样，或者说不完全是那样！王雪纯的新观点让我坚定了这种认识。老子讲‘木强则折……柔弱处上’，实际也是告诫我们，在很多时候遇事要避其锋芒。”

我为自己终于说出了一直困惑的问题，感到了一些轻松。

“天天啊，我又该忏悔：我只是一味地希望你同疾病斗争，你却还能从我们生存的物质世界，从客观事物的内在联系去辩证地看问题。好！刚才你说‘让我痛苦、让我困惑的不是已知的东西，而是我已知的东西原本不是那样’，讲得尤其好，你也在帮我解惑啊！我曾惊叹你的平静和宽容，现在我似乎明白了，你竟有着这么多、这么深的思考。”

我讪讪地笑笑，继续着我的话题：“当我知道现实已无法改变、无法逆转的时候，我就想方设法安慰自己，寻求心理平衡：我想到了人终究都要离开这个世界；想到了生命的偶然；想到了在我出生前的那个哥哥或姐姐——倘若是他们来到了这个世界就不会有我了……”我向上扶一扶眼镜，平静了一下心情：“跟更多的不幸者比起来，我也许算是幸运的。只是后来，我不因此而感到幸运了，反倒陷入了人与人、生与死的不平等的困惑。我确信有这种困惑的不止我一个人。”我的内心陡然升起了一种灼热感，话语中仿佛掺进了炭火，“我还想到了自己的存在价值，最终我想到，我毕竟努力过，奋斗过，也改变过命运——证明了自己，证明了真理。这，就不是失败！我的内心世界始终充满光明！”

“天天，你简直让我……让我都不知道该说什么好了！我曾惊异，在我讲到那位癌症女大学生的事迹时，你竟能那样坦然地表示‘可以献出自己的一切’。当时，我都觉得你一下子变得陌生和高大起来，让我对你充满敬佩，如今我又有了那种感觉！”

“实际上，这对我已经没有什么了。人恐怕目睹了那么多死亡，又有过亲身经历，而且处于艰难的困境，一般都会做出这样的选择。能够用我们的痛苦为别人减少一些痛苦，也值得。”

“天天，你？……”

“因为我爱这个世界，而且比别人更爱！”

老爸直直地看了我半天才说：“天天呐……你完全可以做爸爸的老师了，绝不只是电脑老师……你让我突然认识到：父母从孩子那里学到的东西，实际远比父母教给孩子的要多得多，而你让我学到的就更多了！”

二　悖论与救赎

“怎么都变了呢？”我在心里笑道。老爸变得不那么顾及自己的面子了，说话也不像以前那样含蓄，而是开门见山了。我觉得自己也变了，变得在老爸面前不再矜持，讲话也没那么多顾忌了。这种变化，实在让人高兴。

“爸，我发现您变了！”

“是吗？”老爸的脸红了。他转过身望着星空深长地呼吸了一下，慢慢地说：“不变就不对了。有过这样的经历，谁还会不变呢？可是……咳……”

老爸欲言又止，“全世界都在变，可为什么就我们不变呢？我们再不能抱残守缺，再不能故步自封，再不能自以为是了……”老爸忽然觉出好像把话题扯远了，又转回身来望着我说：“我常常感到困惑，我们那么爱你却适得其反，你那么爱这个世界却不得不离开，这是不是不解的悖论呢？”

“这自然是悖论，”我说，“但，不是不可解。苦难并非与生俱来，适得其反必有缺失存在。”我怕气氛太紧张，尽量放轻松，“刚才，我们不是已经在诸多缺失中认定了始作俑者——第一块多米诺骨牌了吗？这个悖论所指向的事实的出现，还是根源于那里。不说这些了吧，我们单就悖论来谈谈，好吗？”

“哦。”老爸的思绪好像从“家境”里绕了一圈出来，若有所思地点点头。

“以我们的认识，解这样的悖论并不难。实际上，人的一生都充满悖论。您想啊，一个婴儿呱呱坠地，拥有了独立的个体，却失去了母体的包容。既拥有，又失去，这不就是悖论么？此后，在相应地拥有的同时又在相应地失去，失去幼年、童年、少年，渐渐地，又失去青春年华，失去所爱的父母和更多的亲人，以至最后失去他自己。因此，人人都必须学会面对悖论，接受失去。然而，正因为人人都将失去，人人才都有百分之百的理由珍爱他所拥有的却正在失去的现在。”

我思考了一下又说：“要认识悖论，您还可以做这样的联想。射击的时候瞄向靶心，却不见得命中；想‘从善如流’，倒可能无所适从；渴望得到爱，却在失去爱！”

“讲得好，这可以举一反三！”老爸说完抬起头望着远方，仿佛陷入了久远的回忆……

一会儿，老爸有点儿难为情地说：“我现在倒要儿子来教导了！不过，的确如你所讲，我们必须学会面对悖论，因为悖论每时都在发生，因为世界就是矛盾的统一体。可是说归说，只要一想到你，我还是会心痛不已，我们失去你，是非正常失去啊！朋友对我说：‘你的儿子解脱了，他没有痛苦了。’我说：‘是啊，那个世界没有痛苦，痛苦是这个世界的产物。’可我转而又想：‘这个世界又为什么有痛苦呢？大概因为有爱，有爱又失去，所以才痛苦。我们那么爱你，却失去了你；你有那么多爱你的和你所爱的人，却不得不离开而不能被爱，不能去爱，这哪能不痛苦？’”

“‘爱是一种甜蜜的痛苦。’”我马上说，“这句爱情格言说在这儿也是可以的。”我忽然有点惊异，自己这时候能够说出这样的话，而且是面对着老爸。可是说起来了，就痛痛快快地说吧。老爸刚才不还讲父子应该像朋友，是朋友就应该畅所欲言吗！我在嗓子里暗咳了两下，说：“实际上，痛是必然的。这不仅因为有爱才有痛，而且曾经拥有又失去，会更痛——这就像后天失明的人痛于先天失明的人一样。然而，每个人生活在这个世界，都必须不同程度地承受不同的痛，那是属于你的，因为你也享受了爱、幸福、欢乐。一切都是相对应的。”

“你讲的道理我懂，可我感觉你只是在安慰我……”老爸激动得站起来，开始踱来踱去。

“我觉得我痛，可我更为你痛，更觉得你痛：都说一个男人不仅要做儿子，还要做父亲，做爷爷……”老爸像是哽住了，几秒钟后接着说：“我还因你而有过父亲的名分……可你，你的名分却永远定格在儿子上面了……”老爸抬起头望着空中，说：“我失去了你，你却失去了整个世界！”老爸的话戛然而止，余音还在空气中颤抖。

“您刚才的话让我十分震惊。只是我想说，我们为什么不能从对悖论的认识中获得启发呢？为什么不能换个角度思考，或者说拓展一下自己的视野呢？您一定还记得那句话——‘人是为他所爱的人而活着的’，那么，您所爱的人，您的儿子，离去了，您，不就成了他跟这个世界的联系了吗？因此，您等于替他活在这个世界，爱着这个世界，亦为他——您所爱的人而活着，而爱着。不是吗？”

“因此，您亦延伸了他的爱——亦延长了他的生命！”

老爸呆在那儿了，那惊诧的神情——在医生宣布我患了血癌的时候我见过。他愣愣地看着我，好半天，才无比激切地说：“我简直顿开茅塞了！你的话于我可以安慰心灵，不，于我是一种心灵救赎！”老爸稍微思忖了一下，又说：“我想，这样来认识爱与生命，无疑是具有普遍意义的。可是……”

“不好意思，我打断一下您，”我做了一个手势，“有些问题的探讨只能适可而止。否则，就超出了我们的智力所及，应该也只能留给哲学家去做继续的思考和论证。‘实际上，一个人死了，他的器官还能救活别人不也就是他自己生命的延续吗’——这是我在您讲到那位癌症女大学生的时候说的。我觉得您不妨常想想。”

“哦，不是想我的话语，而是想那样一种思维方式。”我补充道。

老爸没有言语，他若有所思地走到电脑跟前，用鼠标点划了几下，《往日情怀》那悠远而绵长的小提琴曲立刻就飘逸在夜空中了。

我向爸爸投去赞赏的目光：音乐与话题是多么和谐！

“是不是可以这样理解呢，”老爸好像在调换音乐中完成了思考，他用探询的口吻说道，“人既是个体的，又是整体的，一个人的生命可以在别的人，或者说在整体的人的生命过程中得到延续？”

如同他吹口琴跟我拉小提琴用的是同一个乐谱，如同一个人的两个鼻孔在同时呼吸——我们的认识完全一样！我兴奋地说：“这样的交谈令人愉快。我们的认识总是很相近，甚至完全相同。现在我倒是想提一个问题：当你看到迁徙途中倒下的鸟儿，会怎样想呢？”

“它太可怜了，还没有到达它梦想的地方就……”

“可是，你想过没有，”我把语速放得极慢，“还有永不停歇的翅膀，在承载着它们永远的梦想！”

“这话具有真理性，”老爸连连点头，“我们也许真的应该从其他物类的生命中获得启示，因为地球不只有人类。”老爸歪着头想了想，又说：“可是，一涉及到生命话题，我还是感到困惑：每个人都能在遥远的或不远的地方看到自己生命的终点，都可能会发出诘问：‘我们为什么生？生又为了什么？生命到底有没有意义？如果有，又在哪？’……哎，你是不是觉得我又绕回去了？”老爸显得很矜持。

“不要紧，探讨问题嘛。”我想让老爸放松下来，于是换作诙谐的口吻说，“咱们又不是在论文答辩，又不是在应聘面试，对不对，我挺喜欢这样的方式……其实，正如‘爱与被爱，令人激动的是明白什么是爱，而不是坚持认为爱该是什么’一样，生命属于我们只有一次，不必非得弄清我们为什么生，生为什么等等。因为‘生’不由我们决定；重要的是你是否积极地活着，为别人，为这世界做着什么，因为你在世界上的每一天都享受着别人的劳动成果。”

“你让我想起了爱因斯坦曾说过类似这样的话，我的精神生活和物质生活都依靠别人的劳动，我必须以同样的力量报偿我所领受了的和至今还在领受的东西。但是……”老爸的神情又现出迷茫，“人，为什么对难以弄清的问题还非要去弄清呢，而且，并不能得出满意的答案，有时还非常痛苦？”

我直言不讳，“因为一个人的生命，具有承上启下的作用。从这个角度说，人可以为意义而生。意义是生命成为现实存在的意义。人存在的意义不仅是自我感觉，也是别人的评价，而更多是来自别人对你的热爱和依托，来自你给别人的鼓舞和影响。爱因斯坦、贝多芬、梵·高是这样，老百姓其实也是这样，影响大小而已。”我换作诙谐的口吻说：“当然，人也可以阿Q一下：没获得意义又有什么可遗憾的呢，生命都将有终点！”

老爸说：“你一步步地让我开了窍！个体的人的存在意义其实多么简单——就像我们面对真理，总是会发现真理的本身是那样简单而易于领略。意义已然就存在于我们每天为别人、为这世界做着什么的点点滴滴之中。”

我点点头，开始举例子：“我们都在秋日的北京金山上，看过红叶从树上飘落下来的情形。不知您想过没有，来年的春天，就是在那一片片红叶落下的枝桠节骨的地方，又会生出一个个嫩芽。一个个嫩芽得到阳光雨露，经历酷暑寒霜，就又变成了一片片红叶。而无论您怎样观察，都会觉得再生出来的一片片红叶还是原来的一片片红叶……”我向急着要插话的老爸，做了一个请让我说下去的手势，继续说：“其实，这就是生命的联系，这就是生命的延续。您不妨把自己想象成造物主，您俯瞰大地，您会觉得一个个人就如同那一片片红叶。那落下来的红叶，就落在了树下，以其自身滋养着它曾生长其上的树干和将要重生的嫩芽，在付出和回馈着自己的爱。每一片红叶都有它存在的意义，一茬一茬，一代一代，就这样在延续和传承着生命与爱。”

老爸连连点头，深深地吸了一口气。

三　都化成了一片和谐

“思考可以是多重的……”我停顿了一下，希望老爸能跟上我的思考：“航天科技延伸了我们的视觉与想象，”我把语速慢下来，“您静静地想……静静地……想象您是在遥远的太空……在某个星座的位置，狮子座吧……您身边有无数星球在穿行，在漂移。您回望地球，觉得她小极了。突然，远比地球巨大的好多星球相撞了，剧烈爆炸了，顿时，漫天浑沌，飞砂走石，无数巨石在飘飞，在旋转。随之又急速地向着一个个点紧密地聚拢，集合，慢慢凝固在一起，又形成了好多星球……无数的星球浩浩荡荡，向着无比巨大的黑洞奔去……面对如此景象，您会有什么感觉呢？”

“我已经产生了深深的敬畏，在浩瀚无垠的宇宙太空中，在伟大暴烈的造物运动面前，地球显得太弱小了，而且她还可能经历毁灭……当然，也许还能再生。可是，也许会万劫不复。”

“那么，您借助超级望远镜再看……您看到了地球上的人如无数小小蚂蚁，猛然间，大山喷射出火焰——火山喷发了；大地在剧烈抖动——地震爆发了；大海在疯狂地咆哮波涌——海啸来了，飓风来了……无数的人在仓惶奔逃，无数的人在悲惨地倒下……由此，您又会怎样想呢？”

“这是令人无比痛心的。我由此想到了人是多么渺小、稚弱，在无限寥廓的宇宙中间，人真的是算不得什么。人实在是没有什么高贵的自命不凡的理由，没有什么值得那样看重自己的根据。”

我微微摇摇头，说：“但是，由此也得不出可以自暴自弃、妄自菲薄的结论。人是智慧生命，有理性思维，我们在伟大的自然面前敬畏由衷，在无限的存在面前虚怀若谷，是为了从更广阔的视觉去看待生命，更积极地对待人生……”

老爸好像要分散一下自己过于集中的思想，又去电脑那儿调换乐曲。

《星空》！真是心有灵犀！——理查德·克莱斯曼弹奏的钢琴曲《星空》那优美旋律，说着说着就在夜空中荡漾开来。

我笑笑说：“再换一种温柔的想象吧，在茫茫星空，在我们目力可及或借助仪器能够观测到的范围内，您会惊异地发现，唯有我们生存的这个蓝色星球是那么耀眼，那么独特，那么美丽动人！可是，她又是多么孤独啊，至今还没有找到自己的同伴！”

“哦……”不知是沉浸在音乐中还是我的话语中，老爸愣了一下，“你给了我启发，地球的孤独不就是人类的孤独么？在宇宙太空，人类至今还没有发现生命物质，更没有找到跟自己相似的智慧生命。尽管人类心驰神往地渴望着，坚持不懈地努力着。人类不仅孤独，而且无助。可危及地球和人类的因素却那么多：宇宙中的太阳黑子爆炸、行星撞击，地球上的各种灾难……因此，人，更应该懂得互助互爱！”

“正是，唯爱才能获得生命的温暖与支持。”我琢磨了一下又说：“您因此又会觉得人与人之间的漠视、揶揄，是多么不相容，多么不可取，相互仇视和伤害又是多么可卑、可叹。灾难来了，伸出援手的或许就是你排斥过的人。……倘若人们都存有爱愿，凡事、对人，都是从爱愿而不是从仇怨、恩怨、猜忌、怀疑、排斥……出发，那么这世界该有多美好，多和谐，人们可以自由地享受大自然的恩泽，自由地享受人类互爱的温暖。”

“可是，现实又那么不尽如人意。”

“爱，经常表现出不公。刚才，在谈到‘跟更多不幸的人比我是幸运的’

时候，我说，‘我不再因我的幸运而庆幸’的原因就在于此。你病了，他也病了；你得到了爱，他没有；你活下来了，他死了。或者反过来。爱的不公，使生命出现了新的不平等……”

我见老爸涨红了脸，好像受到了我的话的刺激，好像他憋着无数的话要说。我知道他在这方面见得多，有的是感慨。然而，我还是希望他能跟着我的节奏来思考。于是，我向老爸点下头，投去一个请允许我接着讲下去的眼神，说：“因此，我常想起白岩松的话，‘让扶危济困的甘露均匀地流向干涸的土地’，这也是我的心愿，我相信这会逐步实现的，因为爱愿可以修复心理缺陷。而人类的爱愿永远不会泯灭，犹如人间永远充满光明。”

老爸朝我竖了一下大拇指，赞叹道：“实际上，爱与光明是一致的，都是美好的。光明是人心所向，爱更令人向往……爱的不公，也许正是爱愿的动力。爱的不完满，才更令人心驰神往，不懈追求。”

我点点头，觉得跟老爸越来越能谈到一起去了。忽然间想起了那句老话——多年父子成兄弟——心底不觉涌起一股甜蜜的热流！我温和地说：“实际上，对任何事情都有一个怎么看的问题。换句话，一切取决于观察和角度。您想啊（我把我在笔记本上写过的内容复述了出来）：距我们若干光年已经陨落的行星，却依然在我们的视野里朝我们微笑着。有的人在看夕阳西下，有的人正看着旭日东升。在欣赏油画离开的时候才会蓦然觉出，凡近处看来相互冲突的色彩，都化成了一片和谐。”

“讲得好！深刻！”

老爸怎么变得这么不吝夸奖了，这让我感叹。我接着说：“人世间创造的爱同样会感动上苍。您和我共同见证的就不说了。我现在想说的是一位医学教授，他生前立下了遗嘱，他的学生在他去世以后，遵从遗嘱将他的遗体解剖制成了骨骼标本，陈列在标本室供医学院教学之用。要知道，教授的学生是用教授教给的解剖术在解剖教授啊！人们看着标本，犹如看着一座丰碑……”

老爸惊叹得双手竖了一下大拇指，说：“爱的奉献竟然可以如此完全彻底，如此炉火纯青，令人无限敬仰！……没有丝毫抱怨，只有无尽的爱愿！由此，是不是可以这样讲呢，爱与生命是包含着情感与精神的链接，因此超越了自我，爱与生命亦超越了时空，有限的‘生’亦实现了无限的‘爱’呢？”

我不置可否，平静地说：“人应该经常关照自己的灵魂需要。人不仅生活在现实里，也生活在理想中。而理想更给我们希望、憧憬和向前走的动力，使我们觉出生活的意义。只要我们透过通往永恒的窗口去看待人生，永不放弃爱愿。就会感受到生命与爱的价值和意义……尽管个体的生命有限，但每个人都可以用他的努力，为他所爱的人和他所爱的世界留下些什么。由此，有限的生命在通向无限永恒的理想境界的过程中，就有了真切而现实的意义。有的人把眼角膜捐献给需要光明的人，他虽离去，却留下了光明。他仍然在用他明亮的眼睛注视着这个美丽的世界！”

老爸凝望着我，目光里深含着赞叹和欣赏……他就那样久久地凝望着，似乎不想移开目光，仿佛要把我印在脑海，化作永恒。

我注视着老爸，在心里默念道：“其实，一切都不是尾声而是序幕，如同朝阳连接着晚霞，黎明延续着黑夜。”

天快亮了，窗外月朗星稀，天边已经可以看见透着些许微红的晨光。电脑里正传出《飞翔的蒲公英》那欢快而迷人的旋律……

四　送给你一段美文

那一天，我给老爸读过一段美文，在这个该说再见的时刻，让我再把这段美文送给你吧，我亲爱的朋友：

> 当你感到憋闷时，请追溯往事，回到自己的记忆中去吧！——在那儿，深深地，深深地，在百感交集的心灵深处，你往日可以理解的生活会重现在你的眼前……为你闪耀着光辉，发出自己的芬芳，依然饱孕着新绿和春天的明媚与力量！

后记
为了不再留下遗憾

一

儿子离开这个世界10年了。

这本书我竟也写了10年。

患血癌，得康复，上大学，再复发，获拯救——儿子有了太多的生命感悟——他要写书，要把一切写出来告诉青年朋友和所有的善良人。然而书稿未竟，他便如蒲公英一样飘向了天堂。

白发人送走了黑发人，替他写书，成了生命的支点。

这10年，我说不清自己是怎么走过来的。

老朋友说我在自吮断指，儿子的老师说我几欲相从于地下……

而我想告诉您，10年来，我也有难以形容的欢乐：每一天我都能跟儿子在一起，我们一起一遍一遍地重新走过那些温馨的岁月……其实，这也是一种幸福。

有哲人说："我们没有任何办法留住人生中最珍贵的东西，我们只能把它转换成所谓文本，用文本来证明我们曾经拥有，同时也证明我们已经永远失去。"

二

妻曾怀疑我得了焦虑症。

是的，我无法满足，最初3个月，我就写出了34万字之多，随即，便开始了旷日持久地一遍遍改写。我总是不能满意自己，我总是不能满意自己的一个深刻原因是因为我再也不能愧对我的儿子了。

妻也曾担心我会精神分裂。

是的，我承认我的平庸，豪恸大悲令我的情感大堤一次次决口，将我的整个生活冲得一塌糊涂；长久的失眠导致身体器官轮番怠工，让我不得不一次次停下敲键盘的手……

我写我痛，可我不写我更痛。

儿子何以同血癌进行了长达5年的抗衡，以致一次次与死神擦肩而过，一次次看到胜利的曙光，让我们曾以为苦难已经远离？我们又何以撑得住泰山压顶，以致一次次躲过劫难，一次次避免了家破人亡，让同样命运者都为之欢欣鼓舞？是因为我们得到了社会各界乃至大洋彼岸传送来的那么多爱，是爱拥着我们一家走了一程又一程……儿子的人生因此不知多了多少幸福和尊严，少了多少悲伤和遗憾，倘不能把这些写出来，我的心痛会永无止息！

该感谢白岩松，他的话让我的内心经常得到力量："不必总想着写给谁，就当是写给自己的，就自然地写下去。只有自然的才是真实的，只有真实的才是感人的。"

三

儿子曾说："我希望有更多人知道，发生在我身上的故事。"

他的希望成了我的心愿。

几年前，我试着把尚不成熟的书稿放到了新浪网上，结果消息不胫而走，被四处转载，在读者心中掀起了波澜。

"这是一部生命的赞歌！一个多才多艺、事业蒸蒸日上的父亲，放弃得太多……追求真爱，无私奉献了自己的一切……龙潭山、松花江哟，永远铭记什么是真正的父爱。"（新浪网友"晓雾初开"）

"在什么都不缺，独独缺了敬畏心、惜福心、感恩心的当下，这无疑是一泓清凌凌的甘泉。那份真情朴素得可以感受到温度，他的文字捧出了一个普通父亲沉甸甸的爱……我们需要坚强，需要这样的文字来抚慰和激励自己。"（新浪网友"快乐喜宝"）

"人间天堂，父子对话，有哲学意味也有空灵色彩。凄美的血缘，人间的挚爱，我想小添是可以含笑九泉的。"（新浪网友"双语"）

"诗一样的情感，像水一样渗透到我的心里……尽管时光白驹过隙，但是

那爱与生命的拷问，依然具有震撼灵魂的力量。”（新浪网友：松花江放歌）

中国医促会的老朋友李智深有感触：“你的书让我再次想到，健康人的‘无痛’实际是建立在病痛者的‘有痛’的基础上的。‘有痛’的人以他们自己的痛为疾病的预防和治疗积累了经验，有的甚至以捐出自己器官和全部身体的代价，留下了宝贵的资料，推动着为他人‘防痛’、‘解痛’，以至‘无痛’的医疗事业和人类文明的进程。这让我们无论什么时候想起他们，都心怀感激、充满敬佩。”

《历史在女人面前拐弯》的作者桑希臣说：“高山雪莲，冰清玉洁，爱与生命的礼赞构建起人性美的丰碑。……我觉出你还有一种情愫，就是用自己的经历让人们获得某种警醒和启示，使人们避免重复走上苦难之路，同时让依然在困境中跋涉的人们获得鼓舞，生出自信和勇气，活出庄重与尊严。”

我的启蒙老师赵延忱专门写了一篇短文，《写给拿起这本书的人》：“你也许还不真正懂得生命，如我曾经那样。因为你无从想象：被魔鬼掐住喉咙时，夹在生死缝隙中，挣扎在两个世界之间的人们——他们的情感生活，他们的生命渴望，他们以及更多的人们为一丝生命的希冀而付出的超乎本能，——感天动地，惊神泣鬼的——挣扎、挣扎……写出来，告诉你，因为我们都拥有生命，理解她本身的至高至重，神圣和唯一——这，或许是你，是我们最紧要的事情。”

上帝有时会在他所创造的事物中，拣选最美好的留给自己——就像我们在清晨剪下园中最美丽的花朵放在自己的房间一样，来独自欣赏。有时灾难也会成为祝福。

四

儿子曾在写给白岩松的信中说：“人们对我的无私帮助，情浓于血，恩重于山……我希望我也有能力来帮助别人。”

可是儿子他走了，他不知道了，他不知道欠债还钱、子债父偿的滋味，他不知道一个得到过别人那么多帮助如今想帮助别人却不能的人心里的难受！

被抽成了真空的心该用什么填充？

儿子得的是血液病，他生前用了别人太多的血，我可以去献血啊！于是，在每一年儿子的忌日，我一定要走向地坛西门的采血车……

儿子在等待骨髓移植中离去，因此当中华骨髓库重建起来时，我和妻立刻前往提供血样，做出了捐献骨髓的承诺……

除此之外我还应该怎么做呢？

我再次想到这本书。

“倘若能使青年朋友和更多的人从中获得点启发和收益，那就算我为社会作出的一点贡献吧。……我希望悲剧不要再在其他家庭上演。”

儿子的话令我醒悟：我应该成为一面镜子！

“以人为镜，可以明得失。”

是的，人们可以从儿子的故事中获得鼓舞，看到痛苦中也有阳光照耀而觉出这个世界的美好与希望，并生出努力向前走的信心和力量；人们也可以从我们的挫折和教训中得到启示，用我们这面镜子照见他们前行的路，使他们避免重蹈覆辙……这，应该是我们能够给予社会的一种回报吧。

五

10年过去了，我已届花甲，可是，我没能再有一个孩子。

也许我该受到谴责：写书就不顾一切了？

然而，事情真的是这样。

妻已经失去了生育能力。儿子——天天——因此而永恒了。

儿子给妈妈托梦：“我不在了，你把爱给别的孩子吧！……妈妈的心应该比天大！”

我更是从儿子的话语中得到启发：“人，是为他所爱的人而活着的……”

活着的意义曾是我的困惑。我安慰过自己：“就像‘不必坚持认为爱该是什么，而只要明白什么是爱’一样，我不必知道活着的意义是什么，而只要知道怎样活着有意义。”现在我却要说：“我为儿子而活着，我替他爱着这个世界，由此我亦延伸了他的爱，亦延长了他的生命。”

当年，我给儿子寻找身边的榜样，如今，我找到了我身边的榜样——我的儿子——天天。未来的岁月，我会向他那样乐观、豁达、富有朝气而不肯停顿地向前进。

我将永远感谢儿子，是他让我实实在在地做过一次父亲，让我有了一个完整的人生，让我结识了那么多好人，经历了那么多事件，感悟到那么多人生真谛。他来到这个世界的时候我曾说，“儿子改变了我看世界的眼光”；他离开了这个世界，我还应该说，“儿子也改变了我看世界的角度”。

妻替我写书揪心：“人家是子承父业，你却是父承子业。”

我对妻说：“是的，儿子的夙愿成了我的事业，我会不停地写下去。可是，事情有时候倒过来未必不好，我们看一幅摄影作品的倒影往往会觉出比它本身好看。”

六

其实，心中的我也在说：我也是为了不再留下遗憾。

10年前，为呼吁救助儿子，我曾写过一篇《为了不再留下遗憾》的文章，先后刊登在几家报刊上。

今天，为什么重提“为了不再留下遗憾”呢？

想必读者朋友，已然意会到了。

孙军

2011年夏

于北京大运河畔

图书在版编目（CIP）数据

儿子：天堂飘满蒲公英 / 孙军著.-北京：中国华侨出版社，2011.8

ISBN 978-7-5113-1603-5

Ⅰ.①儿… Ⅱ.①孙… Ⅲ.①纪实文学-中国-当代 Ⅳ.①I125

中国版本图书馆 CIP 数据核字（2011）第 144723 号

儿子：天堂飘满蒲公英

策　　划／千喜鹤文化
作　　者／孙　军
责任编辑／文　锋
特约编辑／严晶晶
装帧设计／柏拉图
经　　销／新华书店
开　　本／710×1000 毫米　1/16　印张/18　字数/300 千字
印　　刷／北京慧美印刷有限公司
版　　次／2011 年 8 月第 1 版　2011 年 8 月第 1 次印刷
书　　号／ISBN 978-7-5113-1603-5
定　　价／28.00 元

中国华侨出版社　北京市朝阳区静安里 26 号通成达大厦 3 层　邮编：100028
法律顾问：陈鹰律师事务所
编 辑 部：(010) 64443056　64443979
发 行 部：(010) 64446051　传真：(010) 64439708
网　　址：www.oveaschin.com
e-mail：oveaschin@sina.com